Albrecht Göstemeyer

SCHOKOKUCHEN UND MILCHREIS

Albrecht Göstemeyer

SCHOKOKUCHEN UND MILCHREIS

ROMAN AUS DER HILDESHEIMER NACHKRIEGSZEIT

Information der deutschen Nationalbibliothek:
Die Deutsche Nationalbibliothek verzeichnet diese Publikation
in der Deutschen Nationalbibliografie; detaillierte bibliografische
Daten sind im Internet über dnb.dnb.de abrufbar.

Hintergrundfoto des Titels: Theo Wetterau, mit freundlicher
Genehmigung Gerstenberg Verlag, Hildesheim.

Herstellung und Verlag:
BoD-Books on Demand, Norderstedt
ISBN:978-3-7534-5987-5

Die Stadt Hildesheim ähnelt, räumlich gesehen, einem tiefen Teller, dessen Ränder von Waldbäumen und Äckern umsäumt sind. Die hier häufigen Niederschläge sammeln und verteilen sich über eine fruchtbare Mulde, den Zugang zu den Gebieten zwischen Hasede und Achtum. Die Innerste, dieser schnellfließende und selbstbewusste Harzfluss, nimmt einen Teil des Wassers auf und gibt ihn an die Leine weiter. Diese lässt sich in müder Selbstverständlichkeit auffüllen, als ob sie es satt habe, sich nach ihrem langen Lauf um Nebenflüsse zu kümmern, deren Wasser sie ohnehin bei Schwarmstedt an die magere Aller abgeben muss.

Die Familie des Arztes Dr. Wellmann hatte sich am Tellerrand der Stadt angesiedelt, am Hang des Galgenberges, und der hässliche Name des Berges wurde durch den Namen ihrer Straße, in der ihr Wohnhaus stand, wieder wettgemacht. Das freundliche Haus, genauer gesagt, die Hälfte eines Doppelhauses, war heimelig und trotzdem offen ausgelegt, mit großen Fenstern und Terrasse. Es stand in der Sebastian-Bach-Straße, die parallel zum Galgenberg verläuft. Zur Rechten und Linken wohnten Hildesheimer Geschäftsleute und städtische Beamte.

Rainer Wellmann, Sohn und einziges Kind von Bernhard und Hannelore Wellmann, ging die Silberfundstraße hinunter. Er hatte Marlene, seiner Freundin, versprochen, sie von ihrer Theaterprobe abzuholen. Marlene, dunkelhäutig, und von ihrem Vater, dem amerikanischen Lehrer und Besatzungssoldaten Charles Franklin, in den vierziger Jahren hinterlassen, mochte es nicht, allein in der Stadt unterwegs zu sein. Sie war zwar keinen Anfeindungen ausgesetzt, doch es nervte sie, ständig Blickfang der Passanten zu sein, deren

Köpfe sich entweder mit dummer Erstauntheit oder in gewohnheitsmäßiger Skepsis zu ihr drehten. Davor war sie geschützt, zumindest kam es ihr so vor, wenn sie Rainer an ihrer Seite hatte. Doch das Hildesheimer Theater wusste Marlene als Tänzerin zu schätzen. Schon früh war sie im Turn- und Gymnastikunterricht an ihrer Schule, der Goetheschule an der Goslarschen Straße, durch ihre Beweglichkeit aufgefallen. Ihre Lehrerin hatte sie überredet, Privatstunden bei der Tanzlehrerin Dorothea Kramer zu nehmen, die mit einem kurzen Blick Marlenes Talent erfasste.

„Kindchen, du musst etwas mit dir tun! Du hast alles instinktiv in der Bewegung, für das sich die meisten Mädels zu Tode üben. Wir müssen es nur kultivieren, und dann wirst du eines Tages soweit sein, das Tanzen zu einer Profession zu machen." Das „R" sprach sie in einer rollenden, veralteten Weise aus.

Seither hatte Marlene bei Dorothea Unterricht genommen. Als sie älter wurde und in die Pubertät kam, bemerkte sie, wie ihre Lehrerin sie manchmal mit sorgenvollen Seitenblicken ansah, wenn sie sich unbeobachtet fühlte.

„Mein Gott, Kindchen, was wirst du groß! Und wenn mich nicht alles täuscht, wirst du wahrscheinlich einen großen Busen und einen dazu passenden Po bekommen. Das ist alles nicht gut für klassisches Ballett, aber das heißt nicht, dass du keine gute Tänzerin werden kannst. Wir müssen nur umdenken. Was zu dir passt, ist Tanz für das Musiktheater, also Oper, Operette und Musical, meinetwegen auch Revue. Wir werden das jetzt systematisch üben."

Als Marlene vierzehn Jahre alt geworden war, vermittelte Dorothea Kramer sie an das Stadttheater Hildesheim. Das Theater hatte nur eine kleine Stammbesetzung für Tanz und Chor und musste aufstocken, wenn Bedarf bestand, und dabei half Dorothea mit ihren Schülerinnen aus. Marlene war es also seit Jahren gewohnt, auf der Bühne des Hildesheimer Theaters zu stehen. Im Moment steckte sie in den Proben für „Schneewittchen", dem Weihnachtsmärchen, und für die „Fledermaus", die zu Silvester ihre Premiere haben sollte.

Rainer bog in die Marienburger Straße ein und kam an den „Silberfund-Lichtspielen" vorbei, einem Vorstadtkino. Hier zeigte man Wochen später Filme, die in der Innenstadt längst gelaufen waren. Dafür waren die Karten billig und Rainer traf sich hier oft zum Kinobesuch mit Marlene und ihrer Freundin Renate. Meist saß er an Marlenes Seite, selten zwischen den Mädchen. Im Kino roch es etwas nach altem Staub, ein Geruch, den die Mädchenkörper irgendwann überlagerten, als sie anfingen, Deos und Parfüm zu benutzen. Zu dieser Zeit kam es vor, dass sich Rainers Hand auf Marlenes Knie verirrte, wenn es im Kino dämmrig wurde. Wenn Marlene gute Laune hatte, ließ sie es geschehen, hatte sie schlechte Laune, packte sie seine Hand und schob sie weg. Was Renate tun würde, wusste er nicht; er hatte es nicht ausprobiert.

Vor dem Bahnübergang am Lambertifriedhof musste er eine Weile warten, bis sich die Schranke hob. Es ging weiter in Richtung Innenstadt. Von der Malzfabrik F.W. Otto wehte ein süßlicher Dunst herüber. Rainer passierte das Fachwerkgebäude des Ostbahnhofes und ging an der Straße Immengarten entlang. Die Geschäftigkeit nahm nun zu; eine Anzahl kleiner Läden, zwei Fleischereien, Milch- und Gemüsegeschäft, säumten den Gehweg und Hausfrauen mit Einkaufstaschen eilten hin und her, denn es wurde Zeit, für das Abendessen einzukaufen.

Als Rainer die Goslarsche Straße überquert hatte, erblickte er eine Bäckerei, die sich wie ein Keil in das Straßenbild geschoben hatte, denn sie lag in einem spitzen Winkel zwischen Roon- und Luisenstraße und war von drei Seiten von Gehwegen umgeben, vielleicht nicht schlecht für das Geschäft, dachte Rainer.

Bald darauf erreichte er über die Roonstraße die Steingrube, einen der größten Plätze in Hildesheim, kam an dem „Haus der Jugend" und der Scharnhorstschule vorbei und bog nach links ab, den Rand der Steingrube passierend.

Die Steingrube baute man gerade um. Sie sollte ein Naherholungsgebiet werden, mit Pflanzenbeeten, Schachfeld und Trinkbude. Rainer erinnerte sich noch, wie sie in seiner Kindheit ausgesehen hatte: öd und leer, ohne Bepflanzung, doch die Ödnis wandelte sich ein paarmal im Jahr zum Budenzauber, wenn Jahrmärkte und Zirkusse hier Halt machten. Ihn schauderte, wenn er daran dachte, was ihm seine Lehrer auf dem Gymnasium Josephinum über die Steingrube erzählt hatten. Im späten Mittelalter war sie Hinrichtungsstätte gewesen und das Henken und Kopfabschlagen, Verbrennen von angeblichen Hexen und andere Bestialitäten bildeten eine Art Volksbelustigung, als wenn der Galgenberg nicht schon gereicht hätte. Vielleicht standen die Menschen damals den alten Römern mehr nahe, als es ihnen bewusst war, dachte Rainer. Auch die Römer hatten damals ihre Freude daran gehabt, wenn Menschen von wilden Tieren zerfleischt wurden oder sich in der Arena gegenseitig umbrachten.

Wenigstens hatte die Steingrube seit dieser Zeit eine Wandlung zum Guten erfahren: vom Steinbruch zur Hinrichtungsstätte, dann zum Volksfest- und Exerzierplatz für die preußischen Soldaten und schließlich zum Park.

Zur Linken kamen kleine Bierkneipen, so die Gaststätte Mull. Auch an der Ecke zur Luisenstraße stand eine kleine Kneipe, ebenso einige in den Seitenstraßen, wie die

Herderklause. Alle schenkten nur Bier und andere Getränke aus, zu essen gab es nichts, höchstens Kleinigkeiten, wie Rollmöpse und Würstchen. Trotzdem waren sie meistens gut besucht. Die Anwohner trafen sich abends zum Skat, Doppelkopf oder zum Knobeln, wenn es nichts Sehenswertes in den beiden Fernsehprogrammen gab.

Nach ein paar hundert Metern bog Rainer in die Theaterstraße ein. Das Theater lag neben der Thega, einem der größten Hildesheimer Kinos und erinnerte mit seiner Säulenfront an einen griechischen Tempel. An seiner rechten Seite ging es durch einen niedrigen Eingang zu den Funktionsräumen, Maske, Requisite, Probebühne und Kantine. Er brauchte nicht lange am Eingang zu warten; nach kurzer Zeit kam Marlene heraus und lief auf ihn zu. Sie schaute sich schnell nach beiden Seiten um, ob jemand zusah und drückte ihm einen flüchtigen Kuss auf die Wange. Trotz der feuchten Kälte dieses Tages trug sie nur einen kurzen Rock, ihre nackten Beine steckten in Sandalen und das einzige Warme an ihrer Bekleidung war die Strickjacke, die sie um ihre Schultern trug.

Rainer runzelte die Stirn

„Sieh zu, dass du dir keine Erkältung holst! Das nächste Mal kommst du wohl im Tutu daher, wenn ich dich abhole?" Marlene wirkte belustigt.

„Du denkst wohl wie alle anderen, ich friere leichter, weil meine Haut dunkel ist? Kein bisschen, ich vertrage Kälte gut, nur Hitze kann ich nicht besonders ab. Tutus tragen wir im Moment nicht, die passen nicht in die Choreographie der beiden Stücke, die wir proben. Das Kostüm für das Weihnachtsmärchen ist eine Ecke bieder, das für die „Fledermaus" schon nackiger, mal sehen, was du sagst, wenn du mich demnächst auf der Bühne siehst."

„Ich hoffe, dich haben sie nicht wie eine zweite Josephine Baker zurechtgemacht!"

„Nicht ganz so ausgezogen, vielleicht hatten sie gerade kein Bananenkostüm da", lachte Marlene.

Rainer musste schmunzeln. Marlene sah, was ihr Gesicht betraf, eher europäisch aus. Sie hatte große Augen mit langen Wimpern, eine gerade Nase und glatte, dunkelbraune Haare. Doch ihre Hautfarbe war ein tiefes Braun, keineswegs ein helles Mulattenbraun. So sehen manche Inderinnen aus, dachte er, die sind nur viel kleiner, soweit er das auf Abbildungen beurteilen konnte.

Eine Weile sprachen sie miteinander, Marlene lachend, mit einem schmachtenden Zug um den Mund, Rainer eher überrascht und erstaunt.

Marlene war in Versuchung, Rainer an die Hand zu fassen, als beide von der Theaterstraße in die Schillerstraße abbogen, ließ es aber lieber bleiben. Die Schillerstraße verlängerte sich in die Goethestraße, sie kamen in eine Gegend, welche nicht so sehr vom Krieg zerstört worden war. Opulente Villen standen hier, so auch das Haus des „Hildesheimer Club", eines Gesellschaftsvereins. Sie wechselten sich ab mit großzügig geschnittenen Mietshäusern, deren weiträumige Wohnungen wohl einmal für Begüterte gedacht waren; manche Fassaden hatte man mit Ornamenten, Figuren oder Köpfen verziert, wie es ab der Gründerzeit üblich war.

An der Ecke zur Moltkestraße fühlten sie sich von ihrer alten Schule beäugt. Marlene wusste nicht, wie sie jetzt hieß, denn sie hatte seit der Schulzeit mehrfach den Namen gewechselt und wurde deshalb nur „Moltkeschule" genannt. Rainer kam sie herrisch vor mit ihrem roten Ziegelsteingewand und den hohen Fenstern; der Bau sah so massiv aus, als sei er für die Ewigkeit geschaffen. Für die Lehrer traf das jedenfalls nicht zu, sein Lehrer Wilhelm Fräßdorf, an den

Rainer sich ungern erinnerte, weil er ihn als Kind einmal heftig verprügelt hatte, war vor ein paar Jahren in den Ruhestand gegangen.

Gegenüber der Schule stand die katholische St. Elisabeth-Kirche, aus grauen Steinen im Stil der Neoromanik erbaut und eine ähnliche Autorität ausstrahlend wie die Schule. Marlene und Rainer hatten diese beiden Institutionen der Hildesheimer Oststadt besucht, und es war ihnen manchmal vorgekommen, als stünden die Gebäude im Wettbewerb miteinander um die Gewalt über die Seelen der ihnen anvertrauten Kinder.

Als sie die Moltkestraße überquert hatten, änderte sich das Straßenbild der Goethestraße. Die Häuser wurden schmaler und schlichter, wahrscheinlich waren sie auch für einfachere Leute gedacht, deren Nachkommen vielleicht noch hier wohnten.

Es wurde dämmrig. Ein kalter Abendwind kam auf, riss Blätter von den Apfelbäumen im Pfarrgarten von St. Elisabeth ab und warf sie ihnen wirbelnd vor die Füße. Nach kurzer Zeit erreichten sie die Orleansstraße. Dort gab es noch Lücken zwischen den Häusern, die auf ihre Neubebauung warteten, denn die Bomben der Alliierten hatten hier mehr Unheil angerichtet als in der Goethestraße.

Ein paar Häuser weiter, rechts um die Ecke, wohnte Marlene, in einem alten roten Ziegelhaus gegenüber der Montoirestraße. Im Erdgeschoss befand sich ehemals die Bierkneipe „Zum goldenen Stern", deren beleuchtetes Kneipenschild gerade abmontiert wurde, denn der Wirt hatte die Gaststätte altersbedingt aufgegeben und fand keinen Nachfolger.

So schlug ihnen auch nicht der gewohnte säuerliche Biergeruch entgegen, mit den Ausdünstungen des Tabaks durchmischt, als sie den Hausflur betraten. Dafür stank es penetrant nach Ölfarbe und Salmiakgeist, denn der Maler war dabei, die Tapeten im Gastraum herunterzureißen und die Türen zu streichen.

Marlene und Rainer stiegen jetzt die Treppe zum nächsten Aufgang empor und drängten sich in eine Ecke. Rainer umfasste Marlenes Körper und drückte seinen Unterleib fest an sie, während Marlene ihre Arme um seinen Hals schlang, ihren Mund an seinen Mund presste und seine Lippen mit ihrer Zunge berührte. Rainer schob ihren Rock hoch und streichelte ihre Oberschenkel, augenblicklich regte es sich in seinem Unterleib. Marlene spürte das, lockerte etwas die Umarmung und strich sanft mit ihrem Unterkörper über das Zentrum seiner Erregung. Rainer hörte sein Herz immer mehr pochen. Marlene ließ los und lächelte Rainer an, mit einem mitleidigen Zug um den Mund. Sie legte einen Arm wieder um seinen Kopf und schaute ihn liebevoll an.

„Wird heute nichts, meine Mutter ist zuhause. Nächste Woche sind Tante Waltraud und Onkel Helmut mit den Äpfeln und dem Laubharken fertig, dann haben wir die Hütte wieder für uns allein."

„Wird aber kalt sein, wir haben Oktober!"

„Du hörst mir nicht zu! Was habe ich dir gerade vor dem Theater gesagt? Wenn wir zusammen sind und mir wird nicht mehr heiß, werde ich dich sowieso verlassen. Und dir sollte es genauso gehen. Wenn nicht, nimm eine Decke mit, und ich mache dich zusätzlich heiß. Werd mir schon etwas ausdenken!"

Marlenes nächste Verwandte, Waltraud und Helmut Münte, besaßen ein Gartengrundstück am Galgenberg, zu dem ein Gartenhaus gehörte.

Sie blieben noch eine Weile stehen und flüsterten miteinander. Irgendwann ging im zweiten Stock des Hauses eine Tür auf. Die Stimme von Marlenes Mutter rief: „Marlene?"

Marlene schob Rainer zur Seite und lief die Treppe hinauf. Auf dem nächsten Treppenabsatz drehte sie sich zu ihm hin und winkte. Rainer winkte zurück und ging hinaus.

Langsam ging er weiter, über die Schranke an der Goslarschen Straße zu seinem Elternhaus. Unterwegs blieb er stehen und hielt inne. Seine Gedanken kreisten. Als er versuchte, einen von ihnen zu packen, wurde ihm fast schlecht.

Er musste es Marlene sagen. Sobald wie möglich.

Rainer Wellmann war erst im Alter von vier Jahren nach Hildesheim gekommen. Er wurde in Rinteln an der Weser geboren. Sein Geburtshaus gehörte den Großeltern und stand dicht an der Weser inmitten eines großen Gartens. Zu seinen ersten Erinnerungen gehörte, wie er in einem Erker des Hauses auf dem Schoß seiner Mutter saß und beobachtete, wie Lastenschiffe langsam auf der Weser vorbeizogen.

„So große Autos?" Die Mutter lachte.

„Das sind keine Autos, mein Schatz. Das sind Bockschiffe voller Kohlen und Getreide. Sie schwimmen im Wasser auf der Weser. Die Weser kannst du von hier aus nicht sehen."

Wenn Mutter und Großmutter auf dem Markt einkaufen wollten, mussten sie über die Weserbrücke gehen. Der kleine Rainer hatte davor Angst, denn es schien ihm, sein kleiner Körper könne durch die Streben des Geländers rutschen und vielleicht in die Weser fallen, die dunkel und mächtig unter der Brücke floss. Also hielt er sich vom Geländer fern und balancierte auf der Kante des Gehweges über die Brücke, manchmal scheu zur Seite auf den Fluss guckend.

In Rinteln war es für Kinder auch besser, Angst vor der Weser zu haben. Fast in jedem Jahr ertrank ein Kind. Bevor Rainer nach Hildesheim zog, hatten seine Mutter und seine Tante bereits angefangen, ihm das Schwimmen beizubringen. In regelmäßigen Abständen ragten Buhnen, schmale, steinbedeckte Vorsprünge, rechtwinklig in den Fluss hinein. Zwischen ihnen war es flach und strömungsarm. Die Frauen stiegen mit ihm in das Wasser und versuchten, ihm Schwimmbewegungen beizubringen und er konnte irgendwann schon ganz gut zwischen ihnen hin und her schwimmen.

Am schönsten waren die Sommer an der Weser gewesen. Alles strahlte Helligkeit aus, das Licht bahnte sich seinen

Weg durch die große Trauerweide im Garten und sprenkelte den Rasen mit Sonnenflecken. Rainer packte die niedrigen Zweige der Trauerweide, zog die Knie ein und schaukelte über den Gartenweg. Manchmal, wenn es sehr heiß war, gab es selbstgemachtes Eis. Der Großvater, der kurz nach Rainers Geburt verstorben war, hatte eine Konditorei besessen und eine Eismaschine hinterlassen. Dann zogen Oma, Mutter und Tante mit ihm einen Bollerwagen über die Weser. An einem Keller neben der Brücke wurde bei einem Eismacher ein Block Stangeneis gekauft und nach Hause geschafft. Das Eis wurde zerkleinert und kam in den Mantel der Maschine, in deren Mitte sich ein großer Topf mit einer Mischung aus Milch, Sahne Zucker und Gewürzen befand. Dann musste man eine halbe Stunde drehen, damit das Eis nicht kristallisierte. Alle wechselten sich ab. Schließlich war das Vanilleeis fertig und wurde mit Kirschen und frischen Beeren aus dem Garten gegessen.

Rainers Vater Dr. Bernhard Wellmann wohnte zu dieser Zeit in Hildesheim und besuchte seine Familie nur manchmal an den Wochenenden. Der Krieg hatte şeine Ausbildung zum Facharzt für Innere Medizin unterbrochen, die er jetzt am St. Bernward Krankenhaus in Hildesheim nachholte. Durch die Zerstörung Hildesheims zum Kriegsende gab es massive Wohnungsprobleme, zudem erlaubte ihm sein schmales Gehalt als Assistenzarzt nicht, eine familiengerechte Wohnung zu mieten. Also lebte er über die Woche in einem kleinen Zimmer, welches ihm die Klinik zur Verfügung gestellt hatte. Dass sich in diesem Zimmer ab und zu eine Krankenschwester aus seiner Abteilung aufhielt, konnte er vor seiner Frau verbergen.

Anfang der fünfziger Jahre schloss er seine Ausbildung ab, und nach längerer Suche fand er eine für die Praxis geeignete Wohnung in der Einumer Straße, die er mietete und in der er nach kurzer Zeit eine fachärztliche Praxis für Innere Medizin eröffnete. Die Praxis lief von Anfang an sehr gut, denn in Hildesheim gab es außer in den Krankenhäusern kaum Fachärzte. Es sollte dann noch fast ein Jahr dauern, bis er eine weitere Wohnung in der Waterloostraße für seine Familie fand, die ihm mit viel Glück vom Wohnungsamt zugeteilt wurde.

Verglichen mit anderen Wohnverhältnissen war es fast eine luxuriöse Wohnung. Sie verfügte außer Bad und Küche über drei Zimmer und zwei Balkone. Geheizt wurde sie, wie überall, mit Kohle. In diesem Fall war es eine Etagenheizung und die Kohle musste jeden Tag mit Schütten zum dritten Stock transportiert werden, bei strenger Kälte mehrmals täglich. Über der ganzen Stadt hing im Winter ein Geruch nach Kohle, den jedoch kaum jemand wahrnahm.

Im Jahr 1951 zog Hannelore Wellmann schließlich mit Rainer nach Hildesheim um. Ihre wenigen Habseligkeiten konnten sie im DKW von Bernhard Wellmann verstauen. Wellmann besaß das Auto seit ein paar Wochen, er hatte es gebraucht erstanden und war stolz darauf, denn es gab nicht viele Autobesitzer in Hildesheim. Als sie, von Escherde und Emmerke kommend, über die Kaiserstraße in die Stadt fuhren, erschrak Rainer.

Die ganze Innenstadt war eine Trümmerwüste. Hausruinen, Schuttflächen und einzelne unzerstörte Häuser, die wie kranke Zähne aus einem gebrechlichen Mund herausragten, bestimmten das Bild. Manchmal konnte man Holzgerüste sehen, die einen wachsenden Neubau umrahmten.

Rainer fing an zu weinen.

„Hier will ich nicht wohnen, Papa. Hier ist alles kaputt." Der Vater tröstete.

„Hier wohnen wir nicht. Wo wir wohnen, ist das meiste heil. Es gibt da viele Kinder, mit denen du spielen kannst."

Die Hildesheimer Oststadt war weniger als andere Stadtteile vom Krieg zerstört worden, weil sie nur einen geringen
Anteil an Fachwerkbauten hatte. Doch auch hier gab es
Lücken, in denen zusammengefallene Ruinen standen.
Rainer musste an Rinteln denken, die helle Kleinstadt an der
Weser, die einzige Stadt außer Hameln, die er kannte. Auch
in Hameln hatte es Zerstörungen gegeben, doch nicht so
viele wie in Hildesheim. Rinteln wäre ebenfalls um ein Haar
zu Kriegsende von den Alliierten zerstört worden und nur
mit viel Glück konnte dies abgewendet werden.

Doch es war alles richtig, was der Vater gesagt hatte, um
ihn zu trösten.

Die Waterloostraße wies noch ein geschlossenes Bild auf;
zur Rechten stand eine lange Reihe unzerstörter Gebäude,
eine Mischung aus roten oder gelben Ziegelbauten aus der
Gründerzeit wechselte ab mit einfachen, weißverputzten
Häusern, die aus den dreißiger Jahren stammten. Zur Linken lag weiträumig die von einer Mauer begrenzte ehemalige Waterlookaserne.

Es war eine reine Wohnstraße. Ein einziger winziger Laden an der Ecke zur Goethestraße beherbergte einen Lebensmittelkrämer; die glockenschellende Eingangstür trug
wie eine Kopfbedeckung ein verblichenes, schwarzgoldenes
Schild mit der Aufschrift „Kolonialwaren". Die kleinen
Schaufenster des Ladens waren angefüllt mit den innen
erhältlichen Artikeln. Es schienen nicht viele zu sein; ein
Dutzend Wachstuchtüten mit der Aufschrift „Rindertalg" gesellte sich zu einer Variation von Konservendosen,
deren umhüllendes Papier mit dürftigen Fotos und fettgedruckten Überschriften den Inhalt der Ware anzeigten:
„Erbsen, extrafein", „Sauerkraut", „Deutscher Spargel" und
als Krönung „Ungarisches Gulasch, fein geschnitten". Eine
Ecke des Schaufensters zur Goethestraße war dekoriert mit

Schokoladeartikeln der Firma Stollwerck und Sarotti, daneben standen Flaschen mit Hochprozentigem von Asbach Uralt und Schinkenhäger. Zweimal im Jahr wurde umdekoriert, zu Ostern und zu Weihnachten. Es sah nicht so aus, als ob es in diesem Geschäft viele Frischeprodukte zu kaufen gab.

Gegenüber schlang die Spichernstraße einen Bogen an der Bahnstrecke entlang. Hier standen niedrige Häuser mit kleinen Höfen und Schuppen. Ihnen war anzusehen, dass man zu Anfang des Jahrhunderts wahrscheinlich noch Schweine und Hühner in einzelnen Ställen gehalten hatte. Ein Altwarenhändler stapelte auf seinem Hof Papier, Lumpen und Eisenschrott. Die Kinder sammelten derartiges, er wog es ab und drückte ihnen ein paar Groschen in die Hand.

Doch der Mittelpunkt der Gegend war das Gelände der Waterlookaserne. Es gehörte zu den Ungereimtheiten des Krieges, dass die Alliierten in Hildesheim zwar planmäßig zivile Gegenden zerbombt, aber einige militärische Einrichtungen ausgespart hatten, so auch die Kaserne. Weil sie unzerstört geblieben war, hatte sich inmitten ihrer Mauern in den frühen fünfziger Jahren eine bunte Mischung von ausgebombten Hildesheimer Familien, Flüchtlingen aus den ehemals deutschen Ostgebieten und Gewerbetreibenden angesiedelt. Die Flure mit den angrenzenden Unterkünften hatte man mit einfachen Holzwänden geteilt und zu Kleinwohnungen umgestaltet. Hier wohnten oft alleinstehende junge Witwen, deren Ehemänner im Krieg gefallen waren – ein Quell ständigen Geredes, der die Kommunikation des Viertels befruchtete.

Auf dem zentralen Platz der Kaserne stand nach Osten hin eine große Halle, ehemals für die Fahrzeuge des Militärs gedacht. In ihr hatte eine Obst- und Gemüsegroßhandlung, die halb Hildesheim versorgte, ihre Pforten geöffnet und der

Verkehr der ein- und ausfahrenden Groß- und Kleinlaster sorgte vom frühen Morgen bis zum Nachmittag für Geschäftigkeit. Am frühen Abend war die Halle geschlossen und für Einbruchsschutz sorgte eine Schäferhündin, die an einer Kette lag. Die Kinder hatten Angst vor ihr. Wenn sie ihrer Hütte zu nahe kamen, sprang sie hinaus, bellte sie wütend an und fletschte die Zähne. Sie schien ab und zu Besuch von Artgenossen zu bekommen, denn regelmäßig gebar sie Welpen, die frei umher liefen. Die Kinder spielten mit ihnen, merkwürdigerweise tolerierte sie das.

In einem der Häuser auf der anderen Seite hatte sich eine Pharmagroßhandlung niedergelassen. Es kam manchmal vor, dass ein paar herausgefallene Tabletten vor der Einfahrt lagen, wenn ein Fahrzeug sie verließ. Rainer hatte sie einmal für Pfefferminzpastillen gehalten und eine davon in den Mund gesteckt. Der eklige Geschmack, der ihn veranlasste, sie wieder auszuspucken, hatte ihn vielleicht vor Schaden bewahrt.

Im Gebäude gegenüber lag im ersten Stock eine Zahnarztpraxis. Das Sprechzimmer besaß ein großes Fenster zum Hof hin, und wenn es dunkelte, erkannte man die große, runde OP-Leuchte über dem Stuhl. Sie sah dann aus wie ein Mond.

Und dann gab es noch das „Klein Köln". Das Klein Köln war eine Bierkneipe, die in einer Baracke untergebracht war, die mitten auf dem Kasernenhof stand. Der Name rührte daher, dass der Wirt Willi Heise aus Köln stammte. In der Gegend um die Waterlookaserne wohnten mehrere Kölner Familien, die es nach Hildesheim verschlagen hatte, darunter auch Verwandte des Kölner Kardinals Frings.

Die Kneipe brummte. Schon am Vormittag kamen Angestellte der Gemüsehandlung und die Fahrer der Zulieferfahrzeuge und tranken ihr erstes Bier. Im Sommer hatte der

Wirt ein Fenster nach innen aufgeklappt, Kinder standen davor, und seine Frau verkaufte Eis in Waffeltüten. Ein wahrer Magnet war auch der Fernseher, den der Wirt besaß, das einzige Gerät weit und breit. Besonderer Zulauf fand bei Fußballspielen statt, und die Baracke bebte, als Helmut Rahn im Sommer 1954 bei der Weltmeisterschaft das dritte Tor für Deutschland schoss.

Das Klein Köln war auch so etwas wie die Keimzelle des Hildesheimer Karnevals. Die Kölner Kolonisten hatten mit anderen Hildesheimern einen Karnevalsverein gegründet, der in der Gaststätte „Berghölzchen" seine Sitzungen abhielt. Hier residierten die „Hildesheimer Funken" in ihren roten Uniformen, wurden Büttenreden gehalten und Tanzmariechen schwangen ihre stämmigen Beine. Der Lustruf der Hildesheimer Karnevalisten lautete: „Pott Heißa!"

Ein paar Jahre hatte man sogar einen Rosenmontagsumzug organisiert. Vor dem Klein Köln baute man die Festwagen zusammen und formierte sich zu Gruppen. Doch die Resonanz der nur schwer für rheinischen Frohsinn begeisterbaren Hildesheimer war allzu dürftig, sodass man diese Aktivität schnell wieder aufgab.

Waterloostraße und ihr Kasernengelände waren ein Paradies für die hier wohnenden zahlreichen Kinder. Hierhin verirrten sich nur wenige Fahrzeuge, sodass die Kinder hier ohne Gefahr spielen konnten. An jedem Morgen ertönte die Glocke des Milchfahrzeuges mit dem silberfarbenen Tank auf der Ladefläche; die Mütter eilten mit ihren Milchkannen herbei und ließen sich Milch abfüllen. Auf einem Verkaufsbrett verkaufte der Milchmann in Papier verpackten Quark und Stücke von Hartkäse.

Am Abend kamen die Laternenanzünder mit ihren langen Stangen und zündeten die Gaslaternen an. Auf den Stangen saßen Haken, mit denen sie die Ringe an den Laternen fassten. Wenn sie daran zogen, glimmten die Laternen auf. Die Jugendlichen des Viertels machten sich einen Spaß daraus, die Laternen „auszutreten". Wenn man kräftig gegen die Masten trat, gingen die Laternen wieder aus.

Auch Marlene stammte nicht aus Hildesheim. Ihre Mutter kam aus einer Kleinstadt in Franken und zog kurz nach dem Krieg nach Nürnberg. Ihr damaliger Verlobter war auf dem Russlandfeldzug umgekommen und Monika Schmidt sah sich gezwungen, ihren Lebensunterhalt allein zu verdienen. Dabei kam ihr zugute, dass sie zur Fremdsprachenkorrespondentin für Englisch und Französisch ausgebildet war.

In Nürnberg fand sie eine Stelle bei der amerikanischen Armee, die dringend Dolmetscher suchte. Ihr damaliger Chef war Captain Charles Franklin, einer der wenigen Schwarzen, die es bis zum Offiziersrang geschafft hatten. Franklin kam aus der Universitätsstadt Ithaca im Staat New York. Er hatte Wirtschaftswissenschaften und Germanistik studiert, arbeitete vor dem Krieg als Lehrer an einem College und hatte vor, sich zum Dozenten an der Universität weiterzubilden, doch der Kriegseintritt der USA kam dazwischen.

Zwischen Monika Schmidt und Charles Franklin entwickelte sich eine intensive Liebesbeziehung, die solange anhielt, bis Franklin Deutschland verließ. Aus dieser Verbindung stammte Marlene, die 1947 geboren wurde. Sie bekam diesen Vornamen, weil beide Elternteile zu jener Zeit für die deutsche Schauspielerin und Sängerin Marlene Dietrich schwärmten, die während der Nazizeit in die USA ausgewandert war.

Monika und Charles empfanden ihre Beziehung wie die Liebe ihres Lebens, die jedoch daran scheiterte, dass Charles verheiratet war und Frau und zwei Söhne in den USA zurückgelassen hatte. Seine Ehefrau Victoria, ebenfalls eine Schwarze – an eine Ehe zwischen Schwarzen und Weißen war zu dieser Zeit in den USA kaum zu denken – wusste von dieser Verbindung. Franklin hatte lange überlegt, ob er für immer in Deutschland bleiben, sich scheiden lassen und Monika heiraten solle. Am Schluss überwog sein Pflichtbewusstsein, vielleicht spielte zudem die Erkenntnis eine Rolle, dass auch im Nachkriegsdeutschland eine eheliche Verbindung zwischen Schwarzen und Weißen weithin auf Unverständnis stieß. Im Herbst des Jahres 1951 verließ Charles Franklin Deutschland, hatte sich aber bei seiner Ehefrau zuvor ausbedungen, mindestens alle zwei Jahre seine Tochter in Deutschland zu besuchen, an die auch regelmäßige Unterhaltszahlungen flossen.

Zur gleichen Zeit zog Monika Schmidt nach Hildesheim. Eine Rückkehr in ihre fränkische Heimatstadt konnte sie sich nicht mehr vorstellen; ihre hochbetagten Eltern hatten ihr direkt gesagt, mit dem Negerkind solle sie sich bloß nicht blicken lassen und weitere Verwandte besaß sie in dem Ort nicht. Ihre einzige Schwester Waltraud, die acht Jahre älter war als sie und ihr Schwager Helmut Münte wohnten in Hildesheim, und von ihnen allein bekam sie die notwendige Empathie für ihre Situation. Finanzielle Probleme hatte sie nicht.

In Hildesheim waren britische Truppen stationiert und mussten zu allen wichtigen Entscheidungen der Bürger ihr Einverständnis geben. Also brauchte man auch hier dringend Dolmetscher, sodass Monika Schmidt sofort eine Stelle bei der Stadtverwaltung bekam. Nach langem Suchen konnte sie über das Wohnungsamt eine Wohnung in der Orleansstraße beziehen, die für eine lange Zeit die Heimat für sie und Marlene werden sollte. Auch hier gab es in der ersten Zeit viel Gerede im Treppenhaus und Wortfetzen wie

„Schlampe, die sich mit einem Neger eingelassen hat", flogen ihr oft um die Ohren.

Irgendwann kehrte damit zumindest im Haus Ruhe ein. Den Bewohnern wurde es wohl zu langweilig, sich ständig über eine Mutter mit einem farbigen Kind aufzuregen und ihre ausfallenden Briefe an den Vermieter, der nicht von derartigen Vorurteilen geplagt wurde, solange die Miete für die Wohnung der Schmidts pünktlich ankam, blieben fruchtlos. Doch das traf auf die Umgebung nicht zu. Die allgemeine Spießigkeit der Nachkriegsdeutschen – vielleicht ein Überbleibsel aus der wilhelminischen Zeit, das wie eine faule Frucht aus der Seele der Nation herausgeschlüpft war, nachdem man sie von dem fäkalischen Mantel des Nationalsozialismus befreit hatte – manifestierte sich nun in schweigender Form. Womöglich besonders in Hildesheim, das ohnehin seine Kalamitäten mit den verschiedenen Religionszugehörigkeiten seiner Einwohner hatte, deren eine Hälfte der katholischen Kirche und deren andere Hälfte der evangelischen Kirche angehörte. Gemeinsame Spaziergänge von Mutter und Tochter in der Stadt gerieten oft zum Spießrutenlaufen, zunächst nicht offensichtlich, spätestens aber dann, wenn man sich umdrehte.

Es war eine Welt, glücklich für Menschen, die verdrängen und vergessen konnten. Die kleinen Wohnungen mit ihren dunkel-floralen Fenstervorhängen schufen innerliche Räume, abgeschlossen, halbzufrieden und sehnsuchtsvoll zugleich

Die Nation regierte der große Adenauer mit seinem grob unsymmetrischen Gesicht – Auge und Augenbrauen dominierten in paradoxer Weise mit ihrer Dominanz ausgerechnet die linke Seite. So lebte er ihnen in seinem Palais Schaumburg die nachkriegsbetonte Gemütlichkeit des polierten, scheinbar massiven Gelsenkirchener Barocks vor.

In Nürnberg hatte Marlene von solchen Vorurteilen noch nichts bemerkt, wahrscheinlich war sie damals noch zu klein gewesen. In Hildesheim traten sie jetzt für sie zutage, doch Marlene konnte im Laufe der Zeit ein enormes Ausmaß an Selbstbewusstsein entwickeln, das sie befähigte, damit umzugehen. Als sie in den Kindergarten in der Moltkestraße eintrat und hörte, wie die Frauen flüsterten, was sie mit dem Negermädchen anfangen sollten, rief sie laut in den Raum hinein: „Spielen, wie mit den anderen auch!"

Rainer, der neben ihr saß, fing daraufhin an, laut zu lachen und holte sich dafür einen Verweis. Zu diesem Zeitpunkt begann Marlenes Freundschaft mit Rainer. Sie schlossen sich bei den Spielrunden eng zusammen und Rainer bot ihr an:

„Komm doch mal zum Spielen in die Waterlookaserne, da gibt es viele Kinder!"

Im Nebenhaus in der Orleansstraße wohnte ein Mädchen, ein Jahr älter als Marlene, auch einzige Tochter einer alleinerziehenden Mutter. Es hieß Renate Wenzel und war blond und hübsch. Renates Vater hatte in den letzten Kriegstagen sein Leben verloren. Zwischen Marlene und Renate entwickelte sich eine intensive Freundschaft, die über ihre gesamte Kinder- und Jugendzeit anhalten sollte.

Wenn sie bei gutem Wetter auf der Straße spielen wollten, hatten sie in der Orleansstraße Probleme. Im Gegensatz zur Waterloostraße war die Orleansstraße eine Durchgangsstraße, eine Verbindungsachse zur Straße nach Goslar, die man über den Bahnübergang an der Goslarschen Straße erreichte. Zum Spielen war sie viel zu gefährlich, besonders bei Ballspielen, wenn ein Ball über die Straße rollte. Marlene und Renate wichen meistens auf die Steingrube aus, eine langweilige, öde Freifläche, die ihnen keinen Spaß machte.

Eines Tages hörte Marlene ein lautes Quietschen vor der Haustür. Sie lief die Treppe nach unten und schaute nach.

Um einen mit Steinen beladenen Lastwagen standen der Wirt vom „Goldenen Stern" und mehrere Passanten, deren Augen sich vor Schrecken geweitet hatten. Ein kleiner Junge war über die Straße gelaufen, der Laster konnte nicht rechtzeitig bremsen. Der Junge war tot, sein Kopf lag in einer Blutlache. Marlene lief wieder nach oben, schrie vor Entsetzen und fiel ihrer Mutter in die Arme, die sie lange trösten musste. An diesem Tag beschlossen Marlene und ihre Freundin Renate, künftig zum Spielen in die Waterloostraße zu gehen.

Ein paar Tage später tauchten sie auf dem Hof der Waterlookaserne auf. Die Kinder aus der Gegend hatten sich auf einem Rasenstück in der Ecke zur Spichernstraße versammelt und waren dabei, Verstecken zu spielen. Rainer sah die Mädchen und rief ihnen zu: „Kommt und macht mit!"

Als Marlene und Renate näher kamen, löste sich ein Junge aus der Gruppe und kam drohend auf sie zu. Es war Manfred Kunze, der auf dem Gelände der Kaserne wohnte. Manfred sah etwas schmuddelig aus, roch unangenehm und gab meist den Ton an, weil er älter und größer war als die anderen.

„Haut ab, ihr blöden Weiber. Du besonders, du braunes Stück Dreck! Der Hof gehört uns!"

„Wir denken nicht dran! Der Hof gehört uns genauso wie dir", entgegnete Marlene und schaute ihn zugleich belustigt und böse an. Manfred holte aus und schlug sie mit seiner Faust vor die Brust, sodass sie umfiel und wimmernd im Gras lag.

Im gleichen Moment schnellte Rainer auf Manfred zu und trat ihn mit voller Kraft gegen das Schienbein. Manfred, der darauf nicht gefasst war, hielt sich stöhnend das Bein.

Sogleich sprang Rainer ihm wie eine Katze an den Hals. Manfred stürzte zu Boden, Rainer kniete sich auf ihn und hämmerte ihm mit der Faust auf das Gesicht, bis ihm Blut aus der Nase lief.

„Wenn du wieder den Mädchen was tust, gibt es das gleiche noch mal!"

Manfred erhob sich langsam und schlich humpelnd nach Hause. Von diesem Zeitpunkt an gehörten die Mädchen dazu und konnten zum Spielen in die Waterloostraße kommen, wann immer sie wollten.

In dieser Zeit und auch in der Zeit, während die Kinder die Volksschule besuchten, wurde die Gegend um die Waterlookaserne ein Bestandteil ihrer Heimat.

Vieles fand auf dem Bürgersteig der Waterloostraße statt. Die Kinder hatten einen kleinen Pflasterstein an der Mauer zur Kaserne herausgenommen, die Höhlung diente als Topf. Dann ging es los. Jeder holte fünf Murmeln aus einem Stoffsäckchen, das die Mutter genäht hatte. Der Reihe nach stellten sich die Kinder auf den Rinnstein, bückten sich und versuchten, die Murmeln in den Topf zu schnippen. Wer als erster seine Murmeln im Topf hatte, gewann den ganzen Inhalt. Es gab gefärbte Tonmurmeln und bunte Glasmurmeln. Beide erhielt man im Schreibwarengeschäft Baxmann in der Orleansstraße. Glasmurmeln waren teurer, eine Glasmurmel zählte im Spiel drei Tonmurmeln, große noch mehr.

Ein weiteres Spiel, das die Kinder auch bei Regen spielen konnte, wenn sie sich unter einem Schuppendach versammelten, war das Kartenspiel mit den ausgeschnittenen Vorderseiten von Zigarettenpackungen. Viele Eltern rauchten Zigaretten, also war es kein Problem, an diesen Kartenersatz heranzukommen. Die Regeln waren äußerst einfach: zwei Kinder spielten gegeneinander, hielten die Karten verdeckt und legten sie der Reihe nach offen übereinander. Wenn eine gleiche Karte die hingelegte Karte überdeckte, gehörte deren Besitzer der ganze Stapel. Rainers Mutter rauchte „Gloria", Rainers Vater „Red Rock", beides waren häufige Marken. Monika Schmidt rauchte „Ernte 23", eine Marke für Damen, als solche in der Werbung gepriesen. Selten tauchte „Astor" in der Hartpackung auf, eine Zigarettenmarke, die als nobel galt und in der Weihnachtszeit viel gekauft wurde. „Eckstein" und „Overstolz" galten als typische Zigaretten für Maurer und Handwerker. Besonders gerne spielte Harald Sasse, Rainers bester Freund, dieses Spiel mit. Seine Grübeleien, wie man durch eine bestimmte Taktik gewinnen könne, kamen zwar zu keinem Ergebnis, doch er brachte es fertig, durch eine Art Tauschbörse ein paar Groschen zu verdienen, indem er beispielsweise seltene Marken wie „Senior Service"-Schachteln von den Briten abstaubte, tauschte und verkaufte.

Ballspiele fanden oft auf dem Hof der Kaserne statt, meistens spielten auch die Mädchen mit. Nur beim Fußballspiel ließen die Jungen sie nicht an den Ball, obwohl sie gern mitgespielt hätten.

Wenn die Kinder durstig waren, gingen sie zu Onkel Röhr. Onkel Röhr hatte auf einem Stück Rasen vor der Kaserneneinfahrt eine hölzerne Trinkbude aufgestellt. Außer Getränken gab es auch Eis am Stiel von Muku, Süßigkeiten und Tabakwaren. Onkel Röhr saß jeden Tag außer sonntags von morgens bis abends in seinem Kiosk; seine Frau brachte ihm immer um zwölf Uhr in einem Henkeltopf sein Mittagessen. Weil Onkel Röhr wegen einer Kriegsverletzung nur mühsam gehen konnte und daher nicht für körperliche Arbeit geeignet war, brauchte er die Bude für seinen Lebensunterhalt. Durch den Mangel an Bewegung wurde er immer dicker.

Das Lieblingsgetränk der Kinder war Kugelbrause. Das war eine Brause, die es in den grellen Farben Grün, Gelb und Rot gab, mit den Geschmacksrichtungen Waldmeister, Zitrone und Himbeere. Sie war in dickwandige Flaschen abgefüllt; als Verschluss diente eine Glasmurmel, die durch den Druck der Kohlensäure gegen eine Gummidichtung gepresst wurde. Wenn man sie in den Flaschenhals drückte, machte es Plopp und die Brause schoss nach oben. Nach ein paar Zügen aus der Flasche rülpsten die Kinder glücklich. Natürlich brauchte man Geld, wenn man bei Onkel Röhr etwas kaufen wollte, doch das Taschengeld der meisten Kinder reichte, um ein- oder zweimal in der Woche seine Trinkbude aufzusuchen. Rainer ging jeden Tag zur Praxis seines Vaters in der Einumer Straße und erhielt stets von ihm einen Groschen.

Wenn der Herbst kam, schoben Arbeiter das Laub von den vielen Bäumen auf dem Kasernengelände zu großen Haufen zusammen. Bevor es abgeholt wurde, warfen sich die Kinder der Reihe nach hinein, jubelten, drehten sich und schauten in den Himmel, über den die Wolken zogen, den moderigherben Geruch des Laubes in der Nase spürend. Das Spiel wiederholte sich mehrfach, bis sie alle schmutzig waren. Zuhause gab es dann Schimpfe von der Mutter, weil die gesamte Kleidung gewaschen werden musste. Rainer bekam einmal mit seiner Mutter Ärger, weil er sich wegen einer Mutprobe in eine Pfütze aus Hustensaft geworfen hatte, der vor der Pharmagroßhandlung ausgelaufen war.

Im Winter blieb der Kasernenhof oft leer. Meistens kam der erste anhaltende Frost Mitte Dezember und überzog die Bäume in der Waterloostraße mit einer glitzernden Eisschicht, sodass die Baumkronen aussahen wie ein kristallenes Gespinst. Zwischen Weihnachten und Neujahr folgte dann der Schnee und lud zu Schneeballschlachten ein. Die

Kinder bombardierten sich über die Straße hinweg mit Schneebällen, und wenn zufällig ein Kind einen Ball mitten in das Gesicht bekam, gab es manchmal Geweine und Tränen.

Doch jetzt lockte der Galgenberg mit seinen beiden Rodelbahnen. Rainer ging oft allein mit dem Schlitten los, hielt in der Orleansstraße an und klingelte bei Marlene und Renate. Wenn es ihre Mütter erlaubten, gingen die Mädchen mit. Die drei zogen ihre Schlitten hinter sich her, überquerten den Bahnübergang an der Goslarschen Straße und stiegen die Windmühlenstraße hoch, um zum Galgenberg zu gelangen.

Unterhalb des Bismarckturmes probierten sie anfangs schon einmal auf der verschneiten Wiese ihre Schlitten aus. Dann ging es zur Sache. Bei gutem Wetter konnte man schon von weitem die Rufe und das Lachen der Kinder und Erwachsenen hören, die sich auf den beiden Rodelbahnen bewegten. Rainer und die Mädchen fuhren den ganzen Nachmittag die Bahnen hinunter; manchmal banden sie ihre Schlitten zusammen. Wenn Harald dabei war, ging es auch zur Gretchenkuhle in der Nähe der Galgenberg-Gaststätte. Das war eine steile Schlucht, die mit Bäumen bewachsen war. Man fuhr zwischen den Bäumen im Schuss hinab. Der mutige Harald war der einzige von ihnen, der sich das traute, Rainer und die Mädchen guckten zu. Wenn es anfing zu dunkeln, gingen die Kinder nach Hause, wie sie es den Eltern versprochen hatten.

Oft wurden Kindergeburtstage gefeiert. Meist feierten die Mädchen und Jungen unter sich, nur Rainer und Harald waren Ausnahmen. Zu ihren Geburtstagen kamen außer ihren Freunden auch Marlene und Renate, ebenso waren sie bei den Mädchen eingeladen, wenn diese mit ihren Freundinnen feierten.

Als Marlene und Rainer sechs Jahre alt wurden, kamen sie in die Moltkeschule. Renate und Harald waren schon ein Jahr vorher eingeschult worden, weil sie älter waren. Dies wäre für Renates engste Freundin Marlene belanglos gewesen, doch es gab ein anderes Problem. Renate war nämlich evangelisch, während Marlene, Rainer und Harald katholisch waren, und in der Moltkeschule wurden die Kinder streng nach Konfessionen getrennt. Die Schule war räumlich ein Zwitterwesen; die linke Hälfte gehörte den Evangelischen, während die katholischen Kinder ihre Schulräume auf der rechten Seite hatten. Die Trennung setzte sich auf dem Schulhof fort. Auf ihm verlief eine unsichtbare Grenze, welche die Schülerinnen und Schüler nicht überschreiten durften. Marlene bedauerte das, weil sie in den Pausen mit ihrer Freundin zusammen sein wollte, und mehr als einmal versuchte sie, zu ihr hinüber zu laufen, wurde aber regelmäßig von der Pausenaufsicht zurückgepfiffen. Selbstverständlich wurden die evangelischen Kinder nur von evangelischen Lehrkräften unterrichtet, während der katholische Anteil unter der strengen Aufsicht von katholischen Lehrerinnen und Lehrern stand. Bemerkenswert war, dass fast alle Lehrerinnen, ob katholisch oder evangelisch, unverheiratet waren, von eigenen Kindern ganz zu schweigen.

Nur der Eingang zur Moltkeschule war für alle gemeinsam, fast ein frühes Aufflackern des ökumenischen Gedankens.

Um Religion ging es nicht nur im Religionsunterricht, sondern die Religion mit ihren Gedanken und Ritualen sollte ganzheitlich und durchdringend den gesamten Unterricht durchziehen und die Kinder körperlich und seelisch zu wertvolleren Menschen machen, ähnlich wie zu einem guten Steak eine Fettmarmorierung gehört, welche die Qualität und den Geschmack des Fleisches hebt.

Es gab noch eine weitere Besonderheit. In den Klassenräumen fand auch eine Trennung nach Geschlechtern statt, ähnlich wie in der St. Elisabeth Kirche, die Mädchen saßen rechts, die Jungen links. So hatte alles seine Ordnung. Marlene und Rainer, die gern nebeneinander gesessen hätten, überbrückten das, indem sie Gangplätze gegenüber besetzt hatten und sich so wenigstens hin und wieder Blicke zuwerfen konnten.

Als im Deutschunterricht von Frau Meyer-Rhotert einmal die Sprache auf die Evangelischen kam, fragte die Lehrerin, ob jemand über die Unterschiede zu den Katholiken Bescheid wisse. Rainer zeigte auf, die Lehrerin nickte.

„Die Evangelischen machen in der Messe alles fast so wie die Katholischen. Nur wenn das Geld eingesammelt wird, lassen sie keine Körbchen rumgehen, dann nehmen sie einen Apfelpflücker. Außerdem können ihre Pastoren kein Latein." Frau Meyer-Rhotert war fassungslos.

„Woher weißt du das alles, Rainer?"

Es stellte sich heraus, dass Rainer ein paarmal bei Bekannten seiner Eltern übernachtet hatte, weil seine Eltern auswärts eingeladen waren. Bei den Bekannten handelte es sich um zwei ältere Witwen, fromme Protestantinnen, die Rainer am Sonntag mit zum Gottesdienst genommen hatten, weil sie ihn nicht alleinlassen wollten.

„Weißt du nicht, dass der Besuch eines evangelischen Gottesdienstes eine schwere Sünde ist?"

„Wieso? Meine Mutter und meine Oma sind doch auch evangelisch!"

Frau Meyer-Rhotert fiel nichts mehr ein.

„Jedenfalls darfst du das nie wieder tun, sonst musst du es später beichten. Im nächsten Jahr kommt ihr zur Ersten Heiligen Kommunion. Ihr müsst euch darauf vorbereiten!" Rainer blickte zu Marlene und sah, dass sie die Hand vor den Mund gehalten hatte, um nicht zu kichern. Jedenfalls rettete ihre Hautfarbe sie davor, dass man ihren roten Kopf sah.

Ärger gab es auch manchmal am Freitag. Als der Lehrer Wilhelm Fräßdorf einmal Pausenaufsicht hatte, stieg ihm ein fettiger Geruch in die Nase. Auf der Suche nach dessen Quelle entdeckte er Rainer, der sich mit Harald unterhielt, während er sein Pausenbrot aß.

„Was hast du da auf deiner Stulle, Rainer?"

„Leberwurst, Herr Fräßdorf."

„Das ist eine Sünde. Weißt du nicht, dass heute Freitag ist?"

„Das hat bestimmt meine Mutter vergessen. Sie ist evangelisch."

„Das ist ganz egal. Du steckst sofort deine Stulle weg und sagst deiner Mutter, dass Katholiken am Freitag kein Fleisch essen. Kann dir nicht schaden, wenn du heute Vormittag einmal hungrig bleibst."

Den Religionsunterricht gab Dechant Hunold, der Pfarrer von St. Elisabeth. Hunold war ein streitbarer Diener Gottes und klappte die Kanzeltür am Sonntag etwas fester auf und zu, wenn die letzte Kollekte zu mager ausgefallen war. In diesem Fall war eine Donnerpredigt fällig, die wieder die Kollekte auffüllte. Der Priester scheute sich auch nicht, mal eine Ohrfeige auszuteilen, wenn ein Kind im Unterricht nicht den rechten Respekt für den Glauben zeigte.

Die Vorbereitung auf die Erste Kommunion bestand in der Hauptsache darin, den Katechismus zu lernen. Im Wesentlichen enthielt er die Zehn Gebote, in kindgemäßer Form ausgedrückt. Um sie für die heilige Beichte anzuwenden, war es zunächst nötig, das Gewissen zu erforschen, was wiederum voraussetzte, in der Seele der Kinder erst einmal ein schlechtes Gewissen für bestimmte Dinge zu erzeugen.

Über das sechste Gebot, mit dem die Kinder nichts anfangen konnten, stand zum Beispiel darin:

Habe ich Unschamhaftes gern gehört?
Habe ich Unschamhaftes gern gesehen?
Habe ich Unschamhaftes getan? Allein oder mit anderen?

An einem Sonntag nach Ostern kam dann der große Tag. Marlene ging stolz in die Kirche. Sie sah in ihrer Aufmachung umwerfend aus, war das hübscheste Kommunionkind und die Kirchenbesucher machten große Augen. Die Mutter hatte ihre Haare zu Zöpfen gebunden und ein Kommunionkleid mit Spitzen gewählt, deren Weiß den Kontrast zu ihrer braunen Haut besonders betonte.

Zum Anlass des Festes war Marlenes Vater Charles Franklin aus den USA angereist. Als sich die kleine Familie nach dem Gottesdienst vor der Kirche traf, um die paar Schritte zur Orleansstraße zu gehen, hakte sich Monika Schmidt bei Charles ein. Sie blickten nicht mehr zurück, um die bösen Blicke der älteren Frauen zu übersehen, die sich Übles zuzischelten. Vorher hatte es schon Krach in der Orleansstraße gegeben, denn die Hausbewohner wollten nicht dulden, dass der schwarze Amerikaner während seines Aufenthaltes in Deutschland bei der ledigen Mutter Fräulein Schmidt wohnte und drohten sogar damit, den Vermieter wegen Verstoßes gegen den Kuppeleiparagraphen anzuzeigen.

Monika Schmidt platzte schließlich der Kragen.

„Der Vater meines Kindes kann sooft und solange bei mir wohnen, wie ich will!"

Weil der Vermieter zu ihr hielt, wurde aus der Anzeige nichts.

Zweimal im Jahr gab es auf der Steingrube Jahrmarkt. Der Jahrmarkt war eine Kirmes, ähnlich wie das Hildesheimer Schützenfest auf der Schützenwiese. Das war größer, fand aber nur einmal im Jahr statt. Außer den üblichen Fahrgeschäften, Losbuden und Bratwurstständen hatten auch Kleinstunternehmen ihre Zelte aufgeschlagen, die mit Attraktionen für die Unterhaltung der Jahrmarktsbesucher ihr Geld verdienten. Ein Kasperletheater für die Kleinsten war immer dabei. Einmal wurde die dickste Frau der Welt ausgestellt. Die dickste Frau der Welt saß auf einem Sessel vor der Bühne, eingehüllt in eine riesige Decke, nur der Kopf guckte heraus. Der Ansager, ein Typ mit schmierigen schwarzen Haaren, unterhielt sich mit ihr und sprach in ein Mikrophon, das mit einem Taschentuch umwickelt war, damit die Feuchtigkeit seiner Spucke es nicht lahmlegte. Nach einer Weile wandte er sich zum Publikum.

„Kommen Sie herein, meine Damen und Herren, innen sehen Sie mehr!"

Er fügte hinzu: „Das gilt natürlich nur für Erwachsene!"

Manchmal brachte man auch Tiere zum Jahrmarkt, oft Ponys für eine Reitbahn. Irgendwann hatte sich wohl eine Krokodilfarm auf den Jahrmarkt verirrt, denn es wurden Krokodile jeglicher Größe ausgestellt, die man in ihren Bassins beobachten konnte.

Eine große Attraktion war einmal die Traber Truppe, eine Familie von Hochseilartisten, die ein schräges Drahtseil quer über die Steingrube gespannt hatten. Auf diesem Seil balancierten sie mit Stangen oder fuhren mit dem Motorrad hin und her.

Rainer und Harald gingen jeden Tag zur Steingrube, wenn Jahrmarkt war. Harald hatte eine Schwester, die Inge hieß und noch zu jung war, um mitzukommen und es gab Tränen, wenn er loszog. Oft holten die Jungen Marlene und

Renate aus der Orleansstraße ab. Die Eltern der Kinder waren zu Jahrmarktszeiten spendabel und gaben ihnen ein paar Mark extra mit.

Zwischendurch gastierten auch Zirkusse auf der Steingrube. Der größte Zirkus, der jemals sein Zelt aufschlug, war der Zirkus Althoff mit drei Arenen. Die Hauptattraktion der Vorführung bestand darin, dass man einen Artisten mit einer Kanone von einer Arena in die andere schoss. Einmal gastierte ein Varieté in einem Zirkuszelt; der Showmaster Peter Frankenfeld moderierte und seine spätere Frau Lonny Kellner trat als Sängerin auf. Auch eine Verkaufsschau hatte man einmal auf der Steingrube organisiert. In zwei Langzelten wurden neue Erzeugnisse präsentiert, meist Haushaltsgeräte, wie der „Starmix", der ganze Eier für die Herstellung zu Milchmixgetränken derart fein zerschlug, dass man die Schalenreste nicht mehr auf der Zunge spürte. Auch für Althergebrachtes wurde geworben, beispielsweise für den Bitterschnaps „Underberg", dessen Kleinflaschen mit Packpapier ummantelt waren.

Wenn Jahrmarkt oder Zirkus war, wirkte das Aussehen der Menschen südlicher, die Gesichter quollen für Hildesheimer Verhältnisse über vor Mimik und die Kinder liefen zwischen den genussvoll schlendernden Erwachsenen hin und her und bettelten ihre Eltern an. Die Hildesheimer Sinti kamen zahlreich und sozusagen in Einheitskleidung; die Frauen trugen hochhackige Sandalen und schwingende weite Röcke, die Männer Anzüge ohne Krawatte, von denen man den Eindruck gewann, dass sie ihnen nicht so recht passten.

Rainers Mutter konnte die Waren des täglichen Bedarfs vollständig in der Einumer Straße und den umliegenden Straßen besorgen. Von Bäckerei Kaune, Fleischerei Mock bis zum Fischgeschäft Ahrens und zum Milchgeschäft Peppermüller waren alle Läden vorhanden, in denen man Frischeprodukte bekam. Auf die Qualität der Butter legte Hannelore Wellmann besonderen Wert, die abgepackte Deutsche Markenbutter nahm sie nicht. Dafür ging sie ein Stück weiter in die Bahnhofsstraße zu Hammonia, wo verschiedene Sorten Butter und Margarine mit Holzlöffeln aus Fässern entnommen wurden. Die Klumpen klopfte man mit dicken Spateln zurecht, bis sie viereckig waren und schlug sie in Wachspapier ein. In der Goebenstraße, ganz in der Nähe der Wohnung der Familie Wellmann, gab es sogar eine Poststelle.

Rainer ging oft mit, wenn seine Mutter einkaufte, denn es fiel manchmal etwas für ihn ab. Doch die Innenstadt war noch weitgehend zerstört. Nur langsam wuchsen wieder neue Wohn- und Geschäftshäuser aus den Trümmern. Die großen Bekleidungsgeschäfte hatten sich vorübergehend am Rand der Innenstadt in hölzernen Behelfsbauten angesiedelt. Das Bekleidungshaus Mehrhardt & Kriegsmann war in einer Baracke untergebracht. Manchmal verkauften ausgebombte Geschäftsleute ihre Waren in ihren Privatwohnungen, so auch Frau Bergholz in der Waterloostraße, die vor dem Krieg ein Schreibwarengeschäft im Fachwerkhaus „Umgestülpter Zuckerhut" besessen hatte.

Nach der Grundschulzeit verließen als erste Harald und Renate die Moltkeschule.

Harald hatte gerade mal so eben die Aufnahmeprüfung für das Gymnasium Josephinum bestanden, die traditionelle Bildungseinrichtung für katholische Jungen in Hildesheim. Sein ausgeprägter Sinn für Geschäfte hatte dazu geführt, dass er sich in der letzten Volksschulklasse mehr mit dem Tausch und Verkauf von Comicheften, meist „Sigurd" und

„Tom Prox", befasst hatte, als es seinen Schulleistungen guttat.

Renate wechselte zum Goethegymnasium an der Goslarschen Straße. Mit der Grundschulzeit war auch die Zeit vorbei, in der Mädchen und Jungen gemeinsam unterrichtet wurden. Die Katholiken schickten ihre Jungen zum Josephinum und die Mädchen zur Marienschule, während die Söhne der Protestanten das Gymnasium Andreanum und die Töchter die Goetheschule besuchten. Die Scharnhorstschule nahm Jungen beider Konfessionen auf; die Goetheschule stand auch katholischen Mädchen offen. So war alles fein säuberlich geordnet. In jedem Fall wurden die Geschlechter im Schulunterricht getrennt.

Die schöne Spielzeit der Kinder rund um die Waterlookaserne ging nun langsam vorbei. Es bildeten sich einzelne Gruppen heraus, die sich manchmal trafen, auch Harald, Rainer und die Mädchen waren eine solche Gruppe. Harald und Rainer verbrachten nachmittags viel Zeit zu zweit und Renate und Marlene rückten ebenfalls enger zusammen. Doch auch das Verhältnis zwischen Rainer und Marlene blieb eng, weil beide noch ein Jahr lang gemeinsam die Klasse in der Moltkeschule besucht und einen ähnlichen Schulweg hatten. Was sich nicht änderte, war, dass alle vier im Winter gemeinsam mit den Schlitten zum Galgenberg zogen.

Ein Jahr später verließen auch Marlene und Rainer die Volksschule. Rainer, der ein guter Schüler war, bestand die Aufnahmeprüfung für das Josephinum ohne Mühe. Marlene trotzte ihrer Mutter ab, dass sie zur Goetheschule zu ihrer Freundin Renate kam. Die Goetheschule verlangte keine Aufnahmeprüfung.

Marlene, die ebenso geschwisterlos aufgewachsen war wie Rainer und Renate, verspürte indessen eine Art Trennungsschmerz von Rainer, und weil sie in den ersten Jahren Probleme im Fach Mathematik hatte, bat sie Rainer, ihr ein paar Nachmittage zu opfern, um ihr zu helfen. Rainer kam das sehr recht.

Rainers Vater war kein treuer Ehemann. Wenn er wieder einmal eine Affäre hatte, hing bei Wellmanns der Haussegen schief und seine Mutter hatte permanent schlechte Laune. Also sah Rainer zu, dass er dann seine Nachmittage nicht zu Hause verbrachte und besuchte seinen Freund Harald, der zusammen mit seinen Eltern und seiner Schwester Inge ein paar Häuser weiter in der Waterloostraße wohnte oder Marlene, deren Mutter nichts dagegen hatte, wenn die beiden nachmittags zusammen ihre Schularbeiten machten.

Marlene wuchs heran. Ihr Körper streckte und formte sich, es war wie das Eindringen eines neuen Organismus in sie, ein Vorgang, der sie oft erstaunt machte, wenn sie sich befühlte. Ihre Ballettlehrerin Dorothea Kramer sollte recht behalten; sie wurde groß und ihr wuchsen ausgeprägte Brüste, richtige Titten, meinte belustigt Renate, die etwas neidisch war, denn ihre Brüste waren klein. Dafür hatte Renate schönes dichtes Blondhaar und lange, wohlgeformte Beine.

Auch Rainer und Harald entwickelten sich immer mehr zu Männern. Beide wurden ungefähr gleich groß. Harald wirkte etwas schmaler, bekam dunkelbraunes, gelocktes Haar und verschmitzte Augen saßen in seinem breiten Gesicht, das etwas unpassend zu seiner feingliedrigen Figur wirkte.

Rainer sah stämmiger aus, hatte breite Schultern und eine fast athletische Figur. Seine helle Körperfarbe, die sich unter der Sonne schnell bräunte, betonte sein mittelblondes Haar, welches seinen Kopf umrahmte. Die Augen, von heller, blauer Farbe, schauten meist gutmütig, seinem Naturell entsprechend.

Ihre unterschiedlichen Figuren wirkten sich auf ihre Leistungen im Sportunterricht aus, Harald war der bessere Turner und Rainer der bessere Leichtathlet. Im Schwimmen brachten beide ähnliche Leistungen.

Der Schwimmunterricht der Josephiner fand im Sommer im Freibad Johanniswiese und im Winter in der alten Badehalle an der Speicherstraße statt, auf einem Gelände der Stadtwerke, aus dem ein dunkler Gasometer wie ein Gespenst herausragte. Zu dem Gelände führten Schienen, die neben der St. Bernward Kirche über die Straße führten und mitunter von Güterwaggons voller Kohle befahren wurden.

Die Badehalle war ein fensterloses Verließ, notdürftig erhellt von dem kalten Licht der Neonleuchten. Die Duschräume stanken, eklige Schleim- und Seifeströme liefen die Wände herab und das Wasser kam aus rostigen Duschköpfen. Regelmäßig holten sich die Kinder Fußpilz in dieser Umgebung; es brauchte mindestens ein Vierteljahr, um ihn wieder auszukurieren. Doch es gab auch einen Luxus: im oberen Drittel der Halle lief eine balkonartige Galerie ringsum, auf der sich niemals jemand aufhielt; vielleicht war der Architekt ein verkappter Spanner.

Zum Ende der fünfziger Jahre eröffnete die Stadt Hildesheim voller Stolz an gleicher Stelle eine neue Schwimmhalle, diesmal mit einem großen Fenster und einem Sprungturm versehen, drei und fünf Meter hoch. Zur Eröffnung gab es einen Länderkampf im Schwimmen mit der berühmten Olympiaschwimmerin Ursula Happe.

Der Oberschullehrer Lange vom Josephinum, der sich stets mit „Herr Studienrat" anreden ließ und sämtliche Schulklassen in Sport unterrichtete, legte großen Wert darauf, dass jeder Schüler wenigstens einmal vom Fünfmeterbrett sprang. Für Harald kein Problem, aber Rainer zögerte lange.

„Runter, Wellmann, ein deutscher Junge fürchtet sich nicht vorm Fünfmeterbrett!"

Rainer sprang.

Die Front der in die Kaiserstraße ragenden Badehalle zierte ein gebogenes Vordach mit der Aufschrift „Stadtwerke Badehalle". Als Rainers Vater Dr. Bernhard Wellmann mit seinem Opel Kapitän die Kaiserstraße entlang fuhr, die man gerade zu einer Art Autobahn umbaute, murrte er:

„Was ist das nur für ein Blödsinn! Entweder, es heißt „Städtische Badehalle" oder einfach „Badehalle". Das ist doch gar kein richtiges Deutsch!" Er hatte diesmal recht, fand Rainer.

In der achten Klasse waren Harald und Rainer in der Schule wieder zusammengekommen. Weil Harald es mit seinen Geschäften übertrieben hatte – zu „Sigurd" und „Tom Prox" kamen „Micky Maus" und „Fix und Foxi" hinzu – blieb er sitzen und musste die Klasse wiederholen. Zu Rainer sagte er:

„Ich steige jetzt auf Briefmarken um. Das kostet nicht so viel Zeit und bringt sogar noch mehr ein."

Also verbrachte er den größten Teil der Pausenzeit damit, mit seinen Mitschülern Briefmarken zu tauschen. Nebenbei ging trotzdem der Comicverkauf weiter.

Gegen Ende der zehnten Klasse überraschte Marlene ihre Freunde Harald und Rainer mit einer Mitteilung.

„Ich werde Ostern von der Goetheschule abgehen. Die Mittlere Reife reicht mir."

„Warum das?", entfuhr es Rainer, „du bist doch eine gute Schülerin!"

„Damit hat das gar nichts zu tun", entgegnete Marlene. „Es gibt zwei gute Gründe dafür. Ich möchte auf alle Fälle einen Beruf lernen, der mit Fremdsprachen zu tun hat, aber auf keinen Fall Lehrerin werden, den Ärger mit meiner Hautfarbe habe ich satt. Dann bleibt nur „Fremdsprachenkorrespondentin", also Dolmetscherin, übrig, das ist der gleiche Beruf, den meine Mutter hat. Wenn man das werden will, braucht man kein Abitur, es genügt eine Fachausbildung nach der Mittleren Reife. Und die wird hier in Hildesheim in mehreren Fachschulen angeboten. Ich werde die Fächer Englisch und Spanisch belegen und habe mich schon bei einer angemeldet."

„Wieso Spanisch und nicht Französisch?", fragte Harald.

Marlene lächelte.

„Weil Spanisch weltweit von viel mehr Menschen gesprochen wird als Französisch. Hast du das nicht gewusst?"

„Hat dein Berufswunsch auch etwas mit deinem Vater zu tun?", wollte Rainer wissen.

„Vielleicht. Ich könnte mir vorstellen, mal eines Tages zu ihm in die USA zu ziehen. Aber ihr habt mich ja gar nicht nach meinem zweiten Grund gefragt."

„Dann tun wir das."

„Also, das, was mir am meisten von allen Tätigkeiten – außer natürlich, mit euch zusammen zu sein! – gefällt, ist das Tanzen. Meine Ballettlehrerin hat mir gesagt, dass ich dafür außerordentliches Talent habe und fördert mich. Nach Ostern nehme ich außer an dem Einzelunterricht bei meiner Lehrerin noch an einem Gruppenunterricht in Hannover teil, den hat sie mir vermittelt. Es gibt eine Tanzakademie für Fortgeschrittene, die professionell tanzen lernen wollen. Die Schule arbeitet eng mit der Staatsoper zusammen. Vor kurzem haben sie eine Klasse für Musical eingerichtet, und in diese Klasse bin ich nach einem Probetanzen aufgenommen worden, als die Einzige von zwölf Bewerberinnen. Und nun könnt ihr staunen! Ich werde auch in Gesang ausgebildet, denn von Musicaltänzerinnen erwartet man, dass sie auch singen können, mindestens im Chor.

Musicals sind in den USA das große Geschäft, und ihr werdet sehen, dass sie auch in den deutschen Theatern Fuß fassen werden. Sie sind ein Ausgleich für die vielen Operetten, die sich überholt haben und die das Publikum nicht mehr hören und sehen will."

„Ist das nicht ein bisschen viel zusammen, Sprachenschule, Einzelunterricht im Tanzen und Schule in Hannover? Und dann kommen doch noch die Proben und Aufführungen beim Theater in Hildesheim dazu!" Marlene strahlte und umarmte ihre beiden Freunde.

„Nein, es wird Spaß machen, unglaublich viel Spaß! Hannover ist kein Problem, alle halbe Stunde geht von Hildesheim ein Zug ab und meine Wege zu Fuß sind kurz. Renate weiß schon Bescheid und freut sich mit mir."

Im Herbst kam Renate auf Marlene zu. Sie hatte ein Anliegen.

„Es geht jetzt mit der Tanzstunde los. Unsere Klasse ist dran."

„Wie schön für euch."

„Gar nicht schön. Ich hab keine Lust dazu, allein mitzumachen. Kannst du nicht mitkommen?"

„Machst du Witze? Ausgerechnet ich soll es nötig haben, mit euch tanzen zu lernen?" Marlene sah Renate spöttisch an. Renate zog die Stirn kraus.

„Es geht doch hier um Gesellschaftstanz, zusammen mit den Jungs von den anderen Schulen. Das ist etwas ganz anderes und kann vielleicht sogar aufregend sein und Spaß machen." Marlene überlegte eine Weile.

„Also gut, ich mache mit. Aber nur, wenn Rainer und Harald auch mitkommen."

Renate sprach mit den beiden, die lange zögerten und sich dann doch zum Mitmachen entschlossen.

Die Tanzstunde fand in den Räumen einer Tanzschule in der Schuhstraße statt. Rainer und Harald erschienen mit den Mädchen, beide trugen neue Anzüge. Auch die Mädchen hatten neue Kleider spendiert bekommen, je eines für die Tanzstunden und eines für den Abschlussball. Der Tanzlehrer machte sie mit den Gepflogenheiten des Gesellschaftstanzes bekannt, danach ging es los.

Am Tag nach dem ersten Tanzunterricht ging Renate zu Marlene.

„Wie fandest du das?"

„Na ja, ganz einfach."

„Und die Jungs?"

„Waren ein paar nette dabei."

„Hast du schon eine Einladung zu dem Abschlussball bekommen?" Marlene schaute Renate erstaunt an.

„Ich? Nein." Renate blickte ihr triumphierend ins Gesicht.

„Ich bin schon dreimal eingeladen worden. Ich habe aber noch nichts angenommen, sondern die Jungs vertröstet, Ich warte noch und suche mir den nettesten aus."

Renate ging schließlich mit einem dunkelhaarigen Sportlertyp zum Abschlussball, der vom Gymnasium Andreanum kam. Harald hatte sich ein kleines pummeliges Mädchen ausgesucht, dessen Gesicht nicht einmal besonders hübsch war. Rainer fragte ihn erstaunt:

„Hast du nichts Besseres gefunden? Du lässt doch sonst nichts anbrennen, in jeder Beziehung?" Harald grinste.

„Hat seine Gründe. Du wirst schon sehen."

Nach der dritten Tanzstunde brachte Rainer Marlene nach Hause. Sie hakte sich bei ihm ein. Es hatte sich zufällig ergeben, dass Rainer Marlenes letzter Tanzpartner war und es war üblich, dass der Tanzpartner des letzten Tanzes seine Dame auf dem Heimweg begleitete. Marlene wirkte niedergeschlagen. Sie fragte ihn:

„Bin ich denn so hässlich, Rainer? Bislang hat mich noch kein Junge zum Abschlussball eingeladen."

Rainer blieb stehen und schaute Marlene überrascht in das Gesicht. Laut und fest antwortete er:

„Spinnst du? Renate und du, ihr seid die beiden hübschesten Mädchen im Kurs! Dass dich niemand eingeladen hat, liegt natürlich an deiner Hautfarbe, einer schönen Hautfarbe, wie ich finde. Die Jungens trauen sich eben nicht, dich einzuladen, obwohl sie es gerne täten. Das ist weniger Rassismus, darüber brauchst du nicht nachzudenken, sondern Dummheit und Feigheit. Bei dem Ball sind die Eltern anwesend, wie du weißt. Und wenn sie sehen, dass ihr Sohn eine dunkelhäutige Tanzpartnerin eingeladen hat, machen die vielleicht auch ein dummes Gesicht, und davor haben diese Spießer Angst.

Dafür mache ich dir einen praktischen Vorschlag: wir beide gehen gemeinsam zum Ball. Ich habe nämlich bislang kein Mädchen eingeladen, weil mir keins richtig gefällt, außer dir und Renate. Das setzt natürlich voraus, dass du meine Einladung annimmst."

„Machst du das wirklich nicht nur aus Mitleid mit mir?"

„Überhaupt nicht. Und außerdem werden meine Eltern kein dummes Gesicht machen, weil sie dich kennen. Bist ja oft genug bei uns gewesen."

„Also, ich nehme die Einladung gern an. Ich verspreche dir dafür, dass du mit mir zusammen besser tanzen lernst als mit den anderen Mädchen."

„Ist schon okay."

Als sie sich vor der Haustür verabschiedeten, gab Marlene Rainer einen Kuss auf die Wange

Danach lief sie schnell in ihre Wohnung.

Das war ein ganz angenehmes Gefühl gewesen, dachte Rainer, als er nach Hause ging. Für eine Weile kamen in ihm Gedanken hoch, die er vorher in dieser Weise noch nicht gehabt hatte.

Sein Heimweg dauerte nun länger als in vergangenen Zeiten. Vor zwei Jahren hatten seine Eltern die Wohnung in der Waterloostraße aufgegeben und waren in ihr neues Haus in der Sebastian-Bach-Straße gezogen. Auch der Schulweg zum Josephinum verlängerte sich; manchmal nahm Rainer den Bus und manchmal nahm ihn sein Vater mit dem Auto mit, wenn er morgens zu seiner Praxis fuhr, die er mittlerweile in die Schuhstraße verlegt hatte. Harald hingegen wohnte immer noch in der Waterloostraße.

Der Abschlussball fand in der Gaststätte „Vier Linden" statt. Hier gab es einen mit Spiegeln ausgestatteten Saal mit einer Bühne für die Tanzkapelle und einer großen Tanzfläche. Der Ball fing damit an, dass die Schülerinnen und Schüler des Tanzkurses auf die Tanzfläche traten und eine Polonaise und danach einen eingeübten Formationstanz aufführten, während die Eltern zuschauten.

Für viele der Ballbesucher war das Wichtigste an diesem Abend die Vorführung der neuen Aufmachung der Mädchen.

Es zeigte sich, dass die Bandbreite der Kleider zu wünschen übrig ließ, kein Wunder, waren doch die meisten Kleider bei den Modehäusern Fiedler oder Günther gekauft, den einzigen, die eine gewisse Auswahl boten. Meist waren die Kleider weiß oder pastellfarben und mit Applikationen wie Schleifchen oder Rüschen besetzt, was oft einen albernen oder unpassend kindlichen Eindruck machte, zumal dann, wenn deren Trägerin groß war. Einzig Marlene fiel aus dem Rahmen.

Sie hatte zusammen mit ihrer Mutter in Hannover ein leuchtend rotes, ganz schlichtes Kleid ohne jede Detailverliebtheit gekauft – diese Farbe konnten nur Dunkelhäutige tragen, weil sie eine Hellhäutige viel zu blass gemacht hätte. Das Kleid war schulterfrei und eröffnete eine Prise Sex, was mit den anerkennenden Blicken der Tanzschüler und Väter bedacht wurde.

Wenn Rainer mit ihr tanzte, senkte er manchmal seinen Kopf zu ihren Schultern hin, die braun, rund und appetitlich vor seinen Augen lagen. Unter ihrer Weichheit erahnte man die kräftigen Muskeln einer Tänzerin.

Als Rainer den Duft ihrer Haut mit der Nase einsog, spürte er, dass sich der frische Kinderduft Marlenes, den er schon so lange kannte, um ein paar Nuancen vermehrt hatte. Ihr Geruch kam ihm jetzt schwerblütig und fraulich vor und ließ sich nicht von dem Geruch der paar Tropfen Parfüm verdecken, die Marlene aufgetragen hatte. Die Haare hatte sie sich zu einer Hochsteckfrisur binden lassen, die sie zwar älter machte, aber Aufsehen erregte. Rainer war stolz auf seine Tanzpartnerin, als er die neidischen Blicke der anderen Tanzschüler bemerkte.

Während der Tanzpausen saßen sie mit Marlenes Mutter und Rainers Eltern zusammen an einem Tisch. Rainers Vater Bernhard Wellmann war bestens gelaunt, man merkte, dass auch ihm Marlene gefiel, die er in der Vergangenheit oft abschätzig als „Negermädchen, mit dem sich mein Sohn herumtreibt" bezeichnet hatte. Doch auch Marlenes Mutter galt seine Aufmerksamkeit. Monika Schmidt war eine hübsche, brünette Person, die sich ihre schlanke Figur über die Zeit erhalten hatte. Sie trug ein cremefarbenes Cocktailkleid, das sie zusammen mit Marlenes Kleid im gleichen Geschäft in Hannover erworben hatte. So wanderten seine Augen zwischen Marlene und ihrer Mutter Monika hin und her, was das offensichtliche Missfallen von Hannelore Wellmann erregte, die ihre Eifersucht kaum verbergen konnte – Grund dazu hatte sie in der Vergangenheit oft genug gehabt.

Der Nebentisch war von Harald, seiner Tanzpartnerin Erika und den beiden Elternpaaren besetzt.

Die blonde Erika trug ein rosa Kleid mit Schleifchen an den Ärmeln. Es war eine durchaus unglückliche Wahl, weil das Kleid ihre Pummeligkeit betonte und ihrer Gestalt etwas Schweinchenhaftes gab. Doch sie blickte froh auf Harald, der sich fast die ganze Zeit mit Erikas Vater unterhielt und ihm durch Gestik und Gebärden sein Selbstbewusstsein vermittelte, das offensichtlich dessen Wohlgefallen erregte.

Der Ball dauerte bis eine halbe Stunde nach Mitternacht und endete mit einem letzten Tanz der Tanzpaare, die beim Abschlussball zusammen gekommen waren. Der Heimweg gestaltete sich etwas kompliziert, weil das „Vier Linden" am Stadtrand lag und das Wetter mit Regen und Wind kaum eine Rückkehr zu Fuß erlaubte. Eine Taxe nach der anderen fuhr vor die Gaststätte. Dr. Bernhard Wellmann wandte sich an Monika Schmidt.

„Ich finde, wir sollten die Kinder vor uns gehen lassen. Ich bestelle ihnen auf meine Kosten eine Taxe und wir drei trinken hier zusammen noch eine schöne Flasche Wein. Dann fahren wir zu dritt auch mit der Taxe nach Hause. Mein Auto habe ich sowieso in der Garage gelassen. Wie wäre das?"

Monika Schmidt war einverstanden.

Als Marlene und Rainer vor der Tür in der Orleansstraße standen, schlang Marlene ihre Arme um Rainers Hals und gab ihm einen Kuss auf den Mund, zum ersten Mal, soweit er zurückdenken konnte. Früher war ein gegenseitiger Mundkuss manchmal ein einzulösendes Pfand bei einem Kindergeburtstag gewesen.

„Danke, Rainer."

„Wieso danke? Ich müsste danken. Du warst das hübscheste Mädchen heute Abend. Ich war ganz stolz auf dich."

„Dann ein weiteres Danke für das, was du gesagt hast." Sie gab ihm noch einmal einen Kuss.

Nach dem Tanzkurs hörten Rainer und die beiden Mädchen kaum noch etwas von Harald. Rainer traf ihn zwar jeden Tag in der Schule, doch Harald hielt sich bedeckt, wenn man ihn danach fragte, was er den ganzen Tag treibe. Er habe eine Menge zu erledigen, war seine stereotype Antwort. Indessen, das Rätsel seiner häufigen Abwesenheit sollte bald gelöst werden.

Eines Tages war Rainer in der Steuerwalder Straße unterwegs. In der Nähe der Gallwitzkaserne gab es ein Geschäft für Motorräder und Motorroller, die in den Schaufenstern aufgestellt waren und deren Chromverzierungen in der Sonne blinkten. Dem Geschäft war eine Werkstatt angeschlossen. Durch die offene Tür sah er Harald, der an einem Motorroller schraubte. Ein Mädchen stand bei ihm, Rainer erkannte in ihr Haralds Tanzstundendame Erika. Rainer ging zu den beiden hin.

„Hallo, Harald, hier bist du also immer!" Die beiden drehten sich zu ihm.

„Klar, ich arbeite hier für Erikas Vater. Ihm gehört das Geschäft. Erika kennst du ja aus dem Tanzkurs!" Erika lächelte verlegen.

„Musst du nicht für die Schule arbeiten? Wir machen übernächstes Jahr Abitur!"

„Das tue ich abends. Natürlich nicht, wenn ich Fahrstunde habe. Nach Ostern ist immer noch Zeit. Erst einmal arbeite ich hier bei Herrn Stockmeyer als Aushilfe, bis ich mir einen gebrauchten Roller verdient habe." Erikas Vater trat aus dem Laden und kam auf die Gruppe zu.

„Herr Sasse ist ausgesprochen gelehrig und fleißig", sagte er zu Rainer und lächelte. „Wenn er so weitermacht, hat er sich in vier Wochen den Roller verdient."

Die Sache klappte. Nach Ostern konnte Marlene durch das Fenster sehen, wie Harald mit einer hellblauen Vespa durch die Orleansstraße brauste. Auf dem Rücksitz saß Erika Stockmeyer und präsentierte ihr pralles Hinterteil, das sie in eine Jeans gezwängt hatte.

Von nun an fuhr Harald fast jeden Tag mit seiner Vespa in der Oststadt Hildesheims herum. Doch nach ein paar Tagen wechselte die Beifahrerin. Erika schien abgemeldet zu sein, Renate saß jetzt hinter ihm. Harald versammelte auch andere Vespabesitzer um sich. Bald wurde der Hof der Waterlookaserne zum Vespatreff, nicht zur Freude der Anwohner. Harald zeigte den anderen Fahrern, wie man kleine Reparaturen durchführt und handelte mit Ersatzteilen, die er von irgendwelchen dubiosen Quellen bezog. Manchmal führte er auch Reparaturen gegen Entgelt durch. Zu Rainer sagte er:

„Du, meine Vespa habe ich mir schon doppelt und dreifach verdient. Die bringt mir jeden Tag was ein."

„Handelst du noch mit Comicheften und Briefmarken?"

„Ach was, das lohnt sich doch nicht!"

Zum Missfallen von Marlene ließ sich Renate nur noch selten bei ihr blicken, weil sie ständig mit Harald unterwegs war. Dafür kam Rainer jetzt öfter zu ihr, oder sie besuchte Rainer in der Sebastian-Bach-Straße. Manchmal gingen sie abends ins Kino, doch Harald kam meistens nicht mit, weil die Tage länger wurden, sodass er sich ausgiebiger mit seiner Vespaschrauberei beschäftigen konnte.

Seit dem Tanzkurs knisterte es zwischen Rainer und Marlene. Ihre Beziehung schien ihnen nun in ungeahnter Weise fremd zu sein und wurde zu einem spannungsgeladenen, aufregenden Verhältnis, während ihre Körperlichkeit immer mehr erwachte. Marlene wartete, manchmal amüsierte sie sich über Rainer, der erst seine Schüchternheit überwinden musste.

Wenn sie gemeinsam zuhause für die Schule arbeiteten, setzten sie sich nicht mehr gegenüber, sondern nebeneinander und irgendwann schaffte es Rainer, den Arm um Marlene zu legen. Nach einer Weile drehte Marlene ihren Kopf zu ihm hin und lächelte ihn ironisch an.

„Was lachst du, Marlene?", fragte Rainer unsicher.

„Keine Angst, Rainer, ich lach dich nicht aus. Ich finde nur, dass du ein bisschen feige bist." Rainer traute sich.

Er gab sich einen Ruck. Er streckte seine Hände langsam vor, nahm ihren Kopf und zog ihn zu sich heran, bis ihre Lippen sich trafen. Sie verweilten genussvoll und als sie sich lösten, seufzte Marlene ein wenig. Es war, als wäre ein Ballon geplatzt. Sie hielten einen Moment inne, schauten sich in die Augen, um festzustellen, dass sie sich gleichermaßen verschreckt und erwartungsvoll ansahen. Dann fassten sie sich an der Hand und gingen zu Marlenes Bett.

„Sei bloß still", flüsterte Marlene, „meine Mutter ist in der Wohnung."

Als Rainer eine halbe Stunde später aufbrechen wollte, schaute ihn Marlene verschmitzt an. Sie zeigte ihm ein Schlüsselbund, an dem zwei Schlüssel hingen.

„Das wird jetzt unser Nest, in dem wir uns ungestört treffen können, Rainer!"

„Was soll das heißen?"

„Die Schlüssel gehören zu dem Garten und der Gartenhütte von meiner Tante und meinem Onkel. Du müsstest den Garten vielleicht noch kennen?" Rainer nickte.

Waltraud und Helmut Münte, Marlenes nächsten Verwandten, gehörte ein Gartengrundstück am Galgenberghang, ganz in der Nähe der Rodelbahnen. Sie hatten dort Obstbäume, pflanzten Obst und Gemüse an und verbrachten hier manchmal ihre Wochenenden. In einer Ecke des Gartens stand eine Hütte mit einem angebauten Schuppen. „Onkel Helmut ist fast sechzig. Zur Gartenarbeit hat er noch nie Lust gehabt. Tante Waltraud hat Rheuma und gerade akute Beschwerden. Die Frühjahrsbestellung mit dem ganzen Gemüse war für sie diesmal wohl zu anstrengend gewesen. Sie haben mich gefragt, ob ich mit Renate gegen ein kleines Entgelt bis zum August den Rasen mähen und auf das Gemüse aufpassen könne, also Unkraut jäten, Ungeziefer verjagen und gießen, wenn nötig. Natürlich haben wir sofort ja gesagt."

Zum Abschied gaben sie sich noch einen langen Kuss.

Ein paar Tage später zeigte der Monat Juni seine gönnerhafte Seite. Die launische Junisonne hatte ihre Kraft entfaltet und die Wolken verscheucht. Die Temperatur stieg an, sodass der feuchte Boden zu atmen schien und sein in den Wochen zuvor reichlich erhaltenes Regenwasser in Form von morgendlichen Schwaden ausstieß. Am späten Nachmittag machten sich Marlene und Rainer auf den Weg.

Schon von weitem konnten sie die Gartenlaute der Nachbarn hören, das Klappern der Gartengeräte, das wetzende Surren der Rasenmäher und das helle, kratzende Schabegeräusch, das entstand, wenn jemand seinen Spaten von Erde säuberte. Dazwischen klangen die fröhlichen Stimmen der Menschen zu ihnen herüber, die sich auf ihr abendliches Bier und ihr Gegrilltes freuten. Manchmal übertönten Hahnenschreie den Geräuschteppich und das Zwitschern der Vögel füllte ihn an. Ein übermächtiges Grün lag über der Landschaft; die weißen Inseln der Baumblüte waren verschwunden und das Rot der Kirschen und Johannisbeeren drang unter den Blättern hervor.

Marlene schloss die Gartentür auf. Rainer ging zu der Gartenhütte, Marlene öffnete und sie traten ein. Rainer zog sofort Marlene an sich. Marlene wies ihn sanft ab.

„Erst die Arbeit, dann das Vergnügen, das gilt für dich wie auch für mich. Du kannst schon mal den Rasenmäher und die Hacken aus dem Schuppen holen, ich mäh dann den Rasen und du machst dich ans Unkraut."

Rainer jätete und hackte zwischen den Gemüsereihen.

„Die Schnecken haben übel zugeschlagen, beim Kohl und beim Kohlrabi ist die Hälfte der Blätter weg!"

„Wenn wir fertig sind, hole ich Schneckenband aus der Hütte, das legen wir zwischen die Reihen."

Als sie fertig waren, reinigten sie die Geräte, brachten sie in den Schuppen zurück und gingen in das Gartenhaus. Rainer sah sich innen um. In der Ecke stand ein eiserner Herd mit vier Platten, der seinen Rauch durch ein mit Silberbronze gestrichenes Ofenrohr entließ, das durch die Decke ging. Neben ihm stapelte sich eine Anzahl Briketts und Holzscheite. Offensichtlich diente der Herd gleichermaßen zum Kochen und Heizen. Die Mitte des Raumes füllte ein einfacher Tisch mit Wachstuchdecke aus, um den herum sechs Stühle standen. Ein Küchenschrank an der Seite nahm alles auf, was man zum Essen und Bewirten brauchte; ein schmaler Spind daneben war für die Kleidung gedacht. Nahe der Eingangstür lud ein mächtiges Sofa zum Verweilen ein; Rainer bückte sich und sah, dass man es zum Doppelbett ausziehen konnte. Der Raum war niedrig, nicht viel mehr als zwei Meter hoch und seine Decke bestand aus weißgestrichenen Holzbrettern. An die Rückseite der Hütte war der Schuppen angebaut, in dem die Müntes Gartengeräte, Holz und Säcke mit Torferde und Dünger aufbewahrten.

„Wenn du mit der Besichtigung fertig bist, könnten wir uns vielleicht anderen Dingen zuwenden", lächelte Marlene.

Rainer erwiderte den Blick, und sie bemühten sich, ihn zu halten, bis sie auf dem Sofa landeten.

Ihre Körper, die sie schon so lange kannten, entdeckten sie neu; Hände und Münder erkundeten Haut und Haare; genussvoll sogen sie die Düfte auf, die von ihnen aufstiegen. Schließlich lagen sie umschlungen und nur mit einem Slip bekleidet auf dem Sofa. Rainer drängte; Marlene spürte sein forderndes Glied.

„Jetzt noch nicht, Rainer. Ich möchte nicht schwanger werden. Wir müssen uns noch Zeit lassen."

„Ich werde zukünftig dafür sorgen, dass das nicht passiert", sagte Rainer.

Als Marlene die Hütte abschließen wollte, hielt sie inne und schaute zum Kirschbaum hin.

„Die Kirschen, Rainer! Sie sind reif, lass uns welche pflücken!" Sie ging noch einmal in die Hütte hinein und holte einen Korb. Als Rainer anfing, die Kirschen von den untersten Zweigen abzustreifen, blieb sie stehen und öffnete den Mund.

„Du sollst mich füttern!"

Rainer steckte ihr eine Kirsche nach der anderen in den Mund. Marlene kaute das Fruchtfleisch und spuckte die Kerne aus. Ihre braune Haut, das Weiß ihrer Zähne und die roten Kirschen zeigten ein Bild von fröhlicher Harmonie, in Rainer wallte ein Gefühl von Rührung hoch. Nach einer Weile war sie satt und beide machten sich daran, den Korb zu füllen.

Auf dem Heimweg schlug Rainer vor, Renate und Harald am nächsten Wochenende zu einem Treffen im Garten einzuladen.

„Die beiden haben was miteinander, das sei ihnen gegönnt, doch sie lassen sich in der letzten Zeit kaum noch sehen. Wir sollten unsere Freundschaft mal wieder etwas auffrischen. Vorher müssten wir wissen, ob dein Onkel und deine Tante den Garten zum Wochenende brauchen." Marlene schaute ihn verschmitzt an.

„Also, meine Verwandten sind am nächsten Wochenende nicht in Hildesheim. Das Treffen kann also stattfinden, ist auch eine gute Idee von dir. Ich hoffe aber, du hast bemerkt, dass zufälligerweise auch wir was miteinander haben, oder sollte das nicht der Fall sein?"

Statt einer Antwort zog Rainer Marlene an sich.

Am nächsten Nachmittag ging Rainer zu Harald in die Waterloostraße. Er traf auf Haralds Schwester Inge.

„Wenn du zu Harald willst, musst du in den Keller gehen. Er schraubt da an irgendwelchen Vespas rum, wie immer."

Aus dem Keller dröhnte Musik aus einem Kofferradio. Die Everly Brothers ließen Little Susie aufwachen. Harald kniete auf dem Boden und bemühte sich, einen Kabelbaum aus einem Motorroller zu ziehen. Durch einen schrägen Blick zur Seite bemerkte er Rainer.

„Na, Alter? Ist dir zu langweilig, oder warum kommst du?"

„Gibt mehrere Gründe."

Harald stand auf und wischte sich die Hände an einem Lappen ab.

„Schieß los!"

„Erstens, ich brauch Pariser. Woher krieg ich die her?" Harald grinste.

„Im Automaten. Davon gibst es zwei in Hildesheim. Würd ich nicht machen, das sind trockene und die sind viel zu teuer. Besser du wendest dich an deinen Freund Harald Sasse. Ich mach dir einen Freundschaftspreis: drei Stück für eine Mark."

„Woher hast du die denn?"

„Aus der Drogerie. Ich kaufe immer Großpackungen."

„Ist das nicht peinlich?"

„Warum? Auch ein Drogist will verdienen!"

„Ich werde sprachlos, Harald. Kannst du die denn alle verbrauchen?" Harald schaute seinen Freund Rainer mitleidig an.

„Natürlich nicht. Merk dir, es gibt kaum etwas, mit dem Harald Sasse nicht handelt. Ach so, und grüß Marlene von mir."

„Und du Renate." Beide lachten sich scheckig. Rainer nahm Harald in den Blick.

„Und nun noch eine gute Idee von mir. Ich, das heißt, Marlene und ich, wollten dich und Renate am nächsten Sonnabend in Müntes Garten einladen, das sind Marlenes Verwandte. Sie sind zurzeit nicht da."

„Ich kenne den Garten, Renate gärtnert da manchmal mit Marlene und hat auch Schlüssel. Ich mach dir einen Vorschlag: wir besorgen Getränke, Cola, Flasche Schluck, Sekt für die Mädels und Mineral. Ihr kommt später mit Bratwürsten, Nackensteaks und Brot und ab geht die Post."

„Was ist denn Flasche Schluck und wie wollt ihr die Getränke kühlen?" Harald haute seinen Freund Rainer zärtlich auf die Schulter.

„Flasche Schluck ist Hochprozentiges, Korn oder Rum, vielleicht sollten wir zwei Flaschen mitnehmen. Kühlen ist kein Problem, die Hütte hat sonst nichts, keinen Strom und so, aber fließendes Wasser hat sie."

Als Marlene und Rainer am Sonnabendmittag den Garten betraten, hörten sie ein plätscherndes Geräusch. Unter dem Wasserhahn an der Gartenhütte stand eine Tonne, mit Wasser gefüllt, deren Überschuss in einen Ablauf lief. Aus der Tonne ragte eine Anzahl von Flaschenhälsen heraus. Von Renate und Harald war nichts zu sehen. Als sie die Tür zur Hütte öffneten, sahen sie, dass das Sofa zum Doppelbett ausgezogen war. Renate und Harald lagen darin, hatten sich eine Decke übergestülpt, nur die Köpfe guckten heraus. „Aha", entfuhr es Rainer.

„Dreimal und hundertmal Aha! Seht zu, dass ihr Land gewinnt, bis wir uns angezogen haben" schimpfte Harald. Renate lachte sich kaputt und lehnte sich zurück, sodass man ihre braunrosa Brustspitzen über der Decke hervorblitzen sah.

Später saßen sie zusammen auf der Terrasse und grillten. Marlene und Renate tranken Sekt, Rainer und Harald setzten Bierflaschen an den Hals. An Bier hatten sie vorher nicht gedacht, doch Harald schleppte irgendwann einen Kasten herbei, den er einem Gartennachbarn abgeschwatzt hatte. Renate war heute etwas wie der Mittelpunkt, denn sie allein hatte das Abitur geschafft, vor dem ihre Freunde noch standen. Rainer kam in Versuchung, sie auszufragen.

„Die blöde Frage, wie man sich mit bestandenem Abitur fühlt, erspar ich mir. Da dich dein Geschlecht vor der Bundeswehr gerettet hat, könntest du eigentlich jetzt in irgendeiner schicken Universitätsstadt beim Espresso sitzen und dich von angehenden Ärzten und Rechtsanwälten anbaggern lassen."

„Keine schlechte Vorstellung, Rainer. Ich wollte erst mal ein Jahr Auszeit nehmen und alles das tun, was Spaß macht, mit Harald Roller fahren und so."

„Und so?"

„Werd nicht penetrant, Rainer. Im Ernst, ich fange im August in Paris als Au-Pair-Mädchen an und nach dem Jahreswechsel gehe ich nach London und mache da weiter. Für das Sommersemester im nächsten Jahr habe ich vor, Germanistik, Anglistik und Romanistik zu studieren, fürs Lehrfach, versteht sich. Wo das sein wird, weiß ich noch nicht. Wie gut, dass ich eine kluge Mutter habe, die das mitmacht, was ich will. Ich tue also das gleiche wie Marlene, natürlich" – ihre Stimme wurde jetzt um eine Oktav tiefer – „auf einem wesentlich höherem Niveau."

Marlene gluckste, die beiden prosteten sich zu und nahmen sich in den Arm.

Am späten Nachmittag hatten sie einen Großteil der Flaschen geleert und waren leicht betrunken. Marlene und Renate wurden müde, standen auf und gingen in die Hütte, um sich schlafen zu legen.

Harald und Rainer blieben. Harald hatte plötzlich Redefluss.

„Weißt du, Rainer, ob ich Abitur mache oder nicht, könnte mir eigentlich egal sein. Schaden kann es aber auch nicht. Nach dem Abitur geht es bei mir dann richtig ab, denn alles, was zählt, ist Erfolg. Und Erfolg ist Geld, am Geld misst sich der Erfolg. Darüber zu jammern, bringt nichts, die Natur hat es so vorgesehen. Die Natur hat auch vorgesehen, dass wir beide nach dem Abitur zum Bund müssen, das ist natürlich große Scheiße, mehr als ein Jahr sinnlos zu verplempern. Ich werde zusehen, dass ich irgendwas mit Fahrzeugen beim Bund kriege, denn am Auto hängt unsere Wirtschaft, das weiß jeder, der nicht ganz blöd ist. Es ist aber an der Zeit, dass wir uns Ziele setzen, um Erfolg zu haben. Das ist schwer, sehr schwer sogar. Die unterste Stufe fängt damit an, dass du kapierst, dass du durch körperliche Arbeit niemals erfolgreich werden kannst. Zu dem Schluss kommt man, wenn man beobachtet, wie andere sich sinnlos quälen, wie mein Vater, der auf dem Bau sein Geld verdienen muss. Dann kommst du zur zweiten Stufe. Das Geld muss sich bewegen, dann bringt es was ein. Und das geht beispielsweise durch den Handel. Du musst etwas kaufen, möglichst billig, und es dann verkaufen, möglichst teuer. Hört sich einfach an, ist es aber nicht. Die Kunst besteht darin, den richtigen Zeitpunkt für diese Transaktionen zu finden. Aber die hohe Kunst des Geldverdienens ist das immer noch nicht. Dafür braucht es eigentlich wenig Investitionen, ein paar Anzüge und Krawatte reichen. Das Geld tritt körperlich überhaupt nicht mehr in Erscheinung, es wird nur auf Konten hin- und hergeschoben und wirft trotzdem dicken Ertrag ab. Dahin zu kommen, das ist mein Ziel. Du musst dir das vorstellen wie einen Gurkenhobel, du schiebst die Gurke hin und her, und jedes Mal fällt eine Scheibe ab. Und die Anzahl der Gurken ist unendlich." Rainer gähnte.

„Kannst du doch gleich machen, wenn das so einfach ist!" Harald rückte zu ihm hin.

„Ist es eben nicht, das ist gerade das Problem! Diesen ganzen Krawattenträgern sind ihre Karrieren schon vorgegeben, die haben massenweise Beziehungen, reiche Eltern, Verwandte, Freunde, Genossen und sowas. Hab ich alles nicht, das muss ich mir irgendwie verschaffen. Aber glaub mir, das kriege ich hin!"

Rainer mochte sich das alles nicht mehr anhören; er war hundemüde, stand auf und ging in die Hütte. Marlene und Renate lagen angezogen auf dem Sofa; Rainer legte sich dazu. Nach einer Weile merkte er, dass auch Harald dazugekommen war.

Als die vier halbwegs nüchtern wieder aufwachten, war es schon dunkel. Rainer war hellwach und schlug vor, noch etwas zu unternehmen.

„Der Abend ist erst angebrochen. Wir sollten noch einen Gang in die Stadt machen."

Harald war sofort dabei. Die Mädchen zögerten erst, stimmten dann aber zu. Sie packten die Reste zusammen, brachten alles in der Hütte unter und machten sich auf den Weg. Rainer und Harald gingen voran, Renate und Marlene hakten sich ein und kamen hinterher. Sie gingen die menschenleere Goslarsche Straße entlang und erreichten schließlich den Hindenburgplatz. Auch dieser Platz schien nicht für Menschen geschaffen zu sein, denn außer ein paar alten Bäumen, die traurig auf ihn blickten, präsentierte er nur eine plane Fläche, die man in einfallsloser Lethargie mit Betonplatten gepflastert hatte. Wenigstens gab es Bewegung; eine kleine Schar von Kinobesuchern strebte in einem Anflug von ameisenhafter Geschäftigkeit dem Kino „Die Camera" zu, das sich an der Stirnseite des Platzes befand. Harald drehte sich zu den Mädchen um.

„Die gehen alle in die Spätvorstellung, es gibt meist Filme mit Eddie Constantine. Handlung: Eddie haut sich mit Verbrechern und gewinnt. Oder Western. Ehrliche Cowboys kämpfen erfolgreich gegen Ganoven oder Indianer. Manchmal zeigen sie auch was schwedisches Halbseidenes, sie tanzte nur einen Sommer oder so. Könnten wir auch hineingehen." Marlene protestierte.

„Ich will lieber dahin, wo noch was los ist, Musik und Schwof."

„Na gut."

Weiter ging es die Schuhstraße entlang. Die abendliche Menschenleere, welche die Innenstadt von Hildesheim stets heimsucht, machte sich wieder bemerkbar. Die phantasielosen Nachkriegsgebäude zu beiden Seiten der Straße strahlten Tristesse aus, eine Tristesse, die trotz ihrer Provinzialität auch noch einen frechen Hauch von Selbstbewusstsein zeigte. Marlene fröstelte es, obwohl es warm war. Sie zog die Strickjacke fest um ihre Schultern. Rainer bemerkte es.

„Ist dir kalt, Marlene?"

„Muss ein Reflex sein. Jeder, der wie ich schon einmal bei Dunkelheit, Kälte und regnerischem Wetter diese Straße entlang gegangen ist, weiß, wie sich Depression anfühlt."

Das Café Panorama, im obersten Stock eines Hochhauses gegenüber der Einmündung zum Hohen Weg gelegen, fiel wegen seiner hell erleuchteten Fenster auf.

„Wahrscheinlich eine Familienfeier", bemerkte Harald. „Ohne sowas könnten die wohl nicht existieren."

Ein paar Schritte weiter standen sich das Hotel „Weißer Schwan" und das Hotel „Atlantic" gegenüber, beide auch in gesichtslosen Neubauten angesiedelt. Aber Leben schien hier heimisch zu sein, denn aus beiden Häusern drang Lifemusik, beim Schwan waren es Klänge von Akkordeon und Gesang, beim Atlantic Tonbrocken von Schlagzeug, Bass und Jazzklarinette. Rainer sann darüber nach, wann sich wohl zum letzten Mal ein Schwan in das gleichnamige Hotel verflogen haben könnte. Als Harald eine Bemerkung darüber machte, kam es ihm vor, als hätte er seine Gedanken erraten.

„Im Schwan gibt's jedes Wochenende Rentnerball. Die Busse karren die Rentner da zu Billigpreisen an."

Das Atlantic schien besser zu passen. Sie traten ein. Eine Swingband spielte auf, der Klarinettist, bebrillt und schweißüberströmt, schmiss ihnen fetzige Tonfolgen entgegen, von Musikstücken, die sie kannten und mochten. Als sie sich umblickten, sahen sie an vollen Tischen eine Menge Gesichter aus ihren Schulen. Marlene fühlte sich unwohl, weil sie Manfred Kunze entdeckte, ihren Intimfeind aus Kindheitstagen, der sie immer voller Gier anschaute, wenn sie ihm begegnete. Dabei hatte er sich seit jeher über ihre Hautfarbe lustig gemacht. Sie wurde zornig und knuffte Rainer an.

„Ich will hier weg!" Rainer gehorchte, sprach kurz mit Harald, und sie zogen weiter.

Der Domhügel zur Linken lag im Dunkel und verriet nicht, welchen Gedanken die alten Männer nachgingen, die ihn bewohnten. Es ging jetzt abwärts, zur Innerste, und auf der Brücke über dem Fluss blieben sie stehen und schauten den sprudelnden Fluten zu. Rainer legte seinen Arm um Marlene und küsste sie auf die Augenbrauen. Marlene kuschelte sich an.

Ein paar Schritte weiter, jetzt in der Dammstraße, lockte der „Western Saloon", eine Disko, die mit bunter Leuchtreklame warb. Sie beschlossen, es hier zu versuchen. Der Western Saloon bestand aus einem einzigen, allerdings sehr großen Raum, der durch eine Anzahl von Sitznischen unterteilt war. Es gab eine hufeisenförmige Bar, an der man auch Kleinigkeiten zu essen bekam. Auf der Tanzfläche drängten sich die Gäste.

„Viel zu voll hier", sagte Renate, „wir können gleich wieder gehen."

„Warte ab, bis sich alle gesetzt haben", bemerkte Harald. „Vielleicht sind doch noch ein paar Plätze frei."

Die Musik machte Pause. Es sah so aus, als gäbe es keinen freien Platz mehr. Harald machte Anstalten, das Lokal zu verlassen.

„Lasst uns weiterziehen, zum „Studio 21" an der Johanniswiese. Es ist nicht weit von hier."

Als Rainer in eine Ecke blickte, sah er Rolf Köhler, einen Klassenkameraden, der aus Algermissen kam, einem Dorf unweit von Hildesheim. Rolf winkte ihm zu.

„Kommt her, an diesem Tisch sitzen meine Freunde aus Algermissen. Die Algermissener machen heute einen Ausflug in die Disko. Zwei gehen gleich, wir anderen rücken zusammen, so habt ihr Platz."

Ein paar Minuten später saßen sie mit den Algermissenern zusammen um den Tisch. Rolf stellte ihnen das Mädchen neben ihm vor, eine Bauerntochter, die Angela Wegmeister hieß. Angela war eine hübsche Blondine, sehr hellhäutig und äußerlich das genaue Gegenteil von Marlene, kleiner und etwas mollig im Gegensatz zu Marlene mit ihrem großen, durchtrainierten Körper. Beide Mädchen unterhielten sich über ihre Schulen. Sie kannten sich nicht persönlich, denn Angela ging wie viele Mädchen aus den katholischen Dörfern um Hildesheim zur Marienschule. Als die Bedienung kam, bestellten Marlene und Renate Mineralwasser mit Zitrone, während Rainer und Harald weiter Bier tranken. Als der Diskjockey Chubby Checkers „Let's Twist Again" auflegte, wurden die Mädchen munter und zogen ihre Freunde auf die Tanzfläche.

Bei flimmerndem Diskolicht und hämmernder Musik machten sie durch bis kurz nach ein Uhr. Renate wurde jetzt müde, sie zahlten und verließen den Western Saloon. Auf dem Heimweg gingen sie durch den Hohen Weg und bogen nach einer Weile zum Marktplatz ab.

Der Marktplatz lag im Dämmerlicht der Laternen. Es war so still, dass sie ihre hallenden Schritte fast als Lärm empfanden. Der Platz wirkte trostlos. Auf einer Seite duckten sich halbhohe Gebäude um einen Parkplatz, auf dem ein paar Autos standen. Alles war betoniert oder gepflastert, Grün gab es kaum. Gegenüber dem mittelalterlichen Rathaus erhob sich eine erst kürzlich erbaute Hässlichkeit, das Hotel Rose, ein Flachdachkasten, an dessen Fassade nutzlose Betonbalken herunter liefen. Um den freudlosen Eindruck zu mindern, hatte der Architekt Bronzeplatten darauf gesetzt. Harald blieb stehen.

„Wie gefällt euch der Kasten?" Marlene verzog das Gesicht. „Grauenhaft!", schoss es aus ihr heraus. Rainer merkte an:

„Trotzdem sind Stadtverwaltung und Presse voll des Lobes über das Ding. Es liegt daran, dass es der berühmte Hannoveraner Architekt Dieter Oesterlen gebaut hat, der mit Preisen nur so überschüttet worden ist. Ich bin mir fast sicher, dass man das Hotel irgendwann wieder abreißen wird."

Als sie Marlenes Wohnhaus in der Orleansstraße erreichten, schloss Marlene leise die Haustür auf. Rainer schlüpfte mit hinein. Auf dem Flur umschlangen sie sich noch eine Weile. Als Marlene sich löste, sagte sie:

„In der nächsten Zeit werden wir Schwierigkeiten haben, uns ungestört zu treffen, Rainer. Übermorgen kommt mein Vater aus den USA zu Besuch. Diesmal bleibt er lange, mehr als drei Wochen. Ich weiß auch nicht, ob und wann meine Tante und mein Onkel den Garten nutzen. Wir müssen uns etwas einfallen lassen."

„Mal sehen", antwortete Rainer.

Die Sommerferien hatten begonnen. Es wurde immer wärmer und der Wunsch wurde stärker, sich draußen aufzuhalten. Marlene hatte viel zu arbeiten, weil sie nach dem Winter ihre Ausbildung abschließen wollte. Wenn sie es zeitlich konnte, fuhr sie mit Rainer zum Steinberg am Rand von Hildesheim. Sie nahmen einen Picknickkorb und eine Decke, fuhren mit dem Bus zur Gaststätte Waldquelle und stiegen den Berg hinauf. Im Waldesdickicht suchten sie sich einen Platz, wo sie sich ungestört niederlassen konnten. Marlene wirkte manchmal versonnen, legte sich auf den Rücken und schaute auf den Himmel, den weiße Wolken durchpflügten. Doch oft drehte sie sich plötzlich zu Rainer und forderte seine Zärtlichkeit ein, mitunter mit einer Intensität, die ihn immer wieder erstaunte.

Wenn sie zurückgekehrt waren, begleitete er sie ab und zu in die Wohnung, wo er auch ihren Vater kennenlernte.

Charles Franklin unterhielt sich oft mit Rainer, der in Franklins kräftiger, großer Gestalt Marlene wiedererkannte. Franklin schien ihn zu mögen; er sprach ein fast akzentfreies

Deutsch und sie redeten manchmal über Rainers Zukunftspläne. Einmal fragte er ihn, ob er sich vorstellen könne, in die USA zu ziehen. Rainer antwortete, diese Frage könne er nicht beantworten, weil er sie sich niemals gestellt habe.

Mit Harald etwas zu unternehmen, war im Moment nur schwer möglich. Harald hatte von dem Geld, das ihm der Handel und die Reparatur von Motorrollern eingebracht hatte, einen gebrauchten Fiat 500 gekauft, der ihn tagsüber beschäftigte. Das Auto stand auf dem Gelände der Waterlookaserne und Harald war dabei, eine Vielzahl von Teilen auszutauschen; Rainer half ihm dabei. Harald hatte sogar die Karosserie mit schwarzer Farbe neu gespritzt. Abends kamen Renate und Marlene manchmal dazu; sie fuhren dann gemeinsam aufs Land und probierten den Fiat aus. Rainer und die beiden Mädchen hatten auch vor kurzem den Führerschein bestanden. Nach ihren Ausflügen machten sie mitunter in einer Landgaststätte Rast.

Am Ende des Juli war Marlene eine Woche lang verreist. Ihre Eltern hatten sie zu einem Kurzurlaub nach Süddeutschland mitgenommen. Eines Abends erhielt Rainer einen Anruf von seinem Klassenkameraden Rolf Köhler aus Algermissen, den sie neulich im Western Saloon getroffen hatten. Nach kurzer Begrüßung kam Rolf zur Sache.

„Bei uns ist am nächsten Wochenende Schützenfest, Rainer. Dann ist in Algermissen immer schwer was los. Willst du nicht mitmachen? Ein paar aus unserer Klasse habe ich schon angerufen, die meisten kommen. Du könntest auch noch Harald Bescheid sagen. Eure Mädchen sollt ihr natürlich auch mitnehmen, ihr könnt aber genauso gut solo kommen. Wenn ihr nicht mehr fahren könnt oder wollt, könnt ihr auch in Algermissen übernachten, für Platz ist gesorgt." Rainer zeigte sich freudig überrascht.

„Ich komme gerne, Rolf, bin sowieso gerade Junggeselle und langweile mich, Marlene ist mit ihren Eltern verreist. Harald frage ich noch."

„Ist in Ordnung, wir sehen uns am späten Samstagnachmittag im Festzelt." Rolf legte auf.

Harald sagte, er könne nicht mitkommen, weil er zum Wochenende mit Renate und einem weiteren Paar zum Zelten in den Harz fahren wolle.

„Nimmst du dazu deinen Fiat?" „Natürlich." „Dann könntest du mir doch für Algermissen deine Vespa leihen?" Harald sagte zu.

Rainer fuhr am Samstag schon früher los, im schönsten Sommerwetter. Er machte ein paar Umwege und genoss die Fahrt durch die Landschaft um Hildesheim.

Der Sommer lag mächtig über der Hildesheimer Börde.

Die Dörfer, die sich wie Inseln innerhalb einer goldenen Steppe aus Getreide streuten, wirkten verwaist. Aus den großen Höfen, die von schmiedeeisernen Gittern begrenzt wurden, hörte man keinen Laut nach außen dringen. Die Tore der Grundstücke und Hallen standen offen. Es war windstill, und die Linden standen schweigend und bewegten kaum ihre Blätter.

Doch auf den Äckern zeigte sich Geschäftigkeit. Die Bauern saßen gutgelaunt auf ihren Mähdreschern, mähten den Weizen und zogen Fahnen von Getreideresten hinter sich her. Staubige Trockenheit erfüllte die Luft. Die Lerchen, die sich sonst mit ihrem triumphierenden Gesang über dem Getreide erhoben, hatten verschüchtert den Platz geräumt; einzig die Bussarde kreisten in gieriger Bosheit hoch am Himmel, spähend, ob sich nicht vielleicht Beute in Form eines totgemähten Kitzes oder eines Hasenjungen fände, ein

Missklang in der sonst ungetrübten Erntefröhlichkeit, die ihm von allen Seiten zuströmte, so empfand es Rainer.

Zu seiner Linken erhob sich aus einem Pulk von Häusern die mächtige Pfarrkirche von Harsum wie ein Dom. Nun bog die Straße nach Algermissen ab. Rechts erschien ein Wäldchen mit der Ausflugsgaststätte „Borsumer Pass".

Als er sich Algermissen näherte, drang von fern ein Geräuschteppich in seine Ohren. Die schrillen Pfeifentöne eines Spielmannszuges, durchsetzt mit dem Rasseln der Trommeln und dem Knallen der Pauken zeigten an, das man hier Schützenfest feierte. Rainer steuerte den Schützenfestplatz an, eine Ansammlung von Buden, die sich zusammen mit zwei Karussells vor dem gewaltigen Festzelt gruppierten. Es war sehr heiß; das grelle Sonnenlicht streute sich diffus durch die Plane und sorgte dafür, dass durch seinen Einfall in die Zelteingänge Helligkeit in dem sonst fensterlosen Zelt entstand. Er ging hinein und streifte dabei einen leuchtenden, scharf abgegrenzten Lichtstrahl, in dem sich Millionen kleiner Schwebeteilchen tummelten.

Es roch nach Sägemehl und saurem Bier. Schmale Tische mit Bänken füllten das Innere. An der Stirnseite hatte man eine Bühne mit Tanzfläche aufgebaut, und an einer Längsseite stand eine lange Theke.

Das Zelt war zu dieser Zeit noch dürftig besetzt, doch in einer Ecke erblickte er seine Klassenkameraden, vor denen bereits gefüllte Bierkrüge standen.

„Kommst ein bisschen früh", rief Rolf, „die Mädchen sind noch nicht da, die machen sich wohl noch zurecht. In einer halben Stunde geht es los, dann kommen auch die Schützen und die Musik."

Während sie tranken, wurde die Musik lauter. Nach und nach strömten Menschen in das Zelt. Viele waren gut gekleidet, manche erschienen in grünen Schützenuniformen.

Die Mädchen trugen meist bunte Sommerkleider und ihren Haaren sah man an, dass sie erst kürzlich beim Friseur gewesen waren. Als der Spielmannszug durch den Eingang marschierte, sagte Rolf:

„Der Umzug ist vorbei, jetzt geht es los."

Die Musiker des Spielmannszuges, meist Jugendliche und ein paar Kinder, packten ihre Instrumente ein und nahmen auf den Bänken Platz. Jetzt strömten die Festbesucher herein, im Nu war das Zelt voll. Zum Schluss trat die Algermissener Feuerwehrkapelle in ihren schwarzen Uniformen ein und verteilte sich auf der Bühne.

Rainer rief:

„Unsere Mädchen kommen."

Die Hildesheimer waren teilweise mit ihren Freundinnen gekommen, und diese hatten sich vorher mit den Algermissener Mädchen getroffen. Man rückte zusammen und machte Platz, sodass sich eine Gesellschaft bildete, die an zwei Tischen zusammen saß. Es hatte sich so ergeben, dass alle Mädchen nebeneinander saßen, ebenso die Männer.

„Niedersächsische Reihe", bemerkte Rainer trocken.

„Wird sich noch ändern", feixte Rolf, „Alkohol macht's möglich. Wart mal ab."

Gegenüber von Rainer saß Angela Wegmeister. Angela trug einen kurzen cremefarbenen Rock und ein auf Figur geschnittenes, schwarzes Top, welches ein Dekolleté zur Geltung brachte, welches offensichtlich nach Aufsehen verlangte. Alles passte ganz gut zu ihrem blonden Kurzhaarschnitt.

„Bist ohne Freundin da?", fragte ihn Angela unumwunden. Rainer wusste im Moment nicht, wie er antworten sollte und hielt sich eine Spur bedeckt.

„Macht nichts. Eigentlich bin ich noch Junggeselle." Angela lachte.

„Dann tanzt du ja vielleicht später mit mir?"

Rainer nickte. „Hat man mir mal beigebracht. Magst du etwas trinken?"

„Natürlich. Ein Glas Sekt, wenn es genehm ist." Von ihren Nachbarinnen wurden Stimmen laut. „Wir möchten auch Sekt!"

„Hol am besten eine ganze Flasche und Gläser. Ich bring dann für uns Bier, wir teilen alle nachher. Hier ist Selbstbedienung, so kann der Schützenverein die Preise niedrig halten", ließ Rolf vernehmen.

Sekt zu holen, war kein Problem, es gab ihn an der Sektbar. Rainer brachte eine Flasche „Rüttgers Club" und ein Tablett mit Gläsern zu den Mädchen. Rolf hatte es schwerer, weil er sich erst durch die Schützen durchkämpfen musste, welche vor der Theke saßen und standen, Bier tranken und Gläser mit Korn kippten und musste zweimal laufen, um alle mit Bier zu versorgen. Die Gesichter der Schützen leuchteten manchmal schon rötlich und ihnen liefen die Schweißtropfen über die Stirn, weil sie bereits am frühen Morgen zu trinken begonnen hatten.

Ein lauter Tusch schreckte auf. Die Feuerwehrkapelle hatte zu spielen begonnen. Dem Tusch folgte traditionell das Niedersachsenlied, von einem Teil der Männerkehlen begleitet.

„Wir sind die Niedersachsen, sturmfest und erdverwachsen … "

Danach wurde der Tanz eröffnet. Der Schützenkönig, hoch dekoriert mit blinkenden Orden, schwenkte seine Partnerin zum Schneewalzer.

„Gibt`s doch nicht; Schnee mitten im Sommer", lachte Rainer.

Angela stand auf, ging um den Tisch herum und zog ihn von der Bank.

„Hier in Algermissen hat man nicht faul zu sein, wenn Schützenfest ist", rief sie und zerrte ihn auf die Tanzfläche.

Die anderen Mädchen taten ebenso, die Tanzfläche wurde voll. Angela war deutlich kleiner als Rainer, er konnte ihr komfortabel in den Ausschnitt gucken. Sieht ganz appetitlich aus, dachte er. Bei Marlene erlebte er es anders, sie war fast so groß wie er.

Nach einer Viertelstunde gab es eine Tanzpause, die Feuerwehr griff zu den Bierkrügen, die vor den Musikern auf dem Boden standen. Ein Tusch und ein „Prosit miteinander" folgten, das Bier lief in Strömen aus den Fässern.

In dieser Weise ging es weiter. Die Feuerwehr spielte sich in Form und lieferte volkstümliche Musik, Polkas und Walzer nach dem Geschmack der älteren Generation; die sich müde tanzte und mitsang:

Anneliese, ach Anneliese,
warum bist du böse auf mich.
Anneliese, ach Anneliese,
du weißt doch, ich liebe nur dich.

Die Stimmung steckte an und die Mädchen sorgten dafür, dass Rolf Köhler und seine Schulfreunde nicht auf den Bänken sitzen blieben; zwischendurch wurde geschunkelt und die Köpfe und Leiber kamen sich näher. Schließlich schlug Achim Schrader, Rolfs Algermissener Schulkamerad, vor, man solle doch vielleicht mal einen „Kurzen" zwischendurch nehmen. Rolf warnte.

„Es ist noch früh am Abend, wir müssen was essen, sonst sind wir gleich blau!"

Sie gingen nach draußen, die Mädchen kamen mit. Es fing etwas an zu dämmern, die Schausteller hatten ihre bunten Lichter angestellt, das Kettenkarussell ragte sich drehend und funkelnd über den Schützenfestplatz und die Mädchen stiegen ein. Der Fahrtwind blies ihnen unter die Röcke und Kleider und die Männer schauten zu. Vor der Halle stand ein großer Grillstand, wo Bratwürste und Schaschliks brutzelten. An einem rotglühenden Elektrogroll drehten sich Hähnchen, deren Saft nach unten tropfte. Pappteller mit halben Hähnchen, Bratwürsten, Brot und Kartoffelsalat wanderten in die Hände und wurden in das Zelt getragen und gegessen. Die Sitzordnung löste sich jetzt auf und die niedersächsische Reihe wandelte sich zur bunten Reihe, die Mädchen und ihre Begleiter saßen durcheinander.

„Schmecken ganz gut, die Hähnchen, können natürlich nicht mit den Klosterhähnchen mithalten, den besten Hähnchen in Hildesheim", sagte Rolf, während er an einem Hähnchenschenkel kaute. Die Gaststätte „Klosterhähnchen" in der Rathausstraße war häufiger Anlaufpunkt für die Hildesheimer, wenn sie ein halbes Hähnchen essen oder mit nach Hause nehmen wollten.

„Irrtum", sagte Rainer. „Die besten Hähnchen in Hildesheim bekommst du bei Johnny Schwer im „Alt-Hildesheim" in der Wollenweberstraße. Die Kneipe ist winzig, aber die Hähnchen sind köstlich."

Die Feuerwehrmusiker hatten sich jetzt müde gespielt. Manchmal passierte es, dass ein falscher Ton aus dem sonst pfleglich geordnetem Tongebilde ihrer Musik hervor blitzte, doch jetzt hatten sie sich die Freiheit erarbeitet, ihre Instrumente einzupacken und sich in den Kreis der Feiernden einzureihen. Auf der Bühne machten sie Platz für ein Tanzmusikquartett, welches dabei war, den frei gewordenen Platz für den Aufbau seiner Instrumente und der Verstärkeranlage zu nutzen. Draußen war es dunkel geworden. Hinter dem Zelt hatte ein Großbauer zufällig einen Streifen

Weizen auf seinem Feld stehen gelassen. Es kam jetzt öfter vor, dass das ein oder andere Paar im Weizen verschwand, zumal die älteren Festteilnehmer nach und nach das Fest verließen, weil sie vom Tanzen und Trinken matt geworden waren.

Die Tanzkapelle war noch frisch und legte los. Es zeigte sich, dass ihr Repertoire auf deutsche Schlager begrenzt war, zudem Aktualität vermissen ließ, ihre Musik war eher eine Art musikalischer Spätlese. Der Stimmung im Zelt tat das keinen Abbruch. Rainer hatte durch Zufall einen Platz neben Gudrun Brandes erwischt, einer dicken Schwarzhaarigen, die als Verkäuferin in einer Fleischerei arbeitete. Sie rückte ihm zusehends auf die Pelle und fragte ihn andauernd nach seinem Vater aus, bei dem sie sich offensichtlich in Behandlung befand. Rainer nervte das, weil sie einen leicht schweißigen Geruch ausströmte, und so war er ganz froh, als ihn Angela zu den Klängen von „Marina, Marina, Marina" auf die Tanzfläche zog.

Als die Band anschließend bei Capri die goldene Sonne im Meer versinken ließ, einen offensichtlich unausrottbaren Evergreen, schmiegte sich Angela fest an ihn, sodass er die Wärme ihres Körpers spürte. Nachher gingen sie zu ihren Plätzen, Angela kam neben ihn zu sitzen, weil Gudrun gerade mit einem kantigen Bauernsohn tanzte.

„Kommt dir wohl hausbacken vor, unser Schützenfest, ist aber eine der wenigen Möglichkeiten, mal hier aus dem Haus zu kommen. Fühlst du dich denn wohl?", fragte sie ihn.

„Ist doch alles in Ordnung", sagte Rainer, „ist eben ein ländliches Fest und alles kommt, wie es kommt und macht durchaus Spaß. Wenn ich in Hildesheim ausgehen möchte, gehe ich eben in Hildesheim aus und wenn in Algermissen ausgehe, weiß ich, was mich erwartet und stelle mich darauf ein. Genauso wird es dir wohl auch gehen."

Angela schaute ihn entgeistert an.

„Meinst du das im Ernst? Glaubst du wirklich, ich könnte in Hildesheim ausgehen?"

„Klar, hab dich doch neulich im Western Saloon getroffen!"

„Das war eine Riesenausnahme. Normalerweise kommen wir hier nicht raus, wir brauchen immer jemanden, der uns fährt. In der Woche läuft gar nichts. Ich bin Schülerin der Marienschule, das ist eine Nonnenschule, wie du weißt, und die Nonnen passen auf, dass wir gleich nach der Schule zum Bahnhof laufen und dann sofort nach Hause fahren In Algermissen ist überhaupt nichts los, nur einmal im Jahr beim Schützenfest. Dann müssen wir alles nachholen, mit dem ganzen Drum und Dran."

„Was verstehst du unter Drum und Dran?" Angela schaute ihn spöttisch an.

„Das überlasse ich deiner Fantasie."

Achim Schrader hatte ein Tablett zur Bank gebracht, auf dem dicht an dicht gefüllte Schnapsgläser standen. Die Männer griffen zu.

„Nicht lang schnacken, Kopf innen Nacken!" Der Schnaps verschwand in ihren Kehlen.

Der Vorgang wiederholte sich mehrfach. Die Mädchen tranken jetzt manchmal Likör, eine brisante Mischung, der blubberige Sekt mit dem zuckrigen Likör. Kurz nach Mitternacht wurde es ungemütlich. Ein paar Männer aus Harsum hatten wohl zu eng mit Algermissener Mädchen getanzt, was das Missfallen einiger einheimischer Männer erzeugte. Streit ging los, sie brüllten sich an und griffen sich an die Kragen. Rolf Köhler stand auf.

„Zeit, zu gehen. Bei uns zuhause geht es weiter. Ich habe noch jede Menge Bier und Schluck da."

Die Hildesheimer, welche mit ihren Freundinnen gekommen waren, hatten sich schon auf den Heimweg gemacht. Rolf, Rainer und drei andere Männer zogen jetzt laut redend und etwas schwankend durch das Dorf zum Hof der Köhlers; Angela und zwei ihrer Freundinnen, Ulrike Meiners und Hella Brinkmann, hatten sich angeschlossen. Ulrike Meiners musste ab und zu an einem der Hoftore haltmachen und sich festhalten. Die meisten Fenster im Ort waren schon dunkel; einmal erhellte sich ein Fenster, öffnete sich und schimpfende Wortfetzen flogen ihnen um die Ohren, was Rolf mit Gebrüll beantwortete. Schließlich bogen sie am Eingang des Köhlerschen Hofes ab und steuerten die Scheune an.

Als sie eintraten, floh eine getigerte Katze voller Entsetzen. Innen hatte Rolf einen langen Tisch mit Bier- und Schnapsgläsern vorbereitet. Um ihn herum standen Stühle und eine Bank. Sie setzten sich und Rolf brachte ihnen aus einem Kühlschrank einen Korb voller Bierflaschen und eine Flasche Korn. Sie füllten die Gläser und tranken. Die Mädchen machten erst nicht mit, ließen sich aber schließlich überreden und langten ebenfalls zu. Rolf gab Anweisungen für später.

„Geschlafen wird im Hotel Köhler, hier oben hinter euch. Gepinkelt und geraucht wird draußen."

Rainer drehte sich um. Eine Holzleiter führte auf einen Heuboden, auf dem Ballen und mehrere Haufen von geschüttetem Heu lagen. Zur Linken ragten zwei gezimmerte Räume in den Dachboden, deren Türen angelehnt waren.

„Was sind denn das für Räume, Rolf?"

„Ach, die stehen schon lange leer. Da haben früher Knecht und Magd geschlafen. Innen gibt es sogar Betten, verstaubt und wahrscheinlich von Mäusen zerfressen, Schlaft lieber im Heu, das ist frisch."

Angela saß wieder neben Rainer.

Nach einer Stunde war sie so müde und betrunken, dass ihr Dekolleté verrutschte und ihr Kopf auf Rainers Schulter fiel. Rainer umfasste sie, was sie mit einem Seufzer quittierte. Nach einer Weile hob sie den Kopf und schaute Rainer halb flehend, halb schmachtend an.

„Kannst du mich nicht nach oben bringen, Rainer? Bin hundemüde." Rainer, auch nicht mehr ganz nüchtern, stammelte:

„Auf der Leiter musst du schon selbst nach oben gehen. Ich steige aber hinterher und passe auf, dass du nicht fällst."

Angela war es recht. Als Rainer auf der Leiter hoch schaute, sah er, dass sie einen knappen weißen Slip unter ihrem kurzen Rock trug. Oben angekommen, fiel Angela sofort ins Heu und schlief. Kurze Zeit später kamen ihre Freundinnen nach.

Unten tranken die Männer weiter und diskutierten ganz zum Schluss noch heftig über Gymnasium Josephinum und Marienschule. Rainer, müde und beduselt, stieg schon früher hoch, zog sich bis auf die Unterhose aus und warf sich neben den Mädchen ins Heu.

Irgendwann in der Nacht erwachte er.

Sein Rücken schmerzte ihn und das Schnarchen seiner Nachbarn im Heu hatte ihn aus dem Schlaf getrieben. Halbwegs nüchtern taumelte er in eine der Kammern und fiel auf ein Bett, dessen zerschlissene Decke eine Staubwolke ausstieß. Nach oben blickend konnte er durch ein paar schadhafte Dachsparren die Sterne blitzen sehen. Als er sich kurze Zeit später drehte, merkte er, dass noch ein weiterer Körper neben ihm im Bett lag. Er gehörte zu Angela Wegmeister.

Das schrille Gezwitscher von Schwalben weckte ihn. An den Dachsparren hing ein Schwalbennest und durch ein Loch im Dach flogen die Schwalben ein und aus. Als er die Augen aufschlug, blendete ihn Helligkeit, die vom morgendlichen Sonnenlicht ausging, welches durch ein Fenster fiel. Er sah, dass er die Nacht auf einer mit Rissen und Flecken übersäten, hellblauen Baumwolldecke verbracht hatte. Neben ihm lag Angela und neben Angela lag ihr Slip. Ihre übrigen Kleidungsstücke zerstreuten sich auf den Holzbrettern des Bodens.

Sie schlief noch.

Beide waren sie splitternackt.

Die Erinnerung an gestern, obwohl löchrig und schemenhaft, überfiel Rainer wie ein Paukenschlag. Im Halbschlaf hatte er nach Angela getastet und dabei an Marlene gedacht. Angela hatte sich plötzlich gedreht und ihn umklammert, sie hatten sich gewälzt, und plötzlich lag er über ihr. Er konnte sich noch an ihre vollen Brüste erinnern, die undeutlich vor seinen Augen lagen. Irgendwann musste er ihr dann den Slip herunter gezogen haben; sie hatte gestöhnt und nach seinem Glied getastet, das aufgerichtet auf ihrem Bauch lag. Was dann folgte, verschwamm in Lustgefühlen; es musste wohl eine heftige Vereinigung gewesen sein, denn sie hatte sich unter ihm mit Zuckungen gewunden, wie eine Schlange. Dann platzte alles, und ein Feuerwerk von Bildern schoss stroboskopartig durch sein Gehirn. Hinterher war alles wie in einem Nebel verschwunden, der ihn verschluckte und erst jetzt freigab.

Als Rainer aufstand, wurde ihm schwummrig vor Übelkeit und Scham. Er suchte leise seine Kleidungsstücke zusammen und zog sich an. Die anderen Scheunengäste lagen im Heu und schliefen noch. Er ging noch einmal zurück zu Angela und stupste sie.

„Was wir diese Nacht miteinander getrieben haben, war ein katastrophaler Fehler. Wir sollten es so schnell wie möglich vergessen", sagte er zu Angela, „ruh dich noch aus. Ich muss sofort nach Hause."

„War doch ganz schön", murmelte Angela schläfrig. „Gibst du mir wenigstens noch einen Kuss, wenn du schon gehen willst?" Rainer tat es und bemühte sich, ihr die Empfindung zu verschaffen, dass es sich nicht nur um einen Zufall handele, was sie beide zusammen gemacht hatten.

Er stieg die Leiter hinab, verließ den Hof und ging zurück zum Schützenfestplatz, der verlassen in der Morgensonne lag. Dort bestieg er Haralds Vespa und fuhr zurück nach Hildesheim.

Ein paar Tage später bekam Rainer einen Anruf von Marlene.

„Hallo, Liebster. Ich bin wieder in Hildesheim. Hast du mich vermisst?"

„Schwerste Depressionen plagen mich, seit du weg bist, Marlene. Alles war grau in grau. Wir müssen mich zusammen retten."

„Bin doch gerade dabei, Rainer. Heute Nachmittag bist du bei mir zum Tee eingeladen. Von Tante Waltraud habe ich gerade die ersten Zwetschgen aus dem Garten bekommen und werde gleich einen Blechkuchen backen, nur für uns beide. Meine Eltern wollten noch ein paar Tage in Nürnberg bleiben. Gefällt dir das?"

„Ich glaube, ich werde sie nicht vermissen." Marlene lachte.

„Na ja, zu zweit kriegen wir den Kuchen nicht auf. Morgen habe ich noch etwas anderes mit dir vor. Erzähl ich dir später. Wir sehen uns um vier in der Orleansstraße."

Als Rainer die Treppe hinauf lief, stand Marlene schon vor der Tür.

Rainer zog sie an sich. Marlene legte den Finger vor den Mund und flüsterte:

„Komm erst mal herein. Das Haus hat Ohren, viele und nicht gut gesinnte."

Auf dem Flur setzten sie die Umarmung fort. Rainer drückte Marlene an sich und sie versanken mit ihren Lippen ineinander. Als Rainer anfing, ihre Bluse aufzuknöpfen, wand sich Marlene los.

„Du wirkst ja ganz verhungert, Rainer! Der Tisch ist gedeckt und der Tee ist noch heiß. Erst einmal ist Teetrinken und Zwetschgenkuchen angesagt. Den anderen Hunger stillen wir hinterher."

Während sie zusammen aßen, sagte Marlene:

„Du guckst nur mich die ganze Zeit an, Rainer. Zu meinem Zwetschgenkuchen hast du noch gar nichts gesagt."

„Doch, doch, er ist köstlich!"

„Na bitte. Den Rest brauchen wir nämlich für morgen. Und nun höre: Renate fährt übermorgen nach Paris und bleibt dann für lange Zeit weg. Ich wollte noch eine kleine Abschiedsfeier organisieren. Wir können das im Garten machen, Onkel und Tante sind nicht da. Renate und Harald wissen schon Bescheid. Wir treffen uns also morgen um die gleiche Zeit im Garten."

Statt einer Antwort nahm Rainer einen Löffel Sahne und rückte dicht an Marlene. Sie trug eine sommerliche Bluse, die tief ausgeschnitten war und einen verlockenden Einblick auf ihre dunklen Brüste bot.

„Willst du mich füttern?" Rainer schüttelte den Kopf. Er verzierte ihr Dekolleté mit einem Sahnehäubchen und leckte es lustvoll ab. Marlene drückte seinen Kopf an sich. Dann standen sie auf und gingen in Marlenes Zimmer. Sie zogen sich langsam aus und beobachteten sich dabei.

Als sie auf dem Bett lagen, umfasste Rainer ihren Körper und ließ Mund und Zunge auf ihm wandern, während Marlene ihre Hände auf seinen Rücken legte und ihn streichelte und kraulte. Sie begann leise zu seufzen, als er langsam in sie eindrang. Als seine Bewegungen heftiger wurden, flüsterte sie:

„Wenn ich zu laut werde, musst du mir den Mund zuhalten! Die Nachbarn!"

Sie schliefen genussvoll miteinander. Nachdem die Entspannung gekommen war, legten sie sich nebeneinander und schauten sich glücklich an.

Ein warmer, streichelnder Wind blies vom Galgenberghang her, ließ die hoch aufgeblühten Sommerblumen, den Rittersporn, die Anemonen und den Sonnenhut schaukeln und wärmte das Obst, die Zwetschgen, die Aprikosen und Augustäpfel und trieb sie zur Pflückreife.

Marlene und Renate saßen zusammen mit Rainer und Harald im Garten der Familie Münte. Marlene hatte draußen den Tisch gedeckt und Tee gekocht. Renate nahm Harald an die Hand. Die Abschiedsstimmung setzte ihr zu.

„Wisst ihr, dass es kaum jemals zwei Tage gegeben hat, ohne dass ich jemanden von euch getroffen habe? Und das, solange ich zurückdenken kann! Und jetzt sehe ich euch bis Weihnachten nicht mehr."

„Musst dich dran gewöhnen, dass wir jetzt erwachsen sind, Renate", murmelte Harald. „Ich selbst versuche das schon seit Jahren."

„Sollen wir dich morgen zur Bahn bringen, Renate?", fragte Marlene.

„Keine Chance. Der Zug geht um 9:30 Uhr. Ihr seid dann in der Schule. Meine Mutter bringt mich hin. Am späten Nachmittag werde ich in Paris sein."

„Schreib uns, gleich die erste Woche", bat Marlene. „Ich habe ab Oktober ein paar Tage Zeit, ich bin dann auch mit meinen letzten Tests fertig, die mir auf meine Prüfung angerechnet werden. Vielleicht kann ich dich dann mit Rainer und Harald in den Herbstferien besuchen."

„Darüber würde ich mich sehr freuen. Und jetzt erzählt mir, was mit euch demnächst passiert."

Harald verzog sein Gesicht und brüllte:

„Stillgestanden, Kommando rechts rum. Rührt euch. Schießgewehr, kabumm kabumm. Ich muss zum Bund, Rainer auch. Wohin wir kommen, wissen wir nicht."

„Und du, Marlene?"

„Ach, das weiß ich noch nicht. Ich werde mir wohl eine Stelle suchen müssen. Vielleicht ist das weit weg, vielleicht klappt das auch in Hildesheim. Eines ist klar: es kommt für mich nur eine Stelle infrage, wo ich auch mit dem Tanzen weitermachen kann."

Rainer merkte auf und zog die Augenbrauen hoch. Marlene hatte eine Spur zu eilig geantwortet. Er kannte Marlene, und es klang für seine Begriffe so, als sei sie auf diese Frage eingestellt und habe sich schon seit langem eine Antwort darauf zurechtgelegt. Und dann spürte er, dass sie gerade bei ihm damit rechnete, dass er sie durchschaute und auf keinen Fall wollte, dass er sie anschließend bedränge.

Er beschloss, abzuwarten und sich in Geduld zu üben. Irgendwann würde sie sich schon öffnen.

Sie machten eine Flasche Sekt auf und ließen den Inhalt in ihre Gläser laufen. Sie ahnten, dass etwas Langes vorbei war und etwas Neues käme, dessen Dauer niemand kannte. Auf keinen Fall würde es wohl so ähnlich sein wie das Vergangene. Sie sprachen jetzt über ihre Kinderzeit auf dem Hof der Waterlookaserne, die Spiele auf dem Bürgersteig, den Galgenberg, das Rodeln in dessen Schneepracht, im Nachhinein war alles wie ein verlorenes Paradies.

Ihre Augen blitzten. Die Dunkelheit senkte sich wie eine Glocke über den Garten. Die Abendsonne ließ ihre Gesichter leuchten. Rainer stand auf.

„Ich glaube, wir sollten jetzt Renate und Harald allein lassen."

Marlene folgte. Sie verschwanden in der Dunkelheit.

Als Renate fort war, veränderte sich Harald. Sein Fiat und seine Vespa standen unbenutzt auf dem Hof und er igelte sich in seinem Zimmer ein, um für das Abitur zu arbeiten. Als Rainer ihn besuchte und fragte, woher diese plötzliche Arbeitswut komme, bekam er zur Antwort:

„Hab ich dir doch schon immer gesagt, ich habe nichts vernachlässigt und werde mich jetzt um das Abitur kümmern, um es zu packen."

Harald gab ihm immer wieder Rätsel auf. Das einzig Beständige an Harald ist die Veränderung, dachte Rainer. Ganz tief in seine Seele würde er niemanden herein gucken lassen. Ihm fiel ein, dass Harald eigentlich ein Fahrzeug zu viel hatte, gerade jetzt würde er mit beiden zusammen nichts anfangen können.

„Ich möchte dir gern die Vespa abkaufen, Harald."

Für einen Moment kam ihm springlebendig der alte Harald entgegen.

„Du machst das Geschäft deines Lebens, Rainer! Ich verkaufe dir meine Vespa zum Einstandspreis, sauber renoviert und gewartet, ein Modell im besten Zustand!"

„Das glaube ich dir. Ich glaub dir aber nicht, dass du an mir nichts verdienst. Wenn du verkaufst, verdienst du immer, das wäre sonst das erste Mal" Harald feixte.

„Aber bei dir nur ein bisschen."

Der Kauf kam zustande, und fortan stand Haralds Vespa im Vorgarten von Rainers Eltern.

Für die nächsten vier Wochen hatten Marlene und Rainer den Garten für sich allein. Marlenes Tante und Onkel waren für drei Wochen nach Südtirol gefahren. Die Schule hatte wieder angefangen, und Marlene sah zu, dass sie am späten Nachmittag mit der Arbeit für die Sprachenschule fertig war. Meist kam Rainer um diese Zeit mit der Vespa und holte sie ab. Sie fuhren zusammen zum Garten. Mittlerweile wurden die Äpfel und Birnen reif, auch das Gemüse musste geerntet werden. Manchmal trafen sie sich im Garten mit Marlenes Mutter, wenn im Garten viel zu machen war. Dann arbeiteten sie zusammen bis in die Dämmerung hinein. Wenn das Wetter gut war, hatte Monika Schmidt Wurst, Käse und Brot mitgebracht; sie saßen dann zu dritt am Gartentisch zusammen und aßen gemeinsam zu Abend. Gelegentlich tranken sie noch eine Flasche von Tante Waltrauds selbstgemachtem Apfelwein, von dem stets ein kleiner Vorrat im Schuppen lagerte.

Doch oft waren Marlene und Rainer allein. Ihre Verliebtheit kosteten sie rauschhaft aus, sodass sie sich fühlten wie die Schemen der Bäume und Büsche im Herbstnebel, entrückt der Realität, überzogen mit den glitzernden Tropfen des Morgentaues. Sie schliefen oft miteinander, wissend, dass sich bald Veränderungen ergeben würden, Gedanken, die sie nicht allzu sehr hochkommen ließen, um sich nicht aus ihrer Oase der Lust und des Wohlgefühls vertreiben zu lassen. Es war gerade der Hauch der Endlichkeit, der ihre Beziehung vorantrieb und ihr dadurch Intensität verlieh.

Es wurde Oktober. Als Rainer eines Tages spät aus der Schule kam, hatte seine Mutter eine Nachricht für ihn.

„Ein Mädchen hat für dich angerufen, Rainer, eine Angela Wegmeister. Du sollst sie wieder zurückrufen. Sie hat dir ihre Telefonnummer hinterlassen."

Rainer überlegte. Warum rief ihn Angela an? Natürlich, sie wollte ihn bestimmt zu irgendetwas einladen. Ihm fiel ein, dass er ihr beim Schützenfest nicht gesagt hatte, dass er mit Marlene zusammen war, als sie ihn fragte, ob er eine Freundin habe. Rainer wartete mit seinem Anruf bis nach dem Mittagessen. Um diese Zeit zogen sich seine Eltern immer zum Mittagsschlaf in ihr Zimmer zurück. Als das Freizeichen abbrach, meldete sich eine Männerstimme. Sie klang laut und derb. Bestimmt war es Angelas Vater.

„Hier Wegmeister, Algermissen." Warum meldete er sich mit Ortsangabe? Ach ja, diese Bauern um Hildesheim hatten fast in jedem Dorf Verwandte.

„Hier Rainer Wellmann. Könnte ich mal Angela Wegmeister sprechen?"

„Das ist meine Tochter. Angela, Telefon für dich!" Kurz darauf kam Angela.

„Hier Angela Wegmeister. Rainer?"

„Am Telefon."

„Wart noch einmal ein paar Minuten. Ich rufe wieder an. Es geht im Moment nicht." Sie legte auf.

Nach einer Viertelstunde klingelte das Telefon. Rainer hob ab. Als er Angelas Stimme hörte, klang sie, als ob sie gerade weine.

„Es ist etwas passiert, Rainer. Ich bekomme ein Kind." Rainer spürte förmlich, wie ein Adrenalinstoß durch seinen Körper jagte.

„Von wem? Etwa von mir?" Er merkte, wie ihre Stimme in Zorn umschlug.

„Von wem denn sonst? Was denkst du denn überhaupt von mir?"

„Bist du dir sicher, dass du schwanger bist?"

„So sicher, wie man sein kann, wenn man gerade beim Arzt gewesen ist."

Einen Moment schwiegen beide. Rainer brach das Schweigen. „Ich weiß nicht, was ich jetzt sagen soll. Ich muss das alles erst jetzt erst einmal verkraften."

„Was glaubst du, muss ich jetzt verkraften?"

Wieder Stille. Rainer überlegte. Er hatte Marlene versprochen, dass er sie morgen am späten Nachmittag vom Theater abholen würde. Über Mittag würde er sich mit Angela treffen können, das Mittagessen zuhause könnte er absagen.

„Ich mache dir einen Vorschlag, Angela. Wir treffen uns morgen über Mittag in Hildesheim und reden miteinander, an einem Platz, an dem wir ungestört sind. Ich hole dich von der Schule ab."

„Und wie komme ich zurück nach Algermissen? Ich würde den Zug verpassen. Ich möchte nicht, dass meine Eltern und meine Brüder etwas merken, jedenfalls noch nicht jetzt. Ich telefoniere deswegen schon aus einer Telefonzelle in Algermissen, damit sie mein Gesicht nicht sehen."

„Das ist kein Problem. Ich bring dich mit meiner Vespa nach Hause. Wann hast du Schulschluss? Ich hol dich in der Kreuzstraße ab, vor der Druckerei gegenüber der Kreuzkirche."

„Schule ist um halb eins zu Ende." Früher als bei mir, dachte Rainer. Die letzte Stunde würde er abklemmen müssen.

„Ist in Ordnung. Wir sehen uns." Sie legten auf.

Am nächsten Mittag stand Rainer mit seiner Vespa am Straßenrand in der Kreuzstraße. Nur wenige Passanten liefen hier entlang. Doch plötzlich schien es ihm, als bilde sich ein Ameisenschwarm von Schülerinnen der Marienschule. Die Vorhut bestand aus einigen wenigen Mädchen, die mit ihren Schultaschen mehr rannten als gingen, dann kam ein wahrer Pulk heraus: junge, ältere, große, kleine, dünne, dicke, hübsche, hässliche, die komplette genetische Streuung. Die meisten schwatzten, viele lachten, manche schauten missmutig.

Angela, bekleidet mit Jeans und einem kurzen blauen Mantel, löste sich, kam auf ihn zu und schaute ein paarmal zur Seite Ein paar Mädchenköpfe drehten sich neugierig um und schauten zu Rainer. Sie hüpfte sofort auf den Rücksitz.

Angela umfasste ihn und flüsterte ihm ins Ohr:

„Sieh zu, dass du Land gewinnst, bevor eine Nonne um die Ecke kommt!" Rainer gab Gas.

Sie fuhren über Friesenstraße und Goslarsche Straße zur Windmühlenstraße den Galgenberg hinauf. Über eine Seitenstraße ging es zur Galgenberggaststätte, einem Ausflugslokal, im 19. Jahrhundert erbaut und im Besitz der Stadt Hildesheim.

Das Gebäude, eine Reminiszenz an vergangene Zeiten, welches die Vergnügungen des ehemaligen Hildesheimer Bürgertums widerspiegelte, sah zwar vernachlässigt, aber immer noch ansehnlich aus. Es war auch architektonisch interessant; ein Baukörper in Winkelform, verstärkt um ein Wohngebäude mit Küchentrakt, umfasste einen weißgekieselten Innenhof, der von einer Caféterrasse umsäumt wurde. Man meinte förmlich, noch die längst verflogenen Laute des kleinen Streichorchesters zu vernehmen, das dort zur Unterhaltung spielte, während die Gäste auf einer Art Empore saßen, Kaffee tranken und Torten verspeisten. Auch zur Waldseite hin gab es eine Veranda, an der entlang ein viel begangener Spazierweg verlief. Ihr Sockel war aus Fachwerk gefertigt, über ihm reihte sich ein Verbund von Doppelfenstern, alle schäbig gestrichen und wohl dem Verfall nah.

Hier gab es einen zweiten Eingang. Rainer öffnete die Tür, die sich zunächst wehrte, aber dann quietschend nachgab. Ein dicker grauer Wolldeckenvorhang musste durchschritten werden, bevor man den Innenraum erreichte.

Ein Schwall von Heizungswärme überfiel Angela und Rainer. Das Klappern und Klirren von Tellern und Bestecken füllte den Raum. Die Gaststätte bot einen täglichen Mittagstisch, der von den Anwohnern der Süd- und Oststadt Hildesheims ganz gut angenommen wurde, jedoch nicht so gut, dass alle zwanzig Tische in der Veranda benötigt wurden. Rainer blickte sich um. Fünf Tische waren besetzt. Ganz in der Ecke gab es einen Tisch, an dem niemand saß und an dem wahrscheinlich an diesem Tag auch niemand sitzen würde. Er nahm Angela an die Hand, ein komisches Gefühl, und sie steuerten ihn an. Sie setzten sich. Nach kurzer Zeit kam die Servierin, Rainer bestellte zwei Cola.

Rainer musterte Angela. Sie sah müde und niedergeschlagen aus, um ihre Augen hatten sich Ringe gebildet, denen man ansah, dass sie viel geweint haben musste.

„War wohl eine bodenlose Dummheit von uns, wegen der wir heute hier sitzen." Angela wurde fast rot vor Wut.

„Was heißt hier, „wir"? Ich hab mich an dem Abend in dich verguckt, das war mein Pech, und das muss ich wohl leider zugeben. Ich weiß aber ganz genau, dass ich dich zu Anfang gefragt habe, ob du eine Freundin hast. Hättest du damals ehrlich geantwortet, wäre alles nicht passiert. Und dann musste ich von meinen Mitschülerinnen erfahren, dass du mit dem Negermädchen durch die Gegend ziehst, mit dem ich dich im Western Saloon getroffen habe! Kannst du dir vorstellen, wie mir danach zumute war?"

Jetzt wurde Rainer zornig.

„Den Begriff, den du eben gebraucht hast, wirst du das erste und letzte Mal in den Mund genommen haben, sonst gehe ich sofort. Das Mädchen, von dem du sprichst, ist meine Freundin Marlene, und ich rate dir dringend, sie so zu benennen, sollte die Sprache noch einmal auf sie kommen."

„Entschuldigung, ich habe den Begriff nicht abwertend gemeint. Aber trotzdem: hätte ich von deiner Beziehung gewusst, säßen wir heute nicht hier. Was dann später bei den Köhlers passiert ist, hat viele Gründe, der Alkohol ist so einer. In Algermissen geht es eher bieder katholisch zu, doch beim Schützenfest fallen manchmal die Schranken. Nebenbei, hättest du nicht verhindern können, dass du mir ein Kind verpasst hast? Ich hatte jedenfalls keine Möglichkeit dazu. Weißt du, wie elend es mir ging, als du mich am nächsten Morgen Knall auf Fall verlassen hast, und das nach einem Ereignis, das mir zugegebenermaßen Spaß gemacht hat? Und später noch elender, als ich erfuhr, dass du mit Marlene zusammen bist? Bin ich nun eine Dorfhutte oder was?"

Rainer wendete seinen Blick von Angela ab, schaute aus dem Fenster und überlegte. Angela hatte aus ihrer Sichtweise recht, und der Fehler lag wahrscheinlich wirklich bei ihm allein. Er fasste sich und blickte Angela in das Gesicht.

„Ich glaube, es hat keinen Zweck, dass wir uns hier gegenseitig Vorwürfe machen, Angela. Alles nimmt jetzt seinen Lauf, und wir können es nicht aufhalten. Wir sollten besser darüber nachdenken, wie wir damit umgehen." Angela schaute ihn sarkastisch an.

„Und wie es seinen Lauf nimmt! Einen Vorteil hat ja das Ganze. Wir können fast auf den Tag genau ausrechnen, wann das Kind kommt. Kannst du dir schon einmal notieren, es ist der zwanzigste April 1966, ein Montag. Und Anfang März finden die letzten Prüfungen für mein Abitur statt. Das kann ich mir nun alles abschminken, oder soll ich dann mit meinem Dickbauch auf der Schulbank sitzen? Das ist in der Marienschule undenkbar, es wäre ein Spießrutenlauf mit Nonnenaufstand. Du siehst, das kommt alles für mich wie gerufen."

Angela sah so kreuzunglücklich aus, dass Rainer befürchtete, sie würde gleich weinen.

„Dann musst du das Abitur eben nachholen, ich bin bereit, dir dabei zu helfen."

„Wie großzügig von dir! Im Ernst, darüber habe ich natürlich schon nachgedacht, oder was glaubst du denn? Etwas Tröstliches gibt es auch, es ist bloß ein Puddingabitur. Ich hätte ohnehin noch weitergemacht."

„Ein Puddingabitur, was ist denn das?"

„Ein Scheißabitur eben, das gibt es in Hildesheim nur auf der Marienschule. Das ist nicht viel mehr wert als die Mittlere Reife, das Einzige, wozu es taugt, du kannst damit Lehrerin werden, aber nur in Niedersachsen und in ein paar anderen Bundesländern. Dafür müssen wir Nähen und Kochen lernen, was manche unserer Mütter und Väter wohl für unglaublich wichtig halten, meine Eltern auch. Nach dem Motto: die Mädels heiraten ja sowieso, was sollen sie da noch studieren? Als ich in die Marienschule eingeschult wurde, bin ich jedenfalls nicht gefragt worden, als man mich in diesen Schulzweig hineingelotst hat. Ich werde also alle Prüfungen mitmachen, solange ich kann und den Rest nachholen, da gibt es schon Möglichkeiten."

Draußen hatte es heftig zu regnen begonnen. Die Tropfen klatschten gegen die Fenster und ein Windstoß trieb braune Blätter wirbelartig durch die Luft. Ein paar Spaziergänger hasteten mit aufgespannten Regenschirmen vorbei. Einer von ihnen erkannte Rainer und grüßte ihn kurz; es war ein Nachbar aus der Sebastian-Bach- Straße.

„Was am Schluss dabei für uns beide herauskommen wird, wissen wir nicht, Angela. Ich habe es verbockt und ich werde dafür geradestehen, das verspreche ich dir."

„Hoffentlich." Beide blieben für eine Weile still. Angela wendete sich von Rainer ab und schaute aus dem Fenster.

„Wir sollten jetzt überlegen, wie wir es unseren Eltern sagen", unterbrach Rainer das Schweigen. „Allzu lange können wir damit nicht mehr warten. Ich schlage vor, dass wir es in der nächsten Woche tun."

„Dann würde ich dich bitten, dass du es zuerst machst. Du kennst meinen Vater nicht. Er ist ein Bauer. Wenn er davon erfährt, ruft er fünf Minuten später deinen Vater an."

„Ist in Ordnung. Wenn ich mit meinen Eltern gesprochen habe, melde ich mich bei dir."

Der Regen hatte aufgehört. Rainer winkte der Serviererin. Während er in seiner Geldtasche nach Wechselgeld suchte, musterte er sie eingehend.

Die Serviererin war eine normale Serviererin, weder hübsch noch hässlich, etwas älter als er.

Aber sie war blond, genau wie Angela. Alles andere an ihr war schwarz, ihr Pulli, ihr Rock, ihre Strümpfe und ihre Schuhe, halbhohe mit Riemchen. Mollig war sie auch, nur ein bisschen zu viel über Norm, also wirkte alles an ihr etwas gequetscht, kein Vergleich mit Angela, geschweige denn mit Marlene.

Trotzdem, ihr Pulli hatte einen Ausschnitt, einen etwas zu großen vielleicht, doch die drei rosa Pickel in ihrem Gesicht störten natürlich. Rainer erschrak, als er sich bei dem Gedanken erwischte, ob alles, was ihm mit Angela passiert war, auch mit dieser Serviererin hätte passieren können. Angela musste wohl seine Gedanken erraten haben, denn sie schaute ihn misstrauisch an. Nachdem er gezahlt hatte, standen sie auf und gingen.

In Algermissen lotste ihn Angela zu ihrem elterlichen Hof. Es war ein großer Hof, ein sehr großer sogar. Eine breite Einfahrt mit einem eisernen Tor führte zum Wohnhaus, das mit seinem hohen Fenstern wie ein Herrenhaus aussah und die anderen Gebäude überragte. Auf dem Hof standen gummibereifte Ackerwagen, bis über die Kante gefüllt mit Zuckerrüben, denn gerade hatte die Rübenkampagne begonnen. Derartige Anwesen gehörten meist erfolgreichen Landwirten, die allerdings nicht adlig waren und die man im Hildesheimer Land „Rübenbarone" nannte. Angela stieg ab. Sie verabschiedeten sich mit einem Händedruck.

Sie lagen auf dem Sofa im Gartenhaus am Galgenberg und hatten eine Decke halb über ihre Körper gezogen. Der Herd bullerte, hatte es aber noch nicht geschafft, den Raum vollständig zu durchwärmen. Rainer trug eine Unterhose und ein T-Shirt, Marlene war vollständig nackt.

„Frierst du nicht?"

„Im Moment nicht. Hängt von dir ab, ob es noch dazu kommt", lächelte Marlene.

Rainer wusste nicht, wie er mit allem anfangen sollte. Plötzlich gab er sich einen Ruck.

„Als du im Sommer mit deinen Eltern in Süddeutschland warst, ist etwas passiert, Marlene."

„Heraus damit!"

„Du kennst doch meinen Klassenkameraden Rolf Köhler? Er hatte mich nach Algermissen zum Schützenfest eingeladen. Ich habe mich gelangweilt, also ging ich hin. Auf dem Schützenfest habe ich dann Angela Wegmeister getroffen."

„Die hübsche Blonde, mit der wir mal im Western Saloon gefeiert haben? Hast du was mit ihr angestellt?"

„Mehr als das. Wir sind am späten Abend bei Rolf gelandet und haben in seiner Scheune weitergefeiert. Wir waren alle ziemlich betrunken. Und dann ist es passiert."

„Was ist passiert?"

„Ich habe mit Angela geschlafen. Ich wollte das eigentlich nicht."

„Aha. Den zweiten Satz hättest du auch weglassen können. Und was meinst du, soll ich dir jetzt sagen?"

„Ich habe dich betrogen! Du musst doch jetzt tödlich sauer wegen mir sein!" Marlene überlegte eine Weile. Als sie antwortete, meinte er, einen Zug von Ironie in ihrem Gesicht zu verspüren.

„Erstens, mein lieber Rainer, muss ich Eifersucht wahrscheinlich erst lernen. Bislang wurde ich von dieser fragwürdigen Gabe wohl noch nicht heimgesucht. Zweitens hab ich auch keinen Grund dazu. Damals haben wir alles Mögliche getrieben, aber zusammen geschlafen hatten wir noch nicht, heute sähe das anders aus. Drittens, ich kann nicht ausschließen, dass mir so etwas ebenfalls hätte passieren können. So gut kenne ich mich noch nicht, vielleicht wäre es bei mir auch dazu gekommen."

„Es ist aber noch etwas Weiteres passiert."

„Verstehe ich nicht. Was kann noch mehr passieren?"

„Sie bekommt ein Kind von mir."

Es brachte Marlene aus der Fassung. Sie richtete sich auf.

„Soll das heißen, du hast das einmal gemacht und gleich in die Zwölf getroffen?"

„So ungefähr."

„Warum, um alles in der Welt, hast du nicht verhütet?"

„Weil ich nichts dabei hatte. An sowas hätte ich Traum nicht gedacht."

„Das ist das Stichwort, Rainer. Wäre dir gut bekommen, wenn du etwas mehr Fantasie gezeigt hättest, dann wäre das Problem möglicherweise nicht entstanden. Ein Tänzer wirst du übrigens nie werden, dazu braucht es eine Menge davon. Kommen wir zu mir. Auch ich habe was hinter der Decke gehalten."

Die Decke, jedenfalls die reale, war bereits heruntergerutscht, und Rainer hatte den vollen Blick auf ihren Körper, den er als überaus aufregend empfand. Doch es war nicht der Moment, sich abzulenken.

„Bei mir ist auch etwas passiert, Rainer. Es geht aber nicht um mich, sondern um meine Eltern. Wie du weißt, hat mein Vater damals aus Pflichtgefühl meine Mutter verlassen. Er war in den USA verheiratet und Vater von zwei Söhnen, von meinen Stiefbrüdern, die mittlerweile erwachsen sind und studieren. Was du nicht weißt: seine Ehefrau Victoria hatte eine seltene Erkrankung, einen erblichen Muskelschwund, daran ist sie vor einem Jahr gestorben. Ich habe ihm immer hoch angerechnet, dass er seine Familie in dieser Situation nicht im Stich gelassen hatte. Doch jetzt hat sich seine Pflicht sozusagen erledigt und er ist wieder zu meiner Mutter zurückgekehrt, um das fortzusetzen, was er vor zwanzig Jahren abbrechen musste."

„Und was heißt das"

„Sie haben in Nürnberg geheiratet, an dem Ort, an dem sie sich kennengelernt haben. Es war im Sommer, als wir beide über eine Woche nicht zusammen waren und dir die Sache mit Angela passiert ist. An den Tagen, an denen ich allein in Hildesheim war, haben sie ihre Hochzeitsreise gemacht."

„Und wo werden sie jetzt wohnen?"

„Darum geht es ja, Rainer. Mein Vater ist Dozent an der Universität Ithaca. Wir werden unsere Wohnung in Hildesheim auflösen und in die USA ziehen. Ich auch. Im Februar bin ich mit meinen Prüfungen fertig, und die Aussicht auf einen Job an der Universität meines Vaters ist gut. Aber was noch viel wichtiger für mich ist: mit meiner Tanzausbildung habe ich in den USA weitaus mehr Möglichkeiten als in Deutschland. An der gesamten Ostküste gibt es namhafte Tanzakademien, an denen man sich für Musical und Revue ausbilden lassen kann. Philadelphia und New York City sind nicht weit von Ithaca entfernt und die Philadelphia Dance Academy hat einen hervorragenden Ruf. Wenn ich mir Mühe gebe, gelingt es mir vielleicht, dafür ein Stipendium zu bekommen, in den USA ist dies nicht ungewöhnlich. Und das Wichtigste überhaupt ist, dass bei einer Tanzausbildung meine Hautfarbe keine Rolle spielt. Im Gegenteil, farbige Tänzerinnen und Tänzer sind in den New Yorker Musicaltheatern am Broadway äußerst beliebt. Diese Chance kann ich mir nicht entgehen lassen."

„Und was bedeutet das alles für unsere Beziehung?"

„Das ist es gerade, Rainer, warum ich erst heute mit dir darüber spreche. Ich fürchte, sie wird keine Zukunft haben, und es tut mir entsetzlich weh. Ab Frühjahr des nächsten Jahres werden mehr als 6000 km zwischen uns liegen, wie soll es dann weitergehen?"

„Wir können uns doch schreiben!"

„Ach Rainer, das wird uns nicht reichen, dir nicht und mir nicht.

Mach dir doch nichts vor! Wir werden irgendwann mit anderen Partnern zusammen sein, davon musst du ausgehen. Und jetzt kommt noch dein Problem mit Angela dazu. Die Wirklichkeit wird uns bald überholen.

Das Vernünftigste wäre, du heiratest Angela, wenn sie denn will. Von deiner Vaterpflicht kommst du ohnehin nicht weg und der Druck ihrer und deiner Eltern wird gewaltig sein, darauf kannst du dich verlassen. Wenn ihr euch um das Kind gemeinsam kümmern wollt, müsst ihr zusammenziehen, und das geht nun mal nicht ohne Trauschein."

„Aber ich liebe sie nicht! Wenn ich jemanden liebe, dann dich!"

„Es geht doch hier nicht um eine gemeinsame Beziehung zwischen dir und Angela! Die könnte vielleicht irgendwann entstehen, das ist sogar gut möglich, denn Angela sieht gut aus und dumm ist sie auch nicht, ich habe damals einen halben Abend im Western Saloon mit ihr gesprochen. Aus einer vernünftigen Familie kommt sie auch, was willst du mehr?"

„Dich!"

„Mich hast du doch, wenn auch nicht für ewig!"

„Und was machen wir bis zum Februar, wenn du weg-ziehst?" Marlene rückte dicht an ihn heran und streichelte ihm den Rücken. „Weißt du, Rainer, Pech kriegt man umsonst, Glück muss man sich schaffen!"

Hinterher fragte sie ihn: „Was magst du denn nun lieber, Milchreis oder Schoko-kuchen?"

„Schokokuchen, Marlene, aber mit Vollmilch und ganzen Haselnüssen!"

Er strich sanft über ihre Brüste.

Später sprachen sie noch darüber, ob sie Renate in Paris besuchen wollten, wie es ursprünglich geplant war. Marlene riet davon ab, weil sie vermutete, dass dazu zeitlich kein Platz mehr sei, wenn Rainer und Angela mit ihren Eltern gesprochen hatten. Also begruben sie den Plan.

Es war an einem Mittwochnachmittag, als Rainer seine Eltern informierte. Dr. Bernhard Wellmann, sein Vater, hatte am Mittwochnachmittag keine Sprechstunde, und die Eltern pflegten nach ihrem Mittagsschlaf um vier Uhr herum Tee zu trinken. Während Rainer ihnen preisgab, was im Sommer mit Angela vorgefallen war, fiel ihre Reaktion unterschied-lich aus. Hannelore Wellmanns Gesichtsausdruck wechselte von Erstaunen zu Entsetzen, während sich auf der Stirn seines Vaters Zornesfalten bildeten.

„Was um alles in der Welt hast du dir da geleistet? Hast du keine anderen Sachen im Kopf, als dich mit Mädchen herumzutreiben? Und wenn schon, reicht dir dein Neger-mädchen nicht?"

Rainer war in Versuchung, nachzufragen, wer wohl der größte Herumtreiber in der Familie sei, unterließ es aber besser. Er zuckte als Antwort mit den Schultern. Bernhard Wellmann wurde noch wütender.

„Und wenn schon! Weißt du nicht, wie man sowas verhindern kann oder bist du dazu zu blöd?"

In diesem Moment beschloss Rainer, der sich schon halbwegs für ein Medizinstudium nach dem Abitur entschieden hatte, nie, wirklich nie, mit seinem Vater jemals in einer Praxis zusammenzuarbeiten. Langsam packte auch ihn der Zorn.

„Wenn du darüber mit mir diskutieren willst, wäre unser Gespräch sinnlos, und ich kann gehen. Wenn du Arzt bist, müsstest du wissen, dass sowas manchmal passiert, ohne dass die Beteiligten es wollen."

Eine Weile war Stille. Rainer schaute seine Mutter an, die schon nach einem Taschentuch suchte. Bernhard Wellmann wurde etwas ruhiger.

„Angela heißt das Mädchen? Hat es auch einen Nachnamen?"

„Wegmeister."

„Wegmeister aus Algermissen?"

„Genau." In Bernhard Wellmanns Gehirn begann es zu arbeiten.

„Dann ist ihr Vater Heinrich Wegmeister, Landwirt aus Algermissen?"

„So wird es wohl sein."

„Die Wegmeisters sind ordentliche Leute, soweit ich weiß. Ich kenne sie zwar nicht persönlich, doch ich glaube, sie haben zwei Söhne, von denen einer den Hof übernehmen wird, und eine Tochter. Das muss wohl deine Angela sein. Katholisch sind sie auch."

Rainer ging davon aus, dass sein Vater die Familie Wegmeister als Patienten aus seiner Praxis kannte.

„Das mag alles so sein. Ich weiß es nicht genau."
Wellmann wurde wieder wütend.

„Du treibst dich rum, setzt ein Kind in die Welt und weißt von nichts? Wie ist es denn um dein Verantwortungsgefühl bestellt?"

Hannelore Wellmann, die bislang kein Wort gesprochen hatte, versuchte zu glätten.

„Das lässt sich doch alles lösen, Bernhard", sprach sie Rainers Vater mit weinerlicher Stimme an, „die Kinder können doch heiraten und es wird alles wieder gut, wir bekommen sogar ein Enkelkind. Das Mädchen ist katholisch, das ist doch ganz wichtig!"

Rainer überlegte, wie oft er erlebt hatte, dass seine Mutter zu Kreuze gekrochen war, wenn sie sich mit ihrem Mann wegen ihrer Eheprobleme herumschlagen musste.

„Damit hast du recht, Hannelore! Unser Sohn muss das Mädchen heiraten, wenn er Mumm in den Knochen hat!"

„Dazu gehören immer noch zwei", warf Rainer ein. Sein Vater reagierte verständnislos.

„Soll das heißen, ihr habt darüber überhaupt noch nicht gesprochen?" Rainer schüttelte den Kopf. Sein Vater kam jetzt zur Sache.

„Ich will dir mal was sagen, mein Sohn. Es gibt hier zwei Möglichkeiten. Die erste ist, du heiratest das Mädchen und ersparst damit euch und uns die Schande, ein uneheliches Kind in die Welt gesetzt zu haben. In diesem Fall bekommst du von uns jegliche Unterstützung, die notwendig ist, eure Familie über Wasser zu halten, bis du in der Lage bist, sie selbst zu ernähren. Das meine ich besonders auch finanziell. Im anderen Fall müsst ihr sehen, wie ihr allein über die Runden kommt. Das gilt auch für das Mädchen. Entscheide dich und rede mit ihr. In drei Tagen sprechen wir uns wieder."

Am Donnerstag rief Rainer bei Angela an.

„Ich habe gestern mit meinen Eltern gesprochen. Können wir uns wieder treffen, bevor du es deinen Eltern sagst? Wäre das morgen möglich, wieder im Galgenbergrestaurant?"

„Dann hol mich um zwanzig nach eins von der Schule ab."

Bevor sie das Restaurant betraten, wechselten sie kein Wort miteinander. Angela sah tieftraurig aus und bemühte sich offensichtlich, ihm nicht in die Augen zu sehen.

„Meine Eltern wollen, dass wir heiraten, damit das Kind nicht unehelich auf die Welt kommt, Angela." Sie blickte jetzt auf.

„Und was soll ich dann sein? Deine Ehefrau oder deine Zuchtstute? Und was ist mit Marlene?"

„Was Marlene betrifft, so werde ich sie ab Februar nächsten Jahres nicht mehr sehen können. Sie zieht in die USA. Und was unser Verhältnis zueinander angeht: du solltest nicht vergessen, dass es um uns gar nicht geht, sondern in erster Linie um das Kind. Es soll nicht darunter leiden, unter welchen Umständen es in die Welt gesetzt wurde und das geht nur, wenn wir uns gemeinsam darum kümmern. Und das klappt wiederum nur, wenn wir zusammenziehen. Eine Wohnung für uns werden wir aber nur dann bekommen, wenn wir verheiratet sind, schließlich gibt es den Kuppelei-paragraphen. Wie sich unsere Beziehung fortan entwickeln wird, weiß ich auch nicht. Auf jeden Fall müssen wir uns in gegenseitiger Rücksichtnahme üben, das müssen Eltern sowieso. Im unserem Fall ist zusätzlich Toleranz nötig, denn es könnte sein, dass einer von uns sich in jemand anderen verliebt, und das muss möglich sein. Wir schließen ja auch keinen Bund fürs Leben, unser Fall ist anders, wir müssen von Anfang an damit rechnen, dass wir uns wahrscheinlich irgendwann wieder trennen.

Ich habe lange darüber nachgedacht, Angela, es gibt auf dieser Welt jede Menge Ehen, die keine Ehen sind und trotzdem funktionieren, wenn es überhaupt jemals herkömmliche Ehen waren. Vergiss auch nicht, dass du noch viel für dich vorhast, Abitur sowieso und bestimmt auch ein Studium. Das wird fast unmöglich sein, wenn du dich allein um das Kind kümmern musst." Angela blieb eine Weile still. Dann blickte sie Rainer fest an.

„Wir sollen also wirklich heiraten, Rainer?"

„Ja. Es würde eine Vernunftehe werden. Ich finde das gar nicht so schlimm." Angela verzog das Gesicht.

„Eine Vernunftehe, der Traum jeder Frau, was? Und wenn du demnächst zur Bundeswehr musst, bricht deine ganze Konstruktion zusammen."

„Eben gerade deswegen nicht, Angela, ich habe mich erkundigt. Ich möchte Zahnmedizin studieren, das habe ich mir nach dem Gespräch mit meinem Vater überlegt. Ich bekomme auch einen Studienplatz, wenn sich meine Noten im Abitur nicht wesentlich verschlechtern. Ich weiß von einem Klassenkameraden, dass die Bundeswehr angehende Ärzte und Zahnärzte in der Regel zurückstellt, besonders dann, wenn sie Familie haben. Der Grund ist, sie können nach dem Studium mehr mit ihnen anfangen, weil die Bundeswehr für die medizinische Versorgung der Soldaten Mediziner braucht. Für Zahnärzte gilt das sogar in erhöhtem Maße. Ich habe mich gestern im Kreiswehrersatzamt in der Waterlookaserne erkundigt und ihnen meine Lage erklärt. Mir wurde zugesichert, dass ich zurückgestellt werde, wenn ich einen Studienplatz für Zahnmedizin nachweisen kann.

Der Fahrplan läuft so: ich werde mich sofort bei verschiedenen Universitäten bewerben und mich zurückstellen lassen, wenn ich nach dem Abitur eine Zusage habe. Das geht nach Auskunft des Amtes ganz schnell, innerhalb einer Woche, dafür haben sie eine Dienstanweisung. Wir haben dann genug Zeit, wenn du unser Kind auf die Welt bringst und können uns in Ruhe zusammen in meinem zukünftigem Studienort eine Wohnung suchen."

„Das ist mir alles zu viel Rainer, was jetzt auf mich einstürzt. Lass mir einen Tag Zeit, dann rufe ich dich aus der Telefonzelle in Algermissen an."

Rainer nickte. Er fuhr Angela mit der Vespa nach Hause.

Am Sonntag bekam er einen Anruf von Angela.

„Ich habe mir alles überlegt, Rainer. Begeistert davon bin ich nicht, eine Ehe habe ich mir anders vorgestellt. Doch wahrscheinlich hast du recht, was die Vernunftgründe anbelangt. Ich wäre bereit, mitzumachen aber nur unter drei Voraussetzungen."

„Und die wären?"

„Erstens, wir teilen uns Kind und Haushalt so, dass ich nach der Schwangerschaft sofort mit meinem Berufsplan, der Erweiterung des Puddingabiturs zum Vollabitur, weitermachen kann. Und dabei möchte ich Priorität haben, denn ich muss dein Kind schließlich austragen."

„Einverstanden."

„Zweitens, du lässt deine Finger von mir, auch wenn wir zusammen wohnen."

„Verständlich. Kein Problem."

„Drittens, in unserem Haushalt möchte ich keine Liebschaften von dir sehen, schon gar nicht Marlene. Das gilt natürlich auch für mich."

„Sehe ich ein. Doch ich habe auch eine Voraussetzung."

„Bitte."

„Du musst es dulden, dass ich mit Marlene Kontakt halten werde. Ich werde ihr also sooft schreiben oder mit ihr telefonieren können, wie ich will." Rainer spürte Angelas Unmut durch das Telefon.

„Eine Ehe zu dritt, wie?"

„Sicherlich nicht. Ich hab dir schon gesagt, dass Marlene in die USA verzieht."

Angela zögerte, war aber dann einverstanden. Sie würde alles am Sonntag ihren Eltern sagen, und Rainer könne sich darauf einstellen, dass sich ihre Eltern kurzfristig bei der Familie Wellmann melden würden.

Am folgenden Mittwoch trafen sich Angelas Eltern und Angela bei der Familie Wellmann in der Sebastian-Bach-Straße.

Rainer musterte Heinrich Wegmeister. Angelas Vater war ein großer, kräftiger Mann mit einem kantigen Gesicht. Seine Haare trug er kurzgeschnitten und streng gescheitelt, an den Seiten fingen sie an, grau zu werden. Seinen Händen, eher Pranken gleich, sah man an, dass sie körperliche Arbeit gewohnt waren. Er trug einen dunkelgrünen Anzug mit Krawatte und sah dadurch aus wie ein Bauer, allerdings der gehobenen Sorte, fand Rainer. Seine Ehefrau Katharina dagegen besaß eine zierliche, allerdings drahtige Figur. Ihre blonden Haare hatte sie im Nacken zusammengebunden. Angela passte perfekt zu ihrem Elternpaar, dachte Rainer, denn sie lag genau zwischen ihren Eltern, was Figur und Aussehen anbelangte.

„Nun müssen wir sehen, was wir mit der Bescherung anfangen, die unsere Kinder angerichtet haben, Herr Doktor", sagte Wegmeister mit rauer und lauter Stimme, griff zur Teetasse und trank einen Schluck.

„Lassen Sie den Doktor mal weg", entgegnete Wellmann, „für mich gibt es in dieser Situation nur eine Lösung. Die beiden müssen heiraten, das gehört sich so."

„Vielleicht sollte man uns vorher auch mal fragen", warf Angela mit vorwurfsvoller Stimme ein. Sie sah noch blasser und elender aus als in der vergangenen Woche.

Wegmeister drehte sich zu seiner Tochter hin. Seine Augen wanderten weiter zu Rainer. Er wurde noch lauter.

„Habt ihr uns denn gefragt, als ihr uns das alles zugemutet habt?"

Er wendete sich wieder zu Rainers Vater hin. „Ich bin ganz Ihrer Meinung, Herr Wellmann, das Kind darf nicht unehelich zur Welt kommen, das wäre eine Schande. Wissen Sie, um die Moral unserer Jugend steht es immer schlechter. Ich kenne das seit ewigen Zeiten, neun Monate nach dem Algermissener Schützenfest werden jedes Jahr Kinder geboren. Bloß, früher waren das immer Kinder von Mägden und Knechten und jetzt scheint es so, als ob die Sittenlosigkeit auch in den besseren Kreisen Einzug hält." Bernhard Wellmann nickte. Rainer musste sich zurückhalten, um nicht laut loszulachen. Sein Vater antwortete.

„Wenn sich alle Beteiligten mühen, könnten wir das Problem einigermaßen lösen. Mein Sohn hat mir gerade vorhin gesagt, dass er Zahnmedizin studieren will. Ich bedaure das zwar sehr, weil ich lieber hätte, dass er Humanmedizin studiert, weil er meine Praxis übernehmen soll. Aber der Beruf des Zahnarztes ist auch nicht schlecht. Geld wird er genug verdienen, sodass er Ihre Tochter und das Kind ernähren kann."

„Ihre Gedanken kann ich voll verstehen, Herr Wellmann. Was glauben Sie, wie froh ich war, als sich Gerhard, mein Sohn, nach dem Abitur entschlossen hatte, den Hof zu übernehmen! Jetzt geht er noch zur Landwirtschaftsschule, das nebenbei. Der Wegmeisterhof ist seit Jahrhunderten in Familienbesitz und soll es auch bleiben. Im Laufe der Zeit konnten wir ihn ständig vergrößern, und der richtige Wohlstand zog ein, als im 19. Jahrhundert die Zuckerrübe aufkam. Wäre doch schade, wenn er in andere Hände fiele!"

„Das kann man wohl sagen", antwortete Bernhard Wellmann. „Doch nun zu den Kindern. Wie mir mein Sohn sagte, wird er von der Bundeswehr zurückgestellt, wenn er seinen Studienplatz für Zahnmedizin bekommt, womit wir alle rechnen. In diesem Fall besorgen wir ihnen eine Wohnung am Studienort oder in der Nähe. Da können sie dann ihr Kind aufziehen. Ich bin bereit, die Kosten dafür mit ihnen zu teilen, Herr Wegmeister."

„Und was wird aus meinem Abitur? Ich wollte doch studieren!" Angela schaute ihren Vater flehend an. Er streichelte Angelas Hand.

„Ach Angela, mein Kleines. Du wirst Ehefrau und Mutter, was meinst du, wie beglückend das ist? Eine Frau gehört ins Haus und muss nicht unbedingt studieren. So haben wir das immer gehalten, nicht wahr, Katharina?" Seine Frau stimmte ihm zu.

„Aber sicher, Heinrich. Es ist ja noch nichts verbaut. Später kann Angela immer noch einen Beruf erlernen, muss ja kein akademischer Beruf sein, vielleicht Krankenschwester oder Sekretärin. Sie ist ja noch so jung. Dass sie als verheiratete Frau und dazu noch schwanger zur Marienschule geht, ist natürlich ein Ding der Unmöglichkeit. Spätestens ab Neujahr muss sie aufhören."

„Siehst du, wie sehr wir an dich denken?", lächelte Wegmeister seine Tochter an. „Ich hab noch eine Überraschung für dich. Wir kaufen dir nächstes Jahr eine Eigentumswohnung an Rainers Studienort, darin könnt ihr wohnen. Das soll gleichzeitig auch ein Teil deiner Abfindung sein, Angela, wenn Gerhard den Hof übernimmt."

Angela war dem Weinen nahe. Rainer hockte neben ihr in stiller Wut. Wellmann entgegnete.

„Das ist sehr großzügig von Ihnen, Herr Wegmeister. Sie können darauf vertrauen, dass ich mich revanchieren werde. Ich finde übrigens, dass wir schon einen ganzen Schritt weiter gekommen sind. Eigentlich könnten wir jetzt schon die Hochzeit besprechen."

„Gottseidank! Gottseidank!", Heinrich Wegmeister schlug sich an die Brust. „Die Kinder sind beide katholisch, das vereinfacht die Sache. Die Hochzeit sollte so bald wie möglich stattfinden, bevor man etwas sieht. Sie müssen wissen, Herr Wellmann, in Algermissen spricht sich alles ganz schnell herum. Die Menschen erzählen es den Hühnern, die Hühner den Gänsen und die Gänse den Menschen. Also, spätestens Weihnachten sollten die Kinder verheiratet sein"

Dies war der Moment, in dem Angela und Rainer aufstanden.

„Wir möchten uns jetzt gerne zurückziehen", sagte Rainer.

Zum ersten Mal an diesem Nachmittag meldete sich seine Mutter Hannelore zu Wort.

„Ach Kinder, dafür habe ich natürlich Verständnis. Ihr habt bestimmt noch vieles allein zu besprechen. Geht nach oben und kommt erst wieder, wenn euch danach ist."

Rainer fasste Angela an die Hand, empfand es diesmal als ganz angenehm, vielleicht durch sein Mitleid, und ging mit ihr über die Treppe in sein Zimmer und schloss die Tür. Angela schaute sich um. Sie war noch nie in diesem Zimmer gewesen. Sie warf sich auf sein Bett und weinte hemmungslos.

„Mein Vater behandelt mich wie eine Kuh, die ungeplant von irgendeinem hergelaufenen Bullen besprungen worden ist! Hauptsache, der Bulle hat gute Papiere, dann kann er dem sogar noch etwas abgewinnen. Was denkst du, in welche Hölle ich geraten wäre, wenn mir das gleiche beispielsweise mit dem Sohn eines Landarbeiters passiert wäre? Es ist zum Kotzen!" Rainer versuchte zu beschwichtigen. „Wenn wir uns daran halten, was wir miteinander besprochen haben, sollten für uns demnächst bessere Zeiten kommen. Vertrau mir, ich lasse dich nicht im Stich!"

„Aha. Und wie soll ich damit fertig werden, dass ich mit dir verheiratet bin, du aber ein anderes Mädchen im Kopf hast?"

Angela schaute ihn mit rotgeweinten Augen an, senkte den Blick wieder und kauerte sich mit ihren gekreuzten Armen.

Ein Schäfchen, genauso kam sie ihm vor. Alles hell und zugleich kuschelig, gar nicht so schlecht, schoss es ihm durch das Gehirn. Eine Gedankenverirrung ließ ihn zu Marlene abweichen, heiß und braun, es knallte in seinem Kopf.

Und trotzdem. Irgendetwas musste ihm auch an dem Schäfchen gefallen haben, sonst wäre das Ganze nicht passiert. Ein Gefühl mitleidiger Sehnsucht ließ ihn zu Angela treiben, fast meinte er ihre warme weiße Haut zu spüren und ihren weichen Körper, wie er sich unter ihm bewegte.

„Das ist nun einmal nicht zu ändern. Es kann aber sein, dass auch in dieser Hinsicht andere Zeiten kommen. Schlimmer als im Moment kann es mit uns jedenfalls nicht mehr kommen. Wir sollten wieder zu unseren Eltern gehen."

Angela trocknete sich ihre Tränen ab. Nach einem Blick in den Spiegel ging sie mit Rainer nach unten.

Ein Stimmengewirr empfing sie. Ihre Eltern schienen bester Laune zu sein, auf dem Tisch stand eine Flasche Cognac mit Gläsern.

„Kommt herein", rief Bernhard Wellmann.

„Wir feiern schon, denn dies ist heute so etwas wie eine Verlobung. Wir sind gerade zum Du übergangen, nicht wahr, Heinrich?" Angelas Vater hob sein Glas. „Ich finde, das ist überfällig". Er stieß mit Bernhard an. „Prost!" Die Mütter musterten sich zunächst kritisch, dann wandelte sich ihr Gesichtsausdruck zum Lächeln.

„Prost, Hannelore!"

„Prost, Katharina!"

Hannelore Wellmann schaute Angela und Rainer glücklich an.

„Wir haben für euch vorgeplant, ihr braucht euch um nichts zu kümmern, außer, dass ihr am Montag zum Standesamt in Hildesheim geht und das Aufgebot bestellt. Dann könnt ihr in der Adventszeit die Hochzeit feiern, das ist doch schön! Die Trauung wird in der Hildesheimer Josephskirche stattfinden." Rainer hatte einen Einwand.

„Es ist doch nicht notwendig, dass wir kirchlich heiraten! Eine standesamtliche Trauung reicht uns!" Angela nickte. Auf Heinrich Wegmeisters Stirn bildete sich eine Zornesfalte.

„Nur eine kirchliche Trauung ist eine richtige Trauung! Normalerweise hätte es sich gehört, dass ihr in der Algermissener Pfarrkirche getraut werdet. Wegen der besonderen Umstände wollen wir aber darauf verzichten."

„Auch die Feier haben wir schon besprochen", warf Wellmann ein. „Das Hotel Rose in Hildesheim dürfte den richtigen Rahmen liefern. Wir wollen im familiären Bereich bleiben, die Feier soll klein, aber fein sein. Natürlich könnt ihr auch Freunde einladen. Wir organisieren alles für euch."

Das Gespräch wurde jetzt lebhaft. Der Cognac schien die Zungen zu lösen. Angela und Rainer saßen die meiste Zeit stumm dabei. Draußen wurde es langsam dunkel. Um acht Uhr verabschiedete sich die Familie Wegmeister. Als sie vor der Haustür standen und sich die Hände schüttelten, stupste Rainers Mutter Angela ungeduldig an.

„Nun guckt nicht so trübe, Kinder und gebt euch wenigstens mal einen Kuss! Ihr braucht euch doch nicht mehr zurückzuhalten!" Das Brautpaar tat ihr den Gefallen.

Eine Stunde später ging Rainer aus dem Haus, setzte sich auf die Vespa und fuhr zum Garten am Galgenberg. Es war kalt, er fröstelte. Doch der Himmel war klar, die Sterne und die Lichter der Stadt funkelten. Er öffnete die offene Gartenpforte und betrat durch die ebenfalls unverschlossene Tür das Gartenhaus. Der Herd bullerte, ein Schwall von warmer Luft kam ihm entgegen.

Marlene lag auf dem Sofa, hatte sich in eine Decke gehüllt und schlief. Rainer lüpfte die Decke. Marlenes verschlafener Geruch strömte ihm zu und erregte ihn. Marlene öffnete die Augen. Rainer schlüpfte zu ihr.

In der nächsten Woche erledigte Rainer mehrere Dinge. Er holte bei der Stadtverwaltung Hildesheim einen Vordruck, auf dem Bernhard Wellmann und Heinrich Wegmeister unterschrieben, dass sie mit der standesamtlichen Trauung von Angela und ihm einverstanden waren, denn sie waren beide noch nicht volljährig. Dann ging er nach der Schule mit Angela zum Standesamt und bestellte das Aufgebot.

Danach besorgte er sich die Adressen von den zwölf Universitäten in Deutschland, in denen man Zahnmedizin studieren konnte, schrieb sie an und bewarb sich um einen Studienplatz für das Sommersemester 1966. Am Mittwochnachmittag besuchte er Harald Sasse.

Rainer wollte nicht, dass Harald von anderen erfuhr, was sich ereignet hatte. Er traf ihn in der Waterloostraße an.

Harald saß vor seinem Schreibtisch und arbeitete für das Abitur.

„Ich werde demnächst heiraten, Harald!" Harald fiel fast der Füllfederhalter aus der Hand.

„Wen? Marlene?"

„Nein. Du kennst das Mädchen nur flüchtig. Es ist Angela Wegmeister aus Algermissen." Harald überlegte.

„Ist das nicht die Bauerntochter, die wir mal im Western Saloon getroffen haben?" Harald pfiff durch die Zähne. „Hübsch ist sie ja. Ich kann natürlich eins und eins zusammenrechnen. Wann und wo ist es passiert?"

„Beim Algermissener Schützenfest."

„Du liebe Güte! Was sagen denn deine und ihre Eltern dazu? Und was sagt Marlene dazu?"

„Die Eltern waren es doch, die das angeleiert haben, als sie erfuhren, dass Angela schwanger ist. Und Marlene hat mir auch dazu geraten. Von Marlene gibt es ebenfalls Neues zu berichten. Sie wird im Februar Deutschland verlassen und in die USA ziehen. Ihre Mutter hat gerade Charles Franklin geheiratet, Marlenes Vater, der im Osten der USA lebt. Die Wohnung in der Orleansstraße wird demnächst aufgelöst. Ich werde also Marlene bald nicht mehr treffen können."

„Mich haut es um, Rainer. Weißt du noch, wie wir neulich zu viert in Müntes Garten gesessen haben und darüber geredet haben, dass sich für uns alles ändern wird? Hätte ich nicht gedacht, dass es so schnell und so heftig kommt."

Harald stand auf. „Ich muss das erst mal verkraften. Lass uns rüber zum „Einumer Eck" gehen und ein Bier trinken. Wenn wir hinterher Hunger haben, können wir ja zu der Bude von der Peters gehen und eine Currywurst essen. Es ist nicht weit."

Rainer war einverstanden.

Frau Peters betrieb einen Imbiss mit Ausschank in einem etwas schmuddeligen Haus an der Bahnhofsallee, an der Einmündung Pepperworth.

Er hatte bis spät in die Nacht offen und gehörte zu der Hildesheimer Institution „Schipporeit"-Betriebe, einer lokalen Kneipenkette von ein paar Gaststätten. Sie alle hatten gemein: dürftigste Einrichtung, niedrige Getränkepreise, lange Öffnungszeiten und ein Minimum an einfachen Speisen. Also wie geschaffen für den Besuch der Hildesheimer Gewohnheitstrinker.

Frau Peters war eine magere Fünfzigerin, unauffällig, doch resolut. Ihre Currywurst war zwar schlapp und kein bisschen knusprig, doch sie schwamm in einer selbstgemachten scharfen dünnen Sauce von köstlichem Geschmack. Meist stand ein beleibter Mann mit schütterem Haar vor ihrer Theke, mit dem sie sich unterhielt. An diesem Abend war er nicht da. Harald fragte:

„Wo bleibt denn Ihr Stammgast, Frau Peters?" Sie schüttelte den Kopf.

„Nee, der kommt nicht mehr hierher. Der hat mich geheiratet."

Die Familie Wegmeister bestand darauf, dass ihr zukünftiger Schwiegersohn jeden Sonntagmittag auf dem Hof erscheine, um am gemeinsamen Essen der Familie teilzunehmen. Ursprünglich sollte Rainer schon vorher die Männer zum Kirchgang nach St. Matthäus begleiten. Er konnte das abblocken, weil Angela bereits in der Frühe mit ihrer Mutter zur ersten Messe ging und deshalb nicht zum Kirchgang mit Rainer zur Verfügung stand. Das sonntägliche Ritual der Wegmeisters, identisch mit dem der anderen Algermissener Bauern, sah vor, dass die Frauen den Frühgottesdienst besuchten und sich anschließend in der Küche betätigten. Nach dem Kirchgang der Männer traf sich die Familie um Punkt zwölf Uhr zum Mittagessen.

Das Esszimmer der Bauernfamilie wurde fast nur am Sonntag oder zu Einladungen und Festen genutzt. In der Woche aß man in der Küche. Die Küche war dafür wohnlich eingerichtet, mit einer behaglichen Sitzecke gegenüber der Küchenzeile.

Das Esszimmer wirkte auf den ersten Blick kühl, wohl durch seine Höhe und die langen, schweren Gardinen, welche die Fenster dekorierten. Eine verblasste gelbe Seidentapete und die altmodische Möblierung aus der Gründerzeit verströmten dagegen biedere Behäbigkeit. Im Inneren hing über der Eingangstür ein barockes Kruzifix. Zentrum des Raumes war die lange Tafel, ein schwerer dunkler Holztisch, der von zwölf Stühlen mit Armlehnen umrahmt war, deren lederne Sitzflächen sich durch häufigen Gebrauch abgenutzt hatten. In einer Ecke stand ein alter, brauner Kachelofen aus dem 19. Jahrhundert, dessen Kacheln mit Ornamenten verziert waren. Gegenüber fiel eine große Standuhr ins Auge, die manchmal dunkel und drohend schlug. Die offensichtlich neu angeschafften Heizkörper, die sich ringsum unter den hohen Fenster gruppierten, schafften es trotz ihrer Ausdünstung nach frischem Lack nicht, von dem kühlen Geruch eines selten geheizten Raumes abzulenken.

Heinrich Wegmeister mit seinen Söhnen Gerhard und Martin sowie Rainer traten ein und setzten sich. Die Frauen hatten am Kopfende des Tisches eine blitzweiße Tischdecke aus Damast aufgelegt, auf dem bereits Geschirr mit Goldrand, Silberbesteck und Kristallglas stand, akkurat geordnet und in korrekter Reihenfolge. Es sah alles so aus wie die Tafel eines Rübenbarons aus der Hildesheimer Börde, fand Rainer, und so war es ja auch. Dagegen fiel das Haus seiner Eltern mit den niedrigen Räumen und seiner Möblierung aus den fünfziger Jahren kläglich ab, obwohl die Wellmanns mit den Wegmeisters durchaus vergleichbar waren, was ihre Stellung anbetraf. Nur die Tradition fehlte eben, die hier deutlich zum Vorschein kam.

Wegmeisters Söhne waren einige Jahre älter als Rainer. Beide hatten Ähnlichkeit miteinander. Sie besaßen eine große und muskulöse Statur; man sah ihnen an, dass sie von klein an körperliche Arbeit gewohnt waren, auch der jüngere Bruder Martin, der in Hamburg Rechtswissenschaften studierte. Sie schauten auch beide attraktiv aus, und Rainer fragte sich, wie sie das Algermissener Schützenfest heil überstanden hatten. Einmal hatte er genau das Martin gefragt. Unter Schulterklopfen und Lachen bekam er zur Antwort:

„Man muss eben wissen, wann die gefährliche Zeit kommt, Schwager, und die ist dann, wenn die Mädels leuchtende Augen kriegen. Im Ernst, das betrifft dich aber nicht. Angie hätte sich nie mit dir eingelassen, wenn sie nicht total verschossen in dich gewesen wäre, und das nicht erst beim Schützenfest. Nimms locker, das wird schon alles."

Vater Wegmeister trug Anzug und Krawatte, wie jeden Sonntag. Seine Söhne waren lässig gekleidet, mit leichten, ärmellosen Pullovern über ihren Oberhemden. Es hatte viel Kampf mit dem Vater gebraucht, bis sie sich mit ihrer Kleiderordnung durchsetzen konnten. Rainer als Gast hatte eine schwarze Hose mit einem weißen Hemd an und seine braune Wildlederjacke angezogen, trug aber ebenfalls keine Krawatte.

Angela brachte nun die Suppe, eine klare Brühe mit Eierstich, Klößchen und Gemüse. Das sonntägliche Essen bei Wegmeisters bestand immer aus drei Gängen, einer Suppe, einem Hauptgang, meist Braten mit Beilagen und einem

Dessert, meistens Pudding. Die Frauen setzten sich jetzt zu den Männern und Katharina Wegmeister verteilte mit einer Kelle die Suppe aus der Terrine. Während sie aßen, sagte Heinrich Wegmeister:

„An dem Geruch aus der Küche werdet ihr wohl schon gemerkt haben, dass es zum Hauptgang heute etwas Besonderes gibt?" Martin nickte.

„In Algermissen ist jetzt Gänsezeit."

„Richtig. Mir tut es immer in der Seele weh, wenn wir die Gans für den Braten beim Nachbarn kaufen müssen. Seit über hundert Jahren haben wir immer eigene Gänse gehalten. Ich habe es auch gern, wenn Hühner auf dem Hof herumlaufen." Katharina protestierte.

„Und wer scheucht die Hühner abends zusammen und bringt sie in den Stall? Wer hält den Stall sauber und sammelt die Eier ein? Wer kümmert sich darum, wenn die Viecher krank werden? Ich habe genug im Haus und auf dem Hof zu tun, Heinrich. Es kommt überhaupt nicht in Frage, dass wieder Hühner angeschafft werden. Vergiss nicht, dass wir früher Magd und Knecht hatten."

„Habt ihr überhaupt noch Vieh?", wollte Rainer wissen.

„Schweine", sagte Heinrich Wegmeister müde, „gerade mal noch vier. Die konnte ich meiner Frau und meinen Söhnen abschwatzen, denn hier geht es um gesundes Essen. Tatsache ist, dass aus den Schweinen immer nur das herauskommt, was zuvor hinein gefüttert wurde, und das möchte ich unter Kontrolle haben. Die Gans, die wir heute bekommen, können wir mit gutem Gewissen essen, denn ich weiß, womit unser Nachbar seine Gänse füttert.

Unsere Schweine werden hier auf dem Hof von unserem Hausschlachter geschlachtet und verarbeitet, es gibt noch einen in Algermissen. Das Fleisch wandert natürlich zum größten Teil in die Tiefkühltruhe, der Rest wird verwurstet.

Auf alles, was in die Dosen kommt, versteht sich unser Schlachter gut; er kriegt auch eine gute Mettwurst hin. Einen vernünftigen Schinken bekommt man leider hier in der Gegend nicht; den lasse ich von einem Bauer in der Heide machen. Die Mettwürste hängen auf dem Boden; ich passe selbst darauf auf, dass sie was werden. Ach so, Rainer, vergiss bitte nicht, für deine Eltern ein paar Mettwürste und einen Karton Dosenwurst mitzunehmen, ich habe es ihnen versprochen. Wenn du einen Zeitsprung von fünfzig Jahren auf unseren Hof machen könntest, würdest du dich wundern. Damals waren wir noch autark; alles, was wir für uns brauchten, haben wir selbst produziert, zugekauft wurde fast nichts. Ein trauriger Zustand ist das heute."

Katharina unterbrach.

„Du hast etwas vergessen, Heinrich. Das Gemüse."

„Ach natürlich, Katharina. Obst und Gemüse kommen immer noch zum größten Teil aus dem eigenen Garten, den meine liebe Frau in Ordnung hält. Sag doch deinem Schwiegersohn, woran das liegt. Katharina lächelte. „Es macht mir Spaß." Gerhard und Martin lachten. Gerhard wendete sich an Rainer.

„Im Ernst, Rainer, der Papa trauert alten Zeiten nach, das können wir auch verstehen. Doch wir haben schließlich 250 Hektar unter dem Pflug, und dafür hättest du vor fünfzig Jahren ein Heer von Landarbeitern gebraucht. Heute macht Papa das meiste allein, zusammen mit einem Arbeitsmann, und ich helfe ihm, wenn ich aus der Schule komme, Martin auch, wenn er zuhause ist. In der Ernte kommt es manchmal zu Engpässen, dann stocken wir auf, manchmal mit Schulkameraden aus der Landwirtschaftsschule. Klappt alles ganz gut und bringt immer noch ordentlich was ein. Wenn wir auf dem Hof noch Viehzeug hätten, würden wir nur von der Arbeit abgehalten, und das geht nicht."

„Wie schafft ihr das, 250 Hektar fast allein zu machen?"

„Mit Maschinen. Schau dir an, was alles in den ehemaligen Ställen steht. Ein Landwirt muss heute mehr Maschinentechniker sein als Bauer."

„Und was baut ihr an?"

„Ganz klassisch. Rüben, Weizen und Gerste im Wechsel. Mittlerweile geht die Gerste zurück und wird manchmal durch Raps ersetzt. Mais ist im Kommen. Unser Joker ist die Schwarzerde der Hildesheimer Börde, einer der besten Böden Deutschlands. Darauf wächst fast alles."

Mittlerweile waren die Frauen aufgestanden und hatten den Tisch aufgeräumt. Katharina trug auf einer Platte eine große, goldbraun gebratene Gans herein, die von geschmorten Äpfeln umkränzt war. Angela stellte Schüsseln mit Rotkohl und Kartoffeln und eine Sauciere auf den Tisch.

Heinrich Wegmeister stand auf und machte sich daran, die Gans zu tranchieren, mit einem scharfen Messer, das ihm Katharina reichte. Er stutzte einen Moment.

„Ich habe vorhin etwas vergessen. Wir haben noch nicht gebetet und das wollen wir jetzt nachholen. Vor allem: lasst uns darüber nachdenken, wie gut es uns geht und welches Glück wir haben, dass uns der Herr so großzügig bedacht hat. Lasst uns an alle denken, denen es nicht so gut geht und bittet den Herrn, diesen Menschen auch hier auf Erden den Zugang zum Glück, wenigstens zur Zufriedenheit, zu gewähren."

Sie sprachen gemeinsam ein Vaterunser, schauten sich fröhlich an und griffen zu. Nach der Gans kam eine von Angela sorgfältig zubereitete niedersächsische Nachspeise auf den Tisch, die „Welfenspeise", ein köstliches Dessert, aus Schichten von Wein- und Vanillecreme. Heinrich Wegmeister, der seiner Tochter ein Kompliment machen wollte, griff gründlich daneben.

„Siehst du, wie richtig es war, dass wir dich auf den Frauenoberschulzweig geschickt haben, Angela? Die Zubereitung einer solch feinen Nachspeise lernt man nur an der Marienschule, an keiner anderen Schule in Hildesheim."

„Nur, was man wirklich dringend braucht, zum Beispiel eine zweite Fremdsprache, habe ich auf meiner Schule nicht gelernt. Wie man eine Welfenspeise macht, kann ich auch hinterher lernen", schimpfte Angela. Gerhard und Martin grinsten.

Als Rainer sich am Hoftor von Angela verabschiedete, sagte sie:

„Nächste Woche wird es ernst, Rainer. Dann gehe ich mit meiner Mutter zur Schulleitung und es kommt alles auf den Tisch."

Rainer nickte, gab ihr einen flüchtigen Kuss auf die Wange und fuhr mit der Vespa davon. Als er am Galgenberg vorbeikam, machte er einen Abstecher zum Garten der Familie Münte.

Marlene stand mit einer Gartenharke vor der Hütte und lächelte ihn an.

„Nächste Woche kannst du mir helfen, Laub zusammen zu harken, Rainer. Es geht jetzt los mit dem Laubfall."

Als ein Windstoß kam, schaute Rainer nach oben. Ein paar Blätter segelten zu Boden. Rainer fröstelte.

„Ich möchte es mir lieber mit dir in der Hütte gemütlich machen, Marlene. Es ist kalt."

Er umfasste ihre Hüfte und sie gingen hinein.

Katharina Wegmeister, Angela, Angelas Klassenlehrerin Frau Mahnke und die Oberin der Ursulinen, Mater Franziska, saßen im Büro der Marienschule um einen Tisch. Angela hatte ihre Mutter gebeten, das Wort für sie zu führen, denn sie wollte das alles nicht noch einmal ausbreiten, was mehrfach in der Familie durchgesprochen war. Mater Franziska schaute Angela mitleidig an.

„Das ist alles jetzt sehr schlimm für dich, Angela, doch es wird irgendwann wieder gut werden. Ich bin weit entfernt davon, dein Verhalten moralisch zu beurteilen, das steht mir auch überhaupt nicht zu. Was glaubst du, wie oft das schon passiert ist, dass Marienschülerinnen schwanger wurden? Für dich ist es besonders hart, dass du ausgerechnet in der Prüfungszeit für das Abitur hochschwanger sein wirst. Wäre das am Ende eines normalen Schuljahres gewesen, hättest du abgehen können, wir hätten dir ein Versetzungszeugnis ausgestellt und du hättest auf einer anderen Schule weitermachen können. Nun ist das alles viel komplizierter. Bis zum Jahresende wirst du noch am Unterricht teilnehmen können, man sieht dann vielleicht noch nicht so viel. Danach wirst du wohl zu Hause bleiben müssen.

Glaub nicht, dass wir, deine Lehrerinnen, das unbedingt wollen, der Grund ist in erster Linie die Öffentlichkeit in Form der Eltern unserer Schülerinnen, die sich über eine schwangere Schülerin auf der Marienschule beschweren könnten. Einen solchen Ärger wollen wir nicht. Wer weiß denn bis jetzt überhaupt Bescheid?"

„Nur die Familie", antwortete Angela. „Obwohl – manchmal habe ich das Gefühl, als ob die Algermissener mich komisch anschauten, als ahnten sie etwas."

„Und wann werdet ihr heiraten?"

„Eine Woche vor Weihnachten."

„Das habt ihr klug gemacht, das überschneidet sich mit den Weihnachtsferien. Also werden wir alle bis dahin keinem etwas über deine Schwangerschaft erzählen, auch nicht den anderen Lehrerinnen und Lehrern hier an der Schule. Im Neuen Jahr werden dann alle Bescheid wissen, dann seid ihr schließlich verheiratet und niemand kann Anstoß nehmen." Mater Franziska lächelte Angela an. Sie verabschiedeten sich. Angela kam es vor, als sei ihre Klassenlehrerin Frau Mahnke nicht so ganz zufrieden, als sie sich von ihrer Mutter und ihr verabschiedete.

Als Rainer am nächsten Sonntag die Familie Wegmeister besuchte, wirkte Angela seltsam aufgeräumt. So gut gelaunt hatte er sie seit dem Schützenfest nicht mehr gesehen. Nach dem Essen bat sie ihn, mit auf ihr Zimmer zu kommen. Angelas Zimmer im ersten Stock des Hauses entsprach den üblichen Größenordnungen im Wohngebäude der Wegmeisters und war mindestens dreimal so groß wie Rainers Zimmer. Zwei große Kleiderschränke nahmen Angelas Garderobe auf und die Breite ihres Bettes reichte für zwei Personen. Angela warf sich auf ihr Bett und lächelte Rainer an, der sich zu ihren Füßen kauerte.

„Wenn ich Glück habe, Rainer, wird doch noch etwas aus meinem Abitur!" Rainer zog erstaunt die Augenbrauen hoch.

„Wie kommt das?" Angela berichtete.

Ein paar Tage nach ihrem Gespräch in der Schule hatte sie plötzlich einen Anruf von ihrer Klassenlehrerin Frau Mahnke erhalten.

„Angela, unser Gespräch neulich hat mir keine Ruhe gelassen. Du bist eine gute Schülerin und mir liegt daran, dass du dein Abitur wie alle anderen machst, trotz der besonderen Umstände. Soweit ich weiß, wolltest du doch nach dem Frauenoberschulabschluss dein Vollabitur nachholen?"

„Das habe ich noch immer vor, Frau Mahnke."

„Das täte ich an deiner Stelle auch, Angela. Jetzt aber geht es erst einmal um deinen Abschluss an der Marienschule. Es gibt eine gewisse Möglichkeit, dass du ihn erreichst, auch wenn das auf den ersten Blick kompliziert ist. Ab Neujahr sind es ohnehin nur etwas mehr als zwei Monate, die du zur Schule gehen müsstest und Anfang März sind die Prüfungen abgeschlossen. Man könnte das so machen, dass du die letzten Arbeiten – es sind ohnehin nur wenige – nachmittags unter Aufsicht allein in der Schule schreibst. Genauso könnten wir mit den Abiturprüfungen verfahren, sowohl im Schriftlichen als auch im Mündlichen. Ich habe mit allen deinen Lehrkräften an der Schule gesprochen, sie wären einverstanden, ich sowieso, Mater Franziska auch. Dann habe ich noch bei der Bezirksregierung angerufen, denn wir sind, wie du weißt, Privatschule und müssen uns alles, was außerhalb der Regel liegt, genehmigen lassen. Sie haben mir zugesichert, dass sie eine Ausnahmegenehmigung für dich erteilen werden, allerdings musst du damit rechnen, dass sie zu deinen Prüfungen manchmal zur Kontrolle eine Schulaufsicht beibringen."

„Das ist mir egal, Frau Mahnke." Angela war freudig überrascht.

„Nun gut. Den Unterrichtsstoff bis zum Abitur würde ich dir durch eine Mitschülerin nach Hause schicken. Du kannst ihn dann in Ruhe durcharbeiten."

„Sie könnten ihn Hella Brinkmann mitgeben. Sie kommt aus Algermissen."

„Dann ist doch alles geklärt, Angela. Wenn du dir Mühe gibst, hast du Mitte März das Puddingabitur wie alle anderen aus deiner Klasse und kannst dich ohne Zeitdruck auf dein Kind vorbereiten."

„Danke, danke! Ich könnte Ihnen um den Hals fallen, Frau Mahnke!"

Angela schaute Rainer voller Genugtuung an.

„Ändert das etwas an dem, was wir geplant hatten. Angela?"

„Überhaupt nicht. Wenn ich mit dem Kind aus dem Gröbsten heraus bin, werde ich sofort daran gehen, mein Vollabitur nachzuholen, Rainer. Es bleibt bei unserer Abmachung."

Der Hochzeitstermin von Angela und Rainer rückte näher. Außer an den Sonntagen sahen sie sich nur wenig, weil sie beide für ihre Prüfungen arbeiten mussten. Nach dem Mittagessen in Algermissen traf sich Rainer meist noch mit Marlene, die sich jedoch auch für ihre Abschlussprüfung als Fremdsprachenkorrespondentin vorbereitete.

Tagsüber lernte Marlene im Gartenhaus, denn zuhause fand sie keine Ruhe mehr, weil ihre Mutter damit beschäftigt war, den Haushalt in der Orleansstraße aufzulösen. Ein Teil der Möbel befand sich schon auf dem Weg nach Amerika; auf dem Flur und im Schlafzimmer stapelten sich Kisten, die zusammen mit den restlichen Möbeln im Neuen Jahr von der Spedition abgeholt werden sollten. Das Weihnachtsfest wollte Monika Franklin noch mit ihrer Tochter und der Familie ihrer Schwester in Hildesheim verbringen; sofort danach wollte sie in die USA fliegen, das Ticket war schon gebucht. Marlene würde im Februar nachkommen, wenn sie ihre Prüfung bestanden hatte.

Einmal kam es fast zum Eklat.

Rainer war eines Sonntags erst am Spätnachmittag nach Hause gekommen.

Seine Mutter empfing ihn mit hochgezogenen Augenbrauen.

„Wo bist du solange gewesen, Rainer? Angela hat schon vor drei Stunden angerufen und nach dir gefragt."

„Bei Harald", log Rainer.

„So, also bei Harald? Dann sieh mal zu, dass Angela dir das glaubt."

Der Winter setzte in diesem Jahr früh ein. Ab Mitte Dezember schneite es, und Dauerfrost sorgte dafür, dass sich eine geschlossene Schneedecke bildete.

Am 18. Dezember, einem Sonnabend, wurden Angela und Rainer kirchlich getraut. Dem zuvor gegangen war am Mittwoch die standesamtliche Trauung im Rathaus von Hildesheim, nur eine kurze Zeremonie, bei der außer den Vätern niemand anwesend war. Die Väter dienten gleichzeitig als Trauzeugen. Anschließend fuhren Angela und ihre Mutter nach Hannover, um das Hochzeitskleid zu kaufen.

Es schneite wehend und heftig, während die Hochzeitsgesellschaft den Weg vom Parkplatz zur Kirche St. Joseph in der Marienburger Straße zurücklegte. Das Wetter schickte in einem Anflug von Ironie segelnde Flocken, welche die in ein weißes Brautkleid gekleidete Angela umhüllten.

Auch hier war die Hochzeitsgesellschaft klein. Außer den nächsten Verwandten hatte man niemanden eingeladen, mit Ausnahme von Harald, der in der Kirche zusammen mit Angelas Bruder Gerhard als Trauzeuge fungierte. Die Kirche war leer, Zuschauer gab es nicht. Nach der Trauung fuhr man zu Rainers Eltern in die Sebastian-Bach-Straße, hier war ein kleiner Sektempfang geplant. Weder Angela noch Rainer sahen so aus, als stände ihnen das Glück ins Gesicht geschrieben, und sie mussten sich bemühen, die Hochzeitsgesellschaft bei Laune zu halten. Harald half ihnen dabei, setzte sich zwischen das Brautpaar und machte seine Späße, indem er über seine Schulzeit mit Rainer berichtete, dabei die Streiche erwähnend, die sie zusammen ausgeheckt hatten. Dagegen waren Bernhard Wellmann und Heinrich Wegmeister bester Laune, gingen nach dem Sekt schon zum Cognac über und klopften sich gegenseitig auf die Schulter.

Angela hatte ihrem Bräutigam zur Hochzeit ein paar goldene Manschettenknöpfe geschenkt und Rainer schenkte ihr eine Kette mit einem Saphir, der zu ihren blonden Haaren passte; natürlich hatten die Eltern die Geschenke bezahlt. Nach einer halben Stunde stand Bernhard Wellmann auf und tat geheimnisvoll.

„Ihr beide kommt jetzt mit, ich habe noch eine Überraschung für euch"

Er führte sie zur Garage. Als er sie öffnete, schlug ihnen der Geruch von frischem Autolack entgegen. Innen stand ein nagelneuer, weinroter Renault 4.

„Dieses Auto gehört euch jetzt. Es ist genau passend für eure kleine Familie, hat eine große Heckklappe und ihr könnt den Kinderwagen ohne Probleme hineinbekommen. Und wenn ihr eure eigene Wohnung habt, bekommt ihr von noch mir die komplette Einrichtung und die gesamte Babyausstattung." Inzwischen war Heinrich Wegmeister dazu gekommen.

„Wir haben alles miteinander abgesprochen, Kinder. Wenn klar ist, wo ihr wohnen werdet, fahren wir zusammen hin und suchen eine schöne Eigentumswohnung für euch aus. Ich werde sie für Angela kaufen, auf diese Weise wohnt ihr gleich in eurem Eigentum und niemand kann euch kündigen."

Jetzt war Angela doch gerührt und umarmte ihren Vater und ihren Schwiegervater. Rainer drückte ihnen die Hand.

Hannelore Wellmann mahnte:

„Es wird Zeit, meine Lieben. Wir müssen langsam zur „Rose" aufbrechen, sonst wird das Essen kalt."

Die Hochzeitsgesellschaft machte sich auf den Weg. Im Restaurant des Hotels Rose war ein Nebenraum mit Platz für zwanzig Personen reserviert; man hatte schon festlich gedeckt, mit Blumenschmuck, Silberbesteck und Kristallgläsern. Dagegen fehlte eine Vase für den Brautstrauß, ganz einfach deswegen, weil Angela auf einen Brautstrauß verzichtet hatte. Während draußen Schneeflocken in wabernden Schwaden über den Marktplatz fegten, saß man innen warm und verspürte einen Hauch von Gemütlichkeit, den der an sich nüchterne Raum ausstrahlte, ein ungewohnter Vorteil, den ihm das Wetter verschaffte. Auch das Essen trug dazu bei. Man genoss das Hochzeitsmahl, an dem nichts auszusetzen war; der Koch hatte sich offensichtlich große Mühe gegeben.

Später, beim Kaffee, verabschiedeten sich die ersten Gäste, die von auswärts kamen. Ein Abendessen war nicht mehr geplant. Die Eltern und ein paar nahe Verwandte blieben bis zum frühen Abend, die Brautväter waren in Stimmung, prosteten sich zu und hatten sich viel zu erzählen. Irgendwann stand Katharina Wegmeister auf.

„Ich bin müde, Heinrich, Hannelore auch. Es war ein anstrengender Tag, lass uns jetzt nach Hause fahren." Man rief zwei Taxen und verabschiedete sich. Der Abend zog sich dann doch noch eine Weile hin. Harald und die Brüder von Angela blieben noch und tranken Wein mit dem Brautpaar.

Für die Hochzeitsnacht hatten die Eltern ein Zimmer im Hotel reserviert. Als Angela sich auszog und in ein Nachthemd mit Spitzen schlüpfte, ruhten Rainers Blicke auf ihr, zum ersten Mal intensiv. Sie hatte eine hübsche Figur, fand Rainer, alles an der richtigen Stelle und insgesamt etwas gedrungener als Marlene, aber durchaus trainiert. Sie musste wohl Sport treiben; er merkte es auch an ihren Bewegungen.

„Was blickst du mich an, Rainer? Du hast doch gar kein Interesse an mir!"

„Weil du einen schönen Körper hast! Das wird man doch noch sagen dürfen!"

„Was nützen mir deine Komplimente? Du denkst doch sowieso nur an Marlene. Meinst du etwa, ich hätte nicht gemerkt, dass du dich dauernd mit ihr triffst?" Rainer wurde ungehalten.

„Erstens trifft das so nicht zu. Ich kann auch an anderes als an Marlene denken. Zweitens haben wir eine Abmachung getroffen und ich kann mich nicht daran erinnern, dass ich dir versprochen habe, mich nicht mehr mit Marlene zu treffen. Drittens, schau doch mal mehr nach vorn. Du wirst bald unser Kind bekommen. Ich fange an, mich immer mehr darauf zu freuen, und das solltest du auch tun."

Sie redeten noch eine Weile miteinander, schließlich schlief Rainer ein.

Als er einmal in der Nacht erwachte, merkte er, dass Angela leise weinte. Sie war wohl gerade dabei, den letzten Rest ihrer Vorstellungen von Hochzeitsromantik zu beerdigen, dachte er.

Das Weihnachtsfest sollte zwischen den Familien gerecht geteilt werden, so hatten es die Väter beraten. Angela und Rainer verbrachten Heiligabend und den ersten Weihnachtstag, verbunden mit dem Kirchgang, in Algermissen, später sollte es zu Rainers Eltern in Hildesheim gehen.

Im Esszimmer der Familie Wegmeister stand ein riesiger Weihnachtsbaum, so hoch, wie es die Deckenhöhe erlaubte. Geschmückt war er mit einer Unzahl von Kugeln und Figuren, zum Teil aus altem Familienbesitz. Heinrich Wegmeister hatte reichlich eingekauft und das gemeinsame Auspacken der Geschenke dauerte fast eine Stunde. Rainer hatte Angela einen Winterpullover geschenkt und erhielt von ihr einen karierten Schal; wenigstens hatten sie diesmal die Geschenke von ihrem eigenen Geld bezahlt. Zum Hochamt in der Kirche St. Matthäus ging diesmal Angela mit. Als verheiratete Frau hatte sie an Selbstvertrauen zugelegt und missliebige Blicke oder Tuscheleien blieben mittlerweile aus, obwohl jetzt jeder in Algermissen wusste, was passiert war.

Nach dem Mittagessen fuhren Angela und Rainer mit dem neuen Renault 4 nach Hildesheim, wo in der Sebastian-Bach-Straße eine zweite Bescherung anstand. Zum Schluss überreichte ihnen Bernhard Wellmann mit geheimnisvoller Miene einen Briefumschlag. Rainer öffnete ihn. Innen lagen vier Karten für die Premiere der Operette „Die Fledermaus" am Silvesterabend im Hildesheimer Stadttheater.

In diesem Moment spürte Rainer, wie sich tief in seinem Bauch ein Lachkrampf zusammenbraute, den er schleunigst unterdrückte, um nicht den Argwohn seines Vaters zu erregen. Bernhard Wellmann lächelte Angela an.

„Ich weiß doch, dass du zurzeit keinen Alkohol trinken darfst, Angela. Und irgendwelche ausgelassenen Silvesterfeiern sind auch nichts mehr für dich. Stattdessen habe ich gute Premierenkarten für uns besorgt. Nach der Vorstellung sind schon Plätze im Restaurant der „Rose" reserviert, wo wir auf das Neue Jahr anstoßen können, du natürlich mit Saft. Hinterher gehen wir noch zu uns, ihr könnt dann auch hier übernachten. Wir wollen zusammen Silvester in aller Ruhe feiern." Angela gab ihrem Schwiegervater dankbar einen Kuss auf die Wange. Rainer wusste nicht, ob er lachen oder weinen sollte. In Rainers Elternhaus übernachteten beide immer im Fremdenzimmer, weil Rainers Zimmer zu klein war, im Gegensatz zu Angelas Zimmer in Algermissen, wo ihr Bett Platz für zwei bot.

Mit Marlene hatte Rainer seit seiner Hochzeit keinen Kontakt mehr gehabt. Er wollte sie im Moment nicht stören, denn es waren die letzten Tage, die sie mit ihrer Mutter in Hildesheim verbrachte.

Nach Weihnachten wurde es milder. Die Schneedecke verschwand und es regnete. Doch zu Silvester kam wieder ein Kälteeinbruch mit Eis und Schnee.

Am späten Nachmittag des Silvestertages nahmen Angela, Rainer und Rainers Eltern im Stadttheater Hildesheim Platz. Der Vorhang öffnete sich, das Orchester begann zu spielen und eine üppige Dekoration des Bühnenraumes verwöhnte ihre Augen, während die Sängerinnen und Sänger mit ihren Stimmen der Operette von Johann Strauß „Die Fledermaus" akustische Farbe verliehen.

Der zweite Aufzug spielte auf dem Sommerball des Fürsten Orlofsky. Als sich die Bühnenhandlung steigerte, trat das Ballett auf und vollführte einen wirbelnden Tanz. Es waren sieben Ballettmädchen in Kostümen, die nicht zu übersehen waren; die Mädchen trugen kurze, bunte Röckchen und Tops mit einem geradezu sündigen Ausschnitt. Marlene stach zwischen ihnen hervor, einmal durch ihre Hautfarbe und zusätzlich durch ihre Größe. Es wirkte aufreizend, wenn sie über die Bühne fegte. Rainer beobachtete seinen Vater aus den Augenwinkeln heraus. Bernhard Wellmann saß wie versteinert da und man spürte, wie in ihm die Wut hochkroch. Angela, die gemerkt hatte, dass Rainer seinen Vater belauerte, warf ihrem Ehemann einen zornigen Blick zu.

Ihre ursprünglich fröhliche Stimmung war dahin, und als sie das Theater verließen und sich zu Fuß zum Hotel Rose aufmachten, sprachen sie nur wenig miteinander. Auch das Essen fand in gedämpfter Stimmung statt. Eine Auflockerung gab es erst zum Jahreswechsel, als es knallte und die Raketen heulten und zischten, während sie gemeinsam auf das Neue Jahr anstießen. Hannelore Wellmann war den Tränen nahe.

„Alles, alles Gute, Kinder, besonders für unser Enkelkind. Es kommen vielleicht schwere Zeiten auf euch zu, aber die könnten gleichzeitig auch schön sein." Bernhard Wellmann drückte ihnen stumm die Hand. Angela machte Anstalten, mit der Taxe nach Algermissen zurückzufahren, doch es war diesmal Rainer, der sie davon abhielt.

„Du hast doch genau gewusst, dass Marlene bei der Theateraufführung dabei war", sprach sie Rainer an, als sie neben ihm im Bett lag. Auf ihrer Stirn bildeten sich Zornesfalten.

„Natürlich", konterte Rainer. „Jedermann weiß, dass Marlene manchmal im Theater auftritt. Auch meine Eltern hätten das wissen können, wenn sie sich erkundigt hätten. Das haben sie aber nicht getan. Sollte ich ihnen das unter die Nase reiben, als sie uns die Theaterkarten geschenkt hatten? Das waren teure Premierenkarten und ich habe nicht eingesehen, ihr Geschenk platzen zu lassen, nur weil Marlene bei der Aufführung dabei sein würde. Im Übrigen ist Marlene keine Aussätzige, und es würde dir gut tun, wenn du das begreifst." Rainer merkte, dass Angela heute auf Krawall gebürstet war, mittlerweile hatte er das schon mehrfach bei ihr erlebt. Er gestand sich ein, dass ihm das viel besser gefiel, als wenn sie harmoniesüchtig wäre.

Doch gerade das bisschen Harmonie, das sie in der letzten Zeit füreinander entwickelt hatten, war erst einmal dahin und sie sanken mit trüben Gedanken in den Schlaf.

Es waren nun fast drei Wochen her, als sich Rainer das letzte Mal mit Marlene getroffen hatte. Am Sonntag nach Neujahr sah er zu, dass er frühzeitig aus Algermissen fortkam und fuhr zur Orleansstraße. Als er unten klingelte, ertönte der Summer; er drückte die Haustür auf und lief die Treppe hinauf. Die Tür zur Wohnung war angelehnt. Rainer ging hinein. Im gleichen Moment erstarrte er. Er schaute nur auf kahle Wände, sämtliche Möbel waren fort; nur die Küche war noch eingerichtet und sah aus wie eh und je.

Er ging in Marlenes Zimmer. Marlene lag in Unterwäsche auf einer Matratze, neben ihr ein Stapel von Büchern und Schreibmaterial. Auch ihre Möbel waren fort. Er beugte sich zu ihr, sie küssten sich liebevoll.

„Ja da staunst du, was? Alle Möbel sind auf dem Weg nach Amerika, nur die Küche haben wir dagelassen. Der Nachmieter für die Wohnung übernimmt sie. Aber was ist mit dir los? Wenn man dein Gesicht anblickt, könnte man meinen, du wolltest mich gleich verschlingen!"

„Entschuldigung, Marlene, ich muss wohl Entzugserscheinungen haben."

„Du Armer!" Marlene breitete ihre Arme aus.

Hinterher saßen sie in der Küche, tranken Tee und aßen vom Rest der Weihnachtskekse. Draußen schneite es und die Schneeflocken flogen gegen die Fensterscheiben. Marlene hatte eine Neuigkeit für Rainer.

„Renate ist wieder im Land. Kurz vor Silvester ist sie aus Frankreich gekommen. Nächste Woche fährt sie wieder weg, zu ihrer neuen Au-Pair-Stelle nach London. Wir haben zusammen Silvester gefeiert – nicht ganz korrekt, wie ich es dir jetzt erzähle, sondern zunächst waren Renate und Harald nebenan mit Renates Mutter und meiner Mutter zusammen. Ich musste ja an diesem Abend im Theater sein, zur Premiere von der Fledermaus. Nach der Vorführung bin ich nachgekommen, und kurz nach zwölf haben wir uns von den Müttern verabschiedet und noch im „Studio 21" abgehangen, bis kurz vor drei. Kannst du dir vielleicht vorstellen, wie es mir am nächsten Tag ging?"

„Ich habe dich im Theater gesehen, Marlene!"

„Du liebe Güte. Wie denn das?"

„Mein Vater hat uns Premierenkarten für die Vorstellung spendiert. Er wollte wohl in erster Linie Angela damit einen Gefallen tun, weil sie wegen der Schwangerschaft nur begrenzt Silvester feiern konnte. Das ist natürlich gründlich in die Hose gegangen, wie du dir denken kannst."

„Erzähle."

„Ging alles gut bis zu deinem Auftritt. Als du in deinen sündigen Klamotten über die Bühne schwirrtest, fielen meinen Eltern fast die Augen aus dem Kopf und Angela hätte mich am liebsten umgebracht. Die Silvesterfeier war dann natürlich gelaufen und mit Angela habe ich mich bis jetzt nicht wieder vertragen."

„Solltest du aber, sie bekommt schließlich ein Kind von dir. Habe ich dir wenigstens bei meinem Auftritt gefallen?"

„Grandios. Dein Aussehen war spitzenmäßig, und du hast dich so auf der Bühne bewegt, dass du Träume erweckt hast, jedenfalls in mir." Marlene strahlte. Sie machte ihm einen Vorschlag.

„Jetzt zu etwas anderem. Wir sollten uns vielleicht noch einmal zu viert treffen, bevor Renate wieder fährt. Hier in der leeren Wohnung geht das nicht mehr, doch in der Gartenhütte von Tante und Onkel Münte wäre das möglich, wir könnten sie heizen. Was sagst du dazu?"

„Gute Idee. Dann mache ich dir einen weiteren Vorschlag. Es ist im Moment schönstes Winterwetter. Ich komme mit Harald und unseren Rodelschlitten in die Orleansstraße und wir holen euch ab, wie in alten Zeiten. Vorher müssen wir uns darum kümmern, dass die Hütte geheizt ist. Wenn wir vom Rodeln zurückkommen, setzen wir uns in die warme Hütte und feiern ein bisschen zusammen, mit Glühwein und Schmalzkuchen."

Marlene schlang ihre Arme um Rainer und drückte ihre Lippen auf seinen Mund.

„So machen wir das. Renate wird einverstanden sein. Ich freue mich!"

Sie machten es genauso. Am Sonnabend standen Harald und Rainer mit ihren Schlitten in der Orleansstraße vor den Wohnungen der Mädchen und pfiffen. Renate und Marlene schienen schon vor dem Fenster gewartet zu haben, denn nach kurzer Zeit flog Marlenes Haustür auf, und die beiden Freundinnen liefen auf die Männer zu, Renate sofort zu Rainer, den sie umarmte und ihm einen dicken Kuss auf den Mund gab. Sie hatten sich schon lange nicht mehr gesehen. Rainer musterte sie.

„Bist ja noch viel hübscher geworden, Renate! Und du riechst anders."

„Pariser Parfüm, Rainer! Hübsch war ich schon immer, du hast es bloß nicht gemerkt. Du hast ja immer nur hinter Marlene her geguckt."

Marlene lachte, und es ging los. Sie zogen ihre Schlitten die Windmühlenstraße hinauf und erreichten den Waldrand des Galgenberges. Zu den beiden Rodelbahnen war es jetzt nicht mehr weit und sie konnten schon die Geräusche der Kinder wahrnehmen, ihr Geschrei und Gejuchze, durchsetzt mit ein paar Schmerzenslauten, wenn jemand gefallen war und sich weh getan hatte. Das Wetter war ruhig. Eine milde, bleiche Wintersonne stahl sich durch Wolkenschleier, die Schneelandschaft bewachend.

Als sie die beiden Rodelbahnen erreichten, wählten sie die linke Bahn, weil sie etwas schwieriger und deshalb weniger überlaufen war. Die Männer setzten sich hinten auf die Schlitten, ihre Freundinnen saßen vorn und bemühten sich, zu lenken. Rainer drückte sich an Marlenes Po und stellte fest, dass es ein äußerst angenehmes Gefühlt war, sich an eine warme Mädchenhüfte zu drücken. Ihm fiel ein, dass es ihm als Kind schon so gegangen war, er hatte es eben damals nicht so bewusst wahrgenommen. Harald war dagegen ehrgeizig, versuchte, Marlene und Rainer zu überholen und streifte sie, sodass die Schlitten umfielen und alle vier in den Schnee purzelten. Marlene drehte sich im Schnee, bepuderte sich und erreichte wieder einmal, dass Rainer hingerissen war, als er das Bild betrachtete, ihre dunkelbraune Haut im Kontrast zu ihren blitzenden Zähnen, dem Schnee und der weißen Pudelmütze.

Später gingen sie die paar Schritte zum Garten hinab, klopften den Schnee von den Kleidern und betraten die Hütte. Marlene hatte vorgeheizt. Eine bullerige Wärme empfing sie, die vom Küchenherd ausging. Der Glühwein köchelte im Topf vor sich hin und erhielt reichlich Zuspruch, erhitzte ihre Körper und Gemüter. Bei Harald schien er eine besinnliche Wirkung zu entfalten.

„Ich denke gerade daran, wie wir im Sommer hier in diesem Garten gesessen haben und keiner von uns wusste, wie es im nächsten Jahr weitergehen würde. Nun sind die Würfel gefallen. Nur bei Renate hat sich nichts geändert, sie wird nach ihrer Au-Pair-Zeit studieren, wie sie es damals schon vorhatte."

„Einspruch, Harald", sagte Renate. „Ich wusste damals noch nicht, an welchem Ort. Das ist mittlerweile klar, ich gehe nach Freiburg, in den tiefen deutschen Süden."

„Na gut, dann wissen wir das jetzt. Doch dass Marlene in die USA zieht, hätte sich damals niemand vorstellen können. Noch viel weniger hätten wir geahnt, dass Rainer geheiratet hat."

„Heiraten musste", korrigierte Rainer.

„Nun gut, es kommt auf das Gleiche hinaus. Nun zu mir. Auch hier ist alles in Bahnen. Am 1. April werde ich eingezogen, so oder so, egal, ob ich mein Abitur bestehe oder nicht. Dann geht es zum Grundwehrdienst, damit sie mir beibringen, wie man durch den Sand robbt und die Handkante zackig an die Mütze legt, wenn man einen Offizier grüßen muss. Und dann: volle Fahrt zurück. Ich komme nach Hildesheim, in die Ledebur-Kaserne, keine fünfhundert Meter von hier entfernt. Das ist ein ziemlich großer Standort; hier sind Panzergrenadiere stationiert. Weil das viel mit Fahrzeugen zu tun hat, haben sie eine eigene Instandsetzungskompanie, die sich um Wartung und Reparatur kümmert, dahin komme ich. Genau das wollte ich auch, und wenn alles so läuft, wie ich mir das vorgestellt habe; werde ich anschließend Betriebswirtschaft studieren und danach irgendetwas in der Autoindustrie oder im Autohandel machen. Ich bin überzeugt davon, dass der größte Wirtschaftsfaktor für die nächsten Jahrzehnte in Deutschland das Auto sein wird."

Es wurde nun schnell dunkel. Marlene und Rainer hatten nicht mehr richtig zugehört, rückten auf dem Sofa zusammen und begannen, sich miteinander zu beschäftigen. Als sich Marlene einmal an Rainer drückte, damit er besser an sie heran kam, stand Renate auf.

„Ich glaube, ihr Lieben, ich verschwinde jetzt mit Harald. Ihr habt ja nur eine Galgenfrist bis März. Genießt sie, wir gönnen es euch."

Um drei Uhr in der Nacht erwachte Rainer. Draußen war es klar, das Licht einer dünnen Mondsichel schaute durch das Fenster herein. Er warf einen Blick auf Marlene neben ihm, die mit gleichmäßigen Atemzügen schlief. Rainer stand auf und zog sich leise an. Bevor er ging, gab er Marlene einen sanften Kuss auf die Wange. Sie seufzte etwas und drehte sich, wachte aber nicht auf. Er ging hinaus und schloss vorsichtig die Tür der Hütte.

Ebenso leise schloss er die Tür seines Elternhauses auf, stieg die Treppe hinauf und ging in sein Zimmer. Nach einer Minute bemerkte er, dass plötzlich Licht durch den Spalt seiner Tür drang und kurz darauf wieder verlosch. Seine

Mutter musste sein spätes Kommen bemerkt und kurz das Flurlicht angeschaltet haben. Doch sie sprach ihn am nächsten Tag nicht darauf an.

Angelas Bauch wurde immer dicker. Sie ging nicht mehr zur Schule und hockte verbissen hinter ihren Büchern, Rainer besuchte sie außerhalb der Sonntage selten in Algermissen und stellte fest, dass sie im Moment sowieso wenig Interesse für ihn hatte. Ihm kam das ganz recht, umso mehr konnte er mit Marlene zusammen sein.

Anfang Februar begannen die Prüfungen im Gymnasium Josephinum. Und nach der ersten Februarwoche hatten Rainer und Harald das Abitur geschafft, Rainer mit einem Zensurendurchschnitt oberhalb der Norm und Harald im unteren Mittelfeld. Sofort reichte Rainer sein Abiturzeugnis bei den Universitäten ein, an denen er sich beworben hatte. Eine Woche später kam Nachricht von der Georg-August-Universität Göttingen, dass er einen Studienplatz für Zahnmedizin erhalten habe. Rainer brachte eine Kopie des Schreibens zum Kreiswehrersatzamt und erhielt die mündliche Zusage, dass er zurückgestellt sei und sein Studium antreten könne; die schriftliche Zusage erfolge später. Rainer fuhr sofort nach Algermissen. Angela saß in ihrem Zimmer und arbeitete den Stoff für ihre Prüfungen durch.

„Angela, wir wissen jetzt, wohin wir ziehen werden. Ich habe eine Zusage für meinen Studienplatz."

Angela, jetzt hochaufmerksam, stand schwerfällig auf. Ihr Bauch machte ihr mehr und mehr zu schaffen.

„Du meinst, wo wir das Kind aufziehen werden, das du mir angehängt hast?" Sie sagte das gar nicht böse wie manchmal, sondern lächelte Rainer an und hielt ihm ihre Wange hin. Er streifte sie mit seinen Lippen.

„Wir kommen nach Göttingen." Angela blieb eine Weile still und schien zu überlegen.

„Hat sein Gutes und sein Schlechtes. Ich wollte eigentlich so weit wie möglich weg von Algermissen und Hildesheim, am besten nach Süddeutschland, Würzburg, Freiburg oder sowas. Es wäre aber auf der anderen Seite möglich gewesen, dass mich meine Eltern nach dem Puddingabitur an die Pädagogische Hochschule in Alfeld verfrachtet hätten, in eine Kleinstadt, wo die meisten Marienschülerinnen für das Lehramt studieren und wo es abends tot ist. Göttingen ist ein gangbarer Kompromiss, ich nehme an, dass da mehr Leben ist. Nein, ich freue mich auf Göttingen. Komm, wir sagen es meinen Eltern." Sie nahm ihn an die Hand und sie gingen die Treppe hinunter.

Katharina und Heinrich Wegmeister saßen in der Küche und tranken Kaffee. Rainers Schwiegervater war ebenfalls guter Dinge, als Rainer ihm die Nachricht überbrachte.

„Herzlichen Glückwunsch, mein Junge. Göttingen passt doch ganz gut und ist nicht so weit weg, dann könnten wir euch besuchen. Und wenn du mit dem Kind Probleme haben solltest, Angela, würde dir deine Mutter helfen, die hat doch genug Erfahrung damit, nicht wahr, Katharina?"

„Sicher, Heinrich", Katharina lächelte ihren Mann an.

„Dann sieh man zu, dass du dich in Göttingen nach einer Wohnung umschaust. Ihr braucht zweieinhalb Zimmer, dann kann das kleine Zimmer Besuchszimmer werden, später vielleicht Kinderzimmer. Wenn die Wohnung mehrere kleine Zimmer und ein großes Wohnzimmer hätte, wäre das auch nicht verkehrt. Wenn du etwas Passendes gefunden hast, fahren wir zusammen mit deinen Eltern hin und schauen es uns an."

„So kann es sein, Heinrich." Rainer hatte mit seinen Schwiegereltern abgesprochen, sich gegenseitig mit den Vornamen anzureden. Nachher fuhr er noch zu Marlene und erzählte ihr, wie sich die Dinge entwickelt hatten.

Marlene holte aus dem Kühlschrank eine Flasche Wein. Sie erzählte ihm, dass ihre letzte Prüfung übermorgen stattfinden würde, sie tranken sich zu.

„Morgen ist Abstinenz angesagt, in jeder Beziehung, mein Schatz. Ich muss mich dann auf die Prüfung konzentrieren."

„Wirst du sie bestehen?" Marlene nickte. „Wenn nicht, müsste wohl erst ein Komet vom Himmel herabfallen. Und du kannst doch auch ganz zufrieden sein! Du und Angela, ihr habt doch alle Voraussetzungen, mit dem Kind glücklich zu werden."

„Ich bin nicht glücklich, Marlene."

„Dann versuch doch erst einmal, es zu werden. Musst ja nicht gerade heute damit anfangen, jedenfalls nicht mit Angela."

An diesem Abend kam Rainer früher nach Hause als sonst, wenn er sich mit Marlene getroffen hatte.

Zwei Tage später rief ihn Marlene an.

„Juchhu! Ich bin jetzt geprüfte Fremdsprachenkorrespondentin für Englisch und Spanisch. Heute Abend bin ich unabkömmlich, weil ich mich mit meinen Mitschülerinnen verabredet habe. Es ist übrigens kein einziger Mann in unserer Klasse. Morgen lade ich euch ein, dich und den armen Harald. Er ist wieder allein, wie du weißt; Renate beschäftigt sich in London damit, ungezogene Kinder zu zähmen und geile Ehemänner abzuwimmeln. Ich lade euch zum Essen ins „Klosterhähnchen" ein. Danach könnten wir abfeiern, vielleicht im Western Saloon oder im Studio 21. Andere Variante: ich heize die Gartenhütte vor, lasse ein paar Flaschen mit Wein und Mineral draußen stehen und besorge Kekse. Wir machen uns dann einen romantischen Abend zu dritt."

„Variante zwei wäre mir lieber."

„Nun gut, dann machen wir es so."

Harald holte Marlene und Rainer mit seinem schwarzen Fiat ab. Nach dem Essen fragte er:

„Es ist wärmer und trocken ist es auch. Ich schlage vor, wir machen noch einen kleinen Spaziergang zum Garten. Das Auto stellen wir bei mir in der Waterloostraße ab. Wir wollen ja noch etwas trinken." Sie stimmten zu. Rainer sagte: „Dann bringe ich auf dem Rückweg Marlene in die Orleansstraße und gehe zu Fuß nach Hause."

Der letzte Schnee war weggeschmolzen. Wenn man genau hinsah, konnte man entdecken, wie die Schneeglöckchen ihre Blätter bereits aus der Erde streckten.

Als sie die Hütte betraten, schlug ihnen angenehme Wärme entgegen. Marlene holte die Getränke von draußen und eine Schale Kekse; sie öffneten die Flaschen und tranken. Marlene und Rainer saßen auf dem Sofa und Harald saß ihnen auf einem Stuhl gegenüber. Harald fragte Marlene:

„Kommen denn deine Verwandten überhaupt nicht mehr in den Garten?" Marlene schüttelte den Kopf.

„Im Winter nicht, es ist ihnen zu kalt. Sie sind froh, wenn ich manchmal nach dem Rechten sehe. Wenn ich in den USA bin, und das wird in drei Tagen der Fall sein, müssen sie sich etwas anderes einfallen lassen."

Nach zwei Stunden waren die Weinflaschen leer und alle drei reichlich beschwipst. Die Gespräche wurden intimer und bei Harald, der sich meistens verschloss, öffnete sich die Zunge.

„Hast du gehört, Rainer? In vier Tagen ist Marlene weg, genau am Rosenmontag. Wie wirst du damit fertig?"

„Hör auf damit, Harald. Ich versuche, nicht daran zu denken."

„Ist ja auch eine merkwürdige Situation. Ein verheirateter Mann mit einer hochschwangeren Frau und einer Freundin, die ihn für länger, vielleicht für immer, verlässt. Einen Vorteil hat deine Ehe natürlich: finanzielle Sorgen braucht ihr euch nicht zu machen, dafür sind eure Eltern zu betucht. Das ist bei mir ganz anders. Ich muss sehen, wo ich bleibe und alles, was ich haben will, muss ich mir selbst verdienen."

„Du Armer", bemerkte Marlene und zog ironisch die Augenbrauen hoch. „Und wie wirst du damit fertig, dass Renate nicht mehr da ist?"

„Schlecht, ganz schlecht. Das hätte ich vorher nie gedacht. Zwischen uns gab es immer eine gewisse Leichtigkeit und die existiert auch noch, aber eher bei Renate. Bei mir scheint unsere Beziehung tiefer zu gehen. Als sie im Januar nach London gezogen ist, war ich ziemlich fertig. Einmal habe ich sogar geweint, natürlich nur, als ich allein war." Marlene wurde mitleidig.

„Komm zu uns auf das Sofa, Harald. Wir trösten uns jetzt, ganz so, wie wir uns früher getröstet haben, wenn sich jemand von uns weh getan hatte."

Harald zögerte erst, dann stand er auf und nahm Platz neben Marlene, die jetzt in der Mitte zwischen den Männern saß. Marlene zog seinen Kopf an sich, kraulte ihm den Nacken und gab ihm einen zärtlichen Kuss auf die Wange. Dann wendete sie sich wieder zu Rainer und fing an, ihn zu streicheln. Als Harald leise protestierte, wurde sie auch mit ihm wieder zärtlich. Es dauerte nicht lange, bis sie zu dritt miteinander schmusten. Rainer war ganz in ihr Spiel versunken und spürte keinen Funken Eifersucht. Doch etwas war anders als früher: von Marlene ging jetzt eine erotische Spannung aus, welche die beiden Männer nach einer Weile unruhig machte, sodass sie derber zufassten. Marlene, die sich trotz des Alkohols noch zurückhalten konnte, stand auf.

„Wir sollten jetzt mit diesen Spielchen Schluss machen und nach Hause gehen, Kinder, damit wir uns morgen noch in die Augen schauen können."

Sie räumten die Hütte auf und machten sich auf den Weg. Kurz nach dem Bahnübergang verabschiedete sich Harald und ging weiter Richtung Waterloostraße. Als Marlene und Rainer das Haus in der Orleansstraße erreichten, hielt Marlene inne und lächelte Rainer an.

„Möchtest du noch mit nach oben kommen?

Rainer nickte.

Vier Tage später.

Rainer fuhr am frühen Vormittag mit seinem R4 in die Oststadt und parkte vor Marlenes Wohnhaus. Als er auf die Klingel drückte, ertönte der Summer. Er ging die Treppe hinauf, die Wohnungstür war offen. Marlene stand mit zwei Koffern reisefertig im Flur der Wohnung. Sie umarmten sich kurz.

„Was hast du mit der Matratze gemacht?", fragte Rainer

„Die gehörte meiner Tante und meinem Onkel. Sie haben sie schon vor einer halben Stunde abgeholt und sich von mir verabschiedet."

Rainer nahm die Koffer, Marlene schloss die Wohnungstür und sie gingen die Treppe hinab. Vor den Briefkästen verweilte Marlene. Rainer brachte die Koffer zu seinem Auto und packte sie hinein. Als er zurückkam, sah er, wie Marlene langsam ihr Schlüsselbund aus der Manteltasche zog. Sie zögerte erst, dann warf sie die Schlüssel durch den Briefkastenschlitz. Es gab ein schepperndes Geräusch, das Geräusch der Endgültigkeit, so empfand sie es. Es war etwas unwiederbringlich vorbei, was ihr bisheriges Leben ausgemacht hatte.

„Vor diesem Moment habe ich Angst gehabt, Rainer. Von dieser Sekunde an ist mir die Wohnung für ewig versperrt, in der ich aufgewachsen bin und fast zwanzig Jahre gelebt habe. Fahr mich bitte noch einmal durch unser Stadtviertel, damit ich mir sein Bild ganz bewusst einprägen kann. Wir haben noch genug Zeit, bis der Zug nach Frankfurt abfährt."

Sie gab sich einen Ruck, drehte sich und fasste Rainer an die Hand. Sie gingen zum Auto. Rainer fuhr die Orleansstraße in nördlicher Richtung hinab und bog nach rechts in die Einumer Straße ein. Als sie die Waterlookaserne erreichten, fuhr er die Waterloostraße entlang. Rechts standen die alten ziegelsteinroten Häuser, darunter das, in dem Harald wohnte, links war die Mauer der Kaserne zu sehen – das war die Gegend, in der sie als Kinder gespielt hatten. In der Nähe der Spichernstraße mündete die Goethestraße ein, die sie jetzt befuhren, bis sie die Moltkestraße erreichten, wo sie nun einbogen.

Die St. Elisabeth Kirche und die Moltkeschule erhoben sich mächtig über die Wohnhäuser und ließen an ihre gemeinsame Schulzeit denken. Ein Stück weiter befand sich die Bäckerei Kaune, wo sie oft nach der Schule Süßigkeiten gekauft hatten. Nach links ging es wieder in die Einumer Straße mit ihren vielen kleinen Läden, darunter Fischgeschäft Ahrens und Milchgeschäft Peppermüller, vor dem ein Lieferwagen stand und Milch und Käse anlieferte. In einem der Häuser hatte Bernhard Wellmann seine erste Arztpraxis gehabt.

Bei der Fleischerei Mock und der Drogerie Rittmeier schwenkte der Renault in die Katharinenstraße ein, an deren rechter Seite reich verzierte großbürgerliche Villen standen. Dann erreichten sie die Steingrube, die sie umfuhren und in die Theaterstraße einbogen. Vor dem Stadttheater machten sie Halt, und Marlene dachte an die vielen Auftritte, bei denen sie mitgemacht hatte.

Über die Straße „Zingel" ging es nun zur Bahnhofsallee und von dort aus direkt zum Bahnhof, wo Rainer parkte und die Koffer auslud. Marlene stieg aus.

„Wie geht es nun weiter, Marlene?"

„In ein paar Stunden werde ich am Frankfurter Hauptbahnhof sein. Dann steige ich um und komme zum Flughafen. Ich muss nicht lange warten, bis die Maschine der Lufthansa nach Philadelphia abfliegt. In Philadelphia ist es durch die Zeitverschiebung noch früher Abend. Meine Eltern werden mich am Airport abholen. Dann geht es mit dem Auto nach Ithaca; es sind 230 Meilen, für die USA keine große Entfernung. Um Mitternacht herum werden wir das Haus meiner Eltern erreichen."

Sie gingen nun durch das Bahnhofsgebäude zum Bahnsteig. Kurz bevor der Zug kam und quietschend hielt, versanken sie in einer langen Umarmung und gaben sich noch einmal einen langen Kuss.

„Der Letzte?", fragte Rainer. In Marlenes Augen blitzte Koketterie auf.

„Wer weiß?" Sie drehte sich um und verschwand im Zug. Rainer reichte ihr die Koffer hinauf. Im Abteil zog sie das Fenster herab und schaute Rainer an, jetzt tieftraurig.

Der Zug setzte sich langsam in Bewegung. Rainer schaute ihm nach.

Müde, wie ein alter Mann, ging er langsam zum Auto. So elend wie jetzt hatte er sich noch nie zuvor gefühlt, noch nicht einmal, als ihm Angela mitgeteilt hatte, dass er Vater werden würde. Er beschloss, noch nicht nach Hause zu fahren, sondern zu versuchen, auf einem Spaziergang zur Ruhe zu kommen.

Er parkte das Auto in der Windmühlenstraße und ging langsam den Galgenberg hinauf. An der Wiese vor dem Bismarckturm stand eine Bank. Er nahm auf ihr Platz.

Während er auf die Stadt schaute, sich bemühend, seine Gedanken abzuschalten, wanderten seine Augen zu den Gehölzen, die den Panoramablick umrahmten, der sich ihm bot. Überall war die Erwartung des Frühlings zu spüren; von den jungen Buchen bis hin zu den Weißdornbüschen hatten sich in den Zweigen langsam dicke Knospen entwickelt, die sofort aufspringen würden, wenn das Wetter ihnen einen warmen, sonnigen Tag schenkte. Fast schien es ihm wie eine Überlistung, so, als wenn ein Dieb auf eine günstige Gelegenheit warte. Doch im Moment zeigte die Natur noch Verhaltenheit.

Menschen waren anders. Sie agierten meistens fortlaufend und ihre Handlungsweisen folgten ungeschriebenen Gesetzen, die sich aus ihren gemeinsamen Kontakten und dem jeweiligem Zeitgeist ergaben. Es waren halbwegs konsequente Handlungsweisen, die sich in der Regel nicht durch Verhaltenheit mit anschließender Explosion kennzeichneten wie die pflanzliche Natur im Frühling.

Rainer kam zu dem Schluss, dass auch er die Menschen seiner Umgebung in dieser Weise erlebt hatte, angefangen von Marlene, die ihm am Anfang ihrer Beziehung erst auf die Sprünge helfen musste bis hin zu Angela, die ebenfalls aus ihrer Sicht konsequent handelte, wenn auch nur innerhalb eines einzigen Tages. Harald war der Inbegriff von Konsequenz, Sein und Handeln waren vom Materiellen und der Angst um seine Zukunft bestimmt.

Rainers Eltern und Schwiegereltern trieben es sogar auf die Spitze; als sie erkannten, dass ihre Kinder Eltern werden würden, lief in ihnen ein Film ab, der ihre Aktivitäten vorantrieb, bis sie ihr Ziel erreicht hatten.

Nur er selbst schien in seinen Gefühlen und Gedanken Verhaltenheit und das Abwarten auf Explosion zu erkennen, insofern stand er in dieser Weise mit der Natur in Einklang.

Doch das war keine beruhigende Erkenntnis und er nahm sich vor, in Zukunft folgerichtiger zu handeln. Gleich morgen würde er damit anfangen: er würde nach Göttingen fahren, sich an der Universität anmelden und nach einer Wohnung für Angela und sich suchen. Vielleicht würde ihm das helfen, aus dem Tief herauszukommen, in das er nach der Abreise von Marlene hineingeraten war.

Doch heute war wohl eher Ablenkung angesagt. Er würde Harald überreden, mit ihm ein Bier trinken zu gehen.

Sie hatten sich in der Gaststätte „Zur roten Nase" verabredet, die in der Nähe der Kirche St. Godehard lag. Auf dem Weg dorthin passierte Rainer ein kleines Stadtgebiet, das vom Feuersturm verschont geblieben war, als die Alliierten Hildesheim bombardierten. Die alten Häuser mit ihren teilweise reich verzierten Balken gaben einen Eindruck von der früheren Fachwerkromantik der Stadt.

Die Gaststätte wurde gut frequentiert und weil sie klein war, kam es manchmal dazu, dass man keinen Platz fand, wenn man nicht vorher reserviert hatte. Doch unter der Woche klappte es meistens. Rainer trat ein und schaute sich um. Die meisten Tische waren besetzt, ausschließlich von Männern; einige würfelten und andere spielten Skat. An einem der Tische erkannte er Hildesheimer Lokalpolitiker, die laut miteinander diskutierten. Im hinteren Bereich saßen Ärzte aus dem nahen St. Bernward Krankenhaus, die offensichtlich Bereitschaftsdienst hatten. Ihre Funkpieper reichten bis in die Gaststätte, sodass sie jederzeit abrufbar waren. Von einem Tisch aus winkte ihm Harald zu, der bereits vor seinem Bierkrug saß. Rainer setzte sich und bestellte beim Wirt, denn ihr Tisch stand neben der Theke.

„Macht dir wohl schwer zu schaffen, dass Marlene nicht mehr hier ist?", fragte Harald.

„Mir geht es schlecht, Harald. Ich überlege die ganze Zeit, wie ich aus dem Schlamassel heraus komme."

„Kann ich verstehen. Mit Renate ging es mir ähnlich."

„Du brauchst doch mit Renate nicht Schluss zu machen, Harald! Sie kommt doch in ein paar Monaten wieder nach Deutschland!"

„Ja, aber wohin! Sie geht nach Freiburg, am anderen Ende Deutschlands. Und ich hocke irgendwo beim Bund und komme in der ersten Zeit kaum raus. Das kann nicht klappen, schon gar nicht bei Renate. Marlene und du, ihr seid etwas anderes. Aber Renate wird in Freiburg sofort Zulauf haben, sie ist schließlich ein hübsches Mädchen, und dann ist sie weg. Wir haben zwar nicht Schluss miteinander gemacht, das wäre uns auch zu theatralisch, doch wir wissen beide, dass unsere Beziehung sich bald von allein erledigen wird. Mir geht es auch wieder ganz gut, ich habe mich an diesen Gedanken gewöhnt."

„Ich versuche jetzt, mich mit anderen Dingen abzulenken. Morgen fahre ich nach Göttingen und suche nach einer Eigentumswohnung für Angela und mich. Sie wird in etwa sechs Wochen das Kind bekommen. Auf das Kind freue ich mich wirklich." Harald verzog das Gesicht.

„Ein Kind wäre in meiner Situation so ungefähr das letzte, was ich brauchen könnte. Ist natürlich bei dir was anderes. Ich würde mir aber gern die Wohnung anschauen, wenn du eine gefunden hast und biete dir meine Hilfe bei der Renovierung an." Der Wirt brachte das Bier. Sie tranken.

Sie blieben lange und als sie sich um Mitternacht herum auf den Heimweg machten, schwankten sie etwas. An der Sedanallee trennten sie sich, und Rainer ging allein weiter zur Sebastian-Bach-Straße.

In dieser Nacht schlief Rainer schlecht und träumte von Marlene.

In seinen Gedanken eröffnete sich ihm ein Bilderbuch, angefangen von ihrem ersten Kontakt im Kindergarten über ihre gemeinsame Zeit in der Waterloostraße bis zum Erwachen ihrer Körperlichkeit und dem, was daraufhin folgte. Es war wie ein feuriger Ritt, der letztlich im Nichts endete, als wären sie beide über eine Kante in die Dunkelheit gefallen. Er wachte auf und konnte nicht vermeiden, dass sich seine Augen mit Tränen füllten.

Rainer stand früh auf. Seine Eltern saßen am Frühstückstisch, und als er ihnen erzählte, dass er nach Göttingen fahren und sich Wohnungen ansehen wolle, die zum Verkauf standen, zog sein Vater die Brieftasche hervor und gab ihm Geld für Benzin, Unterkunft und Essen. Rainer packte und fuhr kurze Zeit später nach Algermissen.

Katharina Wegmeister kam aus der Küche und begrüßte ihn.

„Geh man gleich hoch zu Angela. Sie ist ganz nervös, weil in der nächsten Woche ihre mündliche Abschlussprüfung ansteht."

Angela lag zurückgelehnt vor ihrem Schreibtisch, weil die Form ihres barock anmutenden Bauches ihr eine solche Sitzweise aufzwang. Sie trug eine Trainingshose und ein weißes T-Shirt; unter ihren Augen entdeckte Rainer Schatten. Auf dem Schreibtisch stapelten sich Bücher und Schreibhefte. Sie blickte kurz auf und hielt ihm wie mechanisch ihre Wange hin. Sie begrüßten sich.

„Schön, dass du kommst, Rainer. Es tut mir leid, wenn ich dir sagen muss, am besten, du verschwindest gleich wieder. Kannst ja zu Marlene gehen."

„Marlene gibt es nicht mehr, jedenfalls nicht hier. Sie ist gestern zu ihren Eltern in die USA geflogen."

„Eine gute Nachricht. Trotzdem bitte ich dich, zu gehen. Wenn ich das hier nicht durchgearbeitet habe, schaffe ich meine Prüfung nicht."

„Wollte ich sowieso. Ich fahre gleich nach Göttingen und suche eine Wohnung für uns." Angela drehte sich auf ihrem Schreibtischsessel um und blickte ihm nun aufmerksam in das Gesicht.

„Das ist doch mal eine gute Tat! Vielleicht hast du nun endlich wahrgenommen, dass du in sechs Wochen Vater werden wirst?"

„Angela, wie oft soll ich dir noch sagen, dass ich mich auf unser Kind freue!"

„Langsam fange ich an, dir das zu glauben. Sieh zu, dass das Kind in eine vernünftige Wohnung kommt. Und jetzt lass mich bitte in Ruhe."

Sie drehte sich wieder zu ihren Büchern. Rainer umfasste sie, bückte sich und gab ihr einen Kuss auf die Stirn. Sie ließ es geschehen.

Unten in der Küche war inzwischen Heinrich Wegmeister dazu gekommen. Er saß in seinem grünen Arbeitsoverall am Tisch und trank Kaffee mit seiner Frau. Als Rainer ihm mitteilte, dass er vorhabe, nach Göttingen zu fahren und eine Wohnung zu suchen, hellte sich das Gesicht seines Schwiegervaters auf.

„Als wir noch jung waren, haben wir es gemacht wie die Vögel. Wir haben erst ein Nest gebaut, dann Eier gelegt und ausgebrütet. Bei euch beiden ist wohl die Reihenfolge etwas durcheinander geraten. Heutzutage soll das ja nicht selten sei, nicht wahr, Katharina?"

„So wird es wohl sein, Heinrich", lächelte sie.

„Wie auch immer, euer Kleines kommt bald und braucht ein Nest. Fahr nach Göttingen und sieh zu, dass du eine Wohnung findest, deren Preis der Hof noch trägt."

Rainer verabschiedete sich von seinen Schwiegereltern und ging zu seinem Auto.

Nach einer Berg- und Talfahrt durch das Vorharzgebiet erreichte er in einer Stunde Fahrzeit eine weitläufige Niederung, vom Fluss Leine durchzogen, in deren Mitte sich die Stadt Göttingen ausbreitete. Ringsum versammelten sich mittelhohe und von grünem Wald bedeckte Berge, von denen man nicht recht wusste, ob sie zum Leinebergland, dem Weserbergland oder dem Eichsfeld gehörten; eine auf den ersten Blick unklare Lokalisation, wie sie für das breite Band der Mittelgebirge, das Deutschland durchzieht, nicht ungewöhnlich ist. Ihr Stadtbild wirkte auf ihn nicht besonders stolz; es verlief sich in der Ebene, glänzte nicht durch die Turmhöhen der Kirchen und Gebäude und schien den Wettbewerb zwischen alteingesessenen Universitätsstädten wie Würzburg und Heidelberg mit ihrer pittoresken Lage zu scheuen.

Rainer steuerte das Zentrum der Stadt an, den Marktplatz mit dem Alten Rathaus und dem Gänselieselbrunnen, umgeben von Fachwerkbauten und historischen Häusern anderer Baustile. Alles wirkte sehr ansprechend auf ihn, kein Vergleich mit dem Hildesheimer Marktplatz, der nur über zwei Altbauten verfügte und sonst in seiner Architektur von einschläfernder Nachkriegslangeweile geprägt war.

Der Platz war sehr belebt. Menschen strömten hinein und hinaus, manche verweilten. Ihm fiel auf, dass er mehr junge Gesichter sah als in der Hildesheimer Innenstadt, kein Wunder, dachte er, die Universität – bislang die einzige in Niedersachsen – machte sich auf diese Weise bemerkbar. Beim Touristenbüro schaute er in eine Liste der Unterkünfte und fand nach kurzem Suchen eine preiswerte Frühstückspension am Rand der Innenstadt. Ein Telefonanruf bestätigte ihm, jawohl, ein Zimmer sei noch frei. Rainer kaufte im Büro eine Stadtkarte von Göttingen und eine Umgebungskarte. Auf die Frage nach dem Markt für Eigentumswohnungen händigte man ihm eine Liste Göttinger Makler aus und empfahl ihm, auf den Annoncenseiten des Göttinger Tageblattes nachzuschauen. Rainer besorgte sich die Zeitung und fuhr zu der Adresse, welche der Pensionswirt angegeben hatte. Er bezog ein Doppelzimmer, klein und schnörkellos, aber sauber. Ein Bild vom Königssee an der Wand und eine Porzellankatze zusammen mit einem Strauß Trockenblumen auf der Fensterbank waren der einzige Schmuck. Bad und Toilette lagen auf dem Flur.

Am nächsten Tag führte ihn sein erster Weg zum Verwaltungsgebäude der Universität. Er schrieb sich für das Sommersemester 1966 ein und erhielt gleich seinen Studentenausweis, denn er hatte vorsorglich zwei Passfotos mitgenommen.

Das erste Maklerbüro, zu dem er fuhr, lag in einem Altbau am Rand der Innenstadt. Er stieg die Treppe hinauf, denn das Büro hatte seine Räume in einer ehemaligen Wohnung im ersten Stock. Eine Dame in einem grauen Kostüm empfing ihn an einem Schreibtisch, wohl eine Sekretärin.

„Herr Altmann ist unterwegs. Ich kann Ihnen aber weiterhelfen. Sie suchen wohl ein Zimmer für die Zeit Ihres Studiums?", vermutete sie.

„Nein, ich suche eine Eigentumswohnung für mich und meine Frau. Wir wollen beide in Göttingen studieren." Sie musterte ihn skeptisch.

„Und dann wollen Sie gleich eine Wohnung kaufen? Das ist aber ungewöhnlich." Rainer erklärte.

„Die Eigentumswohnung möchte mein Schwiegervater kaufen. Sie ist ein Hochzeitsgeschenk für uns." Sie wirkte erleichtert.

„Na, wenn das so ist, können wir Ihnen mehrere Wohnungen anbieten." Sie reichte ihm eine Mappe mit Angebotsblättern herüber.

„Das hier sind Exposés mit Fotos von den Wohnungen, die wir hier in Göttingen und Umkreis anbieten. Ich gebe Ihnen einen Tipp. Suchen sie bei den Wohnungen außerhalb. In der Stadt sind die Wohnungen sehr teuer, in den umliegenden Gemeinden kommen sie günstiger an ein Objekt heran."

Rainer lieh sich die Mappe aus und steuerte die anderen Adressen an, die er aus der Zeitung und dem Informationsblatt erfahren hatte. Damit verging der Tag. Am Abend durchsuchte er die Angebote nach Wohnungen, die von Größe, Preis und Ausstattung infrage kamen. Es stellte sich heraus, dass manche Wohnungen mehrfach angeboten wurden. Zum Schluss blieben sieben Wohnungen übrig. Er markierte ihre Lage auf den beiden Karten. Zwei Wohnungen strich er wieder, weil sie ihm zu weit entfernt schienen. Am nächsten Tag verabredete er sich mit den Verkäufern und konnte sofort zwei Wohnungen besichtigen. Mit der Besichtigung der restlichen Wohnungen verging der dritte Tag.

Von allen Objekten gefiel ihm eine Wohnung in der Gemeinde Bovenden am besten. Bovenden war etwa sieben Kilometer von Göttingen entfernt und lag zwar dicht an der Autobahn, doch der Ort verfügte neben einem alten Ortskern über Neubaugebiete in der Nähe von bewaldeten Flächen und Bergen. Zudem besaß er einen Kindergarten und eine Grundschule, sodass Angela für ihr gemeinsames Kind keine weiten Wege zurücklegen musste. Die Wohnung lag im Erdgeschoss eines vor sechs Jahren erbauten Mehrfamilienhauses, eines der wenigen Mehrfamilienhäuser im Ort überhaupt und war die einzige Eigentumswohnung, die hier zum Verkauf stand. Sie wurde wegen des Todes ihrer Bewohnerin von ihrem Erben angeboten. Daher stand sie leer und konnte sofort wieder bewohnt werden. Sie enthielt außer Küche und Bad ein großes Wohnzimmer mit Terrasse zum Garten und zwei kleine Zimmer. Der Preis von achtunddreißigtausend DM schien Rainer angemessen.

Er telefonierte mit seinem Schwiegervater und schilderte ihm kurz die Sachlage. Heinrich Wegmeister war erfreut.

„Ich komme morgen mit Angela und wir schauen uns die Wohnung gemeinsam an. Um neun Uhr stehe ich vor der Tür."

Rainer besorgte sich von dem Makler Richard Altmann – zufällig der gleiche Makler, den er zuerst aufgesucht hatte – den Schlüssel. Bereits um halb neun am nächsten Tag kam sein Schwiegervater in den Frühstücksraum der Pension. Sie begrüßten sich kurz.

„Sieh zu, dass du mit deinem Frühstück fertig wirst, wir wollen uns gleich die Wohnung anschauen."

„Wo ist Angela?"

„Sie ist nicht mitgekommen, weil sie für die Prüfung arbeiten muss." Sie stiegen in Wegmeisters Mercedes und fuhren zu der Wohnung. Wegmeister ging kurz durch die Räume und schaute sich alles genau an. Plötzlich klingelte es an der Tür.

„Mach auf, Rainer, das ist der Makler. Er weiß, dass ich hier bin, ich habe gestern noch mit ihm telefoniert." Altmann begrüßte die beiden Männer. Wegmeister sagte zu ihm:

„Es ist alles in Ordnung. Wir gehen jetzt zum Notar, wie wir gestern besprochen haben." Der Makler nickte.

Rainer schaute seinen Schwiegervater verblüfft an. Als sie wieder im Auto saßen, schmunzelte Wegmeister.

„Ich wusste schon gestern, dass wir die Wohnung kaufen werden, mein Junge. Ich wollte nur nachsehen, ob alles so aussieht, wie du mir beschrieben hast. Auch Angela ist einverstanden. In einer Familie muss man Vertrauen haben."

Das Büro des Notars lag in der Göttinger Innenstadt. Der Sohn der ehemaligen Bewohnerin und jetzige Besitzer und der Makler waren schon da. Der Notar ließ alle Beteiligten um seinen Schreibtisch Platz nehmen und las ihnen den Kaufvertrag vor. Als er die Kaufsumme nannte, musste Rainer sich zusammenreißen, um nicht wieder seine Verblüffung zu zeigen. Es war plötzlich nicht mehr von achtunddreißigtausend DM, sondern von zweiunddreißigtausend DM die Rede. Als Käuferin wurde Angela Wellmann geborene Wegmeister angegeben. Der Zahlungsweg wurde überhaupt nicht detailliert beschrieben, sondern es hieß lediglich: „Die Zahlung erfolgt sofort nach der Unterschrift der Beteiligten in bar. Danach geht die Wohnung unverzüglich in den Besitz der Käuferin über."

Der Wohnungsbesitzer unterschrieb als erster. Wegmeister legte eine Vollmacht von Angela vor und unterschrieb ebenfalls. Dann zog er seine Brieftasche heraus und blätterte langsam vierundsechzig Fünfhunderter auf den Tisch des Notars, der die Übergabe quittierte. Die Beteiligten gaben sich noch einmal die Hände und verließen das Büro. Angela gehörte nun die Wohnung. Rainer wusste nicht, ob er lachen oder weinen sollte. Sein Schwiegervater bemerkte seine Unsicherheit und fragte ihn, als sie hinterher beim Mittagessen saßen:

„Bist du nicht zufrieden mit dem Kauf? Du hast die Wohnung doch gewollt!"

„Doch, natürlich. Ich hätte nur nicht gedacht, dass alles so schnell geht." Wegmeister lächelte.

„Was meinst du, wie ich gestern noch herumtelefoniert habe! Den Besitzer konnte ich herunter handeln, besonders, als ich ihm anbot, die Kaufsumme sofort in bar zu zahlen. Kommen natürlich noch ein paar Kosten hinzu, für Makler, Notar, Steuern und Grundbucheintrag. Doch die lassen sich ertragen."

„Woher um alles in der Welt hast du so schnell so viel Bargeld aufgetrieben?" Wegmeister war sichtlich amüsiert.

„Ein bisschen Bargeld muss man schon im Haus haben, mein Junge. Was glaubst du, mit welcher Geschwindigkeit wir schon Land gekauft oder verkauft haben. In der Landwirtschaft muss man schnell sein, sonst verdirbt die Ernte." Er schaute auf die Uhr. „In einer Viertelstunde muss ich aufbrechen. Ich habe heute Nachmittag noch auf dem Hof zu tun."

Die Entschlusskraft seines Schwiegervaters imponierte Rainer. Niemals zuvor hatte er ihn in dieser Weise erlebt. Er dachte über sich nach und kam sich plötzlich klein und unbedeutend vor, du liebe Güte, was bist du nur für ein Winzling, hoffentlich ändert sich das irgendwann.

Zurück in Hildesheim fing Rainer an, seine persönlichen Sachen für den Umzug nach Göttingen zu packen. Sein Jugendzimmer in der Sebastian-Bach-Straße würde mit allen Möbeln verbleiben, ebenso wie Angelas Zimmer auf dem Hof in Algermissen. So war es von Anfang an von allen Seiten vorgesehen, vielleicht unter den gegebenen Umständen eine Sicherheitsmaßnahme, die den Beteiligten in ihrer Inkonsequenz nicht recht bewusst war. Zudem hatte Rainers Vater ihnen eine komplette Ausstattung der Göttinger Wohnung versprochen und Angela legte großen Wert darauf, die Einrichtung nach ihren Vorstellungen auszusuchen, so wie sie es als Tochter eines vermögenden Landwirtes aus Algermissen gewohnt war und erwartete. Doch zunächst galt es, die Abiturprüfung an der Marienschule zu bestehen.

Rainer holte Angela am Donnerstagnachmittag von der Schule ab, sie lief auf das Auto zu, schwerfällig und elefantenmäßig, so wie es ihr jetzt enormer Bauch lediglich gestattete. Sie setzte sich neben Rainer, gab ihm einen Kuss auf die Wange und schaute ihn zufrieden an.

„Die erste Hürde ist geschafft, Rainer. Ich habe jetzt wenigstens das Puddingabitur. Wollen wir hoffen, dass unser gemeinsamer Plan ebenso glücklich weiter verläuft."

Am Abend feierten sie auf dem Hof ein wenig. Angela bekam von ihren Eltern zum Abitur eine goldene Armbanduhr; Rainers Eltern, die auch eingeladen waren, schenkten ihr eine Brosche mit einem kleinen Smaragd. Rainer blieb über Nacht bei Angela.

Als sie im Bett lagen, besprachen sie, wie es mit der Wohnung in Bovenden weitergehen solle. Rainer erklärte ihr, dass er in den nächsten Tagen dorthin fahren und danach sofort mit den Renovierungsarbeiten anfangen wolle. Dafür müsse er wissen, wie sie sich die Gestaltung der Wände vorstelle. Angela zeigte mit dem Finger ringsum.

„Siehst du, wie das hier aussieht? Alles viel zu dunkel, wie es eben in einem alten Haus aussieht. Das habe ich satt, ich möchte möglichst jetzt alles hell haben, mit weißen Wänden und weißen, wenigstens hellen Möbeln. Also wäre es am besten, wenn du die Wände mit einer Raufasertapete tapezieren und sie weiß streichen würdest. Und was die Möbel betrifft: ich möchte lieber nur wenige, dafür aber gute Stücke haben. Bei Möbeln ist billig teuer, billige Möbel halten nicht und man muss sie mehrfach ersetzen, aber ein paar gute Stücke könnten wir mitnehmen, falls wir noch einmal zusammen umziehen sollten."

Bei dieser Bemerkung guckte sie ihn schräg an. Sie fuhr fort.

„So habe ich es auch mit deinen Eltern besprochen, die das ja alles bezahlen wollen. Sie sind einverstanden. Die Küche kann preiswerter sein, denn Küchen verbleiben meist in der Wohnung. Aber erst einmal schau ich mir die Wohnung an. Und du musst auch mit meinen Vorstellungen einverstanden sein."

Für Rainer, der sich darüber noch keine Gedanken gemacht hatte, klang ihr Vorschlag plausibel. Im Moment schien ihm Angela erwachsener zu sein als er sich selbst einschätzte.

Sie besprachen weiter, dass sie demnächst mit zwei Autos nach Göttingen fahren würden; Rainer allein und Angela mit ihrer Mutter. Rainer würde dableiben und mit der Renovierung anfangen, während die Frauen sich in Göttingen nach Möbeln umsehen wollten. Angela würde noch am gleichen Tag mit ihrer Mutter zurück fahren, denn der Termin für die Geburt rückte immer näher.

Am nächsten Tag fuhr Rainer wieder nach Hildesheim. Harald besuchte ihn nachmittags in der elterlichen Wohnung. Als Rainer ihm erzählte, was er mit Angela vereinbart hatte, machte Harald ihm ein Angebot.

„Ich habe noch drei Wochen Zeit, bis ich meinen Wehrdienst antreten muss. Ich kann mit nach Göttingen kommen und dir bei der Renovierung helfen. Zu zweit dürften wir in drei Tagen fertig sein."

„Und was willst du dafür haben?" Harald schmunzelte.

„Nichts. Du willst ja Zahnarzt werden und meine Zähne sind nicht besonders gut. Nimm das als Vorschuss auf die Zukunft."

Sie packten am Ende der nächsten Woche Rainers Auto nach und nach mit Malerwerkzeug, Farben und Tapeten voll und nahmen auch zwei Matratzen mit, denn sie wollten in der Wohnung übernachten.

Als sie am folgenden Montag nach Algermissen fuhren, saßen Angela und ihre Mutter schon im VW Käfer, dem Zweitauto der Wegmeisters. Als Angela Harald erblickte, zeigte sich Skepsis in ihrem Blick, die wich, als ihr Rainer den Grund für Haralds Anwesenheit erklärte.

Nach einer Stunde Fahrzeit hatten sie die Wohnung erreicht. Rainer schloss auf, sie traten ein und schauten sich um. Angela schien von der Wohnung angetan zu sei, denn sie lächelte Rainer zu.

„Wenn wir uns hier nicht vertragen sollten, liegt es wenigstens nicht an der Wohnung." Auch Katharina Wegmeister nickte anerkennend. Nach kurzer Zeit verschwanden die Frauen, um sich in der Göttinger Innenstadt nach Möbeln umzusehen, während Rainer und Harald anfingen, die alten Tapeten von den Wänden zu lösen. Am Nachmittag kamen die Frauen wieder.

„Einen Teil der Möbel haben wir schon gekauft", sagte Angela. „Die Betten mit Nachtschränken für das Schlafzimmer, einen Wohnzimmerschrank und ein Sideboard, alles in Weiß, von einer guten Firma. Auch eine Einbauküche haben wir gefunden. Morgen kommt ein Vertreter vom Möbelhaus, misst noch einmal genau den Küchenraum aus und guckt nach den Anschlüssen. Nur eine schöne Polstergarnitur für das Wohnzimmer gab es nicht. Die suchen wir morgen in Hannover aus, da gibt es mehr Auswahl. Wir müssen sowieso dahin, weil das Baby eine Ausstattung braucht. Und einen Kleiderschrank für das Schlafzimmer gibt es zwar passend, doch ich konnte mich nicht für ihn entscheiden. Das Zimmer ist nicht groß, und wenn alles nur in Weiß gehalten ist, wirkt es ziemlich nüchtern. Für das Fremdenzimmer suche ich später noch einfache Möbel aus; zunächst wird es erst einmal Babyzimmer."

„Wann kommen denn die Möbel?", fragte Rainer.

„Spätestens in vier Wochen, das reicht." Harald hatte eine Idee.

„Ich weiß eine praktische und wohnliche Lösung für euer Schlafzimmer. Ihr lasst euch ein Regal mit Fächern und Kleiderstangen an der Wand gegenüber vom Bett anbringen und setzt eine Schiene mit Vorhang davor. Für den Vorhang sucht ihr euch einen edlen Seidenstoff aus." Angela war von dem Vorschlag beeindruckt.

„Und wer baut das Regal?"

„Rainer und ich, Angela. Du setzt dich am besten gleich hin und skizzierst, wie du die Aufteilung haben willst, wir messen aus, fahren in die Stadt, bestellen weiß beschichtete Holzplatten und lassen sie uns zurechtschneiden. In ein paar Tagen ist das Regal an der Wand. Den Stoff könnt ihr in Hannover kaufen, wenn ihr die Polstermöbel aussucht." Angela schaute Harald voller Achtung an und holte Papier und Bleistift. Als sie mit der Skizze fertig war, trug Harald die genauen Maße ein und gab ihr das Raummaß für den Stoff mit.

Kurz darauf gingen sie in den Bovender Dorfkrug und aßen zu Mittag. Die Frauen verabschiedeten sich und fuhren nach Algermissen zurück; die Männer gingen wieder an die Arbeit. Als erstes brachten sie die Lampen an, die Angela mit ihrer Mutter in der Göttinger Innenstadt ausgesucht hatte, dann machten sie mit den Tapeten weiter. Am nächsten Tag besorgten sie die Beschläge und die Schiene für das Schlafzimmeregal und bestellten die Bretter. Nach fünf Tagen waren sie mit der Arbeit fertig, auch mit dem Regal für den Kleiderschrank. Sie machten sich auf den Heimweg nach Hildesheim. Harald würde in der übernächsten Woche seinen Dienst bei der Bundeswehr antreten müssen, bis dahin unternahmen sie tagsüber ein paar Besuche und fuhren einmal nach Hannover, wo sie sich mit Angela und ihrer Mutter trafen und zusammen die Polstermöbel und den Stoff für den Vorhang im Schlafzimmer aussuchten. An den Abenden gingen sie meistens zusammen aus, um Bier zu trinken.

„In drei Wochen kommt Renate von London zurück", sagte Harald plötzlich.

„Wie schön für dich!"

„Ach wo, ich sitze gefesselt in der Kaserne und komme nicht raus. Ein mageres Wochenende haben wir für uns, dann fährt Renate schon wieder nach Freiburg. Wir wissen noch nicht einmal, wo wir uns ungestört treffen können, das Gartenhaus am Galgenberg ist ja nicht mehr zugänglich."

Rainer fiel etwas ein.

„Macht einen Ausflug nach Göttingen! Ich kenne eine Wohnung in Bovenden, die absolut sturmfrei ist, nämlich unsere. Nehmt was zu essen und ein paar Flaschen und ein paar Kerzen mit und macht euch das Wochenende romantisch, wenn es euch nicht stört, dass ihr mit zwei Matratzen zum Schlafen vorlieb nehmen müsst." Harald war begeistert.

Als Rainer Angela von seinem Vorschlag erzählte, reagierte sie zunächst unwirsch.

„Ich kann mich noch gut daran erinnern, dass Renate Menzel die beste Freundin von Marlene ist!"

„Das hat doch mit dir und mir und Harald nichts zu tun!"

„Trotzdem ist das immer noch meine Wohnung, und ich möchte keine fremden Menschen in ihr wissen, wenn ich nicht zu Hause bin. Und wenn ich den beiden diesmal erlaube, sie als Liebesnest zu nutzen, tue ich das nur aus Dankbarkeit gegenüber Harald!"

Nachdem Harald Hildesheim verlassen hatte, besuchte Rainer fast jeden Tag Angela, deren Bauch immer dicker wurde und die meistens saß oder lag, weil Bewegungen sie kurzatmig machten.

Ostern rückte näher. Um den Monatsanfang des Aprils wurde es frühlingshaft warm. Krokusse und Märzenbecher drangen aus der Erde, und die japanischen Kirschbäume, die häufig in den Vorgärten der Häuser an den Hängen des Galgenberges stehen, bedeckten sich mit einem Teppich aus leuchtenden, pinkfarbenen Blüten. Nur die Esskirschen verharrten noch, als wenn die Evolution sie vor einem zu frühen Blütenausbruch gewarnt hätte. Die Felder der Hildesheimer Börde bildeten ein Schachbrettmuster von verschiedenen Grüntönen des Wintergetreides, das sich jetzt selbstbewusst aufreckte und manchmal mit Flächen von nackter schwarzer Erde abwechselte, die auf die Aufnahme von Rübensaat warteten. Wenn Rainer nach Algermissen fuhr, konnte er vereinzelt Gruppen von Hasen sehen, die sich geil und aggressiv um die Häsinnen jagten und balgten, ein Bild frühlingshafter Fruchtbarkeit. Ganz im Gegensatz zu Angelas Fruchtbarkeit, die sie zusehends müde und unwillig machte.

„Es reicht mir jetzt, das Kind soll kommen, Rainer. Kannst du dir vorstellen, wie es einer werdenden Mutter geht, die mit achtzehn Jahren aus dem Elternhaus gehen muss, und das mit einem Kindsvater, der sie nicht liebt?"

„Angela, sei nicht ungerecht. Aus dem Elternhaus wolltest du sowieso heraus, und Liebe ist ein sehr anspruchsvolles Wort. Liebe ist wohl in erster Linie Tätigkeit, nicht Gefühl, auch wenn es so scheint, als wolle man sich mit dieser Erkenntnis aus einem Dilemma retten. Und meine Tätigkeit besteht darin, dich zu unterstützen, wenigstens, für dich da zu sein, so wie jetzt."

Angela schwieg. Rainer nahm ihre Hand. Der Spruch seines Schwiegervaters, des in einfachen Mustern denkenden Bauern, fiel ihm ein: wenn Glück nicht erreichbar ist, reicht durchaus Zufriedenheit.

Zu Ostern schlug das Wetter um, wie so häufig. Die Tagestemperatur sank tagsüber bis fast auf den Gefrierpunkt und nachts überzog Frost wie dünner Grieß die Felder, sodass die Bauern fürchteten, dass die Wintergerste erfrieren könnte. Wenn die Sonne am Morgen aufkam, verwandelte sie den weißen Grieß in Billionen von glitzernden Tautröpfchen.

Angela hatte sich wegen ihres Zustandes geweigert, die Ostermesse zu besuchen, so musste Rainer am Ostersonntag mit den Männern allein in die Kirche gehen. Nach dem Mittagessen drückte Heinrich Wegmeister Rainer einen Briefumschlag in die Hand. Rainer machte ihn zusammen mit Angela auf, es befanden sich tausend DM darin.

„Das ist ganz für euch persönlich", lächelte Wegmeister. „Wenn alles vorbei ist, sollt ihr euch damit einen Wunsch erfüllen."

Am Ostermontag fuhr Rainer zurück nach Hildesheim. Mitten in der Nacht zu Dienstag, dem zwölften April, klingelte bei Wellmanns das Telefon. Hannelore Wellmann rief hinauf:

„Rainer, komm herunter! Angela ist am Telefon!"

Als Rainer den Hörer aufnahm, hörte er Angelas Schluchzen.

„Es tut so weh! Kannst du nicht kommen?" Rainer zog sich an und fuhr nach Algermissen. Katharina Wegmeister empfing ihn.

„Das besagt noch nicht viel, Rainer. Ich kenne das. In das Krankenhaus muss Angela nur, wenn die Wehen regelmäßig kommen, und das kann noch eine Woche dauern. Im Moment braucht sie dich wohl. Geh man nach oben."

Angela lag wie ein Haufen Elend im Bett und streckte die Hände nach ihm aus. Rainer umarmte sie. Angelas Augen füllten sich mit Tränen.

„Bitte bleib bei mir, bis das Kind kommt!" „Natürlich."

Angelas Bruder Gerhard kam und half Rainer, ein zweites Bett in Angelas Zimmer zu stellen, denn Angela brauchte ihres jetzt für sich allein. Am nächsten Morgen brachte Rainer Angela das Frühstück ans Bett und setzte sich anschließend zu seinen Schwiegereltern in die Küche. Katharina rührte nachdenklich in ihrer Kaffeetasse. Plötzlich sagte sie zu ihrem Mann:

„Eigentlich ist es ein Glücksfall, dass unser Schwiegersohn jetzt bei unserer Tochter sein kann. Weißt du noch, wie es früher war?" Heinrich Wegmeister nickte.

„Wir mussten alle aufs Feld. Nur die Oma konnte auf die Schwangere aufpassen."

In den nächsten beiden Tagen hatte Angela noch zweimal Schmerzen, doch sonst tat sich nichts. Am Freitagmorgen fing ihr Unterleib wieder an zu ziehen, diesmal wiederholte sich der Schmerz nach einer Stunde. Katharina Wegmeister riet ihnen, zum Krankenhaus zu fahren und gab ihnen einen Koffer mit, den Angela zuvor gepackt hatte. Heinrich Wegmeister bekam davon nichts mit, er arbeitete auf seinen Feldern und brachte auf mehreren Flächen die Rübensaat in den Boden. Als Angela in das Auto einstieg, bekam sie wieder eine Wehe.

Rainer parkte das Auto in der Treibestraße gegenüber der Renataschule, half Angela aus dem Auto und in den Mantel und ging mit ihr zur Schranke vor dem St. Bernward Krankenhaus. In dem Wärterhaus saß eine junge blonde Frau. Als sie sah, wie Angelas Mantel sich über ihrem Bauch wölbte, verwies sie beide in die Frauenklinik, die nur wenige Schritte entfernt lag. Sie stiegen ein paar Treppen hoch und meldeten sich im Büro an. Eine Sekretärin fragte Angela nach dem Verlauf ihrer Schwangerschaft, schaute in ihren Unterlagen nach und wies ihr ein Zimmer zu.

„Gehen Sie erst einmal in aller Ruhe in Ihr Zimmer, ziehen sich aus und legen sich in Ihr Bett. Der Chef ist unterwegs und wird bald kommen. So wie Sie mir Ihre Beschwerden geschildert haben, wird er Sie wahrscheinlich gleich in den Kreißsaal schicken."

Rainer begleitete Angela zu ihrem Zimmer. Das Fenster lag westlich und erlaubte den Blick zum Kalenberger Graben, auf dem ein Schwanenpaar seine Kreise zog. Eine andere Frau in einem zweiten Bett im Zimmer schaute glücklich zu ihnen hin und erzählte ihnen, dass sie am Tag zuvor ein Mädchen zur Welt gebracht habe.

„Und wo ist das Baby?"

„Auf der Säuglingsstation. Ein paarmal am Tag wird es gebracht."

„Und wenn Sie es stillen wollen?"

„Ich stille nicht. Wenn man darauf besteht, muss es natürlich öfter gebracht werden, und das hat man hier nicht so gern, weil es den Arbeitsablauf auf der Station behindert."

„Für mich kein Problem", sagte Angela entschlossen, „ich wollte ohnehin nicht stillen. Für das, was ich in der nächsten Zeit vorhabe, kann ich nicht als stillende Mutter auftreten." Rainer zog erstaunt die Augenbrauen hoch. Über dieses Thema hatten sie zuvor nie gesprochen. Aber natürlich hatte Angela recht. Als Angela sich auszog, wollte Rainer das Zimmer verlassen. Angela hielt inne und blickte ihn flehend an.

„Du hast versprochen, bei mir zu bleiben!"

„Das tue ich auch", lächelte Rainer, „doch der Arzt wird gleich kommen. Ich warte jetzt draußen, bis ich wieder herein darf."

Kurze Zeit später betrat der Chefarzt Dr. habil Karmeyer mit seinem Oberarzt im Schlepptau das Zimmer. Karmeyer war ein netter älterer Herr mit schon stark gelichteten Haaren. Er hielt ein Klemmbrett in seinen Händen, auf dem der Eingangsbericht abgeheftet war, den er jetzt eingehend betrachtete. Sein Gesicht hellte sich auf.

„Frau Angela Wellmann geborene Wegmeister? Das sind ja nun wirklich keine unbekannten Namen in Hildesheim." Er drückte ihr die Hand.

„Darf mein Mann hereinkommen?" „Selbstverständlich."

Als Rainer eintrat, musterte ihn Karmeyer eingehend und drückte ihm ebenfalls die Hand.

„Ihren Vater kenne ich gut, grüßen Sie ihn herzlich von mir. Darf ich mit Ihnen einen angehenden Kollegen begrüßen?"

„So halbwegs. Ich studiere im kommenden Semester Zahnmedizin."

„Auch was Gutes." Karmeyer befühlte Angelas Bauch und fragte sie nach der Zeitabfolge der Wehen. Nachdem Angela geantwortet hatte, wendete er sich an seinen Oberarzt.

„Alles klar, Herr Kollege?" Der Oberarzt nickte.

„Wir werden Sie jetzt in den Kreißsaal verlegen. Die Geburt steht kurz bevor, jedoch kann man noch nicht sagen, wann genau es passieren wird. Ab jetzt geben wir Sie in die Obhut unserer Hebammen."

„Wird es weh tun?", fragte Angela kläglich. Karmeyer strich sanft über ihren Handrücken.

„Wird sich in Grenzen halten. Wir haben ja Medikamente. Das Kind liegt normal, sodass mit einer regulären Geburt zu rechnen ist. Und Sie haben – von der Frau aus gesehen – das Vorrecht der frühen Geburt. Achtzehn Jahre ist eigentlich das ideale Geburtsalter, nicht zu früh und nicht zu spät. Ab dem neunundzwanzigstem Lebensjahr sprechen die Geburtshelfer bereits von einer AEG. Wissen Sie, was das ist?" Angela verneinte. Der Chefarzt schmunzelte.

„Eine alte Erstgebärende. Klingt überhaupt nicht charmant, trifft aber den Kern." Als die Ärzte gehen wollten, hatte Angela noch eine Bitte.

„Kann mein Mann bei der Geburt dabei sein?" Karmeyer hielt inne und schaute erst Rainer, dann Angela ernst an.

„Leider nicht. Hier im Haus ist das – sagen wir mal – eine Frage der Schicklichkeit. Und im Übrigen könnten noch andere Frauen im Kreißsaal liegen, die bestimmt etwas gegen einen fremden Mann in ihrer unmittelbaren Nähe hätten. Aber eines verspreche ich Ihnen: wenn das Baby da ist, rufen wir Ihren Mann herein."

Die Krankenschwester kam und schob das Bett mit Angela in den Kreißsaal. Kurz vor der Tür verabschiedete Angela sich von Rainer und gab ihm einen Kuss auf den Mund, den ersten überhaupt, soweit er sich erinnerte. Ihre Augen füllten sich mit Tränen und sie schaute ihn flehend an.

„Lass mich nicht im Stich", flüsterte sie. Rainer versprach es. Er setzte sich auf einen Stuhl vor der Tür und schlug ein Buch auf, das er voraussehend mitgenommen hatte.

Der Kreißsaal war eigentlich kein Saal, sondern eher ein größeres Zimmer, in dem drei Entbindungsliegen standen. Eine Hebamme kam und hob mit Hilfe der Schwester die Schwangere auf eine der Liegen. Die Krankenschwester fuhr das Bett wieder hinaus und verschwand. Die Hebamme schloss Angela an einen Tropf und einen Wehenschreiber an, der die Wehen der Mutter und die Herztätigkeit des Kindes registrierte. Angela schaute auf die Kurven auf dem Papier und erkannte voller Erstaunen die schnell pulsierende Herzkurve des Kindes. Es tat ihr gut, sich abzulenken, so merkte sie nicht einmal sofort, wie die nächste Wehe kam.

Rainer musste nicht lange warten. Nach zwei Stunden ging der Chefarzt mit eiligen Schritten den Gang entlang und verschwand im Kreißsaal. Eine Viertelstunde später kam er wieder heraus. Er lächelte Rainer zu.

„Sie sind gerade Vater eines Knaben geworden, der gesund ist, soweit wir das beurteilen können. Der Mutter geht es gut. Herzlichen Glückwunsch! Sie können jetzt kurz zu Ihrer Frau kommen." Er drückte Rainer die Hand und öffnete die Tür zum Kreißsaal.

Angela sah man die Anstrengung der letzten Stunde an, trotzdem schaffte sie es, einen glücklichen Ausdruck in ihrem Gesicht zu erzeugen. Sie hielt das neugeborene Baby im Arm. Auch das Baby schien müde zu sein und hatte seine Augen geschlossen. Sie hielt ihm ein Händchen des Kleinen hin.

„Ist er nicht süß? Wir haben ihn gerade geputzt. Er ist etwas über fünfzig Zentimeter groß und wiegt dreieinhalb Kilo."

„War die Geburt schlimm?"

„Die letzte halbe Stunde schon. Man sagte mir, es sei eine ganz normale Geburt gewesen." Die Hebamme nickte und sagte zu Rainer:

„Sie können ein paar Minuten bleiben und dann würde ich Sie bitten, wieder in das Krankenzimmer zurückzugehen. Wir haben hier im Raum noch eine Menge zu tun. Ihre Frau werden wir bald zu Ihnen bringen."

Als Rainer vor Angelas Krankenzimmer saß, ging ihm vieles durch den Kopf. Die Ereignisse des Tages durchwühlten seine Gefühle, zum Glück überwog das Glücksgefühl,

Vater zu sein, so wie er sich das auch immer vorgestellt hatte. Plötzlich erwischte er sich bei der Überlegung, wie viel schöner es gewesen wäre, wenn er diesen Tag mit Marlene erlebt hätte. Eine himmelschreiende Ungerechtigkeit gegenüber Angela, dieser Gedanke schoss ihm durch den Kopf, und er verscheuchte ihn sofort. Er kannte dieses Dilemma. Wenn ihn Gefühle heimsuchten, erwünschte oder unerwünschte, machte ihn das immer sprachlos. Er musste die Sprachlosigkeit überwinden, dann würde er auch seine Gefühle unter Kontrolle bekommen. Dazu hatte er jetzt Gelegenheit, denn gerade wurde Angela in ihrem Bett ins Zimmer geschoben. Sie sah etwas unglücklich aus.

„Man hat mir mein Kind weggenommen. Sie sagten, es müsse jetzt noch auf der Kinderstation untersucht werden, auf Herz und Nieren, wie man so sagt."

„Wann bekommst du es wieder?"

„Erst um achtzehn Uhr."

„Passt bestens, Angela. Dann können wir doch die Großeltern einbestellen. Ich gehe gleich los und rufe sie an. Du sollst aber wissen, dass dieser Tag der glucklichste Tag meines Lebens ist, soweit ich zurückdenken kann. Ich bin Vater eines gesunden Kindes geworden, soweit wir wissen, und die Mutter hat bei der Geburt keinen Schaden genommen. Dass alles ein bisschen zu früh und ungeplant verlaufen ist, darüber denke ich im Moment nicht nach. Und darüber, dass unser Verhältnis zueinander nicht so ist, wie man es sich normalerweise wünschen würde, auch nicht. Das tritt alles in den Hintergrund, durch die Macht des Faktischen."

Angelas Reaktion traf ihn unvorbereitet. Sie brachte es fertig, ironisch zu lächeln.

„Ach du armer Rainer, rede doch nicht so schlau. Du hast immer noch keine Ahnung von Frauen und von Müttern schon gar nicht! Wie unser Verhältnis zueinander ist, interessiert mich im Moment kein bisschen. Für mich kommt jetzt erst das Kind, danach eine lange Weile gar nichts.

Aber dankbar bin ich dir sehr, für alles, was du in den vergangenen Tagen für mich und das Kind getan hast. In den nächsten Tagen werden wir dich zwar noch hier brauchen, doch es wäre viel besser für uns, wenn du bald mit dem Bau unseres Nestes in Göttingen weitermachtest, wenn die Möbel da sind. Drei Koffer stehen schon in Algermissen bereit, und du wirst ja auch einiges mitnehmen wollen. Räum alles ein und schau nach, was wir noch für unseren Hausrat brauchen. Wenn ich wieder auf den Beinen bin, kaufen wir den Rest gemeinsam. Um die Babyausstattung brauchst du dich nicht zu kümmern, die ist komplett. Und ich würde mich freuen, wenn unsere Eltern heute Abend zur Babybesichtigung kämen!"

Aha, jetzt kommt in Angela die Bauerntochter zutage, ländlich rational und gluckenartig, wie es sich für ein Mädchen vom Land gehört, bei der Zeugung des Kindes war es noch anders, dachte Rainer. Und wieder musste er an Marlene denken.

Er verließ das Zimmer, um mit den Großeltern zu telefonieren, machte einen kurzen Spaziergang um den Kalenberger Graben und kaufte für Angela Zeitungen und Süßigkeiten ein.

Als er zurückkam, schlief Angela. Nach einer halben Stunde wurde sie wach, und man merkte, dass sie erst ihre Augen schweifen lassen musste, um sich zu orientieren. Sie fasste nach Rainers Hand.

„Hab gut geschlafen und geträumt, Rainer. Lieb von dir, dass du an die Schokolade und die Zeitungen gedacht hast."

Rainer fragte sie, ob sie schon daran gedacht habe, welchen Namen der Knabe haben solle. Angela meinte, sie würde einen traditionellen Namen bevorzugen und habe an „Thomas" gedacht, einen Namen, der schon mehrfach in ihrer Familie vorgekommen war. Rainer war einverstanden. Auch in seiner Familie hatte es den Namen schon gegeben. Die Tür öffnete sich, und der Kinderarzt Dr. Schulte trat herein, ein mittelgroßer Mann, aus dessen Kittelausschnitt eine dunkelblaue gebundene Fliege hervorguckte. Er machte mit beiden Handflächen eine Bewegung nach unten.

„Bleiben Sie sitzen, Herr Wellmann, ich bin nur hier, um die Mutter zu beruhigen." Er ging zu Angela und drückte ihr fest die Hand.

„Ein kerngesunder Knabe, Frau Wellmann. Wie soll er denn heißen?" „Thomas, Herr Doktor."

„Na bitte. Eine temporäre Ungläubigkeit, wie sie sein Namenspatron aufwies, bekommt unserer Kirche ganz gut. Alles weitere liegt jetzt an Ihnen" – er machte eine Drehbewegung – „und an Ihrem Mann. Ich darf mich jetzt verabschieden."

Am Türeingang stieß er fast mit Hannelore und Bernhard Wellmann zusammen, die mit einem Blumenstrauß gekommen waren. Kurze Zeit später erschienen auch Katharina und Heinrich Wegmeister mit Angelas Bruder Gerhard; der Platz im Zimmer wurde knapp. Auch die Hauptperson ließ nicht lange auf sich warten. Eine Krankenschwester brachte den Säugling, lächelte und legte ihn in Angelas Arme.

„Er macht die Augen zu und schläft. Er hat gerade die Flasche bekommen. Trinken tut er wie ein Weltmeister, sagte man mir."

„Ein Bauernsohn", flüsterte Heinrich Wegmeister. Angela schaute sich ihr Kind an, voller Liebe, und küsste es zart auf die Stirn. Als sie aufblickte, sah man Stolz in ihren Augen.

„Er ist genauso hübsch, wie ich mir das immer vorgestellt habe. Ich kann ihn leider nur eine halbe Stunde behalten, dann muss ich ihn wieder abgeben. Das nächste Mal könnt ihr ihn auch einmal in den Arm nehmen."

Die Großeltern blieben eine Stunde. Rainer blieb bei Angela, bis sie eingeschlafen war und verließ sie am späten Abend. Zuhause schlief er lange, tief und fest, denn auch für ihn waren es anstrengende Tage gewesen.

Am Sonntag packte er sein Auto mit allem, was er noch nach Göttingen mitnehmen wollte. Nach dem Mittagessen in Algermissen holte er aus Angelas Zimmer ihre drei Koffer und fuhr zur Wohnung in Bovenden.

Im Briefkasten fand er schon Post. Einer der Briefe kam vom Göttinger Möbelhaus. Man informierte, dass die Anlieferung der Möbel und der Aufbau der Küche für Montag in einer Woche vorgesehen sei. Rainer öffnete die Koffer und konnte den größten Teil des Inhaltes im Schlafzimmerregal verstauen. Am Montag hatte er noch eine Menge zu erledigen, Anmeldung in der Gemeinde, Anmeldung von Rundfunk und Telefon bei der Post und die Eröffnung von Bankkonten für sich und Angela. Zum Glück konnte er das Telefon und die dazugehörige Nummer von der verstorbenen Vorbewohnerin übernehmen und musste nur noch auf die Freischaltung warten. Angela hatte ihm Vollmachten für alle diese Gänge mitgegeben. Am Dienstag kehrte er nach Hildesheim zurück. Als er Angela im Krankenhaus besuchte, war sie schon in Aufbruchstimmung. Sie saß angezogen im Zimmer, zog ihn an sich und flüsterte:

„Der Kleine wird gleich gebracht. Wir bringen ihn erst nach Algermissen. Denk dran, dass wir jetzt eine Familie sind und benimm dich auch so."

Die Krankenschwester kam mit dem Kind und lächelte. Sie legten es in eine Babytragetasche, verließen das Krankenhaus und fuhren zu Angelas Elternhaus. Weil das Baby anfing zu schreien, gab ihm Angela in der Küche erst die Flasche, ihre Mutter und Rainer schauten zu. Als Angela damit fertig war und der Säugling sie zufrieden anschaute, gab sie ihn zuerst Rainer und dann ihrer Mutter in den Arm. Rainer durchströmte ein bisher unbekanntes Gefühl von Familienwärme, in diesem Moment hätte er auch Angela gern körperlich dicht an sich gehabt. Doch dazu kam es nicht. Angela stand auf und sagte:

„Tommy wird jetzt saubergemacht und gewickelt, ich habe gerade Geräusche unter seiner Windel gehört, als er trank." Sie nahm das Kind wieder, fasste Rainer an die Hand und ging mit ihm nach oben ins Badezimmer, wo schon die Wickelkommode bereit stand.

„Schau genau zu, Rainer. Das nächste Mal machst du ihn sauber."

Rainer blieb die nächsten Tage bei Angela. Sie wechselten sich mit dem Füttern und Reinigen des Babys gegenseitig ab, denn Angela wollte so schnell wie möglich in Göttingen mit ihrer Schule anfangen und Rainer musste lernen, allein das Baby zu versorgen. Nachts schliefen sie getrennt; Angela nahm meist den Kleinen mit ins Bett. Rainer hätte sich gern dazu gelegt, doch Angela wollte das nicht und so musste Rainer auf dem Zustellbett schlafen. Als er sie einmal darauf ansprach, reagierte sie unwirsch.

„Kannst du dich noch an unsere Abmachung erinnern?"

„Habe ich doch immer eingehalten! Wir haben doch oft genug zusammen in deinem Bett geschlafen. Habe ich dir Grund für Beschwerden gegeben?"

„Nein. Aber dein Platz ist jetzt besetzt." Sie blieb hart.

Tagsüber war Angela damit beschäftigt, aus dem Seiden-stoff mit der Nähmaschine einen Vorhang für das Schlafzimmerregal zu nähen. Ihre Mutter half ihr dabei. Nervosität kam auf.

„Bis Sonntag haben wir an dem Vorhang zu tun, Angela. In der nächsten Woche müsst ihr umziehen, und ihr habt nicht einmal Gardinen an den Fenstern!", jammerte Katharina Wegmeister.

„Nun halt mal die Luft an, Mama! Gardinen brauchen wir im Moment nicht, uns kann niemand in die Wohnung gucken. Und vielleicht nehmen wir auf Dauer keine Gardinen, sondern Jalousien. Zum Wochenende fährt Rainer nach Göttingen, Montag darauf kommen die Möbel und Mittwoch ziehen wir um. Das Semester beginnt erst eine Woche später und ich kann gleich am ersten Tag zur Abendoberschule gehen, die Anmeldung dafür hat Rainer erledigt. Du siehst, es ist alles in trockenen Tüchern."

Am Sonntagnachmittag brach Rainer nach Göttingen auf. Er wollte Renate und Harald Zeit für das Alleinsein lassen, denn dies war ihr versprochenes Wochenende in der Bovendener Wohnung. Neben seinem sämtlichen Restgepäck hatte er ein paar Flaschen Rotwein mitgenommen. Bevor er zur Wohnung fuhr, holte er noch aus einem Imbiss drei Portionen Currywurst mit Pommes.

Renate und Harald traf er auf der Matratze sitzend an. Renate sah umwerfend aus, in einem knappen grünen Minirock und einem orangefarbenen Top. Sie hatte sich mit Lidstrich und Make-up zurechtgemacht. Beide sprangen auf und begrüßten ihn mit Hallo und vielen Umarmungen.

„Holt doch mal Teller und Gläser aus der Küche, sie stehen in einem Karton", wies Rainer sie an. „Es gibt Currywurst, Pommes und Rotwein, wir müssen gleich essen, sonst wird alles kalt. Und du, Renate", er sah sie bewusst eine

Spur schmachtend an, „siehst so toll aus, dass es mir die Sprache verschlägt."

„Alles frisch in der Carnaby Street gekauft", lachte Renate. „Ich hab den ganzen Koffer voll mit Klamotten aus London. Einen Minirock sollst du für Angela aussuchen. Sie ist etwas kleiner als ich, doch unsere Figuren ähneln sich. Notfalls muss sie den Rock eben ein bisschen kürzen."

Sie stellten Teller und Gläser auf den Boden und aßen. Danach kreisten die Rotweinflaschen. Harald hielt sich zurück, denn er wollte fahren und musste um Mitternacht in der Kaserne sein. Renate dagegen langte zu. Nach einer Weile gnickerte sie Rainer an.

„Wirkst etwas unzufrieden – unausgefüllt passt für Männer nicht – und sagen wir mal, unausgeglichen auf mich. Bist doch frisch verheiratet, was soll sein?"

„Hast du eine Ahnung!"

„Erzähle!"

„Na ja, wir haben vor unserer Heirat eine Art stillen Vertrag gemacht. Dazu gehört unter anderem, dass ich von Angela bis auf weiteres die Finger lassen soll."

„Warum das?"

„Sie wusste natürlich, dass ich mich die ganze Zeit mit Marlene getroffen hatte. Und dann sagte sie mir, dass sie nicht davon begeistert sei, wenn ich das in sie reinstecken würde, was ich kurz zuvor in Marlene reingesteckt hatte."

In diesem Moment bekam Harald vor Lachen einen Hustenanfall.

„Hat sie sonst noch was gesagt?"

„Ja. Sie fände das Esebä." Haralds Husten verstärkte sich.

„Du Armer!" Renate rückte dicht an Rainer heran und umarmte ihn. „Ich glaube, du brauchst fraulichen Trost."

Sie streichelte ihn auf dem Rücken, hielt ihren Kopf schräg und drückte ihm eine gefühlte Ewigkeit ihre Lippen auf den Mund. Ihr ohnehin kurzer Minirock war längst hochgerutscht und hatte ihre Schenkel entblößt. Rainer schob seine Hand auf eines ihrer Knie. Renate stutzte.

„Nanu? In unserer Kinozeit hast du dich das nur bei Marlene getraut! Gefallen dir denn wenigstens meine Knie?"

„Bestens. Schön glatt und warm." Jetzt rückte auch Harald an Renate heran und legte seine Hand auf Renates anderes Knie.

„Bist du eifersüchtig, Harald?"

„I wo. Geteilte Freud ist doppelte Freud." Renate drehte sich jetzt zu Harald und ließ ihm das gleiche zukommen, was sie vordem Rainer hatte angedeihen lassen. Als sie damit fertig war, grinste Rainer Harald an.

„Denkst du jetzt das Gleiche, was ich gerade denke?"

„Und ob! Mir fällt ein Gartenhaus am Galgenberg ein." Renate wurde misstrauisch.

„Was habt ihr da für Geheimnisse untereinander?" Harald wiegelte ab.

„Keine Geheimnisse. Ist alles in Ordnung."

Frauen ähneln sich, dachte Rainer. Wenn sie entdecken, dass ein Mann, den sie mögen, Beziehungsschwierigkeiten hat, werden sie übermütig.

Später kamen sie auf Marlene zu sprechen. Auch Renate hatte noch nichts wieder von Marlene gehört. Sie gehe davon aus, dass am ehesten Rainer zuerst von ihr einen ausführlichen Brief erhalten werde, sagte sie zu ihm. Telefonanrufe könne man wegen der hohen Kosten kaum in ausführlicher Form führen, zudem sei Telefonieren von den USA nach Deutschland wegen der Zeitverschiebung kompliziert.

Renate und Harald saß die Uhr im Nacken, sie packten zusammen. Rainer suchte unter Renates Miniröcken einen blaugemusterten Minirock aus, von dem er glaubte, dass er Angela stehen würde. Harald machte einen bedrückten Eindruck.

„Was ist mit dir, Harald?", fragte Renate.

„Wer weiß, wann wir uns wiedersehen, Renate?"

„Kopf hoch, Harald. Die Hoffnung ist unsterblich."

Kurz vor neun Uhr verließen die beiden die Wohnung und stiegen in Haralds schwarzen Fiat. Rainer schaute ihnen nach. Gut, dass man enge Freunde hat, vielleicht habe ich dann noch Rückhalt, sollte es mit Angela schiefgehen, dachte er.

Am nächsten Morgen kamen pünktlich um acht Uhr die Möbel. Die Wohn- und Schlafzimmermöbel konnten schnell aufgestellt werden, doch mit dem Aufbau der Küche waren die Möbeltischler bis zum späten Nachmittag beschäftigt. Dann war alles fertig, die Geräte in der Küche waren angeschlossen und Rainer räumte Geschirr, Bestecke und Küchenutensilien in die Schubladen ein.

Am Mittwoch standen drei weitere Autos vor der Tür. Aus dem VW Käfer von Katharina Wegmeister stiegen Angela und ihre Mutter mit dem Baby in der Tragetasche aus; die anderen Großeltern und Heinrich Wegmeister waren in ihren Familienlimousinen gekommen. Rainers Eltern kannten die Wohnung noch nicht und schauten sich kurz die Umgebung an, bevor sie eintraten.

„Nehmt doch gleich ein paar Sachen mit hinein, am besten zuerst die Babysachen. Tommy weint schon", rief Angela. Die Autos waren mit der gesamten Babyausstattung und Angelas restlichem Umzugsgut vollgeladen. Angela setzte sich auf das Bett und gab dem Baby die Flasche, während Rainer im Bad den Wickeltisch aufbaute.

Als der Kleine gefüttert und gewickelt war, machte sich Angela daran, zusammen mit ihrer Mutter den Seidenvorhang vor dem Schlafzimmerregal anzubringen. Das Schlafzimmer mit den weißen Möbeln und dem Vorhang sah genial aus, viel zu edel für ein Studentenzimmer, fand Rainer. Sein Vater war beeindruckt.

„Das mit der Wohnung habt ihr sehr gut gemacht, man freut sich doch, wenn das Geld sinnvoll angelegt ist", sagte er. „Wer ist denn auf die Idee mit dem Regal und dem Vorhang gekommen? Sicherlich du, Angela."

„Nein, Harald", antwortete Rainer. „Was praktische Dinge anbelangt, ist er uns allen voraus."

Heinrich Wegmeister schaute sich auf der Terrasse um. Der Bauer in ihm kam zum Vorschein.

„Das ist doch eine schöne Südwestecke! Ein paar Tomatenpflanzen in Kübeln gehören dahin. Und wenn du sie ordentlich düngst, kannst du diesen Sommer eine Menge Tomaten ernten."

„Wo sind denn eure Polstermöbel?", wollte Hannelore Wellmann wissen.

„Die kommen am Freitag", entgegnete Angela, „bis dahin gucken wir uns Fernsehen am Küchentisch an."

„Die beiden sind doch noch jung", setzte Bernhard Wellmann mit wohlmeinender Ironie hinterher, „die haben abends andere Sachen zu tun als fernzusehen."

Die Großeltern Wegmeister und Wellmann blieben bis zum Abend. Bevor sie wegfuhren, gingen alle im Bovender Dorfkrug noch zusammen essen. Der Kleine kam in seinem Kinderwagen mit und verhielt sich die ganze Zeit erstaunlich ruhig, obwohl es nicht leise in der Kneipe war; das Geräusch von Flipper und Kicker setzte Spitzen auf das gleichmäßige Gemurmel der Gäste, denn die Kneipe war voll, weil zwei Ruhetage vorangegangen waren.

Als Angela sich von ihrer Mutter verabschiedete, sah Rainer, dass beide Frauen Tränen in den Augen hatten.

„Euer Nest ist fertig, ihr habt es gut gebaut", flüsterte Katharina Wegmeister ihrer Tochter zu. „Alles was jetzt kommt, liegt nur an euch." Angela und Rainer schauten den verschwindenden Autos eine Weile nach.

Ein merkwürdiges Gefühl war es, als sie hinterher allein mit ihrem Kind in ihrer Wohnung standen. Es machte sie zunächst eine Weile sprachlos. Angela gewann zuerst ihre Sprache wieder.

„Nimm mich wenigstens einmal in den Arm, Rainer." Rainer tat es und Angela küsste ihn flüchtig auf den Mund und sah ihn ernst an.

„Es kann schwierig werden mit uns, das wird dir wohl genauso klar sein wie mir. Wenn wir gegenseitig ein bisschen Disziplin üben, könnten wir es uns einfacher machen. Ich weiß, dass Vorsätze meistens das nicht halten, was sie versprechen, doch ich möchte es nach Möglichkeit vermeiden, mich mit dir zu streiten. Das wäre auch für unseren Tommy besser, er möchte gelassene Eltern haben. Für mich wird das vielleicht schwerer werden als für dich, du weißt es."

Rainer, der immer voller Gefühle steckte, sie aber nur schlecht artikulieren konnte, war Angela dankbar, dass sie dieses Thema angesprochen hatte. Gefühle sind immer vollkommen. Gedanken sind immer unvollkommen, so schien es ihm jedes Mal, wenn er versuchte, in sein Unterbewusstsein einzudringen.

Aber diesmal empfand er ähnlich wie sie. Vielleicht war das ein ganz guter Anfang.

Die nächsten Tage verbrachten sie damit, ihren Haushalt nach und nach einzurichten. Sie gingen im Supermarkt einkaufen und nahmen Tommy im Kinderwagen mit. Dann übten sie das abwechselnde Füttern und Wickeln des Kindes.

Sie gingen dabei nach einem Plan vor, wie er sich durch ihre Studientätigkeit ergeben würde; früh am Morgen übernahm Rainer, der danach zu seinen Vorlesungen und Übungen gehen würde und bis zum späten Nachmittag erledigte es Angela. Am Abend, wenn für Angela die Abendoberschule anstehen würde, wechselte sie sich wieder mit Rainer ab, der dem Kleinen auch am späten Abend das letzte Fläschchen gab. Das hatte für Angela auch den Vorteil, dass sie eher zu Bett gehen und spät aufstehen konnte, denn ihr Schlafbedürfnis war größer als das von Rainer.

Am Freitag wurde die Polstergruppe gebracht und machte sich optisch ausgezeichnet zu den anderen Wohnzimmermöbeln aus. Sie konnten jetzt ihre Fernsehecke einrichten.

„Für Studenten leben wir eigentlich im Luxus", bemerkte Rainer. „Und nur deswegen, weil wir beide wohlhabende Eltern haben."

„Zum Glück."Angela stimmte ihm zu.

Am Wochenende lagen sie morgens lange im Bett. Angela, die meistens nackt schlief – das war eine der wenigen Ähnlichkeiten, die sie mit Marlene hatte, stellte Rainer fest – stand plötzlich auf, holte den Kleinen und legte ihn auf die Bettritze, auf der immer eine zusammengefaltete Decke lag. Er war schon etwas wach geworden und döste vor sich hin. Angela beugte sich über ihn, stupste ihn sanft auf die Wange und schaute ihn liebevoll an. Tommy registrierte erst jetzt seine Mutter, griff mit dem Händchen an ihrer Brust herum und versuchte, mit dem Mündchen an ihre Brustwarzen zu kommen.

„So haben wir nicht gewettet, mein Liebling", lachte Angela, worauf Rainer aufstand und eine Flasche mit Babymilch fertigmachte, die sie ihm abwechselnd gaben. Tommy nuckelte zufrieden, und als seine Eltern sich anschauten, lag ebenso Zufriedenheit in ihren Gesichtern. Rainer allerding spürte, dass sich seine Zufriedenheit mit Begehrlichkeit vermischte, ausgelöst durch die stetige Nähe zu Angela.

Anschließend frühstückten sie fast bis Mittag, packten den Kinderwagen und den Säugling in das Auto und fuhren nach Göttingen. Es war wärmer geworden; der Frühling zeigte sich, und in der Innenstadt hatte man bereits vor den Cafés und Eisdielen Tische und Stühle vor die Tür gestellt. Tulpen, Narzissen und Stiefmütterchen sprießten aus Blumenkästen und rund um den Gänselieselbrunnen erblickten sie Scharen von Menschen, viele jüngere, offensichtlich Studenten. Angela schaute sich die Auslagen der Geschäfte an. Sie blieben ungefähr zwei Stunden, und als der Kleine begann, unruhig zu werden, kehrten sie in die Wohnung zurück. Rainer ordnete abends seine Mappe, denn am nächsten Tag würde sein Studium der Zahnmedizin beginnen.

Um 9:00 Uhr war eine Besprechung für Studienanfänger der Zahnmedizin in der Zahnklinik in der Geiststraße angesagt. Rainer betrat ein schon in die Jahre gekommenes Haus aus der Jahrhundertwende, in dem sich die Labor- und Behandlungsräume und die Hörsäle befanden. Der Klinikleiter, ein Professor Kirsch, begrüßte sie mit einigen Mitarbeitern und erklärte ihnen den Verlauf ihres ersten Semesters. Die Vorlesungen fanden in der Regel vormittags statt, und der wichtigere Teil, die praktischen Übungen und Kurse, waren nachmittags; hier gab es auch Prüfungen und Klausuren, die über den Erfolg des Studiensemesters entschieden. Der absolut wichtigste Kurs war ein zahntechnischer Kurs, der jeden Tag in einem separaten Gebäude abgehalten wurde und unter anderem Zeugnis über die Fingerfertigkeit der angehenden Zahnärzte ablegen sollte.

Alle Materialien und Instrumente dafür mussten von den Studenten auf eigene Kosten beschafft werden.

„Wir geben Ihnen schon einmal eine Liste von den Dingen mit, die Sie sofort besorgen müssen. Sie merken also gleich, dass das Studium der Zahnmedizin ein teures Studium ist, wahrscheinlich das teuerste überhaupt. Und wenn es mit den Übungen und Testaten nicht gleich so klappt, wie Sie sich das vorgestellt haben, brauchen sie nicht zu verzweifeln, denn auch Geschicklichkeit kann man lernen."

Anschließend wies ihnen der Hausmeister Spinde zu, in denen sie ihre Kittel und Utensilien verstauen konnten. Auf dem Flur der Klinik befand sich ein Aushang mit einer Liste der Vorlesungen und Kurse, die im jeweiligen Semester von den Studenten zu belegen waren; Rainer trug sie in sein Studienbuch ein und ging damit zur Universitätsverwaltung am Wilhelmsplatz, wo sein Studienbuch abgestempelt wurde. Danach war sein erster Studientag beendet.

Am späten Nachmittag machte Angela sich für ihren ersten Schultag an der Abendoberschule zurecht. Rainer betrachtete sie unsicher, wie sie in Unterwäsche vor dem Spiegel im Bad stand und Make-up und Lippenstift auftrug, während sie summte. Er empfand mittlerweile ihren Körper, obwohl anders und kleiner als der von Marlene, als immer verlockender; es schien ihm, als nähme Angela auf Kosten Marlenes in seinen Gefühlen und Gedanken immer mehr Raum ein. Vielleicht lag das an der langen Enthaltsamkeit oder daran, dass Marlene sich nicht meldete.

Angela kam gutgelaunt kurz vor Mitternacht zurück. Tommy schlief, während Rainer gerade dabei war, ins Bett zu gehen. Sie holte eine Flasche Weißwein aus dem Kühlschrank und schenkte zwei Gläser ein. Sie tranken.

„Wie war es?" Angela zündete sich eine Zigarette an.

„Bin hochzufrieden, Rainer. Also höre. Zwei Drittel der Schüler in unserer Klasse sind weiblich. Und der Fall, dass ihnen während ihrer Ausbildung ein Kind dazwischen gekommen ist, ist der Normalfall. Die meisten haben aber nur die Mittlere Reife geschafft oder kommen aus einer Lehre und haben alle möglichen Berufe. Häufig sind sie Arzthelferinnen oder Krankenschwestern. Ich bin wohl ein Ausnahmefall, erst einmal bin ich die Jüngste und außer mir gibt es keine, die auf diese Weise ihr Puddingabitur aufbrezelt.

Die meisten Mütter sind übrigens alleinerziehend. Nur wenige sind verheiratet und wenn, dann nicht mit dem Kindsvater.“

„Woher weißt du das alles?“

„Wir haben uns nach der Vorstellung der Lehrer und der Einführung in den Stundenplan noch in einer Kneipe getroffen. Es war sehr nett, später gingen sogar die Tassen ein bisschen hoch. Übrigens: ich habe ein paar nette Mädels getroffen, die wie ich ein Baby an der Backe haben – Blödsinn, wir sind ja froh über unseren Schatz. Ich lade sie demnächst zum Babytreffen ein, wir haben miteinander vereinbart, dass wir gegenseitig einspringen, wenn bei der Babybetreuung Not am Mann, besser an Frau, sein sollte.“

Angela schaute Rainer zärtlich an, ging um den Tisch herum und nahm ihn in den Arm.

„Man muss dir lassen, Rainer, dass du ein guter Planer bist. Hat alles geklappt, was wir uns vorgenommen haben und uns geht es viel besser, als ich anfangs gedacht habe.“

Bis auf eines, dachte Rainer.

Als sie zu Bett gingen, kamen leise Geräusche aus dem Babybett. Angela nahm Tommy an sich und legte ihn auf die Bettritze zwischen sich und ihren Ehemann. Rainer plagte die Unruhe, und er schlief spät ein.

In den nächsten Wochen gewann ihr gemeinsamer Alltag Struktur.

Häufig konnte Rainer am Vormittag zuhause bleiben, wenn keine wichtigen Vorlesungen oder Kurse anstanden. In diesem Fall gingen sie zusammen einkaufen oder beschäftigten sich mit dem Haushalt; alles in der Küche erledigte Angela und Rainer verrichtete kleine Handwerkerarbeiten, wie sie in jedem Haushalt anfallen. Putztätigkeiten und die Wäsche teilten sie sich. Jeden Nachmittag verbrachte Rainer in der Zahnklinik, doch spätestens um fünf Uhr musste das Auto zurück sein, weil Angela es für die Fahrt zur Schule brauchte. Selten kam sie vor elf Uhr abends nach Hause.

Zu den Wochenenden blieben sie meist in der Wohnung. Wenn sie nicht so viel zu lernen hatten, unternahmen sie mit dem Kind Ausflüge in die Stadt Göttingen oder in die nähere Umgebung. Nur manchmal fuhren sie heim, so einmal zur Taufe des Kindes nach Algermissen. Zu diesem Anlass gab es eine Familienfeier auf dem Hof der Wegmeisters und der Kleine wurde mit einem Sparbuch und die Eltern mit einem Satz Gartenmöbel für die Wohnung in Bovenden bedacht.

Es wurde jetzt wärmer. Der Rasen vor der Terrasse begann zu wachsen und die Tulpen, die an seinen Rändern wuchsen, steckten ihre leuchtenden Köpfe aus dem Boden. Die Pflege des Hausgartens einschließlich des Rasenschnittes wurde von einer Gärtnerei übernommen; für die Kosten kam die Gemeinschaft der Wohnungseigentümer auf. Weil der Garten spartanisch gestaltet war, denn außer ein paar Büschen standen nur wenige Blütenpflanzen darin, besorgte Rainer Blumenkästen, stellte sie auf der Terrasse auf und bepflanzte sie, zum Teil mit Tomaten, wie es ihm sein Schwiegervater geraten hatte.

Als Rainer eines Freitags aus dem Zahntechnikkurs nach Hause kam, hörte er Frauenlachen und Babygebrabbel von der Terrasse her. Neben Angela saß eine hübsche, dunkelhaarige Frau mit einem aparten Gesicht, mindestens fünf Jahre älter als sie. Sie hatte sich um die Augen geschminkt und ihren Lidstrich an den Augenwinkeln in einem aufreizenden Schwung nach oben gezogen.

Beide Frauen hatten ihre Babys auf dem Arm und auf dem Gartentisch standen eine Kanne Tee, Tassen, Teller und Kekse.

Als Angela ihn erblickte, stand sie auf und reichte ihm den Kleinen.

„Ich hol dir jetzt auch eine Tasse, dann sollst du mit uns Tee trinken. Danach stelle ich dir meine Freundin Jutta vor." Sie wandte sich an Jutta. „Übrigens, das ist mein Mann Rainer."

Es stellte sich heraus, dass Jutta in einer ähnlichen Lage war wie Angela, doch es gab Unterschiede. Ihre Tochter Laura, zwei Monate älter als Tommy, musste während des Abendschulunterrichts auch betreut werden; bislang war das kein Problem gewesen, denn das erledigte ihre Mutter, die sich vor sechs Jahren von ihrem Ehemann getrennt hatte und bei der Jutta immer noch wohnte. Den Vater ihres Kindes, einen Medizinstudenten, hatte Jutta in einem Krankenhaus kennengelernt, in dem sie als Krankenschwester arbeitete. Zusammenziehen konnte sie mit ihm nicht, weil sie nicht geheiratet hatten; außerdem stand ihr Freund mit ihrer Mutter auf Kriegsfuß. Dauernd musste sie sich anhören: „Pass mal auf, Jutta, wenn der fertig ist, kassiert er das große Geld und lässt dich sitzen!"

Dieses Gerede war einer der Gründe für Jutta, das Abitur nachzuholen. Anschließend wollte sie ebenfalls Medizin studieren.

„Warum heiratet ihr nicht einfach, das würde doch vieles einfacher machen?", wollte Rainer wissen.

„Weil wir uns erst einmal darüber klarwerden müssen, ob wir das überhaupt wollen", lachte ihn Jutta an. Er schaute zu Angela hinüber und bemerkte, wie ein Zug von feiner Ironie in ihrem Gesicht aufblitzte. Jutta blickte zu Angela.

„Hast du es ihm schon gesagt, Angela?" Angela schüttelte den Kopf und wandte sich an Rainer.

„Jutta lässt Laura hier, wenn wir nachher gehen. Sie hat heute keinen, der auf ihre Tochter aufpasst."

Jutta klärte auf. „Meine Mutter ist heute früh zu ihrer Schwester nach Hannover gefahren und bleibt über das Wochenende. Eigentlich ganz schön, dann kann ich es mir mit meinem Freund zuhause gemütlich machen. Der kommt aber erst morgen von einer Reise zurück. Deshalb würde ich dich als erfahrenen Babyvater bitten, heute auch Laura zu betreuen. Es ist alles gerichtet, Bettchen ist hier, und ich habe eine Flasche mit Babymilch vorbereitet. Du brauchst sie nur zu wärmen."

„Du sollst also heute zwei Babys versorgen", sagte Angela, „hab gestern vergessen, mit dir darüber zu reden." Sie machte ein zerknirschtes Gesicht.

„Klar, tue ich", antwortete Rainer, „werd ich schon schaffen." Es klappte, Jutta konnte ihr Kind am nächsten Tag wohlbehalten abholen.

Spät in der Nacht kam Angela zurück.

„Entschuldige, Rainer, ich bin nach der Schule noch mit Jutta in die Kneipe gegangen. Bist du mir böse?"

„Überhaupt nicht. Den Babys geht es gut, sie schlafen."

„Werd ich auch gleich tun." Sie gingen ins Bett.

Rainer schaute sie an, eine seltsame Mischung von Fatalismus und Begehren ergriff von ihm Besitz. Er rückte an sie heran, mit einer ihm unbewussten Beflissenheit, es war so, als habe sich ein Ventil geöffnet, welches schon länger nicht mehr halten konnte. Angela reagierte sofort.

„Du guckst mich irgendwie kariert an!"

„Kein Wunder. Ich muss mich mittlerweile am Riemen reißen, wenn ich neben dir liege. Wir haben ja unsere Abmachung." Angela schaute ihn schelmisch an. „Wer sagt denn, dass die für ewig gilt?" „Und jetzt?" „Jetzt möchte ich schlafen. Ich bin müde." Bevor sie einschlief, gingen ihr noch Gedanken durch den Kopf.

Sie hatten Glück gehabt, grenzenloses Glück, zum einem, weil ihr gemeinsames Kind gesund auf die Welt gekommen war und einen Schwall von Liebe in ihr erzeugt hatte, auf den sie nicht gefasst war. Und der Plan, dieser opportunistische Generalstabsplan, wie sie ihre beiden Leben miteinander verfugten, war übermächtig und letztlich richtig gewesen. Sie persönlich hätte damals wohl eher an einen totalen Neuanfang gedacht, jenseits von provinzieller Bedenklichkeit, kirchlichem Zeigefinger, elterlichen Blamierängsten, dem ganzen spießigen Drumherum. Doch die Fugen ihres gemeinsam errichteten Mauerwerks würden so auf Dauer nicht halten. Der Kitt fehlte – der gemeinsame Sex.

Die Fuge, der Tommy entsprungen war, dünn und heftig und nur aus Kitt bestehend, war mittlerweile immer dickeren Fugen gewichen, auf denen sie beide Mauer um Mauer errichteten – man musste den Fugen mehr Kitt zufügen, damit das Mauerwerk hielt, eine realistische und durchführbare Erkenntnis. Ihr fiel es schwer, in ihre Gefühle einzudringen, ganz im Gegensatz zu Rainer, der seine Gefühle kaum verbergen konnte, doch wahrscheinlich liebte sie ihn gerade deswegen mehr, als ihr bewusst war.

Sie spürte, dass seine Begehrlichkeit auf Sex mit ihr von Tag zu Tag zunahm, natürlich hatte sie es darauf angelegt, ihn scharf zu machen. Am liebsten würde sie auf der Stelle mit ihm schlafen, doch das wäre ein Fehler mit unabsehbaren Folgen. Er musste es sich erst verdienen, nur so konnte sie sich einigermaßen sicher sein, dass er langsam Marlene aus seinem Kopf bekam; ganz würde sie das nie schaffen, das wusste sie.

In der nächsten Zeit brachte Angela öfter Schulkameradinnen mit, die Mütter von Babys oder Kleinkindern waren. Auch Rainer lud manchmal Mitstudenten aus der Zahnmedizin zu sich nach Hause ein. Auf diese Weise bauten sie sich langsam einen Freundeskreis auf. Manchmal wurden sie auch von ihren Freunden eingeladen, doch in die Kneipen der Studenten gingen sie nur selten. Sie hätten Tommy mitnehmen müssen und wollten ihn nicht dem Rauch, Lärm und Bierdunst aussetzen.

Angela blühte auf. Schon während ihrer Schwangerschaft hatte sie ihre blonden Haare lang wachsen lassen und trug sie jetzt meistens zusammengebunden. Die Kurzfrisur hatte ihr zwar sehr gut gestanden, doch hier in der Universitätsstadt Göttingen sah diese zu sehr nach pomadiger Ländlichkeit aus, sagte sie; damit hatte sie recht, fand Rainer. Angela wollte eben aussehen wie eine Studentin, und Studentinnen trugen fast immer ihre Haare lang. Vermutlich war sie immer schon darauf gepolt gewesen, die Biederkeit des großbürgerlichen Hofes irgendwann zu verlassen, obwohl sie – ein seltsamer Gegensatz – mit einem Teil ihrer Seele daran hing. Doch letztlich gefiel ihm das, denn die ehrliche Großbürgerlichkeit seiner Schwiegereltern machte auf ihn mehr Eindruck als das eilige Selbstbewusstsein seines Elternhauses mit seinen unter den Tisch gekehrten Problemen.

Ein krachendes Gewitter hatte sie nach einem schönen Sonnabend im Juni überrascht. Sie hatten sich von einer freundlichen Sonne zunächst verwöhnen lassen, dann ihr Kind in den Wagen gepackt und waren mit ihm in den Wald gegangen. Tommy strahlte und beobachtete, wie die Sonne mit den Blättern der Bäume spielte, mal leuchtete, mal verlosch und ein sprenkelndes, wechselndes Licht erzeugte, das er in seine kleine Seele aufnahm. Als ein graues Dunkel über den Himmel zog, packten sie zusammen und flüchteten nach Hause. Schon bevor sie die Wohnung erreichten, fielen die ersten dicken Tropfen vom Himmel. Als sie die Tür aufschlossen, krachte es zum ersten Mal. Tommy zuckte zusammen und fing an zu weinen. Angela nahm ihn aus dem Kinderwagen und tröstete ihn; später saßen sie zu dritt aneinandergeschmiegt auf dem Sofa und warteten, bis das Gewitter vorbei war. Rainer beobachtete, wie die Tropfen gegen das Fenster schlugen und sich ein Wasserspiegel auf der Terrasse bildete, der binnen kurzem jedoch wieder versickerte, und Angela beschäftigte sich ausschließlich mit ihrem Kind, das sich verschreckt hatte.

In der Nacht grummelte und tröpfelte es weiter, doch als sie am Morgen aufwachten, stand wieder die strahlende Sonne am Himmel. Angela schob den Kinderwagen mit Tommy auf die Terrasse und deckte zum Frühstück. Ein frischer, würziger Duft lag in der Luft und vermischte sich mit dem Geruch des frisch gebrühten Kaffees. Die Insekten, noch klamm vom Gewitter, krochen langsam aus ihren Verstecken; nur wenige hatten es schon in die Luft geschafft. Von Ferne hörte man Hähne krähen.

Rainer betrachtete Angela. Sie hatte ein sommerliches weißes Top mit dem Minirock angezogen, den Renate aus London mitgebracht hatte und ihre Haare gelöst, sodass sie ihr um die Schultern fielen. Ihr Gesicht leuchtete frisch und appetitlich wie der Morgen. Sie schien sehr zufrieden zu sein.

Rainer dachte nach. Unvermittelt sagte er:

„Würdest du die Nacht bei dem Schützenfest heute ungeschehen machen, wenn du es könntest, Angela?"

„Wenn ich daran zurückdenke, was passiert ist, möchte ich alles so lassen, wie es gewesen ist, weil Tommy mir jeden Tag Glück schenkt. Heute macht es mir noch nicht einmal etwas aus, dass du damals betrunken warst."

„Betrunken waren wir beide."

„Aber anders. Das ist ja gerade der große Unterschied zwischen uns, in der Nacht, als unser Tommy zustande kam. Bei mir war es eine fröhliche und bei dir eine frustrierte Betrunkenheit, weil Marlene nicht am Ort war. Und fröhlicher Sex steht bei mir allemal höher als Sex aus Frust, auf diese Weise kann ich wenigstens noch einen Hauch von Moral verspüren. Vielleicht kannst du dir jetzt vorstellen, wie elend es mir ging, als ich ein paar Tage später mitbekam, dass du zu dieser Zeit fest mit Marlene zusammen warst?"

Rainer schwieg eine Weile.

Dann sprach er sie auf das an, was ihm die ganze Zeit im Kopf herumging.

„Könntest du dir vorstellen, dass wir Teil zwei unserer Abmachung langsam ausklingen lassen?" Angela lachte überrascht.

„Aha, daher kommt deine Nachdenklichkeit! So einfach ist das aber nicht, mein lieber Rainer. Du musst mich eben erobern, ganz klassisch und ganz normal. Jede Frau will das, und dir bleibt nicht erspart, es zu tun. Natürlich weiß ich, dass du so etwas bislang nicht brauchtest und versuch um Gottes Willen nicht, dir was darauf einzubilden. Dann passen wir wirklich nicht zusammen."

„Und wie geht das?" Angela schaute ihn ironisch an.

„Das ist doch gerade der Sinn der Sache, dass du dir darüber Gedanken machst!"

Rainer kam ins Grübeln. In der nächsten Woche würde Angela Geburtstag haben und er müsste sich etwas überlegen, was ihr gefallen könnte.

Am Freitag, dem 1. Juli, Angelas Geburtstag, kam Rainer schon mittags nach Hause. Er hatte einen bunten Rosenstrauß und eine kleine Schokoladentorte besorgt. Angela saß auf dem Sofa und gab Tommy die Flasche. Rainer umarmte sie, küsste sie auf die Wange und den Kleinen auf die Stirn. Dann stellte er die Blumen in eine Vase und setzte sich neben sie.

„Ein Sachgeschenk habe ich nicht für dich, Angela. Dafür eine Überraschung, von der ich hoffe, dass sie dir genauso viel Freude machen wird. Erstens, wir gehen heute fein zum Essen aus, in den Ratskeller. Also sollten wir vorher nicht so viel Kuchen verdrücken, denn ich habe zeitig einen Tisch besorgt, um halb sechs."

„Warum so früh? Und was ist mit Tommy?"

„So früh, weil wir danach noch eine kleine Autofahrt unternehmen. Du darfst dich zum Essen ruhig edel anziehen und kannst auch später so angezogen bleiben. Für Tommy ist gesorgt, Jutta und ihre Mutter nehmen ihn bis morgen."

„Wo fahren wir dann anschließend hin?" Angela schaute ihn mit großen Augen an. Rainer schmunzelte.

„Sag ich dir, wenn wir im Auto sitzen."

„Und meine Schule?"

„Klemmst du mal heute ab. Hast schließlich Geburtstag."

Nach Schokoladentorte und Tee verschwand Angela im Bad und machte sich ausgehfein. Sie zog einen schwarzen Rock und eine cremefarbene Seidenbluse an, beides Sachen, die ursprünglich für die Abiturfeier gedacht waren, die für sie wegen der Schwangerschaft ausgefallen war. Inzwischen brachte Rainer den Kleinen zu Juttas Mutter.

Im Ratskeller hatte man für beide einen etwas abseits gelegenen Tisch auf Rainers Anweisung hin festlich gedeckt, mit weißer Tischwäsche und Silberbesteck. Als Aperitif tranken sie ein Glas Champagner und Rainer stieß mit Angela auf ihren Geburtstag an.

„Du darfst heute so viel Wein und Sekt trinken, wie du willst, Angela. Ich halte mich zurück und fahre dich."

Nach einem fürstlichen Mahl schaute Rainer auf die Uhr und stand auf.

„Es wird Zeit, Angela." Sie gingen zum Auto. Als sie saßen, fragte Angela ungeduldig:

„Wohin fahren wir denn nun?"

„Nach Kassel. Es dauert etwa eine Dreiviertelstunde." „Wieso nach Kassel?"

„Wir gehen ins Staatstheater. Sie spielen den „Freischütz" von Carl Maria von Weber. Hast du ihn schon einmal gesehen?"

„Noch nie. Ich war bloß ein paarmal im Hildesheimer Stadttheater und auch nur aus Pflicht, wenn es Schulvorstellungen gab. Meistens war es Schauspiel."

„Dann hast du was versäumt. Ich bin oft im Theater gewesen und habe es sehr genossen." Angela zog ihre Stirn kraus.

„Kann ich mir schon denken, warum du so oft im Theater warst", sagte sie und goss einen Tropfen Wermut in den Becher ihrer momentanen Harmonie. Rainer versuchte, abzulenken.

„Den Freischütz gab es damals in der Staatsoper Hannover. Die Musik darin ist wunderschön. Es ist eine „Romantische Oper", was immer man sich darunter vorstellen mag. Ich interpretiere das so, dass der Inhalt weit auslegbar ist; man kann gleichwohl Ernst als auch Leichtigkeit hineinbringen. Ein paar Kritiken zu der Aufführung habe ich gelesen;

wahrscheinlich musst du dich nicht auf eine bierernste Aufführung gefasst machen, und deswegen habe ich gerade dieses Stück für deinen Geburtstag ausgesucht." Angela hörte ihm aufmerksam zu. Rainer kam sich sehr überlegen vor.

In Kassel angekommen, stellten sie ihr Auto ab. Sie kamen spät, es hatte schon einmal geklingelt und als sie ihren Platz eingenommen hatten, begann schon die Ouvertüre. Angela hörte beeindruckt zu, während sich das Orchester, leise anfangend, in Tempo und Lautstärke bis zum Schluss steigerte und sich der Vorhang zum ersten Akt, der Schützenfestszene, öffnete.

Das Bühnenbild zeigte märchenhafte Opulenz, die man mit ein paar karikaturhaften Einsprengseln aufgelockert hatte. Das machte sich besonders im zweiten Akt bemerkbar, als die Szene in der unheimlichen Wolfsschlucht spielte. Samiel, der Teufel, erschien als aufrecht gehender wilder Eber mit rotglühenden Augen und steil aufragenden Hauern und erinnerte an Figuren aus Gruselfilmen.

Als die Handlung zu der Stelle kam, an der die Förstertochter Agathe für ihre Hochzeit geschmückt wurde und der Chor der Brautjungfern das Lied „Wir winden dir den Jungfernkranz" sang, blickte Rainer zu Angela hinüber. Sie lachte ihn fröhlich an.

Nach der Vorstellung nahm Angela seinen Arm und verließ mit ihm das Theater, sichtlich gut gelaunt. Während der ganzen Rückfahrt nach Göttingen summte sie das Lied vom Jungfernkranz vor sich hin.

Sie erreichten Göttingen kurz nach elf. Rainer machte einen Vorschlag.

„Wenn du möchtest, können wir noch zum Bullerjahn gehen."

„Der Bullerjahn, was ist das?"

„Im Prinzip ein Gelage mit Musik. Er findet einmal wöchentlich im Ratskeller statt, wo wir gegessen haben. Die Veranstaltung hat alte studentische Tradition und geht zurück auf einen musikalischen Wettstreit zweier Göttinger Kapellmeister zur Kaiserzeit, des Bullerjahn und des „schönen Meyer". Wenn sie stattfindet, ist es meistens rappelvoll." Angela zeigte sich interessiert. „Ich habe Lust, lass uns dahin gehen."

Als sie den Ratskeller betraten, diesmal einen anderen Raum, erwartete sie lärmiger Gesang, der nur schwer von einer Musikkapelle zu übertönen war, die traditionelle Musik spielte. Mit Mühe fanden sie noch zwei Plätze an einem der langen Tische. Angela bestellte Weißwein, Rainer Bier. Um Mitternacht ertönte ein lauter Ruf aus vielen Kehlen: „Bullerjahn!"

Die Antwort kam unmittelbar: „Viel zu früh!" Schließlich spielte die Kapelle das Bullerjahnlied, ein sehr simples Machwerk, und die Zuhörer sangen mit. Angela ließ sich von der Stimmung anstecken und trank drei Glas Wein, sodass sie schon etwas angetrunken war, als sie den Ratskeller verließen. In ihrer Wohnung verschwand sie gleich im Badezimmer. Als Rainer ins Schlafzimmer trat, kam sie nach einer kurzen Weile in Unterwäsche aus dem Bad. Sie ging auf ihn zu und breitete ihre Arme aus.

Es war eine heiße Nacht, die sie ihm gönnte. Diesmal setzte sein Erinnerungsvermögen nicht aus, denn er hatte nur wenig getrunken.

Angelas weißer, samtiger Körper ließ ihn genussvoll in ihn hinein sinken. Ihre Weichheit umfing ihn, auf andere Weise als bei Marlene, deren durch das Tanzen entwickelte Muskeln er stets durch die Haut hindurch spüren konnte.

Dabei war sie nicht weniger temperamentvoll als Marlene, im Gegenteil, der Sex mit ihr vermittelte ihm diesen Hauch von Schmutzigkeit, den er sich insgeheim wünschte und der in Kombination mit ihrer Sinnlichkeit seine lange Enthaltsamkeit befriedete.

Am Morgen erwachte er früher als Angela. Sein erster Blick galt ihr. Sie lag nackt und zusammengerollt mit einem entspannten Gesicht neben ihm. Plötzlich gähnte sie und erwachte. Sie schaute ihn ihrerseits an und lächelte.

„Bist du nun zufrieden?"

„Voll und ganz."

Sie schmusten ein wenig miteinander. Plötzlich sagte Rainer:

„Es ist Sonnabend. Wir brauchen weder zur Uni noch zur Schule zu gehen. Tommy hole ich erst um elf Uhr ab. Also können wir noch im Bett bleiben, solange wir wollen." Angela blickte schelmisch zu ihm hin.

„Dann lass es uns auch genießen."

Der Sommer kam, goss sein Licht vom Himmel herab und ließ die Farben der Landschaft erglühen. Die Abendoberschule hatte Sommerferien, sodass Angela mehr Zeit hatte. Wenn Rainer in der Universität arbeitete, packte sie oft Tommy in den Kinderwagen und ging mit ihm am Waldrand oder in der Stadt spazieren. Manchmal kochte sie auch und ersparte Rainer die Mensa. Meistens konnten sie sich jetzt auf der Terrasse aufhalten, die zu ihrem zweiten Wohnzimmer wurde. Weil sie nun abends keine Verpflichtungen mehr hatten, wurde Angela plötzlich ausgehfreudig.

„Jetzt bin ich schon fast ein Vierteljahr hier und habe noch nichts von Göttingen gesehen!"

„Du kennst die Stadt doch schon gut! Bist oft genug mit Tommy unterwegs!"

„Aber nur tagsüber. Was abends abgeht, habe ich noch nicht richtig erlebt. Ich möchte mit dir ausgehen, mal ins Kino oder in eine der Studentenkneipen. Sollen wir damit warten, bis uns das Alter einholt und aus unseren Gesichtern Karikaturen ihrer selbst macht?"

„Und Tommy?"

„Ach, das lässt sich lösen. Ich habe doch Jutta und andere, die uns Tommy abends mal abnehmen können."

Rainer gab nach und so geschah es, dass sie öfter ausgingen, auch in die Disco oder in eine angesagte Kneipe. Das abendliche Leben in der Provinzstadt Göttingen hielt sich trotz der Studentenherrlichkeit zwar in Grenzen, doch eine Algermissener Marienschülerin musste es anders empfinden und hatte Nachholbedarf, Rainer sah es ein. Die angesagten Kneipen in Göttingen waren das „Blue Note", der „Kleine Ratskeller" und „Hans Just", eine Kneipe mit einem Wirt, der ein echtes Original war. Als Angela und Rainer die Kneipe betraten, holte der Wirt aus einem hohen Glasbehälter ein Solei heraus und warf es Rainer zu, mit den Worten:

„Magste'n Solei?" Rainer konnte es nur mit Mühe auffangen, unter dem Gelächter der Anwesenden. Es war so etwas wie ein Aufnahmeritual.

Im „Kleinen Ratskeller", einer historischen Kneipe in einem uralten Fachwerkhaus, kam es fast jeden Abend vor, dass ein ehemaliger Studienrat, ein stadtbekannter Säufer, den man wegen seines Alkoholismus entlassen hatte, die Kneipe betrat, in einen langen schwarzen Mantel gekleidet, mit einer Baskenmütze auf dem Kopf. Regelmäßig trank er die angefangenen Biergläser der Gäste aus, die ihn gewähren ließen, denn er setzte sich zu fortgeschrittener Stunde ans Klavier und unterhielt die gesamte Kneipe. Er war ein ausgezeichneter Pianist, trotz seiner durch Alter und Alkohol versteiften Finger.

Im Sommer hatten die Studentinnen und Studenten der Zahnklinik einen Ausflug nach Hemeln geplant. Hemeln lag an der Weser, nördlich von Hann. Münden im Weserbergland, im Westen vom Reinhardswald und im Osten vom Bramwald begrenzt. Im Ort verband eine Fähre Niedersachsen mit Hessen. An der Fähre lag ein bei Göttinger Studenten weithin bekannter Gasthof. Zu essen gab es dort einfache Gerichte; nachmittags selbstgebackenen Kuchen und abends Spiegeleier mit Bratkartoffeln, Schmalzbrote oder Hausschlachtewurst. Trotzdem zog er die Studenten an und war im Sommer rappelvoll. Das lag vor allem an dem großen Biergarten zur Weser, die langsam und würdevoll vorbeizog, romantische Stimmungen erzeugend, die sich spätabends relativierten, weil es dann meistens zu Mückenüberfällen kam. An diesem Wochenende waren Angela und Rainer allein, weil Katharina Wegmeister Tommy am Morgen abgeholt hatte und ihn erst Mitte der nächsten Woche zurückbringen würden. Also kamen sie mit und feierten bis spät in die Nacht.

Nach Schließung des Gasthofs saßen sie alle noch zusammen mit gefüllten Bierkästen am Ufer der Weser. Irgendwann standen Angela und Rainer auf und verkrochen sich in Rainers Zelt, das er vorher auf einer Wiese neben dem Gasthof aufgebaut hatte.

Rainer fühlte sich immer mehr wohl in ihrem gemeinsamen Bovender Zuhause und freute sich jedes Mal auf Angela und Tommy, wenn sein Arbeitstag in der Zahnklinik beendet war. Vordem hatte bei beiden die liebevolle Beziehung zu dem Kleinen im Vordergrund gestanden, jetzt kam ihre gegenseitige Beziehung dazu; die Stränge verquickten und verstärkten sich.

Sie schliefen jetzt viel miteinander. Rainer entwickelte Hochgefühle, wenn ihn die sanfte Sinnlichkeit Angelas berauschte, und Angela kostete aus, dass sie dem unfertigen Gefüge ihrer überhasteten Ehe den entscheidenden letzten Mosaikstein hinzugefügt hatten, ein Vorgang, nach dem sie sich schon lange gesehnt hatte.

Drei Wochen nach Angelas Geburtstag kam Rainer wie immer vom Technikkurs nach Hause. Angela begrüßte ihn, schaute ihn nur kurz an und redete kaum mit ihm, ganz gegen ihre Gewohnheit. Rainer fragte sich, welchen Grund sie dafür haben könnte, vielleicht hatte sie nur schlechte Laune, aber dafür musste es eigentlich auch einen Grund geben. Der Knoten löste sich, nachdem er sich einen Kaffee gemacht hatte und am Küchentisch saß. Angela kam dazu und setzte sich ihm gegenüber, mit Tommy auf dem Schoß.

„Post von Marlene!" Sie knallte ihm einen Brief auf den Tisch.

Rainer schaute ihn sich an. Es war ein Luftpostbrief aus den USA, für einen Luftpostbrief ziemlich dick. Der Brief war an seine Hildesheimer Adresse gerichtet; offensichtlich hatte seine Mutter die Adresse durchgestrichen und ihn an seine Bovender Adresse nachschicken lassen. Er drehte den Brief um. Auf der Rückseite stand unter dem Namen „Marlene Franklin" eine Adresse aus Ithaca, NY, USA.

Rainer öffnete den Brief und las.

Lieber Rainer,

sicher hast du dich schon in der letzten Zeit gefragt, warum ich mich nicht gemeldet habe. Dafür gibt es mehrere Gründe.

Auf mich sind nach meiner Ankunft in den USA so viele Ereignisse und Veränderungen zugekommen, dass ich selber große Mühe habe, sie einzuordnen, das ist der Hauptgrund. Erst jetzt fühle ich mich dazu in der Lage, dir brieflich zu berichten. Natürlich würde ich das lieber mündlich tun; doch das Telefonieren aus den USA ist mit großen Schwierigkeiten verbunden; einmal sind Gespräche nach Europa schweineteuer und zum zweiten schafft die Zeitverschiebung Hürden. Um dich abends anzurufen, müsste ich während der Arbeit telefonieren, und das geht gar nicht. Ich halte es wie meine Mutter, wenn sie sich mit Tante Waltraud in Verbindung setzt: kurze Nachrichten per Telefon, ausführliche Berichte per Brief.

Sicher hast du dich über meinen neuen Nachnamen gewundert. Ja, ich heiße jetzt Franklin, warum nicht? Es hielt mich nichts davon ab, meinen Geburtsnamen abzulegen, schließlich heißt meine Mutter jetzt auch Franklin, ist mit meinem Vater verheiratet und meine Eltern sind auch meine leiblichen Eltern. Es ist also alles so, wie es sich gehört. Kleiner Nebeneffekt: ich werde es mit einem amerikanischem Nachnamen leichter haben, wenn ich den Sprung zur professionellen Tänzerin schaffe, was ich hoffe. Ich habe wie meine Mutter auch die amerikanische Staatsangehörigkeit angenommen. Meinen deutschen Pass habe ich aber nicht abgegeben, weil ich finde, dass Deutschland ein Teil meiner Identität ist. Ich werde meinen Nachnamen darin ändern lassen, wenn ich ihn das nächste Mal beim Konsulat zur Verlängerung vorlege. Ich habe also zwei Staatsangehörigkeiten, in den USA geht das. Bei meiner Mutter lief das anders. Sie hat ihre deutsche Staatsangehörigkeit abgelegt und ist froh, endlich Amerikanerin zu sein. Kein Wunder, zu Deutschland hat sie außer zu Tante

Waltraud überhaupt keine Beziehungen mehr und der Ärger, den sie in Hildesheim hatte, du weißt, wovon ich rede, tat den Rest.

Mein Flug im Februar war bequem und unproblematisch. Obwohl ich noch nie geflogen war, empfand ich ihn wie eine längere Busreise, bei der ich nicht aussteigen konnte. Als mich meine Eltern in Philadelphia abholten, war ich erst einmal sehr glücklich, sie in diesem unbekannten Land um mich zu haben.

Etwa viereinhalb Stunden haben wir gebraucht, um mit dem Auto von Philadelphia nach Ithaca zu kommen.

Wir fuhren in eine andere Jahreszeit. In Ithaca war noch tiefster Winter; der Schnee lag fast einen Meter hoch, es schneite dicke Flocken und Schneeräumfahrzeuge waren unterwegs. Kannst du dich erinnern, wie das Wetter war, als ich Hildesheim Ende Februar verließ? Wir hatten zwar auch noch Winter, doch der Schnee war weg und der Frühling lag schon in Lauerstellung. In Philadelphia sah es so ähnlich aus wie damals in Hildesheim; vermutlich ist dort das Klima anders als weiter im Festland, weil die Stadt einen Hauch von Meereswärme abbekommt.

Bei uns in der Nähe gibt es sogar Skigebiete, und zwar in den Catskill Mountains, die zu den Appalachen gehören. Ich bin mit meiner Familie dahin gefahren und habe das Skifahren probiert. Nachdem ich ein paarmal auf den Po gefallen bin, ging es schon ganz gut, und ich glaube, das Skifahren könnte zu einer meiner Leidenschaften werden. Mein Vater Charles und meine Brüder Peter und Bob sind ausgezeichnete Skifahrer.

Ja, meine Brüder. Als sie nach Hause gekommen sind, haben sie sich unbändig gefreut und mich gleich in den Arm genommen, das tat mir gut. Sie wussten schon früh, dass sie noch eine Schwester in Deutschland hatten, mein Vater hat nie ein Geheimnis daraus gemacht. Sie sind ein paar Jahre älter als ich.

Peter hat sein Examen in Medizin gemacht und arbeitet als Assistenzarzt in Rochester in der berühmten Mayo-Klinik. Bob arbeitet in Kalifornien, irgendwas mit Computern. Er kommt wegen der großen Entfernung selten nach Hause.

Beide sind unverheiratet, haben aber feste Freundinnen; Bobs Freundin ist eine Weiße. Denke nicht, dass es in den USA für gemischte Paare leichter ist als in Deutschland, auch Bobs Freundin wird manchmal schief angesehen. In den Vereinigten Staaten gibt es durchaus Rassismus!

Hier in Ithaca bekommen wir gottlob davon nicht viel mit, das mag daran liegen, dass die Universität mit ihrem liberalen Klima auf den Charakter dieser Kleinstadt abfärbt.

Der Ort liegt in einer wunderschönen Landschaft mit niedrigen Bergen, Wäldern, Flüssen und Wasserfällen. Er grenzt direkt an die Five Finger Lakes, eine Reihe schöner Seen, wir haben also alle Möglichkeiten zum Wassersport und zum Fischen. Ithaca hat nur 30 000 Einwohner, kaum Industrie, dafür besitzt es die Cornell Universität, eine der berühmtesten Universitäten der USA. Aus ihr sind vierzig Nobelpreisträger hervorgegangen! Man könnte auch sagen, der Ort ist um die Universität herum gebaut. Die Innenstadt und die Universität haben viele Gebäude im viktorianischen Stil. Es macht Spaß, sich an warmen Sommerabenden wie jetzt in der Innenstadt zu bewegen und eines der vielen Restaurants oder eine Bar zu besuchen, kein Vergleich mit der Großstadt Hildesheim, wo um zehn Uhr die Bürgersteige hochgeklappt werden. Es gibt viel Tourismus hier, und der hat vielleicht zusammen mit den Studenten für Lebhaftigkeit gesorgt.

Die Stadt besteht außer Universität und Innenstadt fast nur aus einstöckigen Gebäuden, hat viel Grün und liegt weiträumig verstreut, eine Stadt in einem Park, könnte man meinen. Das Haus meiner Eltern, am Stadtrand gelegen, ist von einem großen Garten mit hohen Bäumen umgeben. Wir haben viel Bewegungsfreiheit.

Mama hat kurz nach ihrer Ankunft eine Stelle in der Bibliothek der Universität bekommen. Mein Platz ist in der Verwaltung, wo ich mit anderen die normale Korrespondenz der Universität übersetze, vornehmlich aus dem spanisch sprechenden Raum.

Natürlich habe ich mich schon umgeschaut, wo es Möglichkeiten zum Tanzen gibt, und das sieht hier gar nicht so schlecht aus. Wir haben hier eine Theatergruppe, die auch Musiktheater aufführt, ebenso eine Ballettgruppe. Die Universität bietet sogar Ballettkurse an. Ich habe Kontakte geknüpft; man hat mich gern aufgenommen und ich bin auch schon in einer Aufführung aufgetreten.

Das reicht aber nicht, wenn ich eine professionelle Tänzerin werden will. Ich bin vor vier Wochen mit meinem Auto nach Philadelphia gefahren und habe mich bei der renommierten Philadelphia Dance Academy umgeschaut. Du hast richtig gelesen, ich habe jetzt auch ein eigenes Auto! Es ist ein alter VW Käfer, nicht so komfortabel wie dein neuer R4, aber er macht sich auch ganz gut. In den USA besitzt jeder über achtzehn ein Auto, das ist hier ganz normal.

In der Academy musste ich probetanzen und singen. Danach kam ein Schock für mich, man sagte mir, wenn ich eine Tänzerin für Musical und Revue werden wolle, müsse ich praktisch noch einmal von vorn anfangen, einschließlich Gesang! Ich war fix und fertig. Dann kamen beruhigende Töne. Mein Talent ist durchaus gesehen worden und man bescheinigte mir, dass es sich lohne, weiterzumachen, allerdings solle ich nicht unterschätzen, wie viel Fleiß dafür nötig sei.

Ich habe dann einen Plan aufgestellt.

Meine Stelle habe ich zu einer halben Stelle umwandeln lassen und mir den Montag und Dienstag freigehalten, das war kein Problem. Jeden Sonntagabend fahre ich jetzt nach Philadelphia und nehme am Gruppen- und Einzelunterricht in der Academy teil. Am Dienstagabend geht es dann wieder nach Hause, damit ich am Mittwoch wieder meinen Arbeitsplatz in der Universität einnehmen kann. Es trifft sich gut, dass Tante Gwen, die Schwester meines Vaters, in Philadelphia wohnt. Ihr Mann Richard ist Monteur für medizinische Großgeräte, reist im ganzen Land umher und kommt nicht oft nach Hause. Also habe ich einen Schlafplatz in Philadelphia, meine Tante nimmt mich ganz gern auf.

Zusätzlich nehme ich noch in Ithaca Gesangsunterricht; ich habe eine gute Lehrerin gefunden, die mir von der Academy empfohlen worden ist.

Das kostet alles Geld.

Und da habe ich Glück, meine Eltern unterstützen meine Pläne und helfen mir. Wenn alles gut klappt, werde ich so ungefähr in einem Jahr aus Ithaca wegziehen müssen, denn die Vollendung meiner Ausbildung sei nur in New York möglich, sagte man mir. Mal sehen, wie es kommt.

Was dich betrifft, Rainer, so nehme ich an, dass die letzten Monate für dich noch aufregender gewesen sein müssen als für mich. Vater zu werden ist wohl eines der größten Abenteuer, die es gibt. Schreib mir doch mal, was aus dir und Angela und eurem Kind geworden ist. Ich weiß nicht einmal, ob ihr einen Jungen oder ein Mädchen bekommen habt!

Wenn du mir schreibst, gib mir doch bitte die Adressen von Renate und Harald, falls du sie hast. Wenn nicht, ist es auch nicht schlimm, dann werde ich versuchen, über ihre elterlichen Adressen in Kontakt zu kommen.

Ganz ehrlich, ich wünsche dir und Angela, dass ihr besser zueinander findet, als es im letzten Jahr möglich war. Ihr seid jetzt Eltern und zusammen mit dem Kind kann es doch gelingen, eine dauerhafte und glückliche Verbindung aufzubauen! Es ist wohl ein schwieriger Weg, habt Geduld und lasst alles in euch hineinwachsen, auch ein Weg kann ein Ziel sein.

Während ich diese Zeilen schreibe, ist mir nicht so gut.

Das hat seinen Grund. Ich vermisse dich, Rainer, ich vermisse dich sogar sehr! Auch das meine ich ehrlich.

Du stutzt jetzt, hältst es für einen Widerspruch? Ist es nicht.
Manchmal kommt es vor, dass zwei Ehrlichkeiten einander be-
kämpfen.

Marlene

Rainer blickte auf. Angela hatte das Baby in ihre Armbeuge gelegt und blickte ihn zornig an.

Sie leistet sich diese Schwäche und lässt ihr hübsches Gesicht entgleisen, denn Zorn macht hässlich, dachte er. Er nahm den Brief beiseite.

„Angela, ich lege den Brief jetzt in eine Schublade im Wohnzimmerschrank. Du kannst ihn jederzeit lesen. Es steht nichts darin, was du nicht wissen sollst."

„Darum geht es gar nicht. Es geht darum, dass wir im Höllentempo und mit wahnsinniger Mühe daran gearbeitet haben, dass es uns so geht wie jetzt. Und nun kommt Marlene und spuckt uns in die Suppe."

In ihr kam alles wieder hoch. Sie dachte daran, wie sie während ihrer Schwangerschaft erleben musste, dass er sich ständig mit dieser … dieser Ne …, nein, das durfte sie nicht mal denken, denn was man denkt, spricht man irgendwann einmal aus, im Zorn oder Suff, und dann würde er gehen, wahrscheinlich für immer.

„Angela, Marlene lebt in Amerika! Und es kann sein, dass sie niemals wieder nach Deutschland kommt."

„Auch darum geht es nicht. Es geht um deine Gefühle. Ich habe dich beim Lesen beobachtet. Du hast immer noch Gefühle für sie!"

„Das will ich doch gar nicht abstreiten! Was kann ich dafür? Ich habe aber auch Gefühle für dich, sicher jetzt viel mehr als für Marlene. Ich habe auch Gefühle für Tommy. Man kann seine Gefühle nicht lenken."

„Aber man kann sie beerdigen. Als ich zum ersten Mal mit dir zusammen war, hatte ich mich in dich verliebt. Ich schlafe niemals mit einem Mann, wenn ich keine Gefühle für ihn habe. Einmal hatte ich das aus Neugier probiert, es war grässlich. Nachdem ich von deiner Beziehung zu Marlene wusste, habe ich mich daran gemacht, meine Gefühle zu dir zu beerdigen. Ich hätte das auch geschafft. Aber dann kamst du, und auf dem Galgenberg hast du alles umgeschmissen, kannst du dich erinnern? Ich musste sie also wieder ausgraben und alles ist so gekommen, wie es jetzt ist. Ich habe keine Lust, sie wegen Marlene ein zweites Mal zu beerdigen."

Tommy spürte die Disharmonie. Er fing an zu plärren. Sie nahm ihn und ging in das Schlafzimmer, um ihm die Flasche zu geben. Rainer verschwand aus der Wohnung. Er ging die Straße bergauf, erreichte den Wald und setzte sich auf eine Bank. Wolken zogen am Himmel vorbei. Er versuchte, ihnen je nach ihrer Form einen Namen zu geben. Hinter sich hörte er das Zwitschern von Vögeln. Plötzlich knisterte es im Gebüsch, ein Reh steckte seinen Kopf aus den Blättern. Als es ihn erblickte, stürzte es in hohen Sprüngen davon. Nach einer halben Stunde stand Rainer auf und ging.

Zuhause war es ruhig. Er betrat das Schlafzimmer. Tommy lag in seinem Bettchen und schlief. Angela hatte sich ausgezogen, lag bäuchlings auf dem Bett und las den Brief von Marlene.

Die Bettdecke war verrutscht, ihre Pobacken lagen frei. Zwei rosige, apfelige Algermissener Pobacken. Sie sahen überaus appetitlich aus. Rainer bückte sich und biss hinein. Angela warf sich herum, lachte und zog ihn an sich.

Sie vertrugen sich wieder. Angela sah ein, dass es ihre gemeinsame Beziehung nicht schädigen würde, wenn Rainer ab und an brieflichen Kontakt zu Marlene hatte, es war eben seine Vergangenheit, die sich in ihn eingestempelt hatte, sie hatte zwar auch eine Vergangenheit, doch diese hatte sich in ihrem Bewusstsein verflüchtigt wie ein Rosenblatt im Sommerwind.

Am Ende des Juli bekamen sie Besuch von Harald. Er lebte wieder in Hildesheim, genauer gesagt, in der Ledebur-Kaserne am Stadtrand, dort, wohin man ihn plangemäß in die Instandsetzungskompanie der Panzergrenadiere versetzt hatte. Er schien hochzufrieden zu sein.

„Ich hab Kontakte, es bahnt sich was an. Unser Feldwebel, ich hab mit ihm ein paarmal gesoffen, ist damit einverstanden, wenn ich ab und zu ein paar Privatautos in die Kaserne hineinschiebe und ein bisschen an ihnen schraube, mit anderen zusammen und nach Feierabend, versteht sich."

„Und wie geht das? Ihr habt doch eine Wache!"

„Ach, kein Problem. Mit unseren Autos können wir doch ohnehin in die Kaserne fahren. Hand an die Mütze und sie grüßen mich zackig und lassen mich mit jedem Auto hinein. Man braucht eben sein Geld, und man tut, was immer man kann." Rainer wechselte das Thema.

„Hast du mal wieder was von Renate gehört?"

„Wenig. Ich habe nur kurzen brieflichen Kontakt mit ihr gehabt. Sie fühlt sich in Freiburg wohl, und das war's."

„Aber ich dafür von Marlene." Rainer holte den Brief und las ihn vor. Er merkte, wie Angela lauerte. Die letzten Absätze ließ er weg. Harald pfiff durch die Zähne.

„Ganz schön verlockend, was sie da über die USA schreibt. Man sollte glatt überlegen, ob man nicht irgendwann dorthin auswandert. Hier in Deutschland ist doch der Reichtum schon verteilt."

„Stell dir das nicht so einfach vor, Harald. Die USA lassen nur beschränkt hinein, obwohl sie ein Einwanderungsland sind. Bei Marlene ist das etwas anderes, ihr Vater ist Amerikaner." Angela wurde zunehmend ungehaltener.

„Können wir vielleicht mal über andere Dinge reden?"

„Selbstverständlich!" Harald stand auf, nahm Angela in den Arm und küsste sie auf die Wange.

„Es gibt für alles noch eine Steigerung, Angela. Du bist noch hübscher geworden als du ohnehin schon warst. Sag mir dein Rezept, ist es euer Kleiner?" Angela feixte.

„Der auch, aber eher der Große!" Harald wusste Bescheid und klopfte Rainer auf die Schulter. Sie lachten einander zu und Angela ging in die Küche, um eine Flasche Rotwein zu holen.

Der August war heiß und mächtig. Es regnete kaum, und es gab keine Abkühlung; Tommy wurde immer unleidlicher und versuchte ständig, sich aus seinen dicken Windeln frei zu strampeln. Auf Spaziergänge mit Kinderwagen mussten sie verzichten, denn in ihrer Wohnung war es viel kühler als draußen. Rainer besorgte ein aufblasbares Planschbecken und hatte seine Freude daran, wie Tommy sich fröhlich krähend darin wälzte.

In der Zahnklinik hatten sie das Semester abgeschlossen. Rainer lernte in seinem Technikkurs, dass die Zahntechniker traditionell Sommer- und Winterwachs verwenden, denn es gab in ihrem Labor keine Klimaanlage und das Winterwachs schmolz in der Hitze. Das hatte zur Folge, dass die sehr mühsam in Wachs eingebetteten und ausmodellierten Prothesenzähne für die Herstellung des Übungszahnersatzes aus ihren Fächern fielen und eine Neuanfertigung erforderten. Es sah putzig aus, wie die männlichen Kursteilnehmer in ihren kurzen Hosen und ihren haarigen Beinen unter den Kitteln durch die Räume des Labors liefen.

Mitte des Monats endete diese Hitzewelle mit einem gewitterkrachigen Wochenende. Für Angela hatte die Schule wieder begonnen und Rainer fing an, sich zu langweilen, denn die langen Semesterferien hatten angefangen und das neue Semester würde bis Ende Oktober auf sich warten lassen. Weil Angela das Auto brauchte, fuhr er ein paarmal mit dem Zug nach Hildesheim und ließ sich von Harald nach dessen Feierabend abholen. Sie gingen dann oft abends in die „Rote Nase" oder andere Kneipen; den hartnäckigen Versuchen von Harald, eine Disco aufzusuchen und Mädels abzuschleppen, widerstand er. Er übernachtete jetzt meistens in Algermissen bei seinen Schwiegereltern. Manchmal brachte er auch Tommy mit. Seine Schwiegermutter Katharina holte ihn dann mit ihrem VW Käfer vom Bahnhof ab und kümmerte sich um Tommy, denn sie war vernarrt in ihren Enkelsohn. Zum Wochenende kam dann Angela und sie fuhren anschließend zusammen nach Göttingen zurück.

Es pendelte sich alles ein bei Angela und Rainer. Manchmal dachte Rainer insgeheim, dass es früher vielleicht anregender gewesen war, in diesem Spannungsfeld zwischen Marlene und Angela, doch er hütete sich, das zu thematisieren, weil er wusste, dass Angelas Sichtweise eine völlig andere war. Zudem verschwand Marlene immer mehr aus seinem Bewusstsein, ein Tribut, der der Zeit geschuldet war.

Er hatte sie angeschrieben, zwar nicht mit einem so langem Brief wie dem ihren, doch sie wusste jetzt Bescheid, wie er mit seiner Familie lebte. Fast war es ihm peinlich, sich zu offenbaren, weil sie merken musste, wie komfortabel er sich mit Angela und dem Kind eingerichtet hatte, im Gegensatz zu Marlene, die mit ihren Planungen immer noch auf der Suche war.

Das zweite Semester brachte im Studium noch keine großen Neuigkeiten. Die zahntechnischen Kurse liefen weiter und andere naturwissenschaftliche Kurse kamen hinzu, die manchmal eine Zeit intensiven Arbeitens zuhause brachten, denn an den Praktikumstagen wurden mündliche Wissensprüfungen abgehalten, Klausuren kamen hinzu. Doch es klappt alles. Auch Angela kam mit ihrem Stoff in der Schule gut voran. In ihrer Freizeit fuhren sie oft nach Kassel und besuchten Aufführungen des Musiktheaters, wenn es ihnen gelang, Tommy für ein paar Stunden anderweitig unterzubringen. Angela hatte offensichtlich der Theaterabend an ihrem Geburtstag gefallen. Wenn sie konnten, nahmen sie auch zunehmend am Göttinger Studentenleben teil, sodass sich ihr Freundeskreis erweiterte.

Nach Hildesheim fuhren sie zusammen selten, höchstens mal nach Algermissen, wo mehr Platz war und Tommy von Angelas Mutter sofort unter die Fittiche genommen wurde, was Rainers Mutter Hannelore mit einer gewissen Eifersucht quittierte. Aus diesem Grund teilten sie auch die Weihnachts- und Neujahrszeit unter den Großeltern auf. Marlene schrieb Rainer zu Weihnachten einen kurzen Brief, dass sie im nächsten Jahr vorhabe, nach New York zu ziehen, und Renate trafen sie in Hildesheim, wo sie zusammen mit ihr und Harald Silvester feierten, denn Harald konnte sich dienstfrei nehmen. Es war eine fröhliche Feier und Angela, selbst kein Kind von Traurigkeit, konnte ihre Vorbehalte gegenüber Renate ablegen, wie sie es auch schon vordem bei Harald getan hatte.

Tommy entwickelte sich, bekam blonde Haare und eine kräftige Figur.

Hannelore Wellmann wurde nicht müde, zu erklären, Rainer habe als Kleinkind genauso ausgesehen. Zu Ostern 1967 konnte er bereits viele Worte sprechen und verstehen und nach der Krabbelphase fing er an, sich an Möbeln aufzurichten und das Gehen zu üben, sodass sie auf empfindliche oder gefährliche Gegenstände in seiner Umgebung aufpassen mussten.

Harald hatte sich fest in der Ledebur-Kaserne eingerichtet und betrieb unter der Hand eine Art kleine private Autowerkstatt. Seine Vorgesetzten tolerierten das, auch deswegen, weil er ihnen kostenlos ihre Fahrzeuge in Ordnung brachte.

„Überall, wo Harald auftritt, schafft er es, seine Umgebung einzuwickeln", bemerkte Rainer. „Er kann die Leute in Grund und Boden reden. Natürlich trägt auch seine Hilfsbereitschaft dazu bei, sie ist ein Bestandteil seiner Natur, wobei man nicht unterschätzen darf, dass er gleichzeitig darauf achtet, dass er auf seine Kosten kommt. Typischerweise dauert so etwas nur eine begrenzte Zeit, dann wirft er alles hin und macht etwas Neues. Renate weiß das, deshalb hat sie bei ihrer Freundschaft mit ihm immer auf Abstand geachtet."

Angela nahm ihn in den Arm und flüsterte ihm zu, mit einer Spur von Ironie:

„Da bin ich aber froh, dass du diese Eigenschaft nicht hast, Rainer." Er wölbte sich stolz.

„Was mich betrifft, Angela, ich bin wie ein Fels in der Brandung." Im Moment gelang es ihm, daran zu glauben.

Die Zeit rann. Angela hatte im Sommer 1968 ihre Ausbildung an der Abendoberschule beendet. Ihre Prüfung für das Abitur fand extern in einer Schule in Hannover statt. Rainer begleitete sie, saß im Auto und wartete darauf, dass sie herauskam. Sie ging langsam auf das Auto zu. Er stieg aus und wartete gespannt. Als Angela ihn sah, zog sie einen Schmollmund und zuckte mit den Schultern. Rainer zog es im Magen. Dann lief sie auf ihn zu. Ihre hochhackigen Schuhe klapperten auf dem Pflaster. Sie warf sich in seine Arme.

„Alles in Ordnung. Wir sind jetzt gleichwertig, jedenfalls, was unsere Schulbildung anbelangt."

Sie öffneten ihre Lippen und blieben lange Mund auf Mund. Dann ließen sie los und schauten sich an.

Fast ein Wunder, dass du es bis hierhin geschafft hast mit diesem Mann in seiner unkalkulierbaren Gefühlswelt, dachte Angela.

Unglaublich, dass es gut ging mit dieser launischen Frau, dachte Rainer. Tommy, der auf dem Hintersitz saß, plärrte sie an, weil sie ins Auto kommen sollten.

Auf der Heimfahrt kamen sie kurz vor Northeim an einer Autobahnausfahrt vorbei. „Echte" stand darauf.

„Kannst jetzt ganz gelassen hier vorbei fahren, Angela", lächelte Rainer. „Hast jetzt auch ein echtes Abitur."

Im Herbst würde Angela in Göttingen mit dem Wintersemester an der Universität beginnen. Lange hatte sie sich vorgenommen, für das Lehramt am Gymnasium zu studieren. Mittlerweile wusste sie auch, welche Fächer sie belegen wollte und entschied sich für Deutsch, Französisch und Sport. Bis dahin würden sie ein paar Wochen Zeit für anderes haben. Sie sprachen darüber, wofür man diese Zeit verwenden könne.

„Ich würde gern mit dir zum ersten Mal Urlaub machen, Angela."

„Können wir uns den leisten?"

„Kommt drauf an, auf welche Weise. Ich wollte schon immer mal nach Südfrankreich. Wenn wir zelten, kostet uns das nur die Gebühren für den Zeltplatz und das Benzin, und das ist in unserem Budget drin. Es ist warm, also werden wir als Unterkunft nur ein Zelt brauchen. Außerdem hast du gerade in Französisch eine Prüfung gemacht und willst Französisch studieren und so ein Urlaub in Frankreich schult kolossal."

„Und Tommy?"

„Den nehmen wir natürlich mit, der ist alt genug dazu."

„Das geht doch nicht, dass wir zu dritt die ganze Zeit in dem kleinen Zelt wohnen!" Rainer lachte.

„Du meinst wohl mein kleines Zelt, in dem wir an der Weser gezeltet haben? Das geht natürlich wirklich nicht, doch mein Vater hat ein großes, ein richtiges Hauszelt, in dem wir früher als Familie ein paarmal gezeltet haben. Er braucht es jetzt nicht mehr und leiht es uns bestimmt." Angela überlegte und war einverstanden.

Vorher bekamen sie noch Besuch von Harald. Er hatte im letzten Jahr seinen Wehrdienst beendet und war nach Köln gezogen, um Betriebswirtschaft zu studieren. Jetzt erzählte er ihnen, dass er sein Studium unterbrechen wolle.

„Ihr wisst ja, dass ich auf alle Fälle etwas machen möchte, was mit Autos zu tun hat. In Düsseldorf gibt es ein Autohaus, welches sich auf den Handel mit gebrauchten Edelkarossen spezialisiert hat, von Ferrari bis Rolls Royce. Ich konnte mir da schon öfter Geld verdienen, indem ich in der Werkstatt ausgeholfen habe. Sie waren sehr zufrieden mit mir und weil sie wissen, dass ich Betriebswirtschaft studiere, haben sie mir eine Lehrstelle für den kaufmännischen Bereich angeboten. Ich habe angenommen und bin umgezogen, auch weil ich im Moment ziemlich klamm bin, ihr kennt ja meine häuslichen Verhältnisse. Ich hab es nicht so komfortabel wie ihr und muss mir Wohnung und Unterhalt selbst verdienen." Angela machte große Augen. Rainer fragte ungläubig:

„Und was wird aus deinem Studium?"

„Ist erst mal auf Eis gelegt. Ich habe mich für die Dauer der Lehre freistellen lassen, das ging ohne Probleme." Sie wechselten das Thema.

„Und wie geht es dir privat? Hast du noch Kontakt mit Renate?"

„Von Renate höre ich kaum etwas. Manchmal schreiben wir uns, aber nur kurz. Mädchen habe ich mal hier, mal da, ist eben im Moment ein bisschen Mädchenroulette angesagt. Ihr kennt das nicht, ihr seid ja verheiratet."

Weil ein schöner Sommertag war, fuhren sie zusammen zum Baden ins Eichsfeld, zum Seeburger See. Bis spät saßen sie noch beim Wein in ihrer Wohnung zusammen; Harald übernachtete bei ihnen und fuhr am nächsten Tag wieder nach Hildesheim zu seinen Eltern.

Zwei Tage später packten sie den R4 für ihre Urlaubsreise. Es passte alles hinein, was sie brauchten. Tommy saß in seinem Kindersitz hinter Angela, Rainer fuhr. Sie hatten eine zusammenklappbare Karre für Tommy mitgenommen, die nur wenig Platz im Kofferraum einnahm, den Rest beanspruchten das Hauszelt, die Matratzen und Faltmöbel und ein Koffer für Campingutensilien. Ihre Taschen für persönliche Dinge und für alles, was sie für das Kind brauchten, verstauten sie neben Tommy auf dem Rücksitz. Sie brauchten nicht viel zum Wechseln, denn es war Sommer und sie hatten sich darauf eingerichtet, zwischendurch zu waschen. Zum Schluss packte Rainer noch sein Kleinzelt in den Kofferraum.

„Was willst du mit dem Ding?", fragte Angela erstaunt.

„Dazu habe ich meine Gründe", erklärte Rainer. „Es kann sein, dass wir zwischendurch ganz plötzlich mal schnell übernachten müssen. Und wenn es dunkel wird, haben wir keine Chance, das große Zelt aufzubauen. In das kleine Zelt passen wir zur Not auch mal zu dritt." Gleich am ersten Abend sollte es dazu kommen.

Sie waren zwar noch in der Nacht von Göttingen losgefahren, doch das Wetter machte Schwierigkeiten. Hinter

Frankfurt verdichteten sich die Wolken und es fing an zu regnen. Der Regen verstärkte sich und hörte nicht mehr auf. Die Autobahn verwandelte sich in eine spiegelglatte Wasserbahn und erlaubte keine hohen Geschwindigkeiten mehr; trotzdem kamen sie an mehreren Unfällen vorbei. Sie schafften es vor der Dunkelheit bis kurz vor Lyon; endlich hörte der Regen auf, und Rainer konnte noch einen in der Nähe liegenden Campingplatz ansteuern. Während er das Kleinzelt aufbaute, saßen Tommy und Angela auf dem Boden und aßen zu Abend: mitgebrachte belegte Brötchen und lauwarmen Apfelsaft. Sie wurden müde und krochen in das Matratzenbett. Rainer holte eine Flasche Rotwein unter dem Fahrersitz hervor, öffnete sie und setzte sich auf eine Bank, die in der Nähe des Zeltes stand. Er setzte die Flasche an den Hals; Hunger hatte er nicht mehr. Zufrieden schaute er auf das kleine Zelt, in dem seine Frau und sein Kind schliefen.

Der Geruch, der sich aus dem im warmen Boden verdunstenden Regen entwickelte, regte seine Sinne an. Der Mond schien hervor und verjagte die Wolken, schaffte Müdigkeit und Zufriedenheit. Er streifte seine Kleidung ab, zog eine kurze blaue Sporthose an und kroch ebenfalls ins Zelt. Tommy schlief tief und fest, Angela schnarchte ein bisschen. Als er den knapp bemessenen Platz neben ihr einnahm, seufzte sie ein wenig und drehte sich. Dann tastete sie nach ihm und legte den Arm auf seinen Rücken.

Es ging ihm gut.

Am nächsten Morgen gönnte ihnen der Sommer einen wolkenlosen Himmel. Sie bauten das Zelt ab, packten zusammen und fuhren los. In der nächsten Kleinstadt suchten sie nach einer Bar. Sie fanden am Marktplatz eine, dessen Wirt gerade die Tische und Stühle draußen abwischte. Sie setzten sich.

„Du musst bestellen, Angela, ich kann kein Französisch", sagte Rainer.

Angela ging hinein. Nach kurzer Zeit kam der Wirt mit einem Tablett hinaus und servierte das Frühstück.

Sie bissen in duftende Croissants, die sie zuvor mit Butter und Marmelade bestrichen hatten. Dazu tranken sie Milchkaffe, Tommy bekam Milch. Er machte große Augen. „So große Tassen?"

„Ja, Tommy", lachte Angela. „Hier in Frankreich gibt es nicht so viel zum Frühstück wie in Deutschland. Dafür trinkt man viel Milch und Kaffee, damit der Magen voll wird."

Sie schauten auf den Marktplatz. Der Ort war gerade zum Leben erwacht. Ladenbesitzer öffneten ihre Geschäfte, Lieferwagen fuhren durch die Straßen, Schulkinder rannten über den Platz, und ein Pfarrer in seiner schwarzen Soutane kam aus seinem Haus und schloss die Kirche auf.

„Wir haben Zeit, Angela, gestern haben wir schon viel geschafft. Außerdem sind wir in Frankeich, und da hat man mehr Zeit als in Deutschland", sagte Rainer.

Nach einer Stunde standen sie auf und gingen zum Auto.

Weiter ging es, die Rhone entlang. Bei Pont-Saint-Esprit bogen sie ab und folgten dem Lauf der Ardéche, denn an ihrem Ufer sollte es viele schöne Zeltplätze geben. Nach einer Viertelstunde Fahrt erreichten sie eine felsige Gegend, leicht von Wald bedeckt.

Die Straße schraubte sich in abenteuerlichen Kehren hinauf; manchmal konnte man von oben einen Blick auf den Fluss werfen, der sich schäumend seinen Weg durch Schluchten bahnte. Tommy drückte sich seine Nase an der Scheibe platt. Manchmal führten Wege hinunter, die an Campingplätzen endeten. Rainer steuerte sie an, auf der Suche nach dem idealen Platz.

Er fand ihn schließlich etwa in der Mitte der Schluchten. Die Ardéche grenzte an einen sandigen Strand und war meistens flach, sodass Tommy ohne Gefahr an ihrem Ufer spielen konnte. Er war begeistert.

„Hier ist es schön, Papa, hier will ich bleiben!", rief er.

Sie ließen sich einen Platz zuweisen und bauten das große Zelt auf. Nach zwei Stunden waren sie mit allem fertig; das Zelt war eingerichtet mit Schlafmatratzen, Tisch und Stühlen. Sogar eine kleine Kochecke gab es. Angela erinnerte daran, dass sie noch einkaufen müssten.

Der nächste Ort war Vallon-Pont-d´Arc, ein Städtchen mit etwa zweitausend Einwohnern, das sich an einen Felshang schmiegte. Sie erreichten es nach einer Viertelstunde Fahrzeit. Einen Supermarkt gab es nicht, dafür viele kleine Läden.

„Das passt doch für uns", sagte Angela, „wir sollten sowieso mehrfach hierhin fahren, denn wir müssen alles frisch kaufen, wir haben ja keinen Kühlschrank."

„Umso besser", lachte Rainer. „Dann können wir auch zu faul zum Frühstück sein und hier in einer Bar frühstücken."

Es wurde dann doch ein großer Einkauf. Außer einer Grundausstattung wie Nudeln, Eier und Gewürze kauften sie viel Obst, Tomaten, Kartoffeln, Zwiebeln und Kräuter; dazu kamen haltbarer Käse und haltbare Schinken- und Wurstwaren. Frischfleisch nahmen sie nur wenig mit.

„Mit Brot sieht es schlecht aus", bemerkte Angela. „Das müssen wir öfter besorgen, das hält sich nicht in der Hitze."

„Kein Problem, das können wir auf dem Campingplatz bekommen. Hab ich bei der Anmeldung gesehen." Zum Schluss packte Rainer noch eine Kiste Mineralwasser und eine Kiste Wein aus der Gegend ins Auto.

Eine Woche blieben sie. Es wurde eine wunderschöne Zeit. Sie hatten gutes Wetter, legten sich in den Sand, während Tommy am Ufer spielte, lasen manchmal ein wenig und verdösten den Tag. Ab und zu gingen sie zur Abkühlung in den Fluss. Angela hatte ihren neuen schwarzen Bikini an, ein äußerst knappes Exemplar, und machte zusammen mit ihrer immer brauner werdenden Haut und den langen blonden Haaren tagsüber Rainer Appetit. Mit ihren Zärtlichkeiten mussten sie dann solange warten, bis Tommy eingeschlafen war und sich mit Geräuschen zurückhalten, was besonders Angela schwer fiel, denn sie war bei solchen Gelegenheiten keine Leisetreterin. Abends saßen sie oft mit Käse, Brot und einem Glas Rotwein am Fluss, lauschten den Grillen und beobachteten den Flug der Libellen über das Wasser. Rainer sagte:

„Wir können uns jetzt ein Meer aussuchen, wenn wir weiterfahren, Angela. Entweder wir fahren nach Bordeaux und zelten am Atlantik. Da gibt es lange Strände, hohe Wellen und waldiges Hinterland. Oder wir machen uns zum Mittelmeer auf, mit seinen alten Städten und kleinen Häfen. Dort wird es wahrscheinlich voller sein."

„Lass uns ruhig ans Mittelmeer fahren. Das ist wärmer."

Weiter ging es, an der Rhone entlang. Zwischendurch machten sie Halt in der Provence und genossen den Duft des Landes und seinen Farbenreichtum. Sie besichtigten Avignon mit dem Papstpalast und Arles mit seiner alten, von den Römern erbauten Arena. Bei Marseille erreichten sie das Mittelmeer.

Angela und Rainer wären gern ein paar Tage in dieser Stadt geblieben, doch Tommy gefiel es nicht, sie war ihm zu lärmig. Also fuhren sie nach Westen, Richtung Montpellier. Dort sollte es lange Strände geben. Bei Agde fanden sie einen passenden Platz, auf dem sie zehn Tage blieben. Tommy spielte den ganzen Tag im Sand mit Eimer und Schaufel, Rainer half ihm beim Burgenbauen.

Neben ihrem Zelt hatte eine französische Familie aufgebaut, die einen Jungen hatte, der im gleichen Alter wie Tommy war. Die Kinder spielten miteinander und Angela staunte, wie sie sich in einem Mischmasch von Deutsch und Französisch unterhielten. Tommy lernte rasend schnell eine Reihe französischer Worte, Pierre – der Sohn des französischen Ehepaares – deutsche Worte ebenso. Die Eltern konnten überhaupt kein Deutsch, also musste Angela dolmetschen. Abends gingen sie manchmal zusammen in eines der kleinen Restaurants am Hafen von Agde, tranken Wein und aßen frischen Fisch.

Zurück fuhren sie über die Route Napoléon, quer durch die Provence. Sie kamen am ersten Tag bis nach Annecy, wo sie am gleichnamigen See zelteten. Annecy war eine bemerkenswert romantische Stadt, sie schlenderten abends noch durch enge Gässchen und über kleine Brücken, saßen am See und sahen sich den Sonnenuntergang an. Als sie Deutschland erreichten, wurde das Wetter schlechter. Wieder ging es stundenlang durch Regen, und es war so, als ob sich ihr erster Reisetag wiederhole, mit der Ausnahme, dass Rainer diesmal im Dunkel und im Regen das kleine Zelt aufbauen musste. Sie krochen hinein und fielen sofort in den Schlaf. Sie hatten es bis zur Bergstraße in Hessen geschafft.

Am nächsten Tag, es war bereits Anfang September, erreichten sie wieder Göttingen.

Für das Wintersemester stand eine Veränderung an. Angela würde jetzt nicht mehr vormittags bei Tommy bleiben können, sondern sie musste in dieser Zeit die Vorlesungen und Seminare ihres Studiums besuchen. Zufällig passte alles, denn Rainer hatte den vorklinischen Teil seines Studiums beendet und sich ein Freisemester genommen, um sich auf das Physikum vorzubereiten.

Angela betrat mit dem Beginn ihrer Ausbildung eine andere Welt. Im Gegensatz zur Abendoberschule gab es hier weniger Studentinnen und Studenten mit einer Vorgeschichte, schon gar nicht mit Kind. Also knüpfte sie jetzt nicht mehr so schnell Kontakte, sondern musste eher feststellen, dass jeder für sich allein arbeitete und studierte. Daraus ergab sich, dass sie ihre vielen bisherigen Kontakte weiter pflegte.

Im Frühling des nächsten Jahres bestand Rainer das Physikum. Es waren schwierige Prüfungen vorangegangen, und manche Studentinnen und Studenten blieben auf der Strecke.

Ein paar Tage später gab es am späten Nachmittag noch eine Überraschung. Harald fuhr vor, mit einem chromglitzernden, hellblauen Cadillac. An dessen Seite entstieg ein rotblondes Mädchen mit hochhackigen Schuhen in einem engen weißen Minikleid. Ihr Gesicht trug volle Aufmachung. Rainer beobachtete sie, wie sie abschätzend auf den Eingang der Wohnung guckte. Als er mit Angela aus der Tür trat, veränderte sich ihr Gesichtsausdruck zu einem neutralen Lächeln. Harald ging mit schnellen Schritten auf Angela zu, küsste sie auf die Wange und drückte Rainer die Hand.

„Herzlichen Glückwunsch zum bestandenen Physikum! Ich war gerade zufällig in Hildesheim, habe es von deinem Vater erfahren, den ich in der Stadt getroffen hatte."

„Meine Pflicht", stapelte Rainer tief. „Schließlich hat er alles hier finanziert."

Angela schaute missmutig. „Natürlich zusammen mit meinem Schwiegervater", setzte Rainer hinzu.

Harald war es egal, er klopfte Rainer auf die Schulter.

„Was sagst du zu meinem Boliden?"

„Bisschen größer als der Fiat."

„Mann, das ist ein Cadillac, Baujahr 56. Davon gibt es nicht viele in Deutschland!

Und nun stelle ich euch Miriam vor. Wir sind zusammen, wie man so sagt."

„Wie du gerade gesagt hast", sagte Miriam mit süßsaurer Miene und ging auf Angela und Rainer zu, so schnell, wie es ihre Stilettos erlaubten.

Sie drückte ihnen die Hand. „Harald ist ein Scherzbold. Jeden Tag sagt er was anderes."

Sie tranken zusammen Kaffee.

Währenddessen fuhr Tommy mit einem Plastikauto durch das Wohnzimmer und machte Lärm. Miriam guckte etwas konsterniert.

Harald erzählte von seinen geschäftlichen Erfolgen beim Autohandel, Miriam schwieg meistens und schaute Harald andächtig an.

„Was hast du mit dem Autohandel zu tun?", fragte Rainer, „du machst doch noch eine Lehre in deinem Düsseldorfer Betrieb?" Harald guckte ihn verschmitzt an.

„Das eine schließt das andere nicht aus, mein Freund."

Irgendwann fragte Rainer Harald, ob er wisse, wie es Renate gehe.

„Ach ja, Renate. Vor ein paar Wochen habe ich mit ihr am Telefon gesprochen. Sie hat jetzt einen festen Freund, einen Studienkameraden, erzählte sie mir. Es gefällt ihr gut in Freiburg, und nächstes Jahr wird sie wohl ihr Examen ablegen. Hast du inzwischen etwas von Marlene gehört?"

Rainer verneinte.

Angela hatte genug eingekauft und machte auf die Schnelle ein Abendessen. Als der Abend fortschritt, bot Rainer ihnen an, in der Wohnung zu übernachten. Harald stand auf und lächelte.

„Nicht nötig, ich habe bereits reserviert. Wir übernachten in Gebhards Hotel in Göttingen. Es ist schon spät, wir sollten gehen, nicht wahr, Miriam?" Sie stand ebenfalls auf und lächelte. Sie verabschiedeten sich.

Ein paar Tage später erhielt Rainer einen Brief von Marlene.

Lieber Rainer,

ich habe mich lange nicht mehr gemeldet, ich weiß. Es ist auch ziemlich viel passiert in der Zwischenzeit. Mittlerweile wohne ich in New York, so wie es vorausschaubar war. Meine Stelle in Ithaca habe ich aufgegeben, und ich lebe größtenteils von den Zuwendungen meiner Eltern, man könnte auch sagen, von ihrer Großzügigkeit, wofür ich ihnen dankbar bin.

Meine Tanzschule in Philadelphia hat mich an eine New Yorker Tanzschule vermittelt, die sich auf die Ausbildung von Schülern für Revue und Musical spezialisiert hat. Das kostet natürlich alles Geld, viel Geld sogar, aber es ist auch eine Eintrittskarte für das, was ich vorhabe. Einen Teil davon verdiene ich mittlerweile selbst. Ich habe eine Agentur, die mich vermittelt, wenn ein Event ansteht, an dem ich teilhaben kann. Von solchen Möglichkeiten zum Tanzen gibt es in New York eine ganze Menge, das hätte ich vorher nicht gedacht. Zum Beispiel trete ich nächste Woche bei einem Fest auf, welches die französische Delegation der UNO gibt; wir sind zu acht und tanzen Cancan. Den Auftrag dazu hatte ursprünglich eine andere Tanzschule von der Agentur bekommen, es ist alles etwas kompliziert. Innerhalb von zwei Tagen müssen die Proben durch sein, die Kostüme kommen aus einem privatem Fundus, der für solche Anlässe eine Riesenauswahl hat. Zu einem der Musicaltheater hat meine Agentur mich bereits vermittelt; ich habe an den Proben für „Sweet Charity" teilgenommen, bin aber nur zweite Besetzung, das heißt, ich trete nur dann auf, wenn die Erstbesetzung nicht kann. Das ist bislang erst einmal passiert, aber du kannst dir kaum vorstellen, wie glücklich mich das gemacht hat! Auf einer Broadwaybühne zu stehen, das war doch mein Traum!

So geht es langsam weiter, ich bin ganz zufrieden. Natürlich sind das bislang nur ein paar Gagen, die hereinkommen, und ich kann im Moment nicht gerade üppig leben. Das Wohnen in New

*York ist fast unbezahlbar und Manhattan kommt überhaupt nicht
für mich in Frage. Ich wohne mit zwei anderen Mädels in Queens;
wir teilen uns eine Wohnung und jede hat für sich nur ein winzi-
ges Zimmer. Meine Wohnungskameradinnen sind sehr nett; eine
davon ist eine Deutsche. Von Zeit zu Zeit trinken wir ein Glas
Wein zusammen.*

*Einen Partner habe ich nicht. Ein paarmal bin ich eingeladen
worden, es hat sich aber nichts Richtiges ergeben. Manchmal
denke ich, dass ich es auch so haben möchte wie du mit deiner
Familie, aber andererseits möchte ich auf das Tanzen nicht verzichten. Man muss eben für das, was man will, Opfer bringen.
Mit Renate habe ich brieflichen Kontakt; es geht ihr gut, sie hat
einen Freund in Freiburg.*

*Wie geht es Harald? Wenn du Kontakt mit ihm hast, grüß ihn
herzlich von mir. Und natürlich liebe Grüße auch an Angela und
euren Tommy.*

Alles Gute, deine Marlene

Mittlerweile hatte sich ergeben, dass Angela kaum noch
davon Notiz nahm, wenn ein Brief aus den USA kam. Rainer
verwahrte Marlenes Briefe wie immer in der offenen Schublade im Wohnzimmerschrank; ob Angela sie las, wusste er
nicht, es war ihm auch ziemlich egal.

Tommy ging jetzt vormittags in den Kindergarten in
Bovenden. Sie setzten ihn jeden Morgen ab, wenn sie zu-
sammen in die Universität fuhren. Meist behielt Angela das
Auto und Rainer fuhr mittags mit dem Bus zurück und holte
Tommy ab. Am Nachmittag übergab sie dann das Auto an
Rainer, der wie immer in der Zahnklinik zu tun hatte. Das
erste klinische Semester wurde noch mit dem Bohrer an
Blechköpfen gearbeitet, in die ein Gebiss aus Kunststoffzäh-

nen eingespannt war und in den folgenden Semestern arbeiteten die Studenten bereits an richtigen Patienten.

Die beiden Säle für die Behandlungen der Patienten befanden sich im ersten Stock der Zahnklinik mit Ausnahme der Kieferorthopädie, die in einem ebenerdigen Gebäude neben der Klinik untergebracht war. Dem Alter des Gebäudes entsprechend besaßen sie sehr hohe Decken. An den Wänden reihten sich die Behandlungsstühle, sodass es nicht möglich war, in abgeschlossenen Einheiten zu arbeiten. In Göttingen arbeiteten die Studenten mit Stirnlampen, die ihren Strom von einem Kabel bekamen, das von der Decke herabhing, es sah alles etwas anachronistisch aus, wie in Karikaturen, in denen Ärzte häufig mit Stirnlampen dargestellt werden.

Die üblichen Ängstlichkeiten und Hemmungen bei der Behandlung seiner ersten Patienten hatte Rainer auch, sie gingen schnell vorbei, weil er merkte, dass ihm die Arbeit leicht von der Hand ging; eine beruhigende Erkenntnis.

In Göttingen wurde es jetzt unruhiger. Der Funke der Studentenbewegung der 68er Jahre war aus Berlin auch nach Göttingen übergesprungen, und so kam es auch hier zu der Bildung linker Studentengruppen, die regelmäßig Demos veranstalteten, bei denen es auch manchmal zu Gewaltausbrüchen kam.

Eigenartigerweise spielte es kaum eine Rolle, dass Göttingen auch eine Hochburg der Studentenverbindungen war, denen man im Gegenteil rechtsnationalen Geist nachsagte. Beide Gruppen gingen sich meistens aus dem Weg.

In der Zahnklinik bekam man davon wenig mit, die Zahnmedizinstudenten waren eben traditionell unpolitisch und konzentrierten sich auf ihre Kurse und Prüfungen. Es kam sogar zur Freude der Studenten ab und zu vor, dass

Prüfungen und Klausuren wegen der Unruhen ausfielen und nicht wiederholt wurden.

Und noch eine Veränderung gab es. Die Professoren, die jahrhundertelang wie kleine Fürsten agierten und die Studenten wie Untertanen behandelten, mussten zurückstecken. Das Verhältnis zwischen ihnen und den Studenten wurde kollegialer, sonst hätten sie keine Chance mehr gehabt, ihren Unterricht reibungslos abzuhalten.

Obwohl Angela und Rainer an den Wochenenden und in den Semesterferien lieber in ihrer Wohnung in Bovenden blieben, die sie längst als ihr Zuhause empfanden, fühlten sie sich verpflichtet, ab und zu ihre Eltern zu besuchen. Schließlich war es deren nachvollziehbarer Wunsch, ihr Enkelkind zu sehen. Besuche der Eltern in Göttingen waren selten und meist auf den Tag beschränkt, denn das zweite Schlafzimmer in der Wohnung hatte Tommy längst als Kinderzimmer in Beschlag genommen, sodass die Eltern im Hotel hätten übernachten müssen.

Bei den Besuchen in Hildesheim oder Algermissen übernachteten Angela, Rainer und Tommy meist auf dem Hof der Wegmeisters. Zum einen war dort mehr Platz als in der Sebastian-Bach-Straße, zum anderen kam es immer noch vor, dass bei den Wellmanns der Haussegen schief hing. Bernhard Wellmann war jetzt 56 Jahre alt, also im besten Mannesalter und gab Hannelore Wellmann noch genügend Grund zur Eifersucht, ob berechtigt oder unberechtigt, sei dahingestellt. Auf alle Fälle liebten beide Großeltern ihren Enkelsohn und verwöhnten ihn maßlos.

Bei den Wegmeisters hatte sich eine Veränderung ergeben: Angelas Bruder Gerhard war seit kurzem verheiratet. Seine Braut Sabine hatte er auf der Landwirtschaftsschule kennengelernt und es zeichnete sich ab, dass bald eine neue

Generation den Hof weiterführen würde. Die Hochzeit war in Algermissen groß gefeiert worden, auch Rainer mit seiner Familie hatte teilgenommen. Der andere Bruder, Martin, wohnte jetzt fest in Hamburg, steckte in seinem zweiten juristischen Examen und war zwar nicht verheiratet, hatte aber eine feste Partnerin.

Die krummen Wege ihrer Vergangenheit kamen jetzt in feste Bahnen, so empfanden es Rainer und Angela gleichermaßen. Ob sie dabei glücklich waren, darüber sprachen sie nicht; Rainer nahm allerdings an, dass Angela ein solches Gefühl in hohem Maße empfand, er entnahm es aus ihrer Mimik, ihren Aktivitäten, ihren Gesprächen miteinander und mitunter sogar aus der Art und Weise, wie sie sich bewegte. Damit ergab sich eine zweite Gemeinsamkeit mit Marlene, der Tänzerin, fiel ihm ein, denn auch bei ihr konnte er häufig an ihren Bewegungen ihren Gemütszustand erkennen.

Was für ihn „Glück" bedeutete, wusste er nicht so richtig zu definieren. Soweit er zurückdenken konnte, hatte er manchmal schon Glücksgefühle empfunden, sogar intensive, die sich allerdings immer auf einen Moment beschränkten, oft natürlich beim Sex, zuerst bei Marlene, später auch bei Angela. Auf eine seltsame Weise waren ähnliche Gefühle in ihm hochgekommen, wenn er sich in der Natur bewegte. Zum ersten Mal hatte er dies bei dem Urlaub in Südfrankreich wahrgenommen.

Und trotzdem: das Krumme, Unbestimmte zog ihn eigenartig an. Angela schien das zu spüren.

Auch hierbei war sie ihm gar nicht so unähnlich. Obwohl sie von ihrer Herkunft eher auf eine Langzeitglücklichkeit programmiert war, wusste sie doch Zufälligkeit und Überraschung zu schätzen. Sie hatte auch Humor und war kein bisschen prüde. So kam es einmal vor, dass beide nach einem Schützenfest in Bovenden mit viel Kichern die schicksalsträchtige Nacht damals in Algermissen nachspielten; in einer verlassenen Scheune, auf einem Heuboden.

In den Semesterferien machten sie jetzt regelmäßig zusammen Urlaub, soweit die Prüfungen und Kurse es zuließen. Meistens waren es Urlaube mit dem Zelt, manchmal in Italien und manchmal in Frankreich. Auf Wunsch von Angela machten sie auch einmal Ferien auf einem Bauernhof in Österreich. Angela legte Wert darauf, dass Tommy kennenlernte, was auf einem Bauernhof mit Tieren vor sich ging. Der elterliche Hof in Algermissen eignete sich schlecht dazu, weil er sich immer mehr zu einem halbindustriell betriebenen landwirtschaftlichen Agrarbetrieb entwickelte. Heinrich Wegmeister war begeistert über Angelas Pläne und leistete einen großzügigen finanziellen Beitrag dazu.

In ihren Urlaubstagen an der Ardéche in Südfrankreich hatte sich ihr Interesse zum Kanufahren entwickelt, denn der Fluss war ein wahres Eldorado für den Kanusport. In Göttingen gab es dazu gute Möglichkeiten, denn die Weser war nicht weit. Also mieteten sie oft ein Kanu an der Weser und probierten es zu dritt aus; es zeigte sich, dass man die Technik schnell erlernte. Tommy war begeistert und lag seinen Eltern ständig in den Ohren, dass sie mit ihm zum Wochenende an die Weser fahren sollten. Also kam es öfter vor, dass sie dort zelteten und mit Tommy Kanu fuhren. An der Ardéche konnten sie dann im Urlaub ausprobieren, was sie gelernt hatten.

Im August 1972 war Tommy in Bovenden die Schule gekommen. Er fand sich schnell ein, lernte gut und machte keine Schwierigkeiten, was seine Leistungen betraf.

Eines Tages tauchte Harald überraschend bei ihnen auf, diesmal allein.

„Ihr werdet es kaum glauben, doch ich komme jetzt wieder nach Hildesheim!"

„Wie denn das?", fragten Angela und Rainer ungläubig.

„Na ja, mit der Firma in Düsseldorf hat es nicht so recht geklappt, sie haben mich nach der Lehre nicht übernommen."

„Kann mir genau denken, woran das gelegen hat", sagte Rainer und zog skeptisch seine Augenbrauen hoch. „Hast mal wieder zu viel nebenbei gemacht!"

„Kann sein", grinste Harald, „ist nun auch egal. Ich fange jetzt bei einem Autohaus in Hildesheim an. Die haben keine Ahnung vom Wert von Oldtimern und gebrauchten Edelkarossen, das habe ich aber voll drauf und ich konnte sie davon überzeugen, mit mir einen Vertrag zu schließen, der ihnen einerseits Kunden zusichert und andererseits mir noch einen Spielraum für eigene Geschäfte einräumt. Ist ganz dicke Sahne. Eine Wohnung habe ich auch schon, in der Feldstraße. Ihr seht, es zieht mich wieder zum Galgenberg hin."

„Moment mal", warf Angela ein. „Was ist denn jetzt mit deinem Studium?"

„Vorbei, erledigt, perdu. Das Akademische liegt mir nicht, ich bin mehr für das Praktische. Für mich entscheidend ist nicht, was man ist, sondern was man kann. Ich hab sowieso keine Wahl, denn die, die erfolgreich sind, gibt es längst, und zu denen gehöre ich bislang nicht. Also mit Vollgas weiter in Hildesheim."

„Und deine Freundin Miriam?" Harald schaute Angela und Rainer mitleidig an.

„Da war nie was, das hat sie sich höchstens eingebildet. Ich bin wieder solo. Mal sehen, was sich in Hildesheim ergibt."

Nach einer Stunde stand Harald auf.

„Tschüss, ihr beiden. Ich muss mich um meinen Umzug kümmern. Morgen kommen die Möbel." Er küsste Angela die Wange, drückte Rainer die Hand und verschwand. Sie schauten ihm hinterher, wie er wegfuhr, diesmal in einem alten Mercedes, der aber sehr gepflegt war.

„Der Mann ist das personifizierte Tempo", sagte Angela, „es kommt aber nicht viel dabei heraus. Und den Studienabbruch halte ich für einen Riesenfehler."

„Für ein Studium ist er wohl zu ungeduldig, Angela. Aber von Autos versteht er wirklich was und wir können ihm nur wünschen, dass er seinen Weg findet", beschwichtigte Rainer.

Rainers Studium lief zum Sommer aus; die letzten Scheine und Klausuren hatte er geschafft. Das gesamte Wintersemester war für das Staatsexamen vorgesehen, und wenn alles gut lief, würde er im Frühjahr 1973 fertiger Zahnarzt sein. Unglaublich, in welcher Geschwindigkeit die Zeit vorübergegangen war, dachte er.

Zu Weihnachten hatte er die meisten Prüfungen mit Erfolg hinter sich. Als sie bei Rainers Eltern zu Besuch waren, ging Rainer zwischendurch zum Wehrersatzamt in der Waterlookaserne, um zu erfahren, wann seine Einberufung anstand. Der Beamte schaute seine Akte an.

„Na ja, normalerweise müssten Sie längst eingezogen sein. Dadurch, dass Sie bald ihr Studium absolviert haben, ergibt sich eine besondere Situation. Wann werden Sie voraussichtlich Ihr Examen bestanden haben?"

„Zu Ostern 1973."

„Dann haben wir ein gewisses Problem. Sie müssen ja sowieso noch eine mindestens zweijährige Assistentenzeit in einer Zahnarztpraxis ableisten, bevor Sie sich in eigener

Praxis niederlassen dürfen. Und der Bund legt zwar großen Wert auf Zahnärzte in seinen Reihen, möchte aber gerne gesichert wissen, dass Sie auch über eine gewisse Erfahrung verfügen." Der Beamte sah freundlich zu Rainer hin, als wolle er ihm eine gute Nachricht überbringen. Rainer schaute ihn an.

Er musste etwa in der Mitte der Fünfziger sein, war etwas dicklich und hatte ein rundes, gutmütiges Gesicht mit schon gelichteten Haaren. Er schwitzte etwas.

„Und was bedeutet das für mich?"

„Gutes." Der Beamte lächelte. „Machen Sie erst einmal in Ruhe Ihre Assistentenausbildung. Und wenn die beendet ist, sprechen wir uns weiter. Danach wird die Bundeswehr Sie gleich als wehrpflichtigen Stabsarzt einstellen, das ist ein Privileg. Zwischendurch darf ich Sie bitten, sich bei mir halbjährlich zu melden und mir sofort mitzuteilen, wenn sich Ihre aktuelle Adresse verändert hat."

Rainer ging zufrieden aus dem Amt.

Im April 1973 war Rainers Staatsexamen bestanden. Sie überlegten, wie es nun weitergehen solle.

„Ich werde noch ein Jahr brauchen, bis ich mit meinem Studium fertig bin", gab Angela zu bedenken. „Es wäre schön, wenn du dir eine Assistentenstelle in Göttingen oder Umgebung suchen würdest. Vielleicht kannst du dich ja später sogar in Göttingen niederlassen. Willst du denn überhaupt mal deinen Doktor machen?"

„Assistentenstelle ja, Doktor ja, Niederlassung nein. In Göttingen wimmelt es nur so von Zahnärzten, weil sich viele da niederlassen, wo sie studiert haben. Es wird sogar schwierig sein, hier eine Assistentenstelle zu finden. Nein, Angela, das machen wir anders. Während des nächsten Jahres suchen wir uns einen Ort aus, in dem wir auf Dauer wohnen wollen. Vielleicht kann ich irgendwo sogar eine Praxis übernehmen. Du machst in Ruhe dein Staatsexamen und wir ziehen im Sommer 1974 um. Tommy kommt dann in die dritte Klasse und du suchst dir ein Gymnasium am Ort, wo du deine Ausbildung als Refendarin für den Schuldienst machen kannst." Angela war es recht.

Rainer hatte Glück und fand eine Assistentenstelle in einer Praxis in der Göttinger Innenstadt. Gleichzeitig suchte er sich einen Doktorvater und wurde bei einem Privatdozenten fündig, der sich auf das Fachgebiet der zahnärztlichen Röntgenologie spezialisiert hatte. Während seiner weiteren Ausbildung durchsuchte er die Anzeigen im Zahnärzteblatt nach Praxen, deren Inhaber vorhatten, sie abzugeben. Eines Tages erhielt er einen Anruf eines Vertreters einer zahnmedizinischen Großhandlung, der Rainers Pläne kannte.

„Ich habe etwas für sie, Herr Wellmann. Ein Kollege von Ihnen in Hameln sucht einen Nachfolger. Er ist jetzt 62 Jahre alt und will in drei Jahren aufhören. Das passt doch genau für Sie! Sie brauchen nach Ihrer Göttinger Assistenzzeit noch ein Jahr Ausbildung, das können Sie ja in Hameln ableisten, und dann müssen Sie noch eineinhalb Jahre zum Bund. Danach könnten Sie sofort die Praxis übernehmen."

„Hört sich gut an. Ich werde mit meiner Frau darüber sprechen." Der Vertreter gab ihm den Namen und die Adresse des Hamelner Zahnarztes.

Als Rainer abends nach Hause kam, überbrachte er Angela die Neuigkeit. Sie überlegte.

„Hameln ist vielleicht gar nicht so schlecht. Die Stadt soll sehr romantisch sein und wurde nicht so stark zerstört wie Hildesheim. Außerdem hat sie eine schöne Umgebung. Sie ist zwar nicht so groß, doch wenn uns die Decke auf den Kopf fällt, kommt man schnell nach Hannover. Und es ist auch nicht weit nach Hildesheim und Algermissen, wenn wir unsere Eltern besuchen wollen." Tommy hatte zugehört.

„Ziehen wir um?" „Müssen wir, Tommy, dein Papa muss irgendwann eine Zahnarztpraxis aufmachen, und das geht in Bovenden oder Göttingen nicht so gut", antwortete Angela. „Wir ziehen aber nur dahin, wo es dir auch gefällt. Am Sonntag machen wir zusammen einen Ausflug an die Weser, nach Hameln. Hameln ist ganz bekannt durch die Sage vom Rattenfänger, die kennst du bestimmt. Schau dir alles an."

Am Sonntag verließen sie Göttingen und fuhren die Leine entlang, bei schönstem Sommerwetter. Bei Einbeck bogen sie in das Weserbergland ab, vorbei an alten, vergessenen Orten wie Eschershausen. Zur Rechten ragte der Ith empor. Es war eine unbekannte, fast verlassene Gegend; nur wenige Autos fuhren auf den Straßen, gelbe Kornfelder wogten und sie konnten Bauern bei der Ernte beobachten, während Lerchen sich zwitschernd hoch am Himmel erhoben, es war so, als guckten sie den Schäfchenwolken zu, die leise durch das Blau trieben. Kurz nach dem Dörfchen Halle senkte sich die Straße zwischen Waldstücken in Kehren hinab. Plötzlich öffnete sich die Landschaft und gab den Blick auf die Weser frei, die gemächlich dahinfloss, sich mit ihrer linken Seite an Bodenwerder schmiegend. Ein kleiner Ausflugsdampfer fuhr gerade unter der Brücke flussabwärts, die Leute auf dem Deck winkten ihnen zu. Tommy war ganz aufgeregt.

„Papa, da ist ja die Weser!"

„Ja, Tommy, das ist die Weser. Und Hameln liegt auch an der Weser und ist nicht mehr weit."

„Dann könnten wir ja Kanu fahren, wenn wir dahin ziehen!"

„Wir könnten uns sogar ein Kanu kaufen!"

Tommy blieb jetzt still. Man merkte, wie es in seinem Kopf arbeitete.

In Hameln angekommen, parkten sie das Auto an der Weser und gingen zu Fuß durch die Innenstadt. Sie war voll, viele Touristen waren in der Innenstadt unterwegs. Die Fassaden vieler Fachwerkhäuser wirkten wie frisch gestrichen; die Farben glänzten in der Sonne.

Die Praxis von Dr. Gerhard Schönfeld lag in der Wettorstraße, nördlich und nicht weit vom Altstadtring gelegen. Sie schauten sich das Haus an.

Es handelte sich um einen gut erhaltenen Gründerzeitbau, die Praxis befand sich im Hochparterre – meistens hatten solche Häuser ein Souterrain, in dem ehemals die Bediensteten wohnten. Angela und Rainer schauten sich um. Es war eine großzügig geschnittene Gegend, wohl in der Jahrhundertwende entstanden, mit Villen und Mehrfamilienhäusern. Die Lücken, die durch den Krieg entstanden waren, hatte man mit Grün gefüllt.

„Sieht so ähnlich aus wie in der Hildesheimer Oststadt", sagte Rainer. Sie klingelten.

Dr. Schönfeld öffnete. Sie erblickten einen mittelgroßen, schlanken Mann mit kurzen weißen Haaren, der sich trotz seines Alters eine gewisse Attraktivität erhalten hatte. Als er Rainer mit seiner Familie sah, lächelte er.

„Möchten Sie erst einen Kaffee oder wollen Sie sofort die Praxis besichtigen?", fragte er.

„Ein Kaffee wäre nicht schlecht", sagte Angela. Schönfeld stellte einen Kaffeautomaten an, ließ ihn plätschern und servierte ihnen den Kaffee. Tommy bekam Orangensaft. Schönfeld erzählte.

„Ich bin jetzt 62 Jahre alt und würde gern mit 65 aufhören, wenn es geht. Das Leben, das ich geführt habe, war so bewegt, dass ich wenigstens noch einen ruhigen Lebensabend verbringen möchte. In den dreißiger Jahren bin ich mit meiner Ausbildung fertig geworden und wollte ursprünglich die Praxis meines Vaters übernehmen, der auch Zahnarzt war. Die Praxis lag in Breslau, wir kommen aus Schlesien. Leider kam der Krieg dazwischen und ich musste zur Front, zunächst nach Frankreich, später nach Russland. Man hat mich in einer Sanitätskompanie eingesetzt, ich musste zwischen den Fronten hin- und herlaufen, um Verwundete zu versorgen, ein Himmelfahrtskommando. Zum Glück erhielt ich zwei Jahre vor Kriegsende einen Schuss in das Bein, wurde aus Russland abgezogen und kam hier in Hameln auf die Zahnstation für Wehrmachtsangehörige. Das hat mir wohl damals das Leben gerettet.

Später hat man meine Angehörigen, meine Frau und meine Eltern, aus Schlesien vertrieben und es hat noch ein Jahr gedauert, bis wir wieder zusammen waren. Anfangs hatte ich es hier sehr schwer, beruflich Fuß zu fassen, obwohl Hameln nicht so stark zerstört war. Zunächst habe ich auf fremde Rechnung in anderen Praxen gearbeitet, bis es mir 1947 gelang, an diese Räume zu kommen. Dann ging es schnell aufwärts. Ich habe in dieser Praxis sogar ein zahntechnisches Labor aufmachen können und wir haben die meisten prothetischen Arbeiten für die Patienten selbst hergestellt. Ursprünglich hatten wir nur ein Sprechzimmer, das war lange überall so, doch als ich vor zehn Jahren angefangen habe, Ausbildungsassistenten einzustellen, habe ich umgebaut, und jetzt verfügen wir über zwei Sprechzimmer."

„Kann ich alles nachvollziehen", bemerkte Rainer. „Meinem Vater ging es so ähnlich wie Ihnen; er hat eine internistische Praxis in Hildesheim und ist ungefähr im gleichen Alter wie Sie."

Sie gingen nun durch die Räume. Man merkte am Stil der Einrichtung – Angela sagte später, es sei überhaupt kein Stil erkennbar gewesen –, dass die Praxis mehrfach umgebaut worden war. Alt stand neben Neu, das betraf sowohl die technischen Geräte als auch die Möbel.

„Ist mir klar, dass Sie die Praxis von Grund auf neu gestalten müssen, falls Sie übernehmen", sagte Schönfeld, „Sie werden verstehen, dass ich nicht mehr investiert habe, weil ich sie abgeben will."

Doch die Praxis hatte auch viele Pluspunkte. Raum in ihr war reichlich vorhanden und die Lage erschien Rainer günstig, besser als in den engen Straßen der Altstadt, wo es an Parkraum mangelte. Auch die wirtschaftlichen Zahlen überzeugten. Umsatz war genug da, es gab viele Stammpatienten.

„Haben Sie noch einen Assistenten?", fragte Rainer.

„Seit zwei Jahren nicht mehr. Ich bin allein und beschäftige zwei Zahnarzthelferinnen, das ist das absolute Minimum. Wenn es ganz eng wird, hilft meine Frau aus. Sollten wir uns einig werden, würde ich in Absprache mit Ihnen eine weitere Helferin und eine Ausbildungshelferin einstellen."

Rainer erklärte Schönfeld, dass er zwar im nächsten Jahr als angestellter Assistent in die Praxis eintreten könne, jedoch nach einem weiteren Jahr seinen Wehrdienst nachholen müsse. „Dann würden noch einmal eineinhalb Jahre auf Sie zukommen, in denen Sie hier allein die Stange halten müssten." Schönfelds Gesicht hellte sich auf.

„Dann werden wir uns zusammen eingearbeitet haben, kein Problem. Sicherlich werden Sie es mir nachsehen, wenn ich dann mit reduzierter Stundenzahl arbeite."

„Für mich ebenfalls kein Problem." Rainer lächelte. „Geben Sie mir noch einen Tag Bedenkzeit. Ich möchte mich in aller Ruhe mit meiner Frau besprechen."

Als sie später im Auto saßen, sagte Tommy, dass es ihm in Hameln gefalle. Auch Angela hatte einen guten Eindruck von allem gewonnen und meinte, sie könne sich gut vorstellen, hier zu leben.

Am nächsten Tag rief Rainer Dr. Schönfeld an und sagte zu.

Die Zeit in der Göttinger Praxis war für Rainer ein unerwarteter Gewinn. Es war eine Großpraxis mit zwei Chefs, in der alle Sparten der Zahnmedizin bedient wurden. Fachlich stand die Praxis auf der Höhe der Zahnmedizin. Manche Behandlungsmethoden hatte er nicht einmal an der Universität kennengelernt, ganz abgesehen von dem notwendigen elementaren Wissen über Praxisführung, von dem seine Lehrer in der Hochschule überhaupt keine Ahnung hatten.

Angela und Rainer arbeiteten jetzt ständig daran, ihren Umzug nach Hameln vorzubereiten. Das geringste Problem war die Wohnungssuche. Sie fanden eine preiswerte, geräumige Altbauwohnung in der Nähe der Praxis, die auch noch für ein weiteres Kind gereicht hätte und mieteten sie ab Juli 1974. Gleichzeitig meldeten sie Tommy an einer Hamelner Grundschule für die dritte Klasse an. Ein Nachfolger für die Bovender Wohnung fand sich ebenso schnell: eine pensionierte, alleinstehende Lehrerin würde einziehen. Rainer streiften depressive Gedanken. Diese Wohnung, in der er und Angela nach vielen Wirrungen zueinander gefunden und ein Kind hatten aufwachsen lassen, sollte nun eine Stätte der Altersruhe für eine fremde Person sein? Na ja, ging eben nicht anders.

Angela arbeitete jetzt nahezu pausenlos für ihr Examen. Sie bestand es im April 1974, und es war ein Grund für sie, ein Fest auf dem elterlichen Hof in Algermissen zu geben. Es war Spargelzeit und der lange Tisch in der eigens dafür hergerichteten Scheune quoll über von Platten mit Spargel, Schinken, Schnitzeln und Schüsseln mit neuen Kartoffeln.

Angela hatte viele Göttinger Freunde und ehemalige Schulkameradinnen eingeladen. Auch Harald war gekommen.

Bei der Stellensuche von Angela gab es dagegen Probleme. Weil eine Vollzeitstelle an einem der drei Hamelner Gymnasien nicht frei war, würde Angela wechselseitig an zwei Schulen unterrichten müssen; Sport und Deutsch am Viktoria-Luise-Gymnasium und Französisch am Schillergymnasium. Die offizielle Referendarstelle bekam sie am Viktoria-Luise-Gymnasium; nach ihrer Ausbildung würde man ihr dort eine Vollzeitstelle zuweisen, wurde ihr zugesichert.

Im Juli 1974 zogen sie nach Hameln um. Sie brauchten zwei Wochen, um die Wohnung nach ihren Wünschen herzurichten; sie renovierten die Wände, brachten Gardinen an und ließen eine neue Küche einbauen. In der letzten Juliwoche machten sie mit dem Zelt von Rainers Eltern noch eine Woche Urlaub an der Ostsee. Im August traten Angela und Rainer ihre Stellen an und für Tommy begann das dritte Schuljahr an einer Hamelner Grundschule, die er bequem um die Ecke erreichen konnte.

Lieber Rainer,

ich bin meinem Ziel, eine professionelle Tänzerin zu werden, einen großen Schritt näher gekommen! Meine Ausbildung an der New Yorker Dance Academy ist vor zwei Monaten zu Ende gegangen und ich hatte das große Glück, dass mich ein Musicaltheater am Broadway für die Aufführung von „Hair" eingestellt hat. Du wirst das Musical kennen, es ist sehr beliebt. Es läuft in unserem Theater zwar schon seit 1968, doch eine Tänzerin ist ausgefallen, sodass ich ihren Platz einnehmen konnte. Natürlich bin ich nicht fest angestellt, das gibt es hier nicht, sondern nur für die Zeit, in der „Hair" läuft. Danach werde ich mir etwas Neues suchen müssen; mein Agent sagt, er sähe dafür keine Probleme.

Das bedeutet, ich bin nun zum ersten Mal finanziell unabhängig, meine Eltern brauchen mich nicht mehr zu unterstützen. Zusammen mit den Gagen für andere kleine Auftritte verdiene ich genug, um mir endlich eine Wohnung in Manhattan leisten zu können.

Ich wohne in Greenwich Village, sehr romantisch ist es hier. Die Wohnung frisst die Hälfte meines Verdienstes weg, doch ich möchte im Village bleiben, denn ich fühle mich sehr wohl. Meine Wohnung ist zwar nicht groß; aber sie besitzt außer zwei Zimmern mit Küche und Bad zusätzlich noch ein Fremdenzimmer, sodass ich auf Besuch eingerichtet bin. Vielleicht kommst du mal mit Angela und dem Kleinen – ach Gott, ja, so klein wird er wohl nicht mehr sein – nach New York und besuchst mich. Ich würde mich sehr freuen.

Oft fahre ich nach Ithaca und besuche meine Eltern. Ich bin ihnen überaus dankbar für alles, was sie mir in den letzten Jahren ermöglicht haben. Besonders schön ist es, wenn meine Brüder auch *da sind und wir ein Familientreffen haben. Mein Vater wird im nächsten Jahr sechzig, das wollen wir groß feiern.*

Du siehst, ich bin rundherum zufrieden, obwohl – wenn ich einen Partner hätte, wäre es noch schöner. Mal sehen.

Schreib mir doch mal, wie es mit deiner Familie und deiner Praxis in Hameln läuft. Und grüß Angela herzlich von mir und Tommy auch, von der braunen Tänzerin aus Amerika!

Deine Marlene

Rainer legte den Brief beiseite, den er gerade erhalten hatte. Er überlegte.

Das Angebot von Marlene, sie mit seiner Familie zu besuchen, hätte er nur zu gern angenommen. Er sah darin keine Schwierigkeit; seine frühere Beziehung zu Marlene war für ihn Vergangenheit und aus allem, was er ihren Briefen entnahm, sah sie es für sich genauso. Doch es war wohl ein Risiko, Angela darauf anzusprechen. Manchmal reagierte sie exzentrisch, besonders dann, wenn alte Wunden aufgerissen wurden. Es könnte passieren, dass er ein paar Tage lang ihren Unmut zu spüren bekäme.

Er beschloss, abzuwarten. Angela würde mit Sicherheit Marlenes Brief lesen, und wenn sie Interesse an einer Reise zu ihr in die USA hätte, würde sie auf ihn zukommen.

Es gab eine Analogie zwischen ihnen und Marlene: auch Angela und Rainer konnten eine erfolgreiche Zeit für sich verbuchen. Angela lag viel am Sportunterricht; so hatte sie während ihres Referendariats einen Lehrgang für Aerobic in Hannover besucht und die erworbenen Kenntnisse an ihre Schülerinnen und Schüler weitergegeben. Natürlich waren eher die Schülerinnen interessiert, und so ergab es sich, dass sie mit ihnen eine Arbeitsgemeinschaft „Aerobic" an der Schule bilden konnte. Zur alljährlichen Weihnachtsfeier, zu der auch die Eltern eingeladen waren, hatte sie mit ihrer Gruppe eine getanzte Geschichte mit Bühnenbild und Kostümen einstudiert. Die Eltern und das Kollegium waren begeistert. Die zwölf Kostüme hatte sie zusammen mit ihrer Mutter Katharina in Algermissen geschneidert.

Zwischen Rainer und dem Chef hatte sich sogleich nach seinem Eintritt in die Praxis ein enges, persönliches Verhältnis entwickelt. Gerhard Schönfeld behandelte ihn wie einen Sohn und hielt sich in allen Praxisentscheidungen zurück. So konnte Rainer gestalten wie er wollte. Er schaffte neue Geräte an, machte kleine Umbauten und stellte eine zusätzliche Mitarbeiterin ein. Die Patienten merkten, dass es voranging, und die Patientenzahl und der Umsatz stiegen spürbar. Zwischendurch arbeitete er an seiner Doktorarbeit, manchmal fuhr er nach Göttingen, um seine Untersuchungen weiterzuführen und sich mit seinem Doktorvater zu besprechen. Schließlich war auch die Niederschrift fertig und das Promotionsverfahren konnte eingeleitet werden.

Auch Tommy hatte sich eingelebt, kam gut mit seinen neuen Schulkameraden zurecht und brachte ordentliche Schulnoten nach Hause. Manchmal fuhren sie zusammen auf der Weser Kanu; Rainer hatte für die Familie ein Kanu gekauft, in dem sie zu dritt viel Platz hatten. Oft kamen Hannelore Wellmann oder Katharina Wegmeister nach Hameln, um ihre Kinder und das Enkelkind zu besuchen. Die große Wohnung bot viel Raum für Übernachtungen, anders als die Wohnung in Bovenden.

Vor vier Wochen hatte er einen Anruf vom Kreiswehrersatzamt Hildesheim erhalten. Am Telefon meldete sich der gleiche Beamte, mit dem er schon vor drei Jahren ein Gespräch geführt hatte.

„Herr Wellmann, bald wird Ihre Vorbereitungszeit als zahnärztlicher Assistent beendet sein. Die Bundeswehr kommt nun unter Zugzwang, denn wenn wir sie zu diesem Zeitpunkt nicht einziehen, könnten Sie sich mit einer Praxis niederlassen, und dann würde Ihre Einstellung sehr teuer werden. Wir müssen also handeln. Es gibt aber noch eine andere Möglichkeit, an der Sie Interesse haben könnten."

„Und die wäre?"

„Das lässt sich schlecht am Telefon erklären. Am besten, Sie kommen zu uns, und wir sprechen darüber. Hameln ist ja nicht weit weg von Hildesheim." Rainer machte kurzfristig mit Herrn Meining – so hieß der Beamte – einen Termin aus und erschien am nächsten Mittwochnachmittag im Amt. Der Beamte begrüßte ihn, ließ ihn an seinem Schreibtisch Platz nehmen und bot ihm einen Kaffee an. Rainer nahm dankend an und während der Kaffee unterwegs war, begann Meining das Gespräch.

„Streng genommen müssten wir Sie in vier Wochen einziehen. Sie würden dann nach Ihrer Vorbereitungszeit nach Munster in der Lüneburger Heide kommen, denn dort befindet sich unsere größte Zahnstation, weil durch die Truppenkonzentration im Umkreis ein großer Behandlungsbedarf anfällt. Das hätte für Sie den Nachteil, dass Ihre Heimfahrt nach Hameln zwei Stunden dauern würde, denn Munster ist abgelegen. Deswegen habe ich mir etwas anderes für Sie ausgedacht."

Der Beamte lehnte sich in seinem Sessel zurück und faltete die Hände.

„Wir haben auch hier in Hildesheim eine Zahnstation, wenn auch nur eine kleine. Sie befindet sich in der Ledebur-Kaserne an der Senator-Braun-Allee. Die Arbeit dort teilen sich je ein hauptberuflicher und ein wehrpflichtiger Sanitätsarzt, also ein Oberfeldarzt und ein Stabsarzt. Der Stabsarzt wechselt, wenn seine Dienstzeit beendet ist. Und da sitzt das Problem. Der derzeitige Stabsarzt hat neulich erst angefangen und wird erst nach einem Jahr gehen."

„Und das bedeutet?"

„Ich könnte Sie zwar als Nachfolger für Ihren Kollegen vorsehen, doch in diesem Fall müssten Sie Ihre Assistentenzeit in Hameln noch für ein knappes Jahr verlängern. Dann würde alles passen. Sie könnten eingezogen werden, gehen für vier Wochen nach München zur Ableistung der Vorbereitungszeit für den Sanitätsdienst der Bundeswehr und könnten danach sofort in Hildesheim anfangen. Die Fahrzeit nach Hameln beträgt nur eine halbe Stunde. Und dann gibt es in Hildesheim noch ein besonderes Highlight. Sie brauchen nicht in einer Kaserne zu wohnen wie andere wehrpflichtige Stabsärzte, sondern wir werden Sie im Offiziersheim am Galgenberg unterbringen. Sie bekommen ein geräumiges Einzelzimmer mit Waschgelegenheit, und für Ihren Service werden sie von Ordonnanzen, wehrpflichtigen Köchen und Kellnern umsorgt. Das Offiziersheim hat nur sieben Zimmer und diese sind nur für wehrpflichtige Stabsärzte vorgesehen. So etwas gibt es nirgendwo."

„Und wie hoch ist mein Wehrsold?"

„Man könnte es fast nicht glauben, sie bekommen ungefähr 2500 DM, dazu noch Zulagen, weil Sie Frau und Kinder haben und das nur deswegen, weil Sie Offizier sind. Vergleichen Sie das mal mit dem Sold eines normalen Wehrpflichtigen, der nicht viel mehr als 200 DM bekommt und in einem Mehrbettzimmer wohnen muss, mit Dusche auf dem Flur! Und ein Auto brauchen Sie auch nicht, denn Ihre Arbeitsstelle liegt nur ein paar Schritte vom Offiziersheim entfernt!"

Rainer überlegte. Was er von dem Beamten erfuhr, klang überzeugend, doch der Nachteil wäre, dass er seine geplante Niederlassung verschieben müsste. Er sagte zu ihm, er müsse sich noch mit seiner Frau und seinem Chef besprechen.

„Kein Problem, Herr Wellmann. Eine Woche haben Sie noch Zeit. Überlegen Sie es sich und rufen Sie mich an. Wenn ich nichts von Ihnen höre, schicke ich Ihnen übernächste Woche den Einberufungsbescheid."

Rainer verabschiedete sich und fuhr nach Hameln zurück.

Als Rainer Angela die Nachricht überbrachte, zeigte sie sich erfreut.

„Das solltest du so machen, wie man es dir vorgeschlagen hat, Rainer! Es passt doch bestens zu meiner Planung! Ich werde in einem halben Jahr meine zweite Staatsprüfung machen und bin dann fertige Studienrätin. Das heißt, ich werde zuhause mehr Zeit haben, weil die ganzen Prüfungsvorbereitungen wegfallen. Tommy wird zu dieser Zeit ins Gymnasium eingeschult und sollte dann schon besser allein zurechtkommen, wenn ich mal nicht da bin. Und wir brauchen kein zweites Auto und sparen Geld. Ich kann dich schnell besuchen und du kommst mit dem Zug leicht nach Hameln, der Hildesheimer Ostbahnhof liegt doch ganz in der Nähe von deiner Unterkunft!"

Auch sein Kollege Schönfeld zeigte sich aufgeschlossen.

„Faktisch bist du doch sowieso schon hier der Chef, Rainer. Wenn ich dich weiter als Assistent beschäftige, könnten wir dein Gehalt mit einer Umsatzbeteiligung so aufstocken, dass du finanziell so dastehst, als wärst du niedergelassen. Und ich habe nichts dagegen, etwas länger zu arbeiten. Aber das besprechen wir noch, am besten am Sonnabend, denn ich möchte dich endlich einmal mit deiner Frau bei uns zum Essen einladen. Bis dahin lasse ich uns von meinem Steuerberater einen Vertrag ausarbeiten, den schauen wir uns dann an."

Schönfeld und seine Ehefrau Dorothea zeigten sichtlich Freude, als sie am Sonnabend Angela und Rainer bei sich begrüßten. Ihr Hund, ein schwarzweißer Cocker, lief aufgeregt zwischen ihnen und seinen Besitzern hin und her, während sein Stummelschwanz pausenlos wackelte. Schönfelds wohnten in einer alten Villa, ebenfalls nicht weit von der Praxis entfernt. Die hohen, alten Räume waren mit einer Mischung von teils echten und teils nachgemachten Antiquitäten eingerichtet, eine Mischung, die Angela irritierte, weil sie so etwas grundsätzlich nicht mochte. Es wirkte zwar alles etwas bleiern, doch gemütlich, und die schweren Sitzmöbel luden zum entspannten Verweilen ein. Angela hatte eben damit Probleme. Es erinnerte sie vieles an ihr Elternhaus, zu dem sie eine bipolare Beziehung hatte. Einerseits liebte sie es, gab es jedoch gegenüber sich selbst nicht zu; anderseits fand sie es muffig und spießig. Schönfeld servierte ihnen erstklassigen roten Burgunder und bemerkte:

„Was Wein betrifft, bin ich verwöhnt. Ich fahre jedes Jahr mit meiner Frau nach Burgund und kaufe Wein ein. Ursprünglich hatte ich vor, eine Wohnung oder ein kleines Haus in der Nähe von Beaune zu kaufen und die Hälfte des Jahres in Frankreich zu verbringen. Durch deine Tätigkeit in der Praxis hast du mir einen Strich durch diese Rechnung gemacht."

„Wieso denn das?"

„Na ja, plötzlich macht mir mein Beruf wieder Freude, das ist dein Verdienst oder dein Pech, oder wie soll man das nennen? Es ist die Zusammenarbeit zwischen uns, die mich wohl beflügelt hat. Wenn du bei der Bundeswehr bist, werde ich also gern wieder ganztägig arbeiten. Aber keine Angst, wenn du zurück kommst, bin ich weg." Dann schauten Rainer und Schönfeld sich den Vertrag an, hatten nichts an ihm auszusetzen und unterzeichneten ihn.

Dorothea Schönfeld hatte aufwändig und gut gekocht, das Essen zog sich bis zehn Uhr hin. Nachdem sie sich über Tommy unterhalten hatten, kam Schönfeld auf seine Kinder zu sprechen.

„Unsere beiden Töchter sind hübsch und wohlgeraten, doch wir haben nichts von ihnen."

„Und warum?", fragte Angela.

„Sie sind beide Lehrerinnen, unverheiratet, und haben Deutschland nach ihrem Studium verlassen. Iris lebt in den USA, hat sich hochgearbeitet und wird wohl nie wieder endgültig zurückkommen. Kerstin hat es nach Chile verschlagen, sie arbeitet an einer deutschen Schule. Ihr Vertrag wird irgendwann auslaufen, also besteht Hoffnung, dass sie irgendwann wieder in Deutschland leben könnte."

„Sind irgendwelche Schwiegersöhne oder Enkel in Sicht?", fragte Rainer.

„Leider nein. Wechselnde Verhältnisse, oder wie nennt man das, Rainer? Dorothea, was sagst du dazu?" Dorothea Schönfeld lächelte. „Von uns haben sie das nicht, Gerhard."

Sie hoben die Gläser und tranken sich zu.

Die Zeit bis zu Rainers Eintritt in die Bundeswehr ging schnell vorbei. Die Praxis lief immer besser und Schönfeld half ihm mit vollem Einsatz.

„Sollte es so weitergehen, wirst du einen Assistenten einstellen müssen, wenn du nach deinem Wehrdienst zurückkommst, Rainer. Allein ist das nicht zu schaffen. Einstweilen halte ich die Stange und werde versuchen, die Patienten zu vertrösten. So lang ist die Zeit ja nicht", sagte Schönfeld.

Angela konnte ihr zweites Lehrerexamen glänzend bestehen, feierte es aber nicht mehr so groß wie damals ihr Staatsexamen, eine kleine Feier in ihrer Wohnung mit einem sich anschließenden Essen im Restaurant reichte ihr. Aber zu ihrer beider Freude war Harald gekommen, den sie lange nicht mehr gesehen hatten. Nach dem Essen gingen sie noch in die Wohnung zurück, es war geplant, dass Harald bei ihnen übernachtete. Angela machte noch eine Flasche Rotwein auf.

„Wie läuft das mit den Autos bei dir, Harald?"

„So lala. Wie ihr seht, bin ich heute mit einem normalen 220er Mercedes gekommen. Bei uns in der Garage steht eine Rarität, ein Maybach aus den 20er Jahren, den ich aufgestöbert habe. Ich trau mich gar nicht, ihn zu fahren und lasse ihn gerade restaurieren. Das ist eine Luxuslimousine höchsten Grades; die Firma Maybach hat von dieser Sorte keine 3000 Exemplare gebaut. Ein amerikanischer Millionär, was heißt Millionär, eher ein Milliardär, hat ihn gekauft, der Wagen kommt nächsten Monat in den Container und wird nach New York verschifft. Ich habe den Kauf zwar vermittelt, doch die dicke Kohle macht der Händler in den USA, der das Auto weitergibt. Ärgert mich tierisch. Die Amis sind ganz scharf auf deutsche Oldtimer, am liebsten Luxuslimousinen. Ich stöbere die auf, manchmal in alten Fabrikhöfen und Scheunen, was dabei für mich herauskommt, ist für meine Begriffe lächerlich. In der Gegenrichtung hat das besser funktioniert; mit den alten Cadillacs, Packards und Studebakers konnte ich hier ganz gute Geschäfte machen. Am liebsten würde ich selbst in die USA gehen und da meine Geschäfte abwickeln, dabei kommt wohl mehr raus. Auch mein Arbeitgeber, der Hildesheimer Händler, schaut mich manchmal schon schräg an. Dabei habe ich mir meine Privatgeschäfte in meinem Arbeitsvertrag ausdrücklich ausbedungen. Reden wir von was anderem. Du kommst demnächst auch nach Hildesheim, Rainer, und musst noch beim Bund absitzen? Und sogar in der Ledebur-Kaserne, in der ich auch war? Angela hat mir vorhin berichtet; für das, was ich da ableiern musste, hast du es ja geradezu luxuriös! Ich freu mich schon darauf, dass wir dann wieder ab und zu einen Zug durch die Kneipen machen!" Rainer lächelte.

„Dann musst du vorher noch mit Angela sprechen." Harald wendete seinen Kopf zu ihr hin und zog fragend seine Augenbrauen hoch. Angela nahm einen Schluck.

„Versau ihn mir nicht. Der Mann ist schon schwierig genug. Und nun erzähl etwas anderes. Hast du noch Kontakt mit Renate?"

„Wenig, aber manchmal schreiben wir uns noch. Und da gibt es wirklich was Neues: Renate ist schwanger! Stell dir vor, Angela, fast genau zehn Jahre nach dir!"

„Erzähl weiter."

„Renate ist in Süddeutschland geblieben. Es hat sie nach Reutlingen verschlagen, sie arbeitet da an einem Gymnasium. Nach Hildesheim kommt sie nur selten. Sie hat schon länger einen festen Partner, ebenfalls ein Lehrer. Sie lebt mit ihm zusammen; ihr Kind, das sie bekommen wird, stammt von ihm."

Angela schaute Rainer an.

„So etwas wäre früher mit uns nicht möglich gewesen, Rainer. Damals hieß es: sich trennen oder heiraten. Ich weiß auch nicht, ob ich mit dir unter heutigen Verhältnissen zusammengezogen wäre."

„Nun mach mal einen Punkt, Angela", unterbrach Harald, „wenn eure Ehe nicht glücklich ist, ist keine Ehe glücklich. Hätte ich auch gern, doch ich fürchte, ich bin nicht für die Ehe geschaffen. Wie geht es übrigens Marlene? Ich nehme an, dass ihr manchmal noch Kontakt mit ihr habt." Angela reagierte kühl.

„Für alles, was Marlene betrifft, bin ich nicht zuständig. Musst Rainer fragen."

Rainer antwortete.

„Marlene geht es ganz gut. Sie kann mittlerweile vom Tanzen leben und hat eine Wohnung in Manhattan. Das ist sehr viel, wenn man bedenkt, dass alle Berufe, die mit Kunst zu tun haben, meistens unter finanziellen Problemen leiden. Fahr doch nach New York und besuch sie mal! Sie schreibt, dass sie genug Platz hat."

„Werde ich mir durch den Kopf gehen lassen." Sie tranken die Flasche leer und gingen zu Bett.

Am Montag, den 28. Juni 1976, trat Rainer seinen Wehrdienst in der Sanitätsakademie München an. Die ersten zwei Wochen, der sogenannte grüne Bereich, gehörte der Grundausbildung. Sie war im Gegensatz zu dem, was er von Harald gehört hatte, wohl eher eine Minigrundausbildung. Ihm kam es vor, als würde man ihn mit Samthandschuhen anfassen; man trug zwar Kampfanzug, doch man wurde von längeren Gepäckmärschen und allen schweren körperlichen Anstrengungen verschont. Ein Gewehr hatte Rainer bei der Bundeswehr nie in die Hand genommen. Dafür wurde man mit allen Sitten und Gepflogenheiten der Bundeswehr vertraut gemacht wie der Grußordnung.

Es folgte der sogenannte blaue Bereich, eine vierzehntägige Unterweisung der Wehrpflichtigen in den Sanitätsdienst der Bundeswehr, eher eine Schulveranstaltung. Hier trug man bereits dienstgraue Uniform mit Krawatte und Äskulapstab auf der Schulter. Am Ende des Lehrganges erfolgte die Ernennung zum Stabsarzt, der im Range eines Hauptmannes stand, wohl die schnellste Möglichkeit, bei der Bundeswehr Offizier zu werden, dachte Rainer. Das letzte Wochenende im Juli kam er nach Hause und fuhr mit Angela nach Hildesheim, um sein Gepäck für ein Jahr im Offiziersheim einzuräumen. Als sie die Windmühlenstraße zum Galgenberg hinauffuhren, kamen in Rainer alte Erinnerungen hoch, die er Angela lieber nicht mitteilen wollte. Das Offiziersheim, eine alte Fabrikantenvilla, lag in exponierter Lage in der Mozartstraße, wie ein altes Schloss. Daneben stand eine großräumige Garage, der man eine Wohnung auf das Dach gesetzt hatte; sicher hatten darin ursprünglich Kutschen gestanden und die Wohnung war eine Kutscherwohnung gewesen, vermutete Angela. Als sie an der Tür klingelten, öffnete ihnen ein Bediensteter in Uniform.

„Ich heiße Wellmann und wollte mein Zimmer beziehen", sagte Rainer. Er traf auf ein wissendes Lächeln.

„Es ist alles gerichtet, Herr Stabsarzt. Kommen Sie bitte mit." Sie folgten.

Sie traten durch eine opulente Innenhalle. Wände und Fußböden waren mit edlem dunklem Eichenholz ausgeschmückt. Zur Linken gingen geräumige Gesellschaftszimmer ab, durch deren große Fenster das Sommerlicht hinein strahlte. An einem schweren Tisch saß ein Stabsarzt in Uniform vor einer Tasse Kaffee. Sie grüßten ihn.

Der Bedienstete führte sie eine Treppe hinunter und öffnete die Tür zu einem Zimmer an der Westseite. Es war rechtwinklig angelegt, dadurch mit zwei großen Fenstern ausgestattet, die vollen Stadtblick erlaubten und hatte eine Einrichtung mit alten Möbeln. In der Ecke stand ein Waschtisch. Das Bett war breit und hätte auch für zwei gereicht.

„Dusche und Badewanne müssten Sie sich mit ihren Mitbewohnern teilen", sagte der Bedienstete. „Aber eine Waschgelegenheit steht Ihnen als Offizier zu." „Kein Problem, das Zimmer gefällt mir", antwortete Rainer. „Wenn Sie noch Wünsche haben, melden Sie sich bitte bei mir, Herr Stabsarzt. Wir werden bemüht sein, sie zu erfüllen."

Er packte mit Angela die Koffer aus und füllte Schränke und Schubladen. Zwischendurch sah er zu Angela hin. Sie trug Sommerkleidung, einen kurzen Rock und ein ausgeschnittenes T-Shirt. Als sie sich bückte, um seine Schuhe in den Schrank zu stellen, konnte er seinen Blick nicht mehr abwenden. Er ging auf sie zu, umfasste sie und legte seine Hände auf ihre Brüste. Sie drehte sich zu ihm und schaute ihn mit diesem sich anbietendem Blick an, den er so gerne mochte, weil er ihn als leicht schmutzig empfand.

Rainer ging auf die Tür zu und schloss sie ab.

Am Montag, dem 2. August 1976, kam Rainer mit dem Zug nach Hildesheim. Er hatte nur leichtes Gepäck bei sich. Es war seine Absicht, die Hildesheimer Innenstadt zu durchqueren, die er schon lange nicht mehr gesehen hatte, jedenfalls nicht bewusst, denn seine Besuche bei den Eltern waren immer nur kurz gewesen. Er schaute sich um.

Der Hildesheimer Bahnhofsplatz erschreckte ihn. Zwar war schon während seiner Kindheit das alte, fast unversehrte rote Ziegelgebäude abgerissen und durch eine hässliche Zweckmäßigkeit ersetzt worden. Er erinnerte sich, wie er als Kind empfunden hatte. Das alte Gebäude mit seinen Erkern und Türmen war spannend und erinnerte ihn an eine Ritterburg, und er konnte sich damals vorstellen, dass gleich ein paar Eulen aus den Turmfenstern fliegen würden.

Links vom Bahnhof lag ein weiterer Zweckbau, hoch und gelb, die Post. Bereits ab Nachmittag versiegte hier das Leben und von da an strahlte er Totenruhe aus.

Rechts auf der anderen Seite ein weiterer Missgriff. Ein flacher Zweckbau mit Supermarkt und Tanzschule wurde gekrönt von einem Wohnturm, auf dessen Balkonen man niemals Menschen sah. Dahinter, an der dafür unpassendsten Stelle von ganz Hildesheim, war ein Erlebnisbad mit Wasserrutschen angedacht, genau gegenüber vom größten Bordell der Domstadt, so hatte er es gehört.

Der ganze Platz sah so aus, als würde er geradezu auffordern, ihn schleunigst zu verlassen.

Er verließ nun den Bahnhofsplatz und ging weiter, die Bernwardstraße entlang. In den fünfziger Jahren war sie eine vielbesuchte Einkaufsstraße gewesen, bevor man die Almsstraße und den Hohen Weg wieder hergerichtet hatte. Schuhhaus Gandecki gab es noch, doch er suchte vergeblich nach der „Stadtklause". Die Stadtklause war ein beliebtes Restaurant gewesen, obwohl sie im Souterrain eines Hauses lag; man musste also ein paar Stufen abwärts gehen, um sie zu betreten. Dafür besaß sie gleich zwei Eingänge und man konnte sie sowohl von der Bahnhofsallee als auch von der Bernwardstraße aus erreichen.

Im Schuhhaus Gandecki gab es früher einen hölzernen Apparat, unter den man seine Füße mit den neuen Schuhen stellte. Auf Knopfdruck beschoss man sie mit Röntgenstrahlen und seine Mutter und die Verkäuferin guckten seitlich hinein, um zu beurteilen, ob die Schuhe auf das jetzt sichtbare Knochenskelett seines Fußes passten, obwohl er das damals nach seinem Gefühl viel besser selbst beurteilen konnte.

Das Café Thöne fand er nicht mehr; offensichtlich hatte es einer Privatbank weichen müssen. Ein Besuch im Café Thöne war für ihn zusammen mit seinen Eltern immer etwas Besonderes gewesen. Es verfügte über eine Außergewöhnlichkeit. Sein Innenraum in einem alten Handelshaus war so riesig, dass man einen Innenbalkon ihn ihm eingerichtet hatte, auf dem eine Anzahl von Tischen stand. Der Balkon wurde über eine Treppe erreicht, auf welcher der Ober und die Kellnerinnen auf und ab gingen, Tabletts mit Geschirr, Kuchen und Getränken auf der Schulter balancierend. Er konnte sich noch gut erinnern, dass er bei jedem

Besuch im Café Thöne gemäkelt hatte: „Mama, ich will auf dem Balkon sitzen!"

Als er die Kaiserstraße erreichte, erschrak er. Man hatte sie zu einer Art Autobahn umgebaut. Damit die Fußgänger sie gefahrlos überqueren konnten, war man auf die Idee gekommen, sie durch einen Tunnel in den finsteren Untergrund zu schicken, eine Rolltreppe führte hinab, fußlahm und verschmutzt, natürlich defekt, weil sie der Witterung voll ausgesetzt war. Also ging es nur über die Treppe. Er half einer angejahrten Seniorin dabei, mit ihrem Rollstuhl das Hindernis zu überwinden.

Im Inneren des Tunnels sah es mehr als schaurig aus. Verschmuddelte Kleingeschäfte und sogar Imbisse – wer traut sich, hier etwas zu essen, ging es ihm durch den Kopf – standen beidseits eines breiten Fußweges. Der Fußweg war eine gepflasterte Ekligkeit, besiedelt mit schmutzigen Papiertaschentüchern, rollenden Bierdosen und unappetitlichen Schleimflecken.

Mit großer Erleichterung erblickte er am Almstor wieder das Tageslicht. Die Hildesheimer bauen immer erst einmal ins Unreine, dachte er. Irgendwann müssen sie den Dreckstunnel sicherlich wieder zuschütten.

Almsstraße und Hoher Weg waren jetzt Fußgängerzone, eigentlich ganz sinnvoll. Noch immer gab es Baulücken, so zum Beispiel an der Einmündung der Arnekenstraße und der Wallstraße.

Das ehemalige Kaufhaus „Merkur", voller Stolz in den fünfziger Jahren errichtet, hatte man abgerissen und durch einen Neubau ersetzt. Ursprünglich waren die Geschosse nur durch Treppen verbunden, er konnte sich noch genau erinnern, wie er sie als Kind treppauf und treppab erkundete, um zum Schluss nur eine Icecream-Soda im vierten Geschoss für fünfzig Pfennig zu trinken. Jetzt hieß es „Horten" und besaß alle Annehmlichkeiten wie Rolltreppen, Aufzüge und Großgarage. Die beiden Kinos „Capitol" und „Roxy" gab es noch, ebenso wie die familiär geführten Bekleidungshäuser „Fiedler", „Tessner", „Kressmann", „Günther" und das Schuhgeschäft „Eisen". Zu seiner Freude existierte auch die „Kepa" noch, ein Billigkaufhaus, das erste Kaufhaus nach dem Krieg überhaupt, das die Kunden mit Eigenmarken aus den Traditionsgeschäften lockte. Lebensmittel gab es reichlich zu kaufen in der Innenstadt; Fleischereien wie „Helmke" und „Klages" lockten mit ihren Angeboten, und das volle Lebensmittelsortiment ohne Frischwaren bekam man bei „Gutberlet", er konnte sich erinnern, dass die Verkäuferinnen dort oft ungewaschen rochen.

Auf seinem Gang passierte er die „Peemöller-Passage", eigentlich ein windiges Loch, in das durch eine schräge Glasdecke, wie sie in Fabriken üblich war, Tageslicht einfiel. Das große Eisenwarengeschäft „Peemöller" stand darin, ebenso eine Kneipe und eine Spielhalle, in der Rainer viele Groschen am Kicker gelassen hatte, zusammen mit seinen Schulkameraden. Wenn man die Passage durchquert hatte, stand man in der Arnekenstraße plötzlich vor dem Nichts, denn hier war absolut nichts los.

Er bog bei dem Porzellanwarengeschäft „Lindemann" in die Schuhstraße ein. Hier war alles so, wie er es noch von früher kannte, mit einer Ausnahme: Man hatte gegenüber dem Ratsbauhof ein weiteres Kino errichtet, die „City-Lichtspiele", das sich auf Porno spezialisiert hatte.

Am Hindenburgplatz war viel gebaut worden. Doch der Charakter des Platzes hatte sich kaum geändert; er sah noch genauso öde aus wie in seiner Schülerzeit. Doch um ihn herum, besonders in der Friesenstraße, hatte sich eine kleine Kneipenszene gebildet, man merkt doch, dass es in Hildesheim jetzt Studenten gibt, dachte Rainer. Eine kleine Buchhandlung dazwischen schien sich verschämt zu behaupten. Als er die Wollenweberstraße hinunter ging, fielen ihm ebenfalls keine großen Veränderungen auf. Alles sah nach Nachkriegstristesse aus, die Gebäude, die Geschäfte und auch die Gesichter der Menschen, die hier missmutig ihre Einkäufe erledigten. Aus einer Berufsschule flatterten ihm plötzlich die fröhlichen Gesichter hübscher Mädchen zu, deren Unterricht wohl gerade zu Ende gegangen war, ein Highlight in dieser Langweiligkeit, dachte Rainer.

Die Kesslerstraße, in der die die meisten Fachwerkgebäude überlebt hatten, strahlte eine verhaltene Romantik aus. Viele Gebäude sahen so aus, als hätten sie eine Renovierung nötig, doch gerade die Mischung aus schäbig und hergerichtet wirkte auf Rainer romantisch. Sie ist es, die vielleicht den Charakter eines Altstadtviertels ausmacht, empfand er. Auf der rechten Seite erschien eine kleine Kneipe, „Schwarzwaldstübchen" hieß sie, warum Schwarzwald, zu dem hatte Hildesheim doch wirklich keine Beziehung? Als er die Annenstraße erreichte, fiel ihm eine Veränderung auf, als er um die Ecke guckte. Das alte Lokal „Zum Krokodil" an der Ecke zur Goschenstraße schien eine Veränderung durchgemacht zu haben, denn es hieß jetzt „Schluckspecht". Rainer machte einen kleinen Umweg, trat ein und ließ sich ein Bier einschenken. Der Wirt, im gleichen Alter wie Rainer, bärtig und leutselig, verwickelte ihn in ein Gespräch.

„Ich sehe deine Uniform, habe aber nichts gegen die Bundeswehr. Wie hat es dich hierhin verschlagen?"

Rainer berichtete ihm, dass er alter Hildesheimer sei und jetzt seinen Wehrdienst nachleisten müsse. Der Wirt schmunzelte.

„Ich bin Berliner, also hätte ich nicht zum Bund gemusst. Mein Pech war, dass ich zu früh nach Hildesheim gezogen bin, weil ich bei Blaupunkt angefangen habe, die damals hier noch jede Menge Autoradios produziert haben. Kurz danach hat mich der Bund eingefangen, ich war eben blöd, weil ich mich umgemeldet hatte. Als ich zurück kam, wurde es bei Blaupunkt flau, die meisten Geräte kamen plötzlich aus Fernost. Also habe ich jetzt diese Kneipe aufgemacht, würde mich freuen, wenn du ab und zu mal kommst. Ich heiße Hans-Ulrich Brugger, die meisten nennen mich Balu."

Sie sprachen noch eine Weile miteinander. Dann ging Rainer weiter, überquerte die Bahnlinie und ging die Feldstraße hinauf. Irgendwo musste hier Harald wohnen, doch er wusste nicht, wo genau.

Ein riesiger Soldat mit einem langen Mantel stand am Ende der Straße; eine steinerne Hässlichkeit, wohl als Denkmal für im Krieg gefallene Soldaten gedacht. Die Einfallslosigkeit des Bildhauers spiegelte sich darin wieder, dass man ihn fast hätte zerteilen können und zwei symmetrische Teile erhalten hätte, bis auf das Gewehr. Rainer schauderte es, und er war froh, als er in die Gemütlichkeit des Offiziersheimes in der Mozartstraße eintrat. Im Clubzimmer traf er auf ein paar Kollegen aus der Humanmedizin. Sie unterhielten sich miteinander und tranken noch ein Glas Rotwein zusammen, bevor er sich in sein Zimmer zurückzog und in einen traumlosen Schlaf fiel.

Am nächsten Morgen trat er seinen Dienst in der Ledebur-Kaserne an. Sein Chef, Oberfeldarzt Dr. Reese, begrüßte ihn und wies ihn ein.

„Wir haben hier auf der Zahnstation nur zwei Behandlungszimmer. Das rechte Zimmer ist für Sie gedacht. Im Wesentlichen machen Sie hier das gleiche wie in einer normalen Zahnarztpraxis. Wir sind so eingerichtet, dass alle zahnärztlichen Eingriffe möglich sind; Sie können also alles tun, was Sie beherrschen oder sich zutrauen. Als Zahnarzthelferin steht Ihnen Frau Schulz zur Seite."

Sie stellten sich einander vor. Lieselotte Schulz war etwas älter als Rainer, klein und dunkelhaarig und machte einen freundlichen Eindruck. Rainer fragte sie, ob er sie mit „Lieselotte" ansprechen dürfe, sie stimmte zu. Vor seinem Behandlungsraum wartete bereits eine Reihe von Soldaten, die auf Stühlen im Flur saßen.

Die Einrichtung des Raumes und die technischen Geräte waren zwar nicht neuesten Datums, doch für ihre Zwecke völlig ausreichend. Außer den Behandlungsräumen gab es noch einen Röntgenraum, einen Umkleideraum und ein kleines zahntechnisches Labor. Rainer zog sich um und streifte einen bereitliegenden weißen Kittel über.

„Darf ich den ersten Patienten hereinholen?", fragte Lieselotte. Rainer nickte.

Ein Feldwebel setzte sich auf den Behandlungsstuhl und gab Beschwerden im rechten Unterkiefer an. Bei der Inspektion ergab sich, dass sie von einer Entzündung an einem halb durchgebrochenen Weisheitszahn herrührten. Rainer spülte die Entzündung und fertigte eine Röntgenaufnahme an, die Lieselotte sofort entwickelte. Er schaute sich zusammen mit dem Patienten die Aufnahme an.

„Für den Zahn gibt es keine Chance, weil er quer liegt. Er muss entfernt werden." „Gleich?"

„Nein, erst muss die Entzündung abgeklungen sein. Wir verschreiben Ihnen Penicillintabletten und ein Schmerzmittel. Kommen Sie jeden Tag zum Spülen. In 14 Tagen kann der Zahn heraus."

„Dr. Reese überweist solche Fälle immer zum Kieferchirurgen", bemerkte Lieselotte. Rainer lächelte.

„Sowas machen wir selber." Rainer stellte fest, dass die meisten Patienten überaus dankbar und geduldig waren,

Wartezeiten machten ihnen nichts aus, anders als in einer normalen Praxis. Das ergab sich daraus, dass alle Behandlungen, auch teure, für die Soldaten kostenlos waren und die Wartezeiten auf den Dienst angerechnet wurden. Mit seinem Chef Dr. Reese kam Rainer gut klar, da er ihm in der Behandlung völlige Freiheit ließ und sich nicht einmischte. Häufig geschah es auch, dass Reese abwesend war, weil er Fortbildungskongresse und Veranstaltungen der Bundeswehr besuchte. Dann war Rainer in der Station auf sich allein gestellt, wobei ihm zugutekam, dass ihm zusätzlich Reeses Zahnarzthelferin zur Hand ging.

Manchmal besuchte er Harald und sie gingen in den „Schluckspecht" oder in die die „Rote Nase". Hinterher waren sie meist noch im Offiziersheim zusammen.

An den Wochenenden hatte Rainer dienstfrei. Am ersten Wochenende fuhr er mit dem Zug nach Hameln und ließ sich von Angela am Bahnhof abholen. Manchmal besuchte sie ihn auch in Hildesheim und übernachtete bei ihm im Zimmer. Das war offiziell nicht erlaubt, doch im Offizierscasino achtete man nicht darauf, den Ordonnanzen war es egal.

Im September erhielt Rainer einen Brief von Marlene. Sie kannte seine Adresse bei der Bundeswehr.

Lieber Rainer,

es gibt wieder eine Neuigkeit. Ich werde bald für kurze Zeit in Deutschland sein. Das Biltmore Theatre in Manhattan, in dem ich für „Hair" verpflichtet bin, wird das Stück für ein Jahr aussetzen und mit der Produktion auf eine Europatournee gehen. Im Oktober ist Deutschland dran.

Zwischen den einzelnen Aufführungen werde ich immer ein paar Tage Zeit haben, welche die Technik braucht, um das Stück vorzubereiten. Vor der Aufführung in Hamburg komme ich für zwei Tage nach Hildesheim. Ich habe mich mit Onkel und Tante Münte abgesprochen, dass ich sie besuche. Sie hatten mich darum gebeten. Ich weiß von ihnen, dass sie Probleme mit ihrem Garten haben. Onkel Helmut ist jetzt über siebzig und hatte nie großes Interesse an ihm, und Tante Waltraud kann wegen ihres Rheumas nicht mehr in ihm arbeiten. Er ist die einzige Immobilie, die sie besitzen und ich bin außer meiner Mutter ihre einzige Erbin. Wahrscheinlich wollen sie mit mir darüber sprechen, ob er verkauft werden soll oder ob wir zusammen nach einer anderen Lösung suchen sollen, beispielsweise ihn verpachten. Ich werde aber nicht bei ihnen übernachten; sie wohnen beengt, und ich möchte es auch nicht.

Ich komme während der Woche, weil zu den Wochenenden immer Aufführungen stattfinden. Für den Dienstag, 12. Oktober und Mittwoch, 13. Oktober, habe ich im Gasthof „Brockenblick" ein Zimmer bestellt. Du wirst ihn kennen, und du kannst ihn vom Offizierscasino in der Mozartstraße gut zu Fuß erreichen. Ich würde mich sehr freuen, wenn du kommst. Ab 17 Uhr werde ich an beiden Tagen da sein.

Ich freue mich auf ein Wiedersehen!

Deine Marlene

Rainer legte den Brief nachdenklich zur Seite. Natürlich kannte er den „Brockenblick". Er war ein alter Ausflugsgasthof, der seinen Namen dadurch erhalten hatte, weil man ursprünglich bei gutem Wetter den fast achtzig Kilometer entfernten Brocken sehen konnte. Heute war das nicht mehr möglich, weil um den Gasthof herum die Bäume in die Höhe gewachsen waren. Jedoch der Name war geblieben. Er fühlte seinen Puls förmlich steigen. Ein Wiedersehen mit Marlene nach zehn Jahren? Er überlegte, ob er Angela davon berichten sollte. Lieber nicht, dachte er schließlich. Auf alles, was Marlene betraf, reagierte Angela immer noch empfindlich. Außerdem hatte Marlene das wohl auch geahnt, denn sie hatte ihren Brief nicht an seine Hamelner Adresse, sondern nach Hildesheim geschickt, wo Angela ihn nicht lesen würde. Auch Harald würde er nichts sagen. Zum einen hatte Marlene nur zwei Tage Zeit, und er wollte sie nicht Haralds ständigen Monologen aussetzen; zum anderen würde er in diesem Fall auch Angela Bescheid sagen müssen.

Das Ganze kam ihm verzwickt vor. Er fühlte sich wie ein Verschwörer.

Die Zeit bis Oktober verging für ihn gefühlt wie im Fluge. Der September hatte schauriges Wetter geliefert. Es wurde kalt und regnete häufig. Die Menschen kamen mit ihren herbstlichen Gartenarbeiten nicht weiter und an den Wochenenden blieb er oft in Hildesheim, weil er keine Lust hatte, bei strömendem Regen zum Ostbahnhof zu laufen. Einmal besuchte Angela ihn, brachte Tommy zu ihren Eltern und sie gingen zusammen in Hildesheim aus, erst ins Theater und dann in eine Weinstube in der Rathausstraße. Als sie zusammen im Bett lagen, schaute Angela erwartungsvoll zur Seite. Rainer hatte keine Lust, Marlene tanzte ihm im Kopf herum, doch Angela spielte ihren größten Trumpf aus; in Sekundenschnelle schaffte sie es, ihn scharf zu machen.

Im Oktober wurde das Wetter besser. Der Monat, der sich meist durch harte Wetterwechsel auszeichnet, schien den verunglückten September nachzuholen. Eine sanfte Wärmeperiode nahm ihren Anfang und die Temperaturen erreichten tagsüber wieder zwanzig Grad und mehr. Die Herbstsonne glühte in den Garten des Offiziersheimes hinein, durchdrang die Bäume, Blätter und Pflanzen. Es schien, als wolle sie ihnen beistehen, ihnen versichern, dass sie diese vor dem gnadenlosen Winter schützen wolle, wissend, dass sie dessen Lauf nicht aufhalten konnte. Aus der Ferne hörte Rainer vom Galgenberg her das Geräusch der Motorsägen.

Der Dienstag im Oktober kam. Schon vorher hatte es kräftig in seinem Kopf gespukt; er meinte, Marlenes körperliche Anwesenheit in Deutschland mit allen seinen Sinnen zu spüren. Am späten Mittag verließ er die Zahnstation etwas früher. Er zog sich in seinem Zimmer im Offiziersheim um und machte sich auf den Weg.

Er ging den Galgenberg hinauf. Zu seiner Linken erschien ein kleines Wasserwerk, ein Steinbau mit üppigen Verzierungen, wie sie zur Jahrhundertwende üblich waren. Es lag versteckt zwischen Bäumen und Büschen; als Rainer noch ein Kind war, hatte er ein kleines Dornröschenschloss hinein fantasiert.

Er durchquerte die Wiese vor dem Bismarckturm. Hier hatte er in früheren Wintern zusammen mit Marlene, Renate und Harald mit Rodelschlitten herumgetobt.

Er betrat den Bismarckturm, der den unteren Teil des Galgenberges dominierte. Im Eingangsflur des Aussichtsturmes sah es schäbig aus. Zigarettenkippen, Scherben und leere Plastikbecher lagen auf dem Boden. Doch der Aufstieg lohnte sich. Noch immer hatte man einen weiten Blick über die Stadt, die zu seinen Füßen lag.

Nach kurzer Wegstrecke erschien das Galgenbergrestaurant. Hier hatte er sich zweimal mit Angela getroffen, um mit ihr die Folgen ihrer ungewollten Schwangerschaft zu besprechen. Hier wurden Entscheidungen getroffen, die ihr und sein Leben verändert hatten.

Das Gebäude, ursprünglich eine Perle von einem Ausflugsrestaurant, sah noch schäbiger aus, als er es in Erinnerung hatte. Von den Fensterrahmen blätterte die Farbe ab und an den Wänden krochen Spuren von Feuchtigkeit hoch.

Wenn man nicht bald etwas tat, würde es verfallen, kam es ihm in den Kopf.

Hinter der Gaststätte dominierte der Wald. Das Parkartige des Galgenberges verlor sich. Er tauchte ein in eine dämmrige Atmosphäre, buntes Herbstlaub umfing ihn, durchsetzt mit dem Grün der Nadelbäume. Ein Windhauch ließ die Bäume seufzen; sie schüttelten sich und warfen Blätter ab, die taumelnd durch die Luft segelten. Neben dem schmalen, unbefestigten Fußweg eröffneten sich steile Schluchten, deren Grund mit einer Moderschicht aus verrottetem Laub bedeckt war. Kurz hinter einer Wegkreuzung ging es wieder leicht aufwärts. Zur Rechten erschien ein weiterer Aussichtsturm, aus gelben Backsteinen errichtet. Rainer ging auf den Eingang zu, der mit einer Eisentür gesichert war; er rüttelte an der Klinke und stellte fest, dass die Tür verschlossen war. Er ging weiter. Es war jetzt nicht mehr weit zum Gasthaus Brockenblick.

Nach kurzer Zeit erschien es zwischen den Bäumen. Es wirkte etwas finster zwischen den Farben des Buchenlaubes, denn seine Fassade hatte man zum Schutz vor der Witterung mit schwarzen Schieferplatten bedeckt. Rainer ging durch einen Windfang und öffnete die Tür zum Gastraum. Er war menschenleer.

Sofort fiel sein Blick auf ein riesiges, zimmerhohes Thekenbuffet aus dunklem Holz. Es war vielfältig verziert, mit gedrechselten und geschnitzten Teilen, Türmchen und Erkern und wurde gekrönt von einer Uhr, die in ein Fach eingelassen war. Es musste alt sein, machte aber einen gepflegten Eindruck.

Eine ältere Dame erschien, wohl die Wirtin, und erkundigte sich nach seinen Wünschen. Rainer fragte nach Marlene.

„Wollen Sie Frau Franklin besuchen?" Rainer nickte. Die Wirtin lächelte ihn an.

„Dann gehen Sie bitte auf dieser Treppe nach oben. Wir haben nur wenige Zimmer. Frau Franklin wohnt in Nr. 2." Rainer bedankte sich, ging die Treppe hinauf und erreichte einen Flur. Er klopfte an der Zimmertür von Marlene und hörte ihre Stimme.

„Komm herein!"

Er öffnete die Tür und stand Marlene gegenüber.

Sie sah fantastisch aus, hatte sich edel zurechtgemacht und trug einen kurzen Rock und eine leuchtend rote Seidenbluse. Diese Farbe, die sie liebte, passte genial zu ihrer dunkelbraunen Haut. Sie hatte sich in den zehn vergangenen Jahren nur wenig verändert, ihr Körper war wie immer durchtrainiert, zeigte trotzdem eine klare Figur, die sie mit ihrer Kleidung betonte. Ihr Gesicht sah reifer aus, war aber immer noch wunderschön. Sie hatte etwas Make-up aufgelegt. Rainer suchte nach Worten. Sie lächelte ihn an; es war ihm, als würde sie in seine Seele schauen.

„Du siehst hinreißend aus, Marlene!"

„Danke. Das gehört zu meinem Beruf. Willst du mich nicht richtig begrüßen?"

Rainer ging auf sie zu und nahm sie in seine Arme. Sie hatte nur wenig Parfüm benutzt; durch es hindurch spürte er ihren Körpergeruch, den er so gut kannte. Im gleichen Moment lief in seinem Kopf ein Film ab, die Bilder überschlugen sich: Marlene als Kind, Marlene als Heranwachsende, seine erste Nacht mit Marlene, der traurige Abschied am Hildesheimer Bahnhof. Marlene schien es ähnlich zu gehen. Es gab kein Halten mehr. Sie stiegen hastig aus ihren Kleidern, fielen zusammen auf das Bett und umschlangen sich.

In der nächsten Stunde stürzten sie sich in den Nebel der Erinnerungen. Alles war vertraut; Körperbewegungen, sinnliche Wahrnehmungen, selbst die Blicke, die sie sich zwischendurch zuwarfen. Danach schliefen sie erschöpft ein. Als sie aufwachten, war es draußen schon dunkel. Marlene fragte.

„Hast du damit gerechnet, dass es heute mit uns so kommen könnte, Rainer?"

„Bewusst nicht. Vielleicht habe ich es verdrängt. Es war wie ein Blitzschlag. Aber in dieser Form habe ich damit wohl doch nicht wirklich gerechnet."

„Bei mir war es genauso. Bereust du oder fühlst du dich schuldig?" Rainer schüttelte den Kopf.

„Gegen meine Gefühle konnte ich noch nie angehen. Angela weiß das genau. Deswegen reagiert sie auch so empfindlich, wenn die Sprache auf dich kommt. Ich bin übrigens glücklich mit Angela, und ich möchte mit ihr zusammenbleiben, solange es geht."

„Hoffentlich. Ich will das auch für dich und für sie. Und nun lass uns von anderen Dingen sprechen, es gibt genug zu erzählen." Marlene richtete sich auf und lächelte ihn an.

„Ich habe übrigens Hunger und möchte mal wieder richtig Deutsch essen, paniertes Kotelett mit gekochten Kartoffeln und Salat oder sowas." „Bekommst du hier." Sie zogen sich an und gingen nach unten. Die Gaststube war nur mäßig besetzt.

Während des Essens berichte Marlene über das Treffen mit Onkel und Tante.

„Sie möchten den Garten loswerden, so schnell wie möglich. Meine Mutter wird mit ihm nichts anfangen können, sie hat mir erklärt, dass sie niemals wieder nach Deutschland kommen wird. Das wissen sie und haben angeboten, ihn mir zu schenken. Viel Steuern werden für mich nicht anfallen, dafür ist sein Einheitswert zu gering. Ihnen ist es egal, was ich mit dem Garten mache. Ehrlich gesagt, ich weiß es auch nicht, und ich möchte noch eine Nacht darüber schlafen. Mir geht vieles durch den Kopf. Amerika ist ein Land, in dem man sehr viel mehr Chancen hat als in Deutschland. Andererseits kann es gnadenlos sein. Über meine Alterssicherung habe ich beispielsweise überhaupt noch nicht klar nachgedacht, aber ich weiß, dass eine aktive Karriere als Tänzerin nicht lang ist, denn ab dem vierzigsten Lebensjahr fangen die Probleme mit den Muskeln und Gelenken an. Ein Besitz in Deutschland, sei er noch so klein, könnte ein Stück Sicherheit für mich sein, denn ich bin immer noch deutsche Staatsbürgerin und gedenke es auch zu bleiben. Das Gartenhaus ist groß genug, um in ihm zu übernachten und sogar zu wohnen, das habe ich früher schon oft getan. Den Schuppen könnte man ausbauen und mit in das Haus einbeziehen. Ich habe auch im Moment genug Geld, um das alles zu finanzieren.

Auf alle Fälle hätte ich im Notfall ein Refugium in Deutschland und wäre hier viel besser sozial abgesichert als in den USA. Ich habe eine Bitte an dich: könntest du morgen mit mir zusammen einen Ausflug zum Garten machen und mit mir darüber nachdenken? Wir könnten uns um vier beim Garten treffen, dann ist es mindestens noch zwei Stunden hell." Rainer sagte zu.

Nach dem Essen ging er in der Dunkelheit zurück zum Offiziersheim.

Im Clubzimmer ging es noch lebhaft zu; seine Offizierskollegen luden ihn ein, mit ihnen zu trinken. Rainer lehnte ab, zog sich in sein Zimmer zurück und ging schlafen. Sein Kopf war voll, so ähnlich wie vor zehn Jahren.

Am nächsten Tag ging Rainer nach seinem Dienst sofort zum Garten, der ganz in der Nähe der Ledebur-Kaserne lag.

Das gute Wetter hatten die Gartenbesitzer ausgenutzt, um aufgeschobene Herbstarbeiten zu verrichten; das wischende Geräusch der Laubharken und das Zwacken der Heckenscheren konnte er überall hören.

Um den Garten der Müntes war es nicht gut bestellt. Die Hecke, die ihn von drei Seiten umgab, wucherte in die Höhe und die Obstbäume waren offensichtlich schon lange nicht mehr beschnitten worden. Die Gemüsebeete, früher Waltraud Müntes Stolz, waren längst aufgelassen. Der Rasen präsentierte sich als eine hochgeschossene Wiese, mit Unkraut durchsetzt; dazwischen lagen faulende Äpfel und Birnen. Auch die Beerensträucher, die früher viele Stachelbeeren und Johannisbeeren getragen hatten, sahen aus wie müde Gespenster, die ihre unfruchtbaren Triebe in die Höhe reckten.

Als er die Gartenpforte öffnete, kam ihm Marlene entgegen. Sie stutzte.

„Was ist, Marlene?"

„Ich habe dich noch nie in einer Bundeswehruniform gesehen!"

„Soll ich sie ausziehen?" Marlene lachte hintergründig und hielt ihm die Wange hin. „Noch nicht gleich." Er begrüßte sie mit einer kurzen Umarmung.

Sie schauten sich das Gartenhaus von außen an. Es war aus roten Backsteinen gebaut, das Fundament ragte aus dem Boden und schien jedenfalls keine Feuchtigkeit aufzunehmen. Auch der angrenzende Schuppen aus Holz stand auf dem gleichen Fundament wie die Hütte. Rainer ging um ihn herum und befühlte die Anschlussbohlen.

„Das sieht alles gar nicht so schlecht aus, Marlene. Das Holz ist noch gut, ist wohl von deinen Verwandten regelmäßig gestrichen worden. Auch die Fundamente scheinen noch in Ordnung zu sein."

„Gehen wir hinein."

Als Rainer eintrat und sah, dass sich die Einrichtung der Hütte seit zehn Jahren kaum verändert hatte, wallten in ihm Erinnerungen hoch. Marlene wurde geschäftig, lief umher, öffnete den Schrank, zog Schubladen auf und schaute sich alles genau an. Eine Neuerung gab es, Lichtschalter und Steckdosen. In den letzten Jahren hatte das Gartenhaus Strom bekommen. Innen war alles aufgeräumt, aber es lag überall Staub. Marlene rümpfte ihre Nase. „Riechst du was?"

„Nein." „Es riecht nach Mäusen." Sie ging zum Schlafsofa, das ausgezogen war und auf dem eine Tagesdecke lag, zog sie ab, ging vor die Tür und schüttelte sie aus. Eine Staubwolke stob empor.

„Hier ist mindestens ein halbes Jahr nicht mehr saubergemacht worden."

„Fangen wir an." Besen und Wischeimer standen in der Ecke. Nach einer Stunde waren sie fertig.

„Weißt du was, Rainer? Wir gehen jetzt einkaufen und dann koche ich uns was. Holz ist genug da."

„Aber es ist kein Laden in der Nähe." „Kein Problem, ich habe doch einen Mietwagen!"

Sie kauften ein und nahmen auch zwei Flaschen Sekt mit, die Rainer in der Regentonne kühl stellte.

Nach dem Essen legten sie sich auf das Sofa und tranken Sekt. Draußen wurde es dunkel. Marlene stellte ihr Sektglas ab und streichelte sein Gesicht. Rainer griff nach ihr, zärtlich und vorsichtig.

Zwei Stunden später wachten sie aus einem Halbschlaf zusammen auf. Rainer verschränkte seine Arme und blickte versonnen zur Decke.

„Könntest du dir vorstellen, wieder zurück nach Deutschland zu kommen, Marlene?"

Marlene wälzte sich, streckte sich ihm entgegen und schaute ihn liebevoll an.

„Nein. Mit dieser Frage läufst du an der Realität vorbei, wie häufig, denn du bist ein Träumer, Rainer. Ich habe Hintern und Titten und bin stolz darauf, doch das disqualifiziert mich für eine Arbeit für das Ballett an den deutschen Bühnen. Außerdem bin ich zu groß. Höchstens bei den Medien könnte noch was funktionieren, das würden aber nur Gelegenheitsauftritte sein. Meine Tanzlehrerin hatte damals völlig recht, als sie mir sagte, ich solle mich auf Musical und Revue spezialisieren. Kein Problem, ich mache das gerne, aber das klappt in den USA besser als in Deutschland.

Ich habe mich vorhin mit dem Gedanken befasst, den Garten und das Haus zu behalten, so unrealistisch ist das gar nicht.

Der Garten ist kein Problem, den kann eine Gärtnerei in einem halben Tag in Ordnung bringen. Ich könnte die regelmäßige Wartung an sie übertragen, und es würde reichen, wenn die Gärtner zweimal im Jahr kommen und im Sommer ein paarmal den Rasen mähen. Am Haus muss natürlich viel gemacht werden. Ich möchte den größten Teil des Schuppens mit einbeziehen, es müssen dann Holzwände mit Isolierung zusätzlich eingezogen werden. Dann hätte ich Platz für ein kleines Bad und eine kleine Küche. Fenster und die Eingangstür müssen natürlich erneuert und einbruchsicher gestaltet werden. Dann brauche ich eine neue Dekoration, also neue Tapeten und Gardinen, mir schwebt ein Landhausstil vor. Der alte Schrott muss natürlich heraus. Ich brauche nicht viele neue Möbel; eine Essgruppe, ein Schrank, ein großes Bett oder ein Schlafsofa und ein Sideboard für Musik und Fernsehen reichen."

„Und wie willst du das Haus heizen?"

„Mit Propan. Ein kleiner Tank genügt. Und mit Holz, wie bisher, mit dem alten Herd. Das könnte ganz lustig aussehen, wenn man ihn sozusagen als Antiquität belässt."

„Wie willst das alles auf die Beine bringen, wenn du in den USA bist?"

„Erst einmal bin ich noch eine ganze Weile in Europa. Ich könnte alles delegieren und ab und zu nach dem Rechten sehen; meine Tante und mein Onkel würden mir dabei helfen. Aus meiner Hildesheimer Theaterzeit kenne ich einen Architekten, der viel für das Theater gearbeitet hat und auch etwas von Inneneinrichtung versteht. Ich gehe morgen früh zu ihm hin und anschließend zur Gärtnerei. Spätestens am Mittag muss ich wieder los, am Abend ist erste Vorstellung in Hamburg. Wir werden uns also eine Weile nicht mehr sehen."

„Wirst du Renate besuchen?" Marlene lachte fröhlich.

„Auf alle Fälle, und ich freue mich schon darauf. In vier Wochen bin ich in Stuttgart, dann klappt das. Mittlerweile müsste ihre Schwangerschaft schon ziemlich weit sein."

Sie zogen sich wieder an. Marlene brachte Rainer mit dem Mietwagen zum Offiziersheim. Als sie hielten, blickte Marlene ihn nachdenklich an.

„Eine Frage habe ich noch, Rainer. Ich habe sie dir vor zehn Jahren schon einmal gestellt."

„Schieß los."

„Was magst du lieber, Schokokuchen oder Milchreis?" Die Frage überraschte ihn. Dann lächelte er.

„Da hat sich was geändert, Marlene. Ich mag beides jetzt sehr gern. Aber ich kann dir nicht sagen, was ich bevorzuge. Ich weiß es nicht."

Sie umarmten sich noch einmal kurz. Dann fuhr Marlene zum Gasthaus.

Rainer gelang es an diesem Abend besser, seine Gedanken zu ordnen.

Er fühlte sich gefangen, zwischen Angela und Marlene. Gegenüber sich selbst war er kritisch genug, um festzustellen, dass er eigentlich ein Sklave seiner Gefühle war, jedenfalls, was seine Beziehung zu Frauen anbetraf. Demgegenüber war sein restliches Handeln von Vernunft bestimmt, sein Beruf, seine sonstigen Planungen und seine alltäglichen Probleme.

Anders Marlene und Angela. Sie konnten ihre Gefühle besser steuern. Jedoch gab es Unterschiede. Die Rationalität Marlenes kam ihm warmherzig, doch auf die jeweilige Situation bezogen vor, während er die Rationalität Angelas eher als bäuerlich und derb verspürte, andererseits aber als restlos ehrlich. Beider Rationalitäten kamen ihm gleichermaßen wichtig vor und sie waren für ihn eine Art Fluchtpunkt und Ruhekissen, weil sie ihn aus seiner Gefühlswelt retteten, die er kaum kontrollieren konnte. Vielleicht war das damals mit Angela bei dem Schützenfest in Algermissen kein Zufall, sondern ihm vorherbestimmt gewesen.

Am Freitagmorgen rief ihn Angela in der Zahnstation an.

„Das Wetter ist überraschend gut geworden, mein Schatz. Wir sollten am Wochenende etwas zusammen unternehmen, das sind wir Tommy schuldig, der ist kaum aus der Tür herausgekommen.

Ich schlage vor, dass wir am Samstag früh aufstehen und zu dritt mit unserem Kanu einen Ausflug auf der Weser unternehmen, dazu hat Tommy immer Lust. Vielleicht ist das in diesem Jahr die letzte Gelegenheit dazu, denn es wird bald kalt werden. Nachmittags könnten wir auf den Klüt, unseren Hausberg, wandern und oben im Restaurant zu Abend essen. Anschließend fahren wir mit dem Taxi zurück.

Wenn du einverstanden bist, komm heute mit dem Zug. Ich hole dich dann mit dem Wagen ab.“

Rainer war es recht, und so machte er sich nach Feierabend auf den Weg zum Ostbahnhof. Angela holte ihn vom Hamelner Bahnhof ab. Sie hatten sich seit drei Wochen nicht gesehen, und während sie nach Hause fuhren, sprudelten aus Angela die Neuigkeiten heraus. Rainer hörte sich alles an, gab aber nur wenige Kommentare ab und zeigte sich eher desinteressiert. Tommy freute sich, seinen Vater zu sehen und zeigte ihm voller Stolz seine Schulhefte mit seinen ersten Zensuren im Gymnasium, wofür er von seinem Vater gelobt wurde.

Für den späten Abend hatte Angela noch eine Platte mit Käse und Oliven vorbereitet. Sie stellte sie auf den Tisch und machte eine Flasche Rotwein auf. Doch Rainer war nicht in Stimmung, und nach einer halben Stunde reagierte er unwillig.

„Ich habe eine anstrengende Woche hinter mir und bin müde, Angela. Eigentlich ist mir nach Schlafen zumute.“ Angela stutzte, doch dann räumte sie ab und sie gingen ins Bett. Als er gleich darauf in den Schlaf fiel, war Angela kurz davor, wütend zu werden. Dieser Mann gab ihr ständig Rätsel auf.

Da meint man, einen Mann nach so vielen Jahren gut zu kennen, doch dann erlebt man immer wieder, dass man sich täuscht, kam es ihr in den Sinn. Seine Wortkargheit ging ihr auf die Nerven, denn normalerweise redete er meist zu viel. Und dass er sich heute nicht an sie herangemacht hatte, war völlig ungewöhnlich, denn wenn er sie längere Zeit nicht gesehen hatte, war er sonst immer rattenscharf gewesen. Natürlich hätte sie diesen Zustand sofort erzeugen können, doch diesmal war es ihr zu dumm, und außerdem war er schon eingeschlafen. So drehte sie sich um und verkroch sich in den Kissen.

Letztlich sind alle Männer unkalkulierbar, dachte sie. Dann schlief sie auch ein.

Rainer sah Marlene während seiner Bundeswehrzeit nicht mehr wieder. Die Pausen zwischen den verschiedenen Auftrittsorten der Musicalproduktion wurden immer kürzer und die Entfernungen zu Hildesheim immer länger. Ab und zu telefonierten sie kurz miteinander, einmal schrieb sie ihm einen Brief, in dem sie ihm mitteilte, dass sie die Aufträge für den Umbau des Gartenhauses an den Architekt und die Handwerker vergeben habe. Rainer ging oft nach seinem Feierabend in der Ledebur-Kaserne am Garten der Müntes vorbei.

Im November schien sich etwas getan zu haben. Bäume und Sträucher waren beschnitten und der Rasen auf Streichholzlänge gestutzt worden. Dagegen passierte im Winter nichts. Der Zustand blieb so bis zum Frühjahr des folgenden Jahres. Ende April 1977 konnte Rainer beobachten, wie Waltraud und Helmut Münte, die er fast nicht wiedererkannt hätte, mit einem Fremden in ihrem Garten standen. Der Fremde trug einen schwarzen Rollkragenpullover und eine Lederjacke; Rainer hielt ihn für den Architekten, weil er einen großen Papierbogen in der Hand hielt, offensichtlich eine Bauzeichnung.

Seit Marlenes Besuch in Hildesheim fuhr Rainer jedes Wochenende mit dem Zug nach Hameln. Angela hatte darauf bestanden, weil sie intuitiv merkte, dass es Rainer nicht gut tat, wenn er für längere Zeit seine Familie nicht sah. Für jedes Wochenende hatte sie ein Programm gemacht, manchmal mit Opernbesuch in Hannover. So vergingen Winter und Frühling.

Mitte Juli war Rainers Wehrdienst beendet; die letzten vierzehn Tage hatte er Urlaub genommen. Gerhard Schönfeld vertrat ihn; seufzend sagte er zu ihm:

„Es sei dir vergönnt, Rainer, dass ich dir noch einmal für zwei Wochen die Stange halte. Dann habe ich weiß Gott keine Lust mehr. Ich bin jetzt 67 und es reicht mir wirklich." Anfang August 1977 schied er endgültig aus der Praxis.

Angela, Rainer und Tommy hatten den Urlaub wieder in Südfrankreich verbracht, zum Campen und Kanufahren. Tommy hatte es sich so gewünscht. Weil sie ein großes Wohnmobil gemietet hatten, konnten sie ihr Kanu mitnehmen. Als sie einmal an einem warmen Sommerabend am Ufer der Ardéche saßen, grillten und tranken, sagte Rainer versonnen zu Angela:

„Wenn wir zurückkommen, bin ich in der Praxis Alleinunterhalter, Angela. Ich weiß nicht, ob mir das gelingen wird." Angela lächelte und streichelte ihm den Rücken.

„Das schaffst du schon. Und wenn nicht, suchen wir für dich einen Kompagnon oder einen Assistenten."

Ein paar Wochen später bekamen sie Besuch von Harald. Er wirkte sehr aufgeräumt.

„Stellt euch vor, im Winter fliege ich in die USA. Ich möchte herausfinden, wie meine Chancen stehen, am Ort amerikanische Oldtimer zu kaufen und im Gegenzug deutsche Oldtimer zu exportieren. Ihr kennt ja die Problematik. Ich habe es satt, dieses Geschäft anderen zu überlassen."

„Und wann?"

„Irgendwann zwischen Dezember und Januar. In der Vorweihnachtszeit werde ich in New York sein, die Stadt soll ja in dieser Zeit geradezu aufblühen. Und", er machte eine gewichtige Pause, „ich werde dann Marlene besuchen."

„Kannst sie dir gleich nehmen und am besten behalten", ätzte Angela, „ich wäre nicht traurig darüber." Rainer gefiel Angelas Bemerkung nicht, er runzelte die Stirn und brachte die Sprache auf Haralds derzeitige Beziehung.

„Nimmst du denn deine Freundin mit nach Amerika?", fragte er. Er wusste, dass Harald ein Verhältnis mit der Tochter seines Chefs hatte.

„Ach was!", lachte Harald und klopfte sich auf die Schenkel. „Dass wir ein Paar sein sollen, bildet sie sich doch nur ein. Außerdem muss sie das Autohaus ihres Vaters hüten."

Da war er wieder, der alte Harald. Immer was Neues, sich bloß nicht festlegen. Er braucht das so, um glücklich zu sein, vermutete Angela.

Sie saßen bis spät in die Nacht, und Harald übernachtete bei ihnen.

Lieber Rainer,

Jetzt bin ich schon lange wieder in New York. „Hair" ist nun am Biltmore Theatre ausgelaufen, doch nun habe ich ein neues Engagement für „A Chorus Line" am Shubert Theatre. Es ist ein Riesenerfolg für mich, denn in diesem Stück geht es wirklich fast nur um das Tanzen. Meine Rolle ist natürlich sehr anstrengend: mit vierzig könnte ich die wohl nicht mehr hinlegen. Was den Beruf anbelangt, läuft also alles bestens, und über meine Gage kann ich mich auch nicht beklagen.

Dass mich Harald besucht hat, weißt du ja. Ich habe mich natürlich wahnsinnig gefreut und viel von der kurzen Zeit, die mir für mein Privatleben bleibt, mit ihm verbracht. In New York kam er mir vor wie ein staunendes Kind. Fast jeden Tag ist er mit der U-Bahn unterwegs gewesen und hat die Stadt erkundet, soweit das überhaupt möglich ist. Mit Kultur konnte er natürlich kaum etwas anfangen, kein Wunder, denn in seiner Schulzeit hat er davon wenig mitbekommen, weil er meistens nur seine Geschäfte im Kopf hatte, und von seinem Elternhaus gingen auch keine Impulse aus. Doch ein Besucher dieser Stadt kommt um Kultur nicht herum, ist doch New York eines der weltweit wichtigsten Kulturzentren, wenn nicht das wichtigste überhaupt! Also bin ich mit ihm ein paarmal ins Konzert oder in die MET gegangen. Er hat große Augen gemacht und ich meine, es hat ihm sogar gefallen. Natürlich hat er sich auch meinen Auftritt in „A Chorus Line" angeschaut. Ich hab es ganz gern, wenn mir Familie und Freunde bei meinen Auftritten zuschauen. Als wir dann abends bei einem Glas Wein zusammen saßen, haben wir noch herzlich gelacht. Uns ist nämlich die Silvesterpremiere der „Fledermaus" damals im Hildesheimer Stadttheater eingefallen, weißt du noch?

Zu Weihnachten wäre er allein gewesen, der Arme. Ich habe ihn natürlich mit nach Hause genommen. Meine Eltern in Ithaca haben sich sehr über den Besuch aus Deutschland gefreut, meine Mutter hat ihn gleich wiedererkannt. Meine Brüder und ihre Partnerinnen hat er mit seinem speziellen Charme gleich eingewickelt, du kennst ihn ja, er ist ein begnadeter Alleinunterhalter. Übrigens ist er auch ein Sprachtalent. Was er in der Schulzeit abgeliefert hat, war ja ziemlich dünne, doch in den paar Wochen USA ist er zur Hochform aufgelaufen, man sieht, wie Übung den Meister macht.

Jetzt ist er wieder in Deutschland. Ich nehme an, er wird sich bald bei dir melden.

Es grüßt dich deine Marlene. Grüße auch an Angela und Tommy!

Rainer legte den Brief beiseite, den er diesmal vorgelesen hatte. Sie waren gerade mit dem Abendessen fertig. Tommy stand auf.

„Morgen ist Test in Mathe. Muss noch pauken." Er verschwand. Angela schaute Rainer schräg an.

„Pass auf, die lässt sich auch noch von ihm einwickeln!" Rainer zeigte Unmut.

„Marlene kennt Harald ganz genau! Und wenn da was laufen sollte, geschieht das von ihr absolut selbstbestimmt. Außerdem ist er wieder in Deutschland. Ich nehme an, er wird irgendwann kommen und uns berichten."

Nun ärgerte Angela sich erst richtig. Doch sie wollte keinen abendlichen Streit vom Zaun brechen. Also sagte sie nichts mehr und begann, den Tisch abzuräumen.

Doch Harald meldete sich zunächst nicht. Bis im Mai etwas geschah, das wieder einmal bewies, dass Harald immer für eine Überraschung gut war.

Es war an einem Dienstagvormittag in der Zahnarztpraxis. Das Wartezimmer, gefüllt mit ungeduldigen Patienten, machte Rainer Beine, und er schaute nervös auf einen Beistelltisch neben dem Behandlungsstuhl, auf dem ein Fächer von Karteikarten lag. Seine Mitarbeiterin Sonja kam herein und schob ihm eine blitzblanke, neue Karte unter den Fächer, deren öligen, gerade geschriebenen Kugelschreibereintrag Rainer in der Nase zu spüren meinte. Oben auf der Karte stand: „Sasse, Harald, geb. 24. 03. 1946".

„Ziehen sie den Patienten vor und begründen sie es im Wartezimmer damit, er sei ein Notfall", wies er leise seine Helferin an. Sie zuckte unwillig mit den Schultern und ging. Rainer nahm die Karteikarte und steckte sie oben auf den Stapel. Dann widmete er sich geduldig der Patientin neben ihm. Es war eine Siebzigjährige, eine Bäuerin aus dem Hamelner Landkreis, deren technisches Problem, schmerzhafte Druckstellen an ihrer unteren Totalprothese, er bereits beseitigt hatte und die jetzt dazu übergegangen war, ihm klagend über das Verhältnis zu ihrer Schwiegertochter zu berichten, eine kleine Hofkatastrophe, die er sich geduldig anhörte. Irgendwann war auch dies beendet und die Behandlung im Sprechzimmer nebenan gestaltete sich nur kurz, weil lediglich eine Drainage aus Gaze auszuwechseln und eine Wunde zu spülen war. Er ging zurück.

Harald hatte bereits auf der Behandlungsliege Platz genommen und schaute Rainer fröhlich an.

„Na, Alter? Heute bekommst du Arbeit. Meine Zähne brauchen eine Runderneuerung. Warum das so eilig ist, erkläre ich dir später." Rainer überhörte Haralds Grußlosigkeit und gab ihm die Hand.

„Erst mal guten Tag, Harald. Wie geht es dir?"

„Bestens. Ich werde zu neuen Ufern aufbrechen."

„Also ist alles so wie immer!"

„Nun werd bloß nicht süffisant. Guck dir lieber meine Zähne an."

„Wann warst du das letzte Mal beim Zahnarzt?" „Weiß ich nicht."

Rainer nahm Spiegel und Sonde und schaute nach. Nach einer Weile legte er die Instrumente beiseite.

„Du brauchst auf den ersten Blick eine Krone und ein paar Füllungen. Wenn du einverstanden bist, lasse ich von meiner Mitarbeiterin die notwendigen Röntgenaufnahmen machen und beschleife den Zahn, der die Krone tragen soll. Dann entfernt meine Mitarbeiterin deinen Zahnstein, der einen antiken Eindruck macht. Inzwischen wird die Blutung um den Kronenzahn aufgehört haben, sodass ich die Abdrücke nehmen kann, die dann zum Labor gehen. In einer Woche kommst du wieder, ich setzte die fertige Krone ein und mache mich an die Zahnfüllungen. Die Behandlung könnte dann beendet sein." „Und wie lange hält das vor?" Rainer zog die Augenbrauen hoch, legte den Kopf schief und schaute Harald belustigt an.

„Viel zu lange!"

Harald schien erleichtert.

„Dann lade ich euch im Anschluss an die Behandlung nach Hildesheim zum Essen ein. Es gibt ein neues Restaurant, das du noch nicht kennst. Ihr habt mich schon so oft eingeladen, dass ich mich revanchieren möchte und du weißt ja, ich kann nicht kochen." Rainer klopfte Harald auf die Schulter.

„Vielen Dank, wir freuen uns." Als die Behandlung beendet war, ging Rainer ans Fenster und schaute auf die Straße. Er sah, wie Harald in einen Mercedes Benz 170 stieg, offensichtlich ein Vorkriegsmodell mit dem durchgehenden, geschwungenen Kotflügel und Trittbrett. Das Auto war dunkelgrün und tadellos gepflegt.

Es klappte alles wie vorgesehen. Eine Woche später fuhren Harald und Rainer nach Praxisschluss zusammen zur Wohnung, wo Angela schon mit dem Golf wartete. Nach kurzer Begrüßung ging es weiter nach Hildesheim, Angela fuhr hinter ihnen her. Als sich die Bundesstraße kurz vor Hildesheim zu dem autobahnartigen Abschnitt verbreiterte, der in Form der Kaiserstraße die Stadt in zwei Hälften trennt, bog Harald in die Dammstraße ab. Es ging weiter in Richtung Ochtersum. Hier standen am Steinberghang neue Einfamilienhäuser und Villen. In der Mitte klaffte ein Bebauungsloch. Rainer staunte. Ihm fiel sofort ein, wie er sich früher im Waldgebiet des Steinberges mit Marlene verkrochen hatte, wenn sie nicht in der Wohnung in der Orleansstraße oder im Gartenhaus am Galgenberg allein sein konnten. Harald merkte, was in seinem Kopf vorging.

„Hast wohl ganz andere Erinnerungen an diesen Stadtteil, was? Hier wird jetzt jedes Stück Land verbaut. Das Loch in der Mitte gehört den Gelbbauchunken. Vorher gab es ja die Kuhlen, die durch den Tonabbau der Ziegelei entstanden waren. Da hatten sich die Unken angesiedelt und quakten fröhlich vor sich hin. Jetzt gehört ihnen das Land, es sind die teuersten Froschviecher Deutschlands."

„Sind die denn so selten?"

„Ach wo. Woanders nicht, nur hier in Norddeutschland. Man merkt, dass du lange nicht mehr hier gewesen bist, kein Wunder, denn in deiner Zeit bei der Bundeswehr hattest du ja kein Auto."

„Das ist wohl wahr."

Inzwischen waren sie auf eine schmale Straße abgebogen, die zum Restaurant „Kupferschmiede" und zu einem neuen Wildpark führte, beides in einem Buchenbestand am Rand des Steinberges angesiedelt. Die „Kupferschmiede" wirkte in ihrer gründerzeitlichen Holzarchitektur fast schweizerisch gemütlich; mächtig streckte sie ihr mit vielen weißen Balkonen und bogigen Fenstern verziertes Gesicht zum Steinberghang und erinnerte an das Galgenbergrestaurant auf der gegenüberliegenden Seite Hildesheims. Trotz der vielen dunklen Balken, die Fassade und Dach stützten, wirkte das Gebäude leicht und befreit; keine derbe Mächtigkeit störte und es warf ihnen einen heiteren Willkommensgruß zu. Als sie aus ihren Autos stiegen, blickte jenseits eines Gatterzaunes ein mächtiger Rothirsch neugierig herüber, umgeben von seiner Damenriege aus schüchternen Hirschkühen. Sein hoch aufragendes Geweih war noch bepelzt; bald würde er sich das Horn freilegen, wie der Frühling die Knospen der Blüten und Bäume.

Als Angela aus dem Golf stieg, warf Harald ihr einen bewundernden Blick zu. Sie hatte sich für den Abend bewusst aufwändig zurechtgemacht, trug zu einem kurzen Rock eine baumwollene Strumpfhose mit dazu passenden Stiefeln und hatte obenherum eine Seidenbluse an, mit einem Kaschmirschal dekoriert. Ihre langen blonden Haare waren hochgebunden und sie hatte dezentes Make-up aufgelegt. Als sie Harald ihre Wange hinhielt, brachte er sie zum Lächeln, weil seine Lippen länger als üblich beim Begrüßungskuss verweilten.

„Bei schönen Frauen dauert die Begrüßung etwas länger", bemerkte er.

Sie betraten den Gastraum. Der Stil des Gebäudes war hier noch einmal aufgefangen; viel dunkles Holz bestimmte die Einrichtung, die Tische waren seitlich in Nischen angeordnet. An den Wänden hingen gerahmte historische Werbeplakate von Champagnerfirmen. Die Bedienung, eine junge hübsche Frau, wies ihnen einen der reservierten Tische zu.

„Das Lokal in dieser Form gibt es schon länger", sagte Harald. „Ich habe davon nichts mitbekommen, weil meine Arbeit meistens auswärts stattfindet. Aufmerksam bin ich darauf geworden durch einen Artikel in einer Autozeitung. Man pries die Kupferschmiede als Hildesheims einziges Gourmetrestaurant an, in dem nach Sternemanier gekocht wird. Ich finde, wir sollten ruhig mit einem Glas Champagner anfangen."

Während sie tranken, erzählte er von seinen Plänen.

„Ihr wisst, ich habe mich schon lange mit dem Gedanken beschäftigt, mein Oldtimergeschäft in die USA zu verlegen. Ich werde es auch tun, den Entschluss habe ich in New York gefasst, als ich bei Marlene gewohnt habe. Ich soll euch übrigens herzlich grüßen, auch von ihren Eltern, die ich zu Weihnachten wiedergesehen habe!"

Rainer bemerkte: „Sie hat uns geschrieben, wir wissen Bescheid." Angela unterbrach Rainer.

„Nicht uns, sondern dir, mein lieber Rainer. Wie sieht sie jetzt aus, das würde mich interessieren?"

Harald lehnte sich zurück und fixierte Angela mit dem Blick eines Genießers.

„Tut mir fast leid, das in Gegenwart einer ebenfalls so bildschönen Frau zu sagen, Angela. Sie ist noch hübscher geworden als sie ohnehin schon war. Die Figur – na klar, sie ist schließlich Tänzerin. Im Gesicht sieht sie fraulicher aus, reifer, das steht ihr gut. Dir übrigens auch, Angela. Und sie macht sich immer grandios zurecht, nicht nur wenn sie ausgehen will, sie ist eben eine echte New Yorkerin. Kein Vergleich mit der Sorte von Hildesheimerinnen, die während der Woche in Sack und Asche herumlaufen und sich am Wochenende vor dem Ausgehen die Lippen und Augenlider verschmieren. Aber kommen wir wieder zu mir. Ich habe zwei Anlaufstellen an der Ostküste für den Versand der amerikanischen Oldtimer: Newark und Baltimore. Von hier aus gehen die meisten Container weg, die für Europa bestimmt sind. Newark liegt dicht bei New York, und ich kann den Hafen sogar leicht und schnell von Marlenes Wohnung aus erreichen. Sie hat mir angeboten, dass ich fürs erste bei ihr wohnen kann. Also läuft es darauf hinaus, dass ich zwischen New York und Baltimore hin und her pendele und überwache, was in die Container gepackt wird. Was glaubst du, wie man mich in der Vergangenheit beschissen hat! Gekauft waren moderat erhaltene Oldtimer, hineingepackt wurden Schrottkisten. Umgekehrt passe ich auf, dass die deutschen Modelle, die anlanden, ihren Bestimmungsort in den USA sicher erreichen. Für den Ankauf und Versand in Deutschland habe mich mit einem alten Bekannten in Düsseldorf zusammengetan; er verschifft alles über Rotterdam. Der Gewinn wird geteilt. Es ist alles so vorbereitet, dass wir beim Gedanken an das, was herauskommen müsste, gute Laune kriegen. Außerdem entnehme ich der essigsauren Miene meines Chefs in dem Hildesheimer Autohaus, dass ihm meine privaten Oldtimergeschäfte stinken, höchste Zeit für einen Abschied."

„Und wann wirst du umziehen?", fragte Rainer.

„Irgendwann im Herbst. Die Wohnung in der Feldstraße ist zum Dezember gekündigt. Und nun zu etwas anderem. Habt ihr schon einmal Austern gegessen?" Angela und Rainer verneinten.

„Dann wird es höchste Zeit. Frische Austern gab es bislang nicht in Hildesheim. Aber ich warne euch. Ob man Austern mag, entscheidet sich nach dem ersten Bissen. Es gibt Austernfreunde, denen der Geschmack dieser Tiere göttlich vorkommt und ebenso viele, die mit ihnen nichts anfangen können. Marlene und ich gehören zu den ausgesprochenen Austernfreunden." Die Austern kamen und mit ihnen kühler, französischer Weißwein. Rainer griff zu, tropfte etwas Zitrone auf eine Auster, zerkaute und schluckte sie, aß ein Stück gebuttertes Schwarzbrot hinterher und spülte mit Weißwein nach. Eine kleine Sensation entfaltete sich an seinem Gaumen; er spürte den Geruch und Geschmack des Meeres, die Frische der Zitrone und die verhaltene Süße der Auster und des Schwarzbrotes. Es war eine Komposition, die ihn sinnlich ansprach.

„Köstlich!"

Angela probierte, konnte aber mit der Vorspeise nichts anfangen und gab ihre Austern Rainer, der sie mit Genuss verspeiste. Als Hauptgericht hatte Harald Lamm bestellt und zum Schluss gab es eine Käseauswahl und Dessertvariationen mit frischen Erdbeeren. Zwischendurch wurden sie von einem freundlichen älteren Ehepaar begrüßt, das von Tisch zu Tisch ging und seine Honneurs machte.

„Das sind die Besitzer", informierte Harald. „Man kann nur hoffen, dass sich ihr Lokal hält. Ein Gourmetrestaurant zu führen, ist immer schwierig; das gilt erst recht für Hildesheim, wo die Geschmäcker der Menschen auf Braunkohl mit Bregenwurst und Schnitzel mit Pommes und einem Klatsch Sauce drauf gepolt sind. Es gibt zwar auch hier genug Personen, die sich gehobene Küche locker leisten könnten, doch gerade die ziehen oft lange Gesichter, wenn es um ihre Brieftasche geht. Die Quelle des Reichtums ist immer Geiz, Walt Disney hat recht gehabt, als er die Figur Dagobert Duck erschuf. Lasst uns gerade deswegen schlemmen, wie uns heute zumute ist." Er hob sein Glas. Später machte noch eine zweite Flasche die Runde, und zu den von den Wirtsleuten spendierten hausgemachten Pralinen kam noch ein Digestif aus edlem Birnenbrand hinzu. Draußen begann es langsam zu dämmern und sie konnten durch die Fenster ein paar kleine Fledermäuse, offensichtlich gerade aus dem Winterschlaf erwacht, auf der Jagd nach Insekten huschen sehen.

Um elf Uhr waren sie wieder draußen und sogen die frische, noch etwas scharfe Frühlingsluft ein. Harald bat Angela, die wenig Alkohol getrunken hatte, ihn zurück in die Feldstraße zu fahren; er würde sein Auto stehen lassen und am nächsten Tag von einem Mitarbeiter seiner Firma abholen lassen. Sie fuhren durch eine totenleere Stadt. Plötzlich kam Harald auf Renate zu sprechen.

„Habe ich euch schon erzählt, dass Renate im März ihr Kind bekommen hat, ein Töchterlein?"

„Wir wissen Bescheid, sie hat uns geschrieben und wir haben ihr auch etwas geschickt."

Sie setzten Harald zuhause ab. Dann fuhren Angela und Rainer wieder nach Hameln.

Lange hörten sie nichts von Harald. Doch ein halbes Jahr später, um Weihnachten herum, bekamen sie Besuch von Renate, die gerade ihre Mutter in Hildesheim getroffen hatte. Sie brachte ihre kleine Tochter Lydia mit. Am Nachmittag hatten sie zusammen die Hamelner Innenstadt besucht, deren fast zufällige Mischung zwischen groß- und kleinbürgerlichen Bauten aus den vergangenen Jahrhunderten eine spezielle Romantik zeigte, die sich besonders um Weihnachten herum bemerkbar machte. Es lag wohl daran, dass die Natur, auf das winterliche Einschlafen ausgerichtet, nicht mehr so die Sinne ablenkte, die sich jetzt auf anderes zentrierten. Als sie zusammen bei Tee und Adventskeksen saßen, stand Renate plötzlich auf.

„Entschuldigt mich, ich gehe jetzt nach nebenan. Meine Kleine knört, sie muss gestillt werden." Angela war hoch interessiert.

„Wie, du stillst?"

„Natürlich, weil es natürlich ist. Wozu sind die Dinger denn sonst da? Kleiner Nebeneffekt: vielleicht werden sie jetzt größer, kann ich gebrauchen und scheint sogar zu klappen." Um es zu demonstrieren hob Renate mit beiden Händen ihre Brüste etwas an.

„Aber der Zeitaufwand!" Renate lächelte.

„Lässt sich alles regeln, wenn man will. Morgens vor dem Unterricht bekommt sie immer die erste Milchmahlzeit. Wir haben für ein Jahr ein Au-pair Mädchen, eine Notflasche mit Milchersatz liegt für die größte Not bereit. Auf die Abpumperei hab ich nämlich keinen Bock. Und ab Mittag läuft alles ohne Probleme. Wir haben zum Glück einen Beruf, Angela, der uns in dieser Hinsicht sehr entgegenkommt. Im Moment bin ich dabei, abzustillen, tagsüber kriegt Lydia Bananenbrei, abends gibt es letzte Dröhnung, des lieben Friedens willen." Renate verschwand und ließ Angela nachdenklich zurück. Als sie wiederkam, legte sie ihr jetzt zufrieden aussehendes Kind in das mitgebrachte Körbchen, wo es einschlief. Sie sprachen über Harald.

„Von ihm weiß ich gar nichts, er ist eben schreibfaul", sagte Renate. „Aber Marlene schreibt mir regelmäßig. Er scheint im Osten der USA herum zu flattern und macht zwischendurch bei ihr Station. Passt eigentlich ganz gut zu ihm." Angela konnte ihre Neugier nicht mehr verbergen.

„Und läuft da was oder wird da was laufen?"

„Davon kannst du ausgehen, Angela. Es sei Marlene vergönnt. Sie hatte und hat größte Schwierigkeiten, einen Partner an Land zu ziehen. Und das liegt weniger an ihrer Hautfarbe als an ihrem Beruf. Und sie kennt Harald genau und weiß, was sie von ihm erwarten kann und was nicht. Weißt du, dass ich vor ewigen Zeiten einmal mit Harald „gegangen" bin, oder wie man das sonst ausdrückt?"

„Davon hat mir Rainer erzählt."

„Na ja, war wohl eher eine Wunschvorstellung von ihm. Er war damals schwer in mich verliebt, ich habe es mitgemacht, soweit es ging, vielleicht ein bisschen aus Mitleid. Mir war natürlich klar, dass Haralds Unbeständigkeit und Unberechenbarkeit eine dauerhafte Partnerschaft ausschließt. Mein Partner Jens ist Lehrer, genau wie ich, und wir sind seit fünf Jahren ein Paar, wie man so schön und ungenau sagt. Als ich schwanger war, sind wir zusammengezogen, das ist uns gar nicht mal leicht gefallen."

„Und warum heiratet ihr nicht?" Renate warf lachend ihren Kopf zurück.

„Wozu? Wenn wir heiraten würden, zöge irgendeine Standesbeamtin oder ein Standesbeamter eine Lächerlichkeitsnummer ab und unsere Unterschrift würde bedeuten, dass wir damit tausend und einen Paragraphen abgesegnet hätten, so eine Art Ehekommunismus. Nein, was man privat regeln kann, sollte man auch tun, dazu braucht man den Staat nicht. Wir haben alles für uns selbst geregelt, von der Teilung des Umgangs- und Unterhaltsrechts für Lydia bis hin zu einer gegenseitigen Verpflichtung zur Unterstützung und zum Unterhalt bei Notfällen. Ist alles in trockenen Tüchern, beim Rechtsanwalt unterschrieben. Wer soll denn wissen, was aus unserer Beziehung in ein paar Jahren sein wird? Bei euch war das noch anders. Ihr konntet ja noch nicht einmal zusammenziehen, bevor euch Staat und Kirche festgenietet hatten. Es ist aber schon einmalig, was ihr aus euch gemacht habt, herzlichen Glückwunsch!"

„Na ja, so doll ist das auch nicht, gibt manchmal auch Zank und Streit", bemerkte Rainer. Renate rückte dicht an ihn heran.

„Bist ein Süßer, Rainer. Ich kenne keine Ehe, die so belastungsfähig ist wie eure Ehe. Das liegt sicher an ihrer Entstehung. Eine Frau, die ein Zufallskind bekommt und ein

Mann, der eine feste Beziehung zu seiner Jugendfreundin hatte, du liebe Güte! Wer so etwas überstanden hat, wird auch noch andere Belastungen überstehen. Ich meine auch, dass es an der Zeit ist, dass du Marlene mit anderen Augen sehen solltest, Angela. Natürlich, sie und Rainer hatten eine heftige Beziehung, und sowas kann man gerade während einer Schwangerschaft nur schwer ertragen, ich stelle mir das gerade vor. Auf der anderen Seite habt ihr alles heil überstanden, das spricht dafür, dass eure Beziehung jetzt so fest ist, wie man es sich nur wünschen kann. Marlene ist immer auf eurer Seite gewesen, auch wenn es ihr schwer gefallen ist. Es besteht also kein Grund, in ihrer Person Gefahr für eure Beziehung zu wittern, von Eifersucht wollen wir überhaupt nicht reden, diesem primitiven Gefühl. Ich weiß das, weil ich manchmal mit Marlene telefoniere."

„Na ja. Lass uns über anderes reden." Angela schien wenig überzeugt.

Renate blieb über die Nacht bei ihnen. Als Rainer mit Angela allein war, schaute sie ihn fragend an.

„Stimmt das wirklich, was Renate gesagt hat? Ist Eifersucht ein primitives Gefühl? Ich könnte dir schon beim Gedanken daran eine klatschen, wenn ich mir vorstelle, du triebest es mit Marlene." Rainer lächelte sie an.

„Renate hat recht. Ich brauch keine Eifersucht, du auch nicht." Später, als es ins Bett ging, schaute er sich Angelas Körper genussvoll an, ihre sanfte Haut, ihr blondes Haar.

„Dreh dich doch einmal zu mir, ich bitte dich!" Sie tat es. Sein Begehren war sofort da.

In der Familie der Wellmann und Wegmeister war es in diesem Jahr zu Veränderungen gekommen. Heinrich Wegmeister, nunmehr 70 Jahre alt, hatte den Algermissener Hof endgültig an seinen Sohn Gerhard übergeben und sich auf das Altenteil zurückgezogen, was lediglich hieß, dass er in eine andere Wohnung in dem riesigen Wohnhaus der Bauernfamilie umgezogen war. Gerhard hatte vor drei Jahren geheiratet und seine Frau Anna war schwanger; die Alten freuten sich unbändig auf ihr zweites Enkelkind. Martin, Angelas anderer Bruder, hatte eine Richterkarriere in Braunschweig begonnen. Obwohl er seit fünf Jahren mit seiner Freundin Susanne zusammenlebte, war offensichtlich noch keine Heirat in Sicht, was zu leisem Spott im Dorf und in der Familie sorgte; bei Vater Heinrich vermischte sich der Spott mit Ärger.

Auch bei den Wellmanns gab es Wandel. Bernhard Wellmann hatte seine Praxis in Hildesheim an einen Nachfolger übergeben und war in den Ruhestand eingetreten. Ab und zu machte er bei diesem und anderen Kollegen noch Praxisvertretungen, um sich den Übergang zu erleichtern. Nach langer Zeit erhielt Rainer wieder einen Brief von Marlene.

New York, im Sommer 1980

Lieber Rainer,

viele liebe Grüße, ich fühle mich im Moment sehr wohl. Beruflich sowieso, und wenn mein Management seine Planungen verwirklichen kann, werden wir in zwei Jahren mit einer Truppe aus mehreren Theatern auf Europatournee gehen. Geplant sind Aufführungen zweier Klassiker: „West Side Story" und „Chicago". Bis dahin bin ich noch für „A Chorus Line" engagiert. Beruflich ist also alles in trockenen Tüchern.

Und privat gibt es auch nichts zu klagen. Harald ... es kam wohl, wie es kommen musste. Seit mehr als zwei Jahren lebt er nun schon in den USA und macht seine Autogeschäfte, meistens an der Ostküste. Er hat keine eigene Wohnung, ist aber größtenteils in Manhattan und wohnt dann bei mir. Vor einem Jahr fing es dann an, zwischen uns zu funken und seit einem halben Jahr sind wir ein Paar, wie man so blöd sagt.

Ich bin glücklich! Er ist manchmal so süß wie ein großer Junge, der nur Flausen im Kopf hat. Mit ihm sind Heimat und Erinnerung in meine Wohnung eingezogen und wenn wir zusammen sind, kommt der Geruch und Geschmack meiner Kindheit wieder; es ist mir manchmal so, als ständen die Hildesheimer Oststadt und die Waterloostraße vor meiner Seele, hier im großen New York. Er kann sehr zärtlich sein, und wenn er nicht da ist, sehne mich ich nach ihm, ist doch ein gutes Zeichen?

Und trotzdem. Ich kenne ihn genau und mache mir nichts vor. Irgendwann wird er weg sein, wer weiß, wohin er gehen wird. Ist mir aber egal. Ich genieße den Moment, das reicht mir und es gibt auch ein gutes Gefühl: ein Stück von ihm werde ich behalten, ebenso wie ich ein Stück von ihm bin. Und wie ich so etwas denke, denke ich besonders an dich, Rainer und auch an Renate. Es sind Fesseln, sehr schöne Fesseln, die uns seit unserer Kindheit verbinden, gut dass es solche Fesseln gibt.

Mach es gut und bleib gesund, grüß auch Angela und Tommy,

deine Marlene

Rainer steckte den Brief in den Umschlag zurück und legte ihn weg. In den nächsten Tagen achtete er auf Angelas

Verhalten. Er meinte, kleine Spuren von Ungnädigkeit zu bemerken; wahrscheinlich hatte sie den Brief gelesen und ihr war der letzte Absatz mit den Fesseln etwas aufgestoßen. Sie sprach ihn jedoch nicht auf den Brief an, und ihre Reaktion darauf, sofern es eine war, verflog nach ein paar Tagen.

Harald Sasse fuhr mit einem roten Mercedes Cabrio 190 SL Roadster, einem Modell aus den frühen fünfziger Jahren, über die Brücken der Florida Keys. Er war von dem künftigen Besitzer, einem brasilianischen Geschäftsmann mit dem Namen Luiz da Silva gebeten worden, das Auto selbst bei ihm vorbei zu bringen. Da Silva wohnte seit langem in Key West und wickelte seine Geschäfte von dort aus ab. Da Silva war im Kaffeegeschäft tätig und importierte hochwertige brasilianische Kaffeesorten in kleinen Mengen in die USA. Meist waren seine Kunden Besitzer von Restaurants.

Inselchen und glitzernde Wasserflächen wechselten sich neben der Straße ab und nach etwas mehr als zwei Stunden Fahrzeit erreichte er Key West, die südlichste Stadt der USA. Er empfand ihr Gesicht – ein- bis zweistöckige Häuser in einer gartenartigen Umgebung – als das typische Gesicht einer amerikanischen Kleinstadt.

Da Silva wohnte nördlich der Truman Avenue, einer der Hauptverkehrsstraßen des Ortes, unweit des Yachthafens. Das Haus, nicht besonders groß, aber von einem für Key West üppig bemessenen prächtigen Garten mit blühenden Pflanzen und Swimmingpool umgeben, war im karibischen Stil gebaut, mit einer großen Terrasse und einem breiten umlaufenden Balkon im ersten Stock. Als der Hausherr sah, dass Harald vor seiner Tür parkte, kam er ihm entgegen. Da Silva sah sehr südamerikanisch aus. Er war zwar hellhäutig, aber nicht groß, hatte dunkle, grau durchsetzte Haare und trug einen Schnurrbart. Sein Alter war schwer einzuschätzen, er musste zwischen fünfzig und sechzig sein Er begrüßte Harald, ging um das Auto und strahlte über das ganze Gesicht.

„Eine seltene Schönheit ist dieser Wagen. Er fährt zwar nicht mehr als hundertsiebzig, für die USA genügt das, denn mehr darf man sowieso nicht fahren. Hier in Florida ist es warm, also steht er genau richtig und nimmt durch die Witterung keinen Schaden. Wie viele Autos davon hat Mercedes gebaut?"

„Etwa 25 000. Ein Witz, wenn man die heutigen Stückzahlen bedenkt. Die meisten gingen schon in den fünfziger Jahren in die USA, ich habe auch schon Reimporte nach Deutschland verkauft. Dieser aber stand in Deutschland, wir haben ihn auf dem Land gefunden und instandgesetzt." Sie fuhren zusammen eine Runde durch Key West und Harald erklärte da Silva die Bedienung. Als sie fertig waren, wickelten sie das Geschäft ab, da Silva überreichte Harald einen Scheck. Dann fixierte er ihn streng, aber freundlich.

„Ich bestehe darauf, dass Sie heute Nacht mein Gast sind, Herr …" „Sasse", ergänzte Harald. Da Silva nickte. „Bei uns in Brasilien ist es üblich, dass wir Geschäfte dieser Größenordnung feiern." Harald nahm an und bedankte sich, denn mit dem Rückflug wäre es knapp geworden.

Beim Abendessen kam auch da Silvas Ehefrau dazu. Sie war sehr hübsch, etwas dunkelhäutiger als der Hausherr und mindestens zwanzig Jahre jünger. Da Silva tätschelte ihren Arm.

„Sophia ist meine zweite Versuchung. Meine erste Frau habe ich durch Krankheit verloren und meine Kinder sind längst ausgeflogen und leben heute in Brasilien." Im Verlauf des Abends kamen sie auf Haralds Geschäfte zu sprechen. Harald informierte da Silva über den Oldtimerhandel und seine Verbindungen nach Deutschland und Europa. Sein Gastgeber zeigte großes Interesse für seinen Bericht.

„Bei mir geht es ganz ähnlich zu wie bei Ihnen, Herr Sasse, nur dreht sich alles um Kaffee. Der brasilianische Kaffee hat einen schlechten Ruf und ist billig. Der Ruf ist gerechtfertigt, denn der größte Teil der Bohnen stammt aus Großplantagen mit maschineller Ernte. So kann man keinen hochwertigen Kaffee machen. Den Preis bestimmt ein Kartell, zu dem auch deutsche Großabnehmer gehören. Dabei fällt unter den Tisch, dass es auch in Brasilien kleine Plantagen gibt, die hochwertige und von der Hand verarbeitete Sorten produzieren. Natürlich bekommen sie dafür nicht die Preise wie für Kaffee aus Guatemala oder Kolumbien, die als Eliteländer für hochwertigen Kaffee gelten, obwohl dessen Qualität besser ist. Und hier setzt mein Geschäft an." Harald hörte aufmerksam zu.

„Wir treten mit den kleinen Plantagen in Verbindung und kaufen ihnen ihren Kaffee ab. Die fertigen Bohnen verkaufen wir meistens in die USA, natürlich nicht an Großabnehmer. Das dünne Zeug, das in Fast Food-Restaurants verkauft wird, ist kein Kaffee. Unsere Kunden sind Restaurants und Cafés des gehobenen Sektors, von denen einige sogar selbst mischen und rösten. Für die anderen vermitteln wir kleine Röstereien, die den Bedarf der Kunden produzieren, unter dem Markennamen des jeweiligen Betriebes. Und in der Preisdifferenz zwischen dem hochwertigen Kaffee aus Brasilien und seinen Konkurrenten aus Mittelamerika gründet sich unser Geschäft." Da Silva hob sein Glas mit Rotwein und trank Harald zu. Harald war beeindruckt.

„Und wie regeln Sie das mit dem Vertrieb?"

„Ich habe damit nicht viel zu tun, meu amigo. Zwei unserer Mitarbeiter bereisen regelmäßig die ganzen USA und Canada und halten den Kontakt mit unseren Kunden. Mein

Arbeitsplatz ist das Telefon. Manchmal muss ich einspringen und reisen, wenn sich Probleme ergeben."

„Und warum wohnen Sie in Key West, dem südlichsten Punkt der USA?" Da Silva schmunzelte.

„Ich bin Brasilianer, mit Herz und Seele. Wenn man in den USA südamerikanisches Flair verspüren will, dann am ehesten hier. Und die Verkehrsverbindungen sind hervorragend. Jeden Tag gibt es mehrere Verbindungen nach Miami, und Miami ist eine Drehscheibe, von der aus man innerhalb von einem Tag fast jeden Punkt der Welt erreichen kann. Aber ich habe einen Vorschlag für Sie." Harald wartete gespannt.

„Warum steigen Sie nicht bei uns ein? Wir möchten auch gern mit Europa ins Geschäft kommen, besonders mit Deutschland. Gerade in Deutschland gibt es viele traditionelle Cafés und Kaffeeröstereien, die wir zu unseren potentiellen Kunden zählen. Zwei andere meiner Mitarbeiter sind bereits in Deutschland und bereiten unseren Werbefeldzug vor. Was uns fehlt, ist ein deutscher Brückenkopf in Brasilien. Und dafür wären Sie aufgrund ihrer Kenntnisse hervorragend geeignet."

„Und was wären meine Aufgaben?"

„Erstellen der Werbung für Europa. Abwicklung und Kontrolle des Versandes und Regelung der Zollformalitäten, das sind alles Dinge, die Sie durch den Oldtimerhandel schon kennen. Außerdem würden wir Sie auf Dauer in das Geschäft mit den Plantagenbesitzern einbinden. Es kann auch sein, dass wir Sie von Zeit zu Zeit nach Deutschland schicken, um nach dem Rechten zu sehen."

„Aber ich verstehe nichts von Kaffee! Und ich spreche nicht portugiesisch!" Da Silva lächelte.

„In das Kaffeegeschäft arbeiten wir Sie ein. Und in Brasilien sprechen viele Einwohner Englisch. Sie haben mir doch eben erzählt, dass Sie erst seit einem Jahr die englische Sprache nutzen und Sie sprechen sie hervorragend, viel besser als ich. Bei Ihrem Sprachtalent gehe ich davon aus, dass Sie in kurzer Zeit auch portugiesisch lernen werden."

„Und was würden Sie mir dafür anbieten?"

„Ein festes Grundgehalt und eine Provision auf den Umsatz. Im Moment tragen Sie für Ihre Geschäfte das volle Risiko! Bei uns wären Sie viel besser abgesichert. Ich mache Ihnen einen Vorschlag. Ihr Flieger nach Miami geht morgen erst am Mittag. Am Vormittag gucken wir zusammen in die Bücher, und dann kann ich Ihnen genauer sagen, was dabei herauskommen wird."

„Und wo würde ich in Brasilien wohnen?"

„Im Umkreis oder direkt in São Paulo. São Paulo ist die Zentrale des Kaffeehandels in Brasilien und Santos, der Hafen von São Paulo ist der größte Hafen des Landes."

Am nächsten Tag saß Harald noch drei Stunden mit Luiz da Silva zusammen. Nachdenklich kehrte er nach New York zurück.

Ein Jahr verging ohne große Veränderungen. Tommy machte sich gut auf dem Gymnasium und war zum neuen Schuljahr in die Oberstufe eingetreten. Rainers Zahnarztpraxis war mittlerweile so überlaufen, dass er zu seiner Entlastung zwei neue Fachangestellte und einen Ausbildungsassistenten einstellen musste. Im Herbst erhielt er wieder einen Brief von Marlene.

New York, im September 1981

Lieber Rainer,

während ich dir diesen Brief schreibe, bin ich etwas traurig – nein, mehr als etwas, wenn ich ehrlich bin. Harald ist nicht mehr hier.

289

Es kam für mich nicht überraschend. Ich habe schon seit längerem geahnt, dass er sich wieder auf den Weg machen würde. Ach, Harald!

Man kann ihm nicht böse sein, weil er eben nicht böse ist. Er ist sprunghaft und jederzeit wandlungsbereit, was kann er dafür? Für ihn gilt: rein in die Kartoffeln – raus aus den Kartoffeln. Er stolpert sich durch sein Leben, und es ist ihm noch nicht einmal bewusst. Mitleid ist jedoch nicht angesagt, denn immer wenn er hinfiel, ist er wieder aufgestanden. Dass er das solange geübt hat, bis er es zur Vollendung beherrschte, ist das einzige Konstante an ihm.

Irgendwann ist er mal in Florida gewesen und da hat er einen Brasilianer kennengelernt, der mit brasilianischem Kaffee handelt. Der Mann hat es geschafft, ihn zu überreden, bei seinem Kaffeegeschäft mitzumachen. Natürlich ist Harald wieder einmal davon überzeugt, in das große Geschäft eingestiegen zu sein, obwohl er von Kaffee nichts versteht. Ich habe versucht, ihm das auszureden. Es war zwecklos. Wenn er an etwas glaubt, gibt er es niemals auf. Eines muss man ihm lassen: fleißig ist er. Er hat im letzten halben Jahr Portugiesisch gelernt und beherrscht die Sprache schon erstaunlich gut. Nebenbei ist er in die Bibliothek gegangen und hat alles über Kaffee gelesen, was er gefunden hatte. Sein Oldtimergeschäft ist jetzt von einem Deutschen übernommen worden, der in Baltimore lebt. Letzte Woche hat er seine Habe in Koffern verstaut und ist nach São Paulo geflogen.

So, und nun zu mir. Ich bin ab Dezember ohne Arbeit, doch bald geht es wieder los. Mit der Europatournee hat es geklappt, sie beginnt im Februar des nächsten Jahres. Vielleicht ist es ganz gut, wenn ich ein bisschen Abstand von New York gewinne. Weihnachten werde ich meine Eltern in Ithaca treffen und danach fliege ich nach Deutschland und mache vier Wochen Urlaub. Ich möchte Renate in Reutlingen besuchen, sie ist übrigens wieder schwanger und wird ihr Kind im März bekommen, wieder ein Mädchen.

Dann werde ich nach Hildesheim zu meiner Tante fahren. Mein Onkel ist im letzten Jahr verstorben, sie fühlt sich sehr allein. Außerdem möchte ich in meinem Gartenhaus nach dem Rechten sehen; ich bin einmal zwischendurch da gewesen. Es ist sehr schön geworden.

Und nun viele liebe Grüße an dich, Angela und Tommy,

Marlene

Jedes Jahr im Januar fand die traditionelle Fortbildungsveranstaltung der Zahnärztekammer Niedersachsen in dem Urlaubsort Hahnenklee im Harz statt. Sie dauerte immer eine Woche und Rainer besuchte sie immer, so auch 1982. Doch diesmal sollte alles anders sein als sonst.

Marlene war in Deutschland und hatte Rainer in der Praxis angerufen. Sie sei ab Mitte Januar in Hildesheim, sagte sie ihm, und sie wohne in ihrem Gartenhaus. Sie verabredeten sich miteinander für den Montagnachmittag, wenn Rainer nach Hahnenklee fahren würde, denn Hildesheim lag auf seinem Weg. Von der Verabredung erzählte Rainer Angela nichts, das hätte nur zu einer katastrophalen Auseinandersetzung geführt.

Es war ein kalter Tag, als Rainer losfuhr. Eine dünne Schneedecke bedeckte das Land und frostige Temperaturen hatten den Boden zum Stein gefroren. Ein graues Licht füllte den Horizont und die kalte orangefarbene Glut der untergehenden Sonne machte sich schon früh am Nachmittag bemerkbar. Er bog in den Gartenweg ein, der zum Garten der Müntes führte. Als er ausstieg, vermisste er die sonst allgegenwärtigen Geräusche, die normalerweise aus den anderen Gärten kamen. Es war totenstill, nicht einmal ein Vogel war zu hören.

Der Garten lag im Winterlicht und sah sauber und gepflegt aus. Alle Beete und Büsche waren entfernt worden und hatten Rasen Platz gemacht; eine Streuobstwiese war übriggeblieben, mit sorgfältig beschnittenen Bäumen. Der Zaun war mit frischer brauner Farbe gestrichen und die Fassade des Gartenhauses machte einen ordentlichen und renovierten Eindruck; es schien mehr Platz einzunehmen, weil man den Schuppen integriert hatte. Teile der Bäume waren mit Raureif überzogen und am Zweig eines der Apfelbäume hing ein einsamer Apfel, dessen Stiel sich festgefroren hatte. Aus dem Schornstein des Hauses kräuselte sich dünner bläulicher Rauch. Rainer öffnete die Tür und trat ein.

Marlene stand vor ihm. Sie trug eine Jeans und einen dicken weißen Pullover. Sie lächelte.

„Ja, sagte sie, „ich bin heute verfrorener als in der Zeit, als ich noch jung war." Sie umarmten sich.

Als sie sich löste, schob Rainer sie zurück und musterte sie.

„Aber schön bist du noch immer, Marlene, wunderschön!" Ein Hauch von Dankbarkeit flog über Marlenes Gesicht. „Du bist auch noch sehr ansehnlich, Rainer. Pass auf, dass du dich nicht von fremden Frauen vernaschen lässt!"

Rainer schaute sich um. Das Einzige, was ihn noch an die alte Hütte erinnerte, war der Herd mit seinen Türen und Türchen aus weißer Emaille mit dem Schriftzug „Senking". Auf einer der Herdplatten stand ein Wasserkessel, der langsam zu zischen anfing.

Alles andere in dem Haus war neu. Im Raum erblickte er ein großes Doppelbett, Marlene hatte eine blaugemusterte Tagesdecke aufgelegt. Gegenüber stand ein Sideboard mit Fernseher und Musikanlage. Auf der linken Seite gruppierten sich sechs antike Stühle aus Kirschholz um einen Tisch.

Die gesamte Einrichtung hatte Marlene in einer Art Laura Ashley-Stil gehalten, hell und licht, viel stumpfes Weiß und Blau, florale Muster an den Wänden und Tapeten, durchsetzt mit Spuren von Pink und Rot.

„Komm mal mit und schau dir die Küche und das Bad an", sagte sie zu Rainer und nahm ihn an die Hand. Als er ihre Berührung spürte, war ihm, als seien seit seiner Schulzeit nicht sechzehn Jahre vergangen, sondern ein Tag.

Küche und Bad hatten den Platz des alten Schuppens eingenommen. Die Küche, zweckmäßig mit weißen Einbauten eingerichtet, war zwar winzig, besaß aber alles, was eine Küche ausmacht, und das Bad verfügte über eine großflächige Dusche mit Glaswänden. Marlene nahm zwei Teetassen und eine Teekanne aus einem der Wandschränke, holte den laut pfeifenden Wasserkessel und füllte die Kanne, auf der ein Teesieb lag. Wegen des Pfeifens hatten sie nicht gehört, dass draußen vor dem Garten Autogeräusche aufgekommen waren. Sie setzten sich auf das Bett und schauten sich an.

Die Tür öffnete sich. Angela trat ein. Grußlos.

„Komme ich nun vorher oder hinterher?"

„Rainer ist gerade vor einer Viertelstunde gekommen", sagte Marlene, trat auf Angela zu und wollte ihr die Hand geben. Angela reagierte nicht und musterte Marlene von oben bis unten. Rainer suchte nach Worten. Angela blickte Marlene jetzt in das Gesicht.

„Ich hab dich – mal überlegen – zum letzten Mal vor sechzehn Jahren gesehen. Es ist bemerkenswert, du siehst noch genauso spitze aus wie früher." Angela drehte sich und schaute sich den Raum an.

„Ich war noch nie hier. Wie oft Rainer hier war, weiß ich nicht, interessiert mich aber brennend. Ich sehe einen Kühlschrank und gehe davon aus, dass darin Sekt steht. Du kannst mir einen Gefallen tun, Marlene. Hol eine Flasche heraus und lass uns zusammen ein Glas trinken. Das soll gewissermaßen ein Ausgleich dafür sein, dass du meinen Mann benutzt." Sie setzte sich zu Rainer auf das Bett.

Marlene stand auf, holte eine kalte Flasche Sekt aus dem Kühlschrank und ein Tablett mit drei Gläsern.

„Wollen wir uns an den Tisch setzen?" Angela zog ihre Stirn kraus.

„Wozu? Auf Betten kennen wir uns doch bestens aus, jedenfalls zusammen mit Rainer."

Sie setzten sich zu dritt auf die Bettkante und tranken den Sekt. Rainer, von Gefühlen durchjagt, brachte noch immer keinen Ton über die Lippen. Angela schaute Rainer prüfend an, ihr Blick wanderte dann zu Marlene, deren Gesicht sie jetzt eingehend betrachtete. Ihr kam ein Einfall.

„Ich weiß ja, dass du eine professionelle Tänzerin bist, Marlene. Könntest du uns mal eine Probe deines Könnens zu Gesicht geben?"

„Kein Problem", antwortete Marlene, „ich hatte sowieso vor, hier zwischen meinen Auftritten zu üben. Im Regal neben der Stereoanlage liegen Musik-CD's, bei denen ich mitgemacht habe." Angela stand auf und durchsuchte sie.

„Aha! Hier haben wir doch etwas. Den Song „Big Spender" aus dem Musical „Sweet Charity". Geht das?"

Marlene zog erstaunt ihre Augenbrauen hoch.

„Selbstverständlich kann ich ihn tanzen. Willst du das wirklich?"

„Big Spender" wurde dadurch bekannt, dass der Song häufig als Begleitmusik zu Stripteaseauftritten gespielt wurde, wie es sein Ursprung auch vorgab. Angela warf ihren Kopf zurück und lachte Marlene herausfordernd an.

„Natürlich. Leg los. Und du, Rainer, komm endlich aus deiner Starre heraus. Marlene wird hoffentlich ihr Bestes geben."

Marlene stellte die Musik an. Mit tänzerischen Bewegungen, die zum Teil an Akrobatik grenzten, setzte sie sich körperlich in Szene; sie schaffte es sogar, ihre Jeans im Takt der Musik auszuziehen. Angela schaute zu Rainer, der wie gebannt Marlene beobachtete. Er guckt so geil wie Försters

Dackel, empfand sie. Die Musik kam zum Schluss und Marlene stand in Slip und BH da.

„Und nun?"

„Noch mal sechzig Takte zurück und zieh zum Schluss den verdammten BH aus", schrie Angela, „das ist ein Stripteasesong."

Marlene tat es und zeigte schließlich ihre braunen Brüste, prachtvolle Dinger, hoffentlich kannst du mithalten, kam es Angela in den Sinn. Sie wurde zornig.

„Und nun mach die Musik wieder an und setz dich zu Rainer auf das Bett." Marlene tat es. Angela stand auf. Sie begleitete die Musik im Rhythmus ihrer Übungen, die sie im Kurs für Aerobic gelernt hatte und riss sich wütend die Kleider vom Leib. Als sie zu Rainer blickte, bemerkte sie, dass er sie genauso hungrig anschaute wie vorher Marlene.

Erschöpft nahm sie wieder auf dem Bett Platz.

„Der Sekt ist alle", bemerkte Marlene. „Dann hol doch eine neue Flasche", sagte Angela munter.

Sie tranken die zweite Flasche leer. Rainer saß zwischen vier Brüsten, zwei weißen und zwei braunen.

„Du bist ein Perversling", sagte Angela zu ihm. „Du bist ja auf uns beide scharf. Eigentlich habe ich das immer gewusst."

Moment mal, sagte Rainer, ihr könnt mich ja teilen.

Du bist verrückt oder besoffen, sagte Marlene. Nur Angela brachte so etwas wie ein irres Lächeln zustande.

„Ist vielleicht nicht die schlechteste Idee."

Die Frauen rückten jetzt dicht an Rainer heran. Rainer legte einen Arm um Angela und zog ihren Kopf zu sich. Den anderen Arm legte er über Marlenes Brüste.

„Wie konnte das alles bloß passieren?", fragte Marlene hinterher und sah Angela und Rainer mit großen Augen an.

„Nach dem Warum fragen, heißt, die Gegenwart vernachlässigen", antwortete Rainer. „In der befinden wir uns jetzt, und mit der müssen wir uns befassen."

„Wenden wir uns gleich an die Zukunft", bemerkte Angela langsam und bitterböse. „Das werden wir nicht nochmal machen. Und wenn ihr beiden es wieder miteinander treiben solltet, schlage ich euch tot und verschwinde für ewig."

„Dazu wird es nicht kommen, Angela. Und ich würde lügen, wenn ich jetzt behauptete, es mache mir nichts aus", sagte Marlene. Rainer fragte Angela, woher sie wisse, dass er hier sei.

„Ich habe es geahnt, weil ich wusste, dass Marlene ein Gastspiel in Deutschland hat, so stand es ja auch in einem ihrer Briefe. Und den Garten und das Gartenhaus kenne ich seit langem. Ich war zwar noch nicht darin, habe es mir aber mal von außen angeschaut, als ich von dir schwanger war, voller Wut natürlich.

Als ich vorhin in deinem Hotel, dem „Vier Jahreszeiten" in Hahnenklee angerufen habe und dich sprechen wollte, sagte man mir, dass du dich erst für den Abend angemeldet hast. Ich musste also nur eins und eins zusammenzählen. Was ich nun gerne wüsste, ist, wie oft ihr es gemacht habt, seit Marlene in die USA gezogen ist."

„Genau zweimal", sagte Rainer, „und das ist sechs Jahre her."

„Versuch nicht, mir das als Nostalgieficks zu verkaufen, das läuft nicht. Ich kann mich ganz gut erinnern. Das war doch in deiner Zeit bei der Bundeswehr. Da kamst du mir irgendwann mal seltsam vor, ich wusste damals nur nicht, warum." Sie wendete sich an Marlene. „Die beiden Vorfälle finde ich heute nicht mehr so schlimm, aber ich habe keine Lust, seine Gefühle mit dir zu teilen, Marlene. Und das, was auf die Gefühle folgt, auch nicht. Lass deine Finger von ihm." Sie stand auf.

„Ich werde jetzt gehen. Ich wünsche dir ehrlich eine schöne Zeit in Deutschland, Marlene, obwohl wir uns unter solch eigenartigen Umständen wiedergetroffen haben. Und dir, Rainer, würde ich raten, dich auch auf die Socken zu machen, damit du pünktlich zu deiner Fortbildung kommst."

Sie gab Marlene die Hand und verschwand. Marlene und Rainer blieben für eine Weile still. Marlene unterbrach die Sprachlosigkeit.

„Weißt du was, Rainer? Angela mag zwar gewöhnungsbedürftig sein, ist aber trotzdem eine großartige Frau. Ich finde, für dich ist sie genau richtig."

„Das könnte schon sein."

Kurze Zeit später verabschiedete er sich von Marlene und machte sich auf den Weg nach Hahnenklee. Von seinem Hotelzimmer aus rief er sofort Angela an. Auch sie war gerade nach Hause gekommen. Sie sprachen sehr lange miteinander.

Angela Wellmann saß vor dem Erkerfenster der Hamelner Wohnung in einem Schaukelstuhl und wippte langsam hin und her. Es war Sommer und die Sonne fiel durch das Fenster und ließ die Staubteilchen aufblitzen, die aus dem aufgewärmten Polster des Biedermeiersofas stiegen, das ihr gegenüber stand. Rainer hatte es vor Jahren auf einer Auktion gekauft.

Es ging ihr gut. Die kleine Marlene lag an ihrer Brust und nuckelte hingebungsvoll und mit zufriedenem Gesicht vor sich hin. Der Entschluss, ihr Baby „Marlene" zu nennen, hatte eine außergewöhnliche Vorgeschichte gehabt.

Seit dem denkwürdigen winterlichen Nachmittag in Marlene Franklins Gartenhaus hatten sich ihre Gefühle gegenüber Marlene und Rainer geändert. Über alles, was Marlene oder die Beziehung zwischen Rainer und Marlene betraf, hatte sich in ihrer Wahrnehmung eine Leichtigkeit gelegt, wie sie es sich vorher nicht hätte vorstellen können. Woran das lag, wusste sie nicht genau; vielleicht hatte das Erkunden ihrer gemeinsamen Körperlichkeit den letzten Ausschlag gegeben.

Während ihrer Europatournee hatte Marlene sie und Rainer mehrfach in Hameln besucht. Es waren harmonische Treffen gewesen, eines sogar mit Renate und ihren beiden Töchtern und sie konnten ganz normal und fröhlich miteinander lachen und feiern. Zwar war nie wieder so etwas passiert wie in dem Hildesheimer Gartenhaus, auch nicht ansatzweise, doch sie gingen in einer zuvor ungewohnten Weise zwanglos miteinander um, die sie alle miteinander als bereichernd empfanden. Marlene hatte in Hameln zum ersten Mal Tommy kennengelernt; auch das warf ein anderes Licht auf ihr Zusammensein.

Irgendwie sind wir mit unseren Kindern so etwas wie ein Menschenrudel geworden, dachte Angela.

Und noch etwas anderes war geschehen. Als Angela sah, wie zufrieden Renate mit ihrem zweiten Kind, einer kleinen Nina, umging, war in ihr der Wunsch erwacht, auch noch einmal ein Kind zu bekommen. Mit 36 Jahren befand sie sich in einem Alter, wo es Zeit wurde, diesen Wunsch in die Tat umzusetzen. Die Vorgeschichte zu Marlenes Zeugung hatte reichlich kuriose Momente.

Angelas Bruder Martin hatte – endlich, so betonte Vater Heinrich – den Entschluss gefasst, seine langjährige Freundin Susanne zu heiraten. Die lange Wartezeit, von der die Algermissener Kenntnis hatten, brachte zugleich die Verpflichtung mit sich, die Hochzeit im großen Rahmen zu feiern, halb Algermissen war eingeladen. Zu diesem Zweck hatten die Wegmeisters die Scheune ausgeräumt und lange Tische aufgestellt. Weil die Hochzeit im Dezember stattfand, mussten mehrere Heizungsgebläse aufgestellt werden, die sonst zur Getreidetrocknung dienten.

Die Feier zog sich bis in den frühen Morgen hin. Angela und Rainer schliefen in Angelas großem Bett in ihrem ehemaligen Mädchenzimmer, das seit ihrer Schulzeit keine Veränderung erfahren hatte. Als Rainer aufwachte, kamen ihm Gedanken an die Zeit ihrer frühen Ehe, denn sie hatten hier oft ereignislos geschlafen. Offensichtlich hatte ihn dieses Bewusstsein angemacht, als er die schlafende Angela neben sich betrachtete, und so entwickelte sich ein frühmorgendliches, plätscherndes Liebesspiel. Das Plätschern entwickelte sich zum Fluss und zu dem Zeitpunkt, als sich der Fluss zum Wasserfall wandelte, hatte Angela ihm nebenbei gesagt, dass sie seit einer Woche nicht mehr verhüte.

Eine Dreistigkeit war das gewesen, fand Rainer später, doch er hatte ihr schnell verziehen.

Wieder ein Hundertprozenttreffer, dachte Angela, wie bei Tommy, doch diesmal selbstbestimmt. Die Schwangerschaft verlief wie bei Tommy ohne Probleme, und im darauffolgenden September brachte Angela ein gesundes, properes Mädchen zur Welt. Rainer und Tommy waren begeistert. Besonders Tommy, der kurz vor dem Abitur stand, liebte seine kleine Schwester über alle Maßen und behandelte sie wie einen Edelstein. Als sie über einen Namen nachdachten, fiel Angela plötzlich Marlene ein. Sie würde noch bis zum Neuen Jahr in Europa bleiben und könnte die Patenschaft für die Kleine übernehmen. Angela rief Marlene an, die gerade in London arbeitete und stieß auf eine erfreute Zusage. Also wurde Angelas Kind auf den Namen Marlene getauft und die Kindstaufe gestaltete sich als ein fröhliches Fest in Algermissen, denn auf die Bitte von Heinrich Wegmeister, der mittlerweile sein dreiundsiebzigstes Lebensjahr vollendet hatte, wurde das Kind in der Algermissener Pfarrkirche getauft, und die Wegmeisters richteten die Feier auf ihrem Hof her.

Und eines kam hinzu, Natürlich hatte Angela dabei ihre Nebengedanken, auch wenn sie ihr nicht so recht bewusst waren. Die Bindung zwischen Marlene und Rainer würde ein Leben lang anhalten, jedenfalls ein Stück davon, und Rainer war in Gefühlsdingen ein Getriebener. Ganz ließ sich nicht ausschließen, dass es wieder zwischen ihnen passieren könnte. Doch die Tatsache, dass Marlene es dann mit dem Vater ihres Patenkindes treiben würde, verlangte eine gehörige Portion Skrupellosigkeit, und die traute sie Marlene nicht zu.

Besonders hatte sich Angela darauf gefreut, ihr Kind zu stillen; damals bei Tommy war das nicht möglich gewesen. Und es war tatsächlich so, wie sie es bei Renate gesehen und für sich erwartet hatte: das Stillen des Kindes war für sie eine neue, lustvolle Erfahrung: die Zufriedenheit des Kindes übertrug sich auf die Mutter und ihre Muttergefühle entstanden gleichsam automatisch, anders als bei Tommy, wo sie erst aufgebaut werden mussten. Aber auch das hatte funktioniert. Alles war gut.

Angela, Marlene, Rainer und Harald hatten Renate vom Bahnhof abgeholt. Sie wollten zu Fuß durch Hildesheim gehen, vom Bahnhof durch die Innenstadt in die Oststadt. Von da aus sollte es ein Stück den Galgenberg hinaufgehen, bis zu Marlenes Gartenhaus. Marlene hatte zu einer Kaffeetafel im Garten eingeladen.

Der Weg vom Bahnhof zur Innenstadt führte sie durch eine ähnlich trostlose Umgebung, wie sie diese seit ihrer Kindheit kannten. Und an die Stelle einer abgerissenen Autofirma hatte man tatsächlich ein kurioses Bauwerk namens Wasserparadies in die Gegend gesetzt; zu umständlich, um darin wettbewerbsmäßig Wassersport zu betreiben und zu unspektakulär, um auswärtige Gäste anzulocken. Harald erkannte sofort, wie sich die Zukunft dieses Bauwerkes gestalten würde.

„Das Ding wird auf Dauer Miese machen und lässt sich nicht privatwirtschaftlich führen. Irgendwann wird die Stadt es wieder abschaffen, mehr hat es auch nicht verdient."

Als sie die Kaiserstraße überquerten, unter Umgehung des hässlichen Tunnels, merkte Rainer an:

„Keine Ahnung, warum man die Stadt durch dieses autobahnähnliche Straßenbauwerk in zwei Hälften geteilt hat. Vielleicht deswegen, weil so die Klassentrennung ausgedrückt werden sollte, denn in der Nordstadt wohnen die ärmeren Bürger."

„Nicht zu kapieren, warum Hildesheim keine Umgehungsstraße hat wie fast jedes Dorf", sagte Renate, „offensichtlich brauchen die Bürger den Verkehrsstau und die Luftverschmutzung, das ist ihre Vorstellung von Großstadtflair." Harald feixte.

„Es gibt doch eine Umgehungsstraße, aber nur eine halbe, die am Hafen endet. Besser eine halbe Umgehungsstraße als gar keine. Es ist wie mit den Schuhen. Bevor man gleich ein Paar kauft, kauft man lieber erst mal einen." Alle lachten.

Doch in der Innenstadt wartete eine weitere Überraschung auf sie.

Der langweilige Marktplatz existierte nicht mehr. Fast alle Gebäude waren abgerissen worden, dafür hatte man den ursprünglichen Marktplatz mit seinen prächtigen Gebäuden aus verschiedenen Epochen originalgetreu aufgebaut, soweit möglich. An der Stelle des unspektakulären Hotels Rose stand jetzt das rekonstruierte Knochenhaueramtshaus, schon früher der Stolz Hildesheims. Marlene sah zu Rainer hin und erinnerte sich.

„Du hast recht behalten, Rainer. Vor vielen Jahren hast du mal gesagt, dass man das Hotel Rose eines Tages wieder abreißen würde."

„Die Tragik Hildesheims ist, dass die Stadt durch die Zerstörung völlig ihr Gesicht verloren hatte", bemerkte Rainer. „Wie sie ausgesehen hat, wissen wir nur von unseren Eltern oder von alten Bildern. Erst einmal musste sie überhaupt wieder ein Gesicht gewinnen, wenn auch eines mit Mängeln. Es hat fast ein halbes Jahrhundert gedauert, bis ihr Gesicht wieder Züge trug und es wird noch lange dauern, bis zu dem Gesicht noch eine Seele kommt."

„Das erklärt auch, warum man manchmal abgerissen und noch einmal neu aufgebaut hat, wie beim Marktplatz, beim Museum oder der Badehalle."

„Egal. Eines Tages wird das Gesicht der Stadt so verfestigt sein, dass man vielleicht gerade dieses Nebeneinander als reizvoll empfindet: diese Mischung von Nachkriegsarchitektur, Gründerzeitbauten, dem nachgebauten historischen Marktplatz und einer Prise Altstadt. Ein deutlicher Spiegel der Geschichte ist die Stadt heute schon, sie wirkt ehrlich und nicht aufgesetzt, jedenfalls, was ihre Bauten betrifft. Man sollte diese Erkenntnis aber nicht unbedingt auf ihre Bevölkerung übertragen." Marlene nickte, sie rief sich ihre Kindheit und Jugend ins Gedächtnis.

„Ihr habt recht. Als ich vor mehr als zwanzig Jahren von Hildesheim weggezogen bin, fühlte ich mich erleichtert, wenn man davon absieht, dass mir die Trennung von Rainer sehr schwer gefallen war. Es lag wohl an der Zeit. Ordinäre, rassistische Vorurteile in dieser Stadt haben mich und besonders meine Mutter mehr geärgert, als es mir damals bewusst war. Und das nach zwölf Jahren Naziherrschaft und einem verheerenden Krieg! Und die schlimmsten Vorurteile kamen von den Frauen! Im Nachhinein scheint es mir so, als seien sie samt und sonders von vergrätzten, unbefriedigten Kriegswitwen gekommen, als hätte eine braunhäutige Negerbrut aus den USA ihnen ihre Männer gestohlen. Die Hildesheimer Männer – sofern sie übrig geblieben waren – machten weniger Probleme, an ihre sprachlose Glotzerei hatte ich mich gewöhnt."

Angela hatte einen Einwand.

„Macht Hildesheim nicht so schlecht. Die Stadt hat auch einen besonderen Trumpf. Ihre Umgebung bietet vieles: Berge, Flüsse, satte Ebenen mit alten Höfen. Alles wunderschön."

„Und unbekannt. Das verstärkt den Trumpf. Eine Schönheit, den Galgenberg, werden wir nachher noch genießen", fügte Renate hinzu.

Ein fröhliches Stimmengewirr kam von den vielen Ecken mit Sitzplätzen, welche den Marktplatz umrahmten. Es war hell und warm, Serviererinnen eilten hin und her und servierten den Gästen der Cafés und Restaurants Eis und

Kuchen. Eine entspannte, sonnige Stimmung durchdrang die Luft.

Sie gingen nun über die Straße Ostertor in die Oststadt hinein, ihre alte Heimat. Hier hatte sich äußerlich nicht viel verändert. Nur die meisten kleinen Geschäfte und Kneipen gab es nicht mehr. Viele der Ladenfronten waren zugemauert und aus den Räumlichkeiten hatte man Wohnungen oder Büros gemacht. Die Anzahl der Autos hatte sich vervielfacht; die Straßen waren zugeparkt und es mangelte an Parkplätzen.

Um den Ostbahnhof herum war vieles anders geworden. Sie mussten die Bahngleise über eine Brücke am Ostbahnhof überqueren, denn der alte Bahnübergang war geschlossen. Den Ostbahnhof, einst ein schmuckes Fachwerkgebäude, hatte man abgerissen und durch eine gesichtslose Eisenbahnhaltestelle ersetzt.

„Hildesheim", bemerkte Harald trocken, und alle wussten, was gemeint war.

Die kleinen Straßen waren verschwunden und es ging weiter durch eine Betonwüste aus Durchgangsstraßen, bis sie in die weitgehend unveränderte Windmühlenstraße einbogen, um Marlenes Garten zu erreichen.

Er machte einen sommerlich romantischen Eindruck mit seinen Obstbäumen voller Früchte. Marlene hatte bereits den Tisch gedeckt und die Gartenstühle auf den Rasen gestellt, denn das warme Wetter erlaubte es ihnen, draußen zu sitzen. Ein leichter Wind ließ die Obstbäume schaukeln und brachte die Lichtsprenkel in Bewegung, die sich durch den Einfall der Sonnenstrahlen durch das grüne Laub gebildet hatten. Sie setzten sich, Marlene ging in das Haus und kam nach kurzer Zeit mit einer Platte Zwetschgenkuchen und Kannen mit Kaffee und Tee heraus.

„Die Zwetschgen habe ich gestern gepflückt, es sind die ersten in diesem Jahr." Rainer probierte den Kuchen.

„Schmeckt gut, aber es fehlt noch was." Marlene lächelte hintergründig. „Ach ja, natürlich Sahne!" Sie holte eine Schüssel mit Schlagsahne aus dem Haus. Harald lobte den Zwetschgenkuchen und fragte Renate:

„Bist du noch mit deinem Partner zusammen? Ich habe ihn noch nie kennengelernt. Und wo hast du deine Töchter gelassen?" Renate guckte ihn halb schräg, halb belustigt an.

„Die Kinder sind bei Jens, das ist mein Partner. Und verheiratet sind wir immer noch nicht und haben es auch nicht vor, das fragst du mich wahrscheinlich als nächstes. Du wirst ihn morgen kennenlernen, dann kommen sie alle mit dem Auto nach Hildesheim. Der Grund unseres Kommens ist, wir wollen uns mit meiner Mutter treffen. Sie wohnt immer noch in der Orleansstraße neben Marlenes ehemaligem Wohnhaus. Mittlerweile ist sie 72 Jahre alt, hat Arthritis und ein paar andere Beschwerden und fürchtet sich vor dem Alleinsein in ihrer letzten Lebensphase. Doch sie hat Angst davor, aus Hildesheim wegzuziehen. Wir haben für sie eine kleine Wohnung in Reutlingen ausgeguckt, in unserer Nähe. Am Telefon konnten wir sie für diesen Plan nicht begeistern, deshalb kommen wir jetzt persönlich."

„Angela und mir geht es umgekehrt wie dir", setzte Rainer hinzu. „Als mein Vater vor zwei Jahren gestorben war, fragte mich meine Mutter, ob ich nicht das Haus in der Sebastian-Bach-Straße übernehmen wolle, es sei für sie allein zu groß. Wir haben eine Weile überlegt und uns dann entschlossen, nach Hildesheim zu ziehen. Meine Mutter ist anschließend aus meinem Elternhaus gezogen und hat eine kleine Wohnung in der Nähe gemietet. "

„Aber ihr habt euch doch in Hameln sehr wohl gefühlt und deine Praxis lief doch gut?"

„Haben wir auch, doch es kamen mehrere Dinge zusammen. Wir hatten sowieso vor, ein Haus zu kaufen oder zu bauen, denn wir wollten nicht ewig in einer Mietwohnung wohnen. Und die Praxis in Hameln wurde mir allmählich zu groß. Ich musste immer mehr Personal einstellen und die Praxisführung ist mir über den Kopf gewachsen. Ich übe meinen Beruf gerne aus und war es leid, einen Großteil meiner Arbeit mit berufsfremden Dingen zu vergeuden. In Hildesheim hatte ich ein Angebot bekommen, als Partner in eine große Gemeinschaftspraxis in der Innenstadt einzutreten. Ich habe es gemacht und die Praxis in Hameln verkauft. Den Schritt habe ich bis heute nicht bereut; finanziell geht es mir hier genauso gut, doch ich habe kaum noch etwas mit der Praxisführung zu tun, das Berufsrisiko verteilt sich auf mehrere Schultern. Tommy war schon zu diesem Zeitpunkt in Berlin und studierte auf der Technischen Universität Maschinenbau. Übrigens hat er letztes Jahr sein Examen gemacht und konnte sofort eine Stelle in Berlin bekommen. Und für Marlenchen stand gerade zu diesem Zeitpunkt die Einschulung an. Es passte also alles nahtlos. Im Moment ist unsere Tochter noch zu Hause, doch später kommt sie hierher. Sie möchte nämlich heute mit ihrer Freundin bei ihrer Patentante im Garten übernachten." Marlene lächelte. Sie wandte sich an Harald.

„Und nun erzähl uns allen mal, wie es dir ergangen ist!" Harald schmunzelte.

„Bei mir ist es kompliziert, wie immer. Also in Brasilien ist es mir eine Weile sehr gut gegangen. Das mit dem Kaffeeexport lief und ich konnte eine ganze Menge Geld zurücklegen, bin also heute kein armer Mann. Die Wende kam, als das brasilianische Kaffeekartell zusammenbrach und die großen Firmen begannen, die kleinen Plantagen aufzukaufen, mit denen wir unsere Geschäfte machten. Das war ungefähr 1989. Ich habe dann schnell zugesehen, dass ich Land gewann. Mir kam zugute, dass eine große Autofirma aus Hannover einen Leiter für die Gebrauchtwagenabteilung suchte. Ich habe mich beworben und bin genommen worden. Man muss ja auch mal zur Ruhe kommen, wenn man älter wird."

„Du wärst doch nicht Harald, wenn du nicht nebenbei Geschäfte machtest?", fragte Marlene.

„Natürlich, ein bisschen Oldtimergeschäft ist noch drin, ist mir auch vertraglich zugesichert worden. Die Firma hat an Oldtimern kein Interesse und ich habe feste Arbeitszeiten, sodass Ruhe im Bau ist."

„Und wie sieht es privat bei dir aus?", forschte Renate nach. Harald grinste.

„Ich wohne in Hannover, ihr könnt mich ja mal besuchen. Doch ich weiß, was du meinst, Renate. Bin im Moment solo, kann sich aber jederzeit ändern."

Marlene nahm einen Schluck Kaffee, schaute ringsum und sammelte sich. Es entstand Spannung.

„Ich habe euch heute eingeladen, um etwas zu erzählen, und zwar über mich. Es hat sich nämlich etwas ergeben. Ich werde im nächsten Jahr ebenfalls wieder nach Hildesheim ziehen."

„Wieso das, New York war doch immer dein Traum?"

Angela war überrascht, nicht nur positiv.

„Ist es heute immer noch. Ich werde auch im Moment noch genug gebucht. Für die vier Wochen, die ich hier Urlaub mache, habe ich eine Pause zwischen zwei Engagements genutzt, nächste Woche geht es wieder nach New York zurück. Auf der anderen Seite mache ich mir nichts vor. Ich werde in diesem Jahr vierundvierzig, und das ist für eine Musicaltänzerin alt, sodass irgendwann in der nächsten Zeit die Buchungen ausbleiben könnten. Ich musste mir also etwas anderes überlegen. Als ich meine alte Tanzlehrerin Dorothea Kramer vor vierzehn Tagen besucht habe, ergab sich eine Gelegenheit.

Dorothea ist jetzt siebenundsechzig und leitet immer noch ihre Tanzschule. Obwohl sie für ihr Alter noch erstaunlich fit ist, konnte sie ihren Schülerinnen schon seit langem nicht mehr jede Figur vorführen und hat deshalb eine Mitarbeiterin eingestellt. Sie möchte aber nicht mehr weitermachen und ihre Schule abgeben. Da sie sehr an ihr hängt, hat sie den Erwerb zunächst ihrer Mitarbeiterin angeboten. Das hat aber nicht geklappt; denn die Mitarbeiterin fühlte sich der Führung einer Tanzschule nicht gewachsen. Sie sprach mich an: Kindchen, möchtest du das nicht tun? – sie nennt mich immer noch Kindchen, wie sie es seit jeher gewohnt war. Ich habe mit ihr über die Bedingungen gesprochen. Für die Tanzschule wollte sie nicht viel haben, der Mietvertrag für die Räume ließ sich verlängern und ihre einzige Bedingung war, dass ich die Mitarbeiterin übernehmen müsse.

Ich habe zwei Tage lang überlegt. Auch in New York sind viele meiner älteren Kolleginnen nach ihrer Karriere in eine Tanzschule eingetreten, oft mit miserablen Verträgen. Ich habe mich noch mit dem Stadttheater Hildesheim in Verbindung gesetzt und bin auf offene Ohren gestoßen. Man hat jetzt ebenfalls Musicals auf dem Spielplan und wäre angetan, wenn eine Profitänzerin aus New York für die Choreographie beratend zur Seite stünde, sagte man mir, und man würde auch gerne weiterhin mit den Schülerinnen der Tanzschule aufstocken.

Außerdem rechne ich damit, dass ich noch ab und zu in Deutschland in anderen Musicalbühnen als Aushilfe arbeiten kann, sodass ich die Mitarbeiterin von Dorothea gut gebrauchen kann.

Doch das Wichtigste überhaupt ist für mich, dass ich mir heute eher vorstellen kann, in Deutschland zu leben als ich es früher konnte."

„Deine Hautfarbe?"

„Genau. Die Vorbehalte gegenüber Farbigen haben hier deutlich abgenommen. Ganz sind sie noch nicht weg, aber das ist auch in den USA so. Übermorgen werde ich mit Dorothea zum Notar gehen und den Vertrag abschließen. Bis zum nächsten Jahr bleibe ich noch in New York und löse den Haushalt auf. Am Anfang des nächsten Jahres komme ich nach Hildesheim und übernehme die Tanzschule."

„Und wo wirst du wohnen?", fragte Rainer.

„Na ja, nicht im Gartenhaus, das ist für den Sommer. Ich suche mir eine schöne Altbauwohnung in der Oststadt, so etwas ist zu haben."

„Hast du denn keine – sagen wir mal – privaten Bindungen in New York?", wollte Renate wissen.

„Ich weiß, worauf du hinaus willst, Renate. Nein, ich bin leider immer noch solo, zu meinem Leidwesen. Vielleicht ändert sich das in Hildesheim." Marlene seufzte. „Wenn man sich als Frau entschließt, das Tanzen professionell zu betreiben, sollte man sich am besten gleich zu Anfang kastrieren lassen wie eine umtriebige Dackelhündin, denn das, was man nicht begehrt, vermisst man auch nicht. Für eine erfüllte Beziehung fehlen Zeit und Gelegenheit. Und von den Berufskollegen ist die eine Hälfte schwul und die andere Hälfte verheiratet, mit äußerst wachsamen Ehefrauen. Im Ernst, im Beruf läuft nichts, abgesehen von altgeilen Agenten und Regisseuren, die dich an den Hintern fassen und auf ihre Couch ziehen wollen." Rainer schreckte auf und machte eine unüberlegte Bemerkung.

„Um Himmels Willen, Marlene! Denk bloß nicht so. Was wäre alles den Menschen in deiner Umgebung versagt geblieben!" Er hatte an Schokokuchen und Milchreis gedacht und drehte sich zu Angela, deren unwillige Reaktion er schon zu spüren meinte. Angela guckte zunächst etwas schräg, dann aber belustigt. Renate ebenso. Harald steuerte sein langes, breites Grinsen bei, ein Gesichtsausdruck, in den er meistens hineinrutschte, wenn er versuchte, zu lächeln. Es wurde einen Moment still.

Rainer sagte nachdenklich: „Manches, was wir miteinander angestellt haben, darf man sich nur mit größter Vorsicht durch den Kopf gehen lassen."

Marlene räusperte sich und fand, es sei Zeit für Sekt und ging ins Haus, um eine Flasche und Gläser zu holen.

Sie blieben noch eine Stunde, bis Marlenchen mit ihrer Freundin kam und lachend auf ihre Patentante zulief. Renate verabschiedete sich und machte sich auf den Weg zur Orleansstraße, Angela und Rainer gingen zunächst ein Stück am Rand des Galgenberges entlang. Harald kam mit, denn er würde bei ihnen übernachten.

Aus der Nähe war das Rauschen der Autobahn zu hören. Als die Gärten sich vereinzelten und Feldern wichen, konnten sie tief in die Hildesheimer Börde hineinschauen. Die Landwirte waren mit der Weizenernte beschäftigt; die Mähdrescher zogen staubige Fahnen hinter sich her. Den hohen Kirchturm von Harsum konnte man am Horizont erkennen und weit in der Ferne ahnte man Algermissen mit seinen großen Höfen.

Angela blickte Rainer an und spürte, dass er an das Gleiche dachte. Morgen würde das Algermissener Schützenfest beginnen. In ihrem Inneren hörten beide das dumpfe Knallen der Pauken, das schrille Quietschen der Flöten und das helle, selbstbewusste Schmettern der Trompeten, manchmal von einem Quieklaut begleitet. Sie sahen ein dämmriges, rauchgefülltes Festzelt, es roch nach Schnaps, Schweiß und ab und zu nach Stall. Angelas Augen hielten an bei einem Blick auf den drahtigen jungen Mann mit diesen verträumten Augen, der schon vorher ihre Fantasie beschäftigt hatte, als sie ihn einmal in einer Hildesheimer Disco getroffen hatte. Sie zog ihn auf die Tanzfläche.

„Anneliese, ach Anneliese,
warum bist du böse auf mich ..."

Ihre Erinnerung verlor sich in rauschhaften, körperlich glückhaften Momenten, bis in einen warmen, sommerlichen Schlaf hinein.

Rainer dachte an ein knackiges, blondes Mädchen, das Signale an ihn aussandte, als er ihr am Festzelt gegenüber saß. Sie hatte reizvoll ausgesehen, mit ihrer Figur und in ihrer Aufmachung, doch er dachte an Marlene. Irgendwann in der Nacht musste sich im Rausch alles umgedreht haben und ihr weißer, runder Körper fiel ihm wieder ein.

Sie fassten sich an die Hand und Rainer schlug Harald vor:

„Lass uns noch einen kurzen Rundgang uber den Galgenberg machen, mal sehen, wie es jetzt da aussieht."

Sie gingen an den beiden Rodelbahnen vorbei, die graswachsen in der stillen Sommerruhe lagen. Nach kurzer Zeit erschien das Galgenbergrestaurant. Es sah noch verfallener aus, als sie es in Erinnerung hatten und nur ein paar versprengte Gäste saßen auf der Terrasse. Dass in seinen Räumen Angela und Rainer ihren künftigen Lebensweg begründet hatten, schien es gleichmütig zu ignorieren.

Sie gingen jetzt wieder abwärts, am Bismarckturm mit seiner Wiese vorbei. Über Waldwege erreichten sie die Mozartstraße mit ihren großen alten Villen. Zu ihrer Linken erschien nach kurzer Zeit der finstere, steinerne Soldat, der starr entlang der Feldstraße auf Hildesheim blickte. Sie machten Halt.

Nach einer Weile sinnierte Harald:

„Das ist kein Held. Hätte es ihn und seinesgleichen nicht gegeben, wäre die alte Stadt nicht untergegangen."

„Komm, Harald.", sagte Angela.

Sie nahmen ihn in ihre Mitte, fassten ihn an die Hand und gingen weiter, nach Hause.

WEITERE TITEL VON ALBRECHT GÖSTEMEYER:

AMULETT. Eine Landschaft in der Nähe des Harzes zur Zeitenwende. Hier leben Cherusker. Alrun, eine Häuptlingstochter, geht eine dramatische Beziehung zu einem Römer ein. Zu ihrem Schutz gibt ihr die Seherin des Stammes ein silbernes Amulett. Das Amulett wandert durch die Zeiten. Es wird vererbt, geht verloren und wird wiedergefunden. Legenden und historische Ereignisse säumen seinen Weg.
IMPRINT ISBN 978-3-945597-00-2

BÄRENHAUS. Berlin, um 1968. Der Abiturient Bernhard Lindtmeyer ist von Westdeutschland nach Berlin gezogen, um zu studieren. Westberlin ist eine Insel inmitten der DDR. Er fühlt sich auf Anhieb wohl und die Beziehung zu der Chemiestudentin Anette lässt beide in einer romantischen Gefühlswelt versinken. Doch Berlin gärt, eine neue Kultur entsteht. Bernhard muss sich die Frage stellen, ob er jemals in seine Heimatstadt zurückkehren will?
IMPRINT ISBN 978-3-936536-79-9

STEINREISEN. Die Freunde Hartmut und Stefan wachsen in einer Provinzstadt auf. Nach ihrer Berufsausbildung versuchen sie, in ihrer Heimatstadt Fuß zu fassen. Doch sie scheitern. Stefan wird Oberarzt in Berlin und Hartmut arbeitet in Köln in einer Immobilienfirma. Plötzlich verschwindet er. Seine von ihm schwangere Freundin Elke wendet sich verzweifelt an Stefan. Zwischen ihnen entwickelt sich eine Liebesbeziehung. Nach langer Zeit finden sie Hartmut wieder. Der Schlüssel ist ein Stein, den er in seinem Elternhaus aufbewahrte.

BoD ISBN 983743 136526

SAXOPHON. Der Student Marcus spielt seit seiner Kindheit Saxophon. In Paris lernt er die Sängerin Anna kennen, mit der er zusammen mit anderen Musikern durch Südfrankreich tourt. Beide entwickeln eine Spielweise, in der das Saxophonspiel von Marcus und Annas Gesang miteinander verschmelzen. Gleichzeitig gehen sie eine Liebesbeziehung ein. Als sie feststellen, dass sie vermutlich nah miteinander verwandt sind, machen sie sich auf die Suche nach ihren Wurzeln. Ihre Reise in die Vergangenheit führt sie in das turbulente Westberlin um 1968 – in eine Zeit voller Aufregungen und Gefühle wie die wirbelnden Klänge des Saxophons.

IMPRINT ISBN 978-3-945597-05-7

RIEDHAUS. In der Leineniederung bei Neustadt steht in einer einsamen Gegend ein einfaches Haus. Es wurde zwischen den Weltkriegen erbaut und ist Begegnungsstätte für mehrere Großfamilien. Im Mittelpunkt der Gemeinschaft stehen die Freundinnen Friederike und Stefanie, die eine jüdische Großmutter hat. Mit ihrem Freund Christoph besucht Stefanie einen Bekannten aus der Gemeinschaft in Namibia. Hier passiert etwas, das ihr Leben einschneidend verändert. BoD ISBN 9-783750-4808-10

DER ALLTAG IST MAKABER. Ein Chirurg plant einen Eingriff , ein Pfarrer eine Beerdigung. Eine Politike-rin feiert ihren Geburtstag. Das sind alltägliche Dinge, die hier in einer plötzlichen und ungeahnten Weise zu skurrilen Situationen führen, denn die Menschen in diesen zehn, meist satiri-schen Geschichten, verhalten sich unterschiedlich, je nach Temperament und Charakter. Ihre Reaktionen reichen von stoischer Ruhe, hektischer Betriebsamkeit bis hin zu jähem Entsetzen. ImPRINT ISBN 978-3-945597-01-9